»Der vierte Roman dieses wunderbaren Schriftsteller-Duos ... klasse – einfach klasse. Angesichts einer solchen Lektüre ist es ein Vergnügen, Literaturkritiker zu sein.« Gefle Dagblad

Einer der kältesten Winter mit beißendem Frost, Eis und Schnee hat Stockholm fest im Griff. Da wird in einem Kellerraum des St.-Görans-Krankenhauses die schwer verstümmelte Leiche einer Frau gefunden. Kommissar Sven Sundkvist weiß sofort, um wen es sich handelt: Líz Pedersen, deren Tochter Jannicke vor zwei Jahren spurlos verschwand. Die Leiche der Frau wurde aus einem unterirdischen Abwassertunnel in diesen Raum geschleift und dort abgelegt.

Wer verbirgt sich dort unter der Stadt?

Der vierte Roman von Schwedens berühmtesten Thriller-Autoren Anders Roslund und Börge Hellström führt Ewert Grens in eine Parallelwelt unter die Erde.

Anders Roslund, geb. 1961, ist ein anerkannter Fernsehjournalist und preisgekrönter Dokumentarfilmer. Er leitet die Culture News auf Kanal 1 des schwedischen Fernsehens. Der Autor lebt mit seiner Familie in Stockholm.

Börge Hellström, geb. 1957, ist freier Autor und Berater in mehreren schwedischen Fernsehsendungen zum Thema Drogenabhängige und Jugendliche im Strafvollzug. Der Autor lebt mit seiner Familie in Gustavsberg.

Im Fischer Taschenbuch Verlag sind lieferbar: ›Die Bestie‹ (Bd. 16566), ›Blasse Engel‹ (Bd. 16567) und ›Todesfalle‹ (Bd. 17642).

Unsere Adresse im Internet: www.fischerverlage.de

Anders Roslund und
Börge Hellström

Blinder Glanz

Thriller

Aus dem Schwedischen von
Gabriele Haefs

Fischer
Taschenbuch
Verlag

Veröffentlicht im Fischer Taschenbuch Verlag,
einem Unternehmen der S. Fischer Verlag GmbH,
Frankfurt am Main, Juni 2009

Die schwedische Originalausgabe erschien 2007
unter dem Titel ›Flickan under Gatan‹
im Verlag Piratförlaget, Stockholm.

Satz: Pinkuin Satz und Datentechnik, Berlin
Druck und Bindung: CPI – Clausen & Bosse, Leck
Printed in Germany
ISBN 978-3-596-17643-4

»Das Schlimmste ist nicht, nicht mehr zu Hause zu sein.
Sondern, dass niemand nach dir sucht.«

Micaela, 16 Jahre, Jugendheim Aspsås

JETZT

Mittwoch, 9. Januar, 08.45 Uhr, St.-Clara-Kirche

Er heißt George und hält eine Kerze in der Hand. Eine von den kleinen weißen, die die meisten Besucher zum Preis von fünf Kronen kaufen und die sie anzünden, nachdem sie sie in einen der vielen Halter an dem großen Metallring gesteckt haben. Das Geld kommt in eine Sparbüchse am breiten Rand der hinteren Kirchenbank, es ist eine Art freiwilliger Kollekte, ein Dank dafür, dass die Tür offen steht, während die Augen in der Flamme ertrinken oder zusehen, wie der Stearintropfen langsam nach unten rinnt.

Er arbeitet hier. Er ist Küster und seit sechs Uhr morgens im Dienst, das muss so sein, es ist eine große Kirche mitten in Stockholm, mit einer Frühmesse um halb acht und einem Gottesdienst um zwölf, und da braucht er diese Zeit, um alles vorzubereiten und das in Ordnung zu bringen, worum sich sonst niemand kümmert. Die weiße Kerze, die lag auf dem Boden, irgendwer hatte sie angestoßen und hinuntergeworfen und nicht wieder aufgehoben, es gibt viele Leute von dieser Art, solche, die sich nicht bücken mögen.

Es ist eine schöne Kirche, eigentlich sind wohl alle Kirchen schön, aber St. Clara hat etwas Besonderes, das hat er immer schon gefunden, diese Kirche mitten in der lauten Großstadt, am Asphalt, zwischen Verrückten und Dealern und denen, die nirgendwo hinzugehören scheinen. Eine mächtige altmodische Kirche mit zu vielen Sitzplätzen und zu frohen Gesichtern aus vergoldetem Gips an den Wänden, kalt im Winter und kühl im Sommer, ein Raum für die, die vorüberkommen und Stille suchen, zwischen Warenhäusern und Bushaltestellen und eiligen Menschen.

Diese seltsame Stille.

Er ist allein in dem großen Gebäude, das ist immer zuerst so, wenn die Frühmesse zu Ende geht und die wenigen Teilnehmer sich in ihren Mänteln verkrochen haben und wieder hinaus in den Winter gehastet sind.

Keine andere Stille, nirgends.

Sie gibt ihm die Kraft, alles auszuhalten, die Leere, die so viel Platz einnimmt, dass sie füllt, macht ihn größer.

Er steht still und horcht auf das, was nicht ist.

Auch wenn die schwere Kirchentür geöffnet wird von jemandem, der nicht sonderlich stark ist, kann er das hören, hört, wie Hände sich an dem eisernen Handgriff abmühen, ihn aus dem Griff verlieren, noch einen Versuch machen. Schritte, kleine Füße, die langsam gehen, die ein wenig über den grauen Steinboden schleifen.

Sie ist mager. Das ist wohl sein erster Gedanke. Trotz ihrer vielen Kleider, einem langen schwarzen Rock über zwei Paar Hosen, einer ausgebeulten Stoffjacke, die irgendwann einmal hellrot war, Fausthandschuhen über etwas, das wie Stoffwickel aussieht. Und ansonsten Schmutz. Das Gesicht unter einer Schicht aus Ruß, Erde, vielleicht etwas anderem. Es ist schwer, sie zu sehen, ihre Wangen, ihre Stirn, ihr Kinn, alles ist bedeckt von einer Schicht, die nicht sie ist, grau wie der Schmutz, der sie umgibt.

Er tippt, dass sie weder erwachsen noch ein Kind ist, vierzehn, fünfzehn, vielleicht schon sechzehn, das kann er nicht sehen, da ja der viele Schmutz im Weg ist.

Sie bleibt unter dem Gewölbe des Kircheneingangs stehen. Als horche sie auf das, was nicht ist. Als suche sie nach denen, die nicht da sind. George versucht, ihren Blick einzufangen, aber der geht einfach geradeaus, durch ihn hindurch, lebt nicht. Sie ist wie eingeschlossen. Aber sie steht nicht unter Drogen. Das glaubt er zumindest nicht, er ist daran gewöhnt, dass Leute unter Drogeneinfluss von der Straße hereinkommen, dass sie umherirren und wieder verschwinden, so ist sie nicht, sie ist eher, er weiß nicht, nicht-anwesend.

»Willkommen.«

Sie hört ihn nicht.

»Ich heiße George. Ich bin hier der Küster.«

Sie hat keine Ahnung davon, dass er da ist. Aber jetzt kommt sie durch den Mittelgang auf ihn zu, geht an ihm vorbei. Er nimmt ihren Geruch wahr, sie riecht streng, nach etwas, das eingesperrt war, beißend vielleicht, Rauch wie von einem Waldbrand oder einem Lagerfeuer, Geruch, der aufdringlich ist, und sicher wendet er sein Gesicht ein wenig ab.

Ihre vorsichtigen Schritte, nicht viel Geräusch, aber in der Stille wachsen sie zu etwas, das die Wände hebt und hart davon abprallt. Sie geht an den leeren Bankreihen vorbei, und er folgt ihrem dünnen Rücken immer tiefer in die Kirche hinein. Sie bleibt stehen, ihr Blick haftet am Altar, dann tritt sie einen Schritt zur Seite, in die Bank, die ganz vorn fast auf sie wartet. Sie geht in die Bank, stützt sich mit einer Hand auf die Holzplatte, auf der man Gesangbuch oder Bibel ablegt, und bleibt ungefähr in der Mitte stehen, wie um in einer leeren Bank in einer verlassenen Kirche ihr Revier zu markieren, dort, wo man sie anfassen kann, die Einsamkeit.

Er sieht sie an. Den kleinen aufragenden Kopf, die langen, struppigen und verfilzten Haare, die nach unten fallen und ein Stück des weißen Brettes verstecken, das zu der Bank hinter ihr gehört. Er zündet noch eine Kerze an und steckt sie in den Metallring, hebt den Karren mit den Bibeln hoch und stellt ihn zur Seite, damit er nicht im Weg steht, geht auf den Altar zu, die goldenen Metallziffern in der Hand. Das mag er am liebsten. Den Moment, in dem er die Nummern der Choräle auf der schwarzen Tafel befestigt. Er weiß nicht warum und findet sich manchmal ein wenig kindisch, vor allem liegt es wohl daran, wie es funkelt, wenn man ein Stück zurücktritt, die großen Kronleuchter lassen die Ziffern leuchten.

Das Altarbild hängt in der Nähe der Bank, die das Mädchen betreten hat, und er bewegt sich langsam darauf zu. Sie sitzt ganz still da, ein wenig nach vorn gebeugt, der eine Arm hängt locker herunter. Es ist schwer zu entscheiden, ob sie eingenickt ist, er glaubt es nicht, Augen, die nichts enthalten, sind nur selten geschlossen.

Er ist daran gewöhnt, dass einsame Besucher die Kirche betreten und sich mit ihren Gedanken hier niederlassen. Genau wie er selbst gern zwischen den Gottesdiensten hier ist, in der Lücke zwischen denen, die gegangen sind, und denen, die kommen werden.

Aber sie, George seufzt, ist so jung, so verlassen.

So eine, die lange hier sitzen wird.

DAMALS

53 Stunden vorher

Die Dunkelheit klebte an seinem Körper.

Das hatte sie eigentlich immer schon getan. Jedenfalls so weit, wie seine Erinnerung zurückreichte. Klebte, klebte, klebte.

Er hatte sich daran gewöhnt, es gefiel ihm. Er konnte nichts anderes ertragen.

Aber das hier, richtiges Dunkel, wie es das draußen gab, in der Zeit zwischen Abend und Morgen, daran war er nicht gewöhnt, und er war nie so ganz sicher, ob er sich richtig verhielt, ob er richtig aussah, ob Menschen, die ihm begegneten, ihn betrachteten oder durch ihn hindurchsahen.

Er fror. Der Winter hatte schon lange auf ihn gewartet, jetzt fiel er über ihn her, über seinen dünnen Mantel, die Hose, die schon fadenscheinig war, dort, wo der Stoff am ärgsten strapaziert wurde, die Turnschuhe, die grün waren und die er schon so lange hatte, die Kleider, die ein Schutz sein sollten, die aber nicht ausreichten, nicht in dieser Nacht, in der die Januarkälte freies Spiel hatte.

Er hieß Leo, und er ging so, wie er immer ging, seine Füße schleiften über die Schneedecke, sein magerer Körper krümmte sich jeden Tag ein wenig mehr zusammen. Er war jetzt irgendwo in der Gegend des Fridhemsplans angekommen und ging durch die Fridhemsgata, dann links die leicht ansteigende Arbetargata hoch. Auf der einen Seite lag der leere Schulhof, auf der anderen die schweigende Mietskaserne, und das Licht der Straßenlaternen wurde auf diese Weise gerade hier stark genug, gerade hell genug, um den Dampf des eigenen Atems zu sehen, gerade dunkel genug, damit die Menschen, die ab und zu hinter ihren Fenstern auf die Morgendämmerung warteten, nicht merkten, was da an ihren parkenden Autos vorbeiging.

An der Ecke Arbetargata und Mariebergsgata blieb er stehen.

Brennende Weihnachtskerzen standen wie kleine Feuer hinter den Fenstern. Ab und zu sah er eine Bewegung von Menschen, die noch immer auf waren. Das Geräusch eines Tores, das in der Ferne geschlossen wurde.

Er wartete ein wenig mitten auf der Kreuzung, sah sich um, mit unruhigen Blicken.

Der Asphalt war hier fast überall von Schnee und Eis und Streusand aus den blauen Plastikbehältern der Straßenmeisterei bedeckt. Er kratzte mit dem Fuß, bis der runde Gullydeckel zu sehen war.

Eine letzte Kopfbewegung, niemand da, wirklich niemand, niemand, der ihn beobachtete.

Leo nahm den Rucksack ab und stellte ihn neben seine Füße. Die lange Metallstange hatte in einem der Außenfächer gesteckt, er presste sie in den Spalt zwischen Deckel und Asphalt und stemmte den Deckel mit einem Ruck auf. Er war schwer, Gusseisen, das sechzig Kilo wog, aber seine mageren Arme waren unerwartet stark, noch ein Ruck, und der Eisenklumpen lag zur Hälfte neben dem offenen Loch. Unter dem Deckel war ein Gitter mit einem kräftigen Hängeschloss an einem Metallring in der Betonwand befestigt, zwei große Plastiktüten voll Rattengift baumelten in der Mitte daran. Er suchte in seinem Schlüsselbund und ging in die Knie. Der Schlüssel war dick und kurz und das Schloss so träge wie jedes Schloss im Januar. Er öffnete, und seine nackten Hände wären fast am kalten Metall des Gitters hängen geblieben, als er es zur Seite schob.

Zwei Blocks weiter sah er jetzt auf der engen Straße ein Auto näherkommen.

Er hatte nicht viel Zeit, er atmete heftig, als er das fünfundzwanzig Meter lange Seil um die Tragriemen des Rucksacks band und es an seinen Handflächen entlanggleiten ließ, der Rucksack war schwer, und es tat sehr weh, als er ihn ins Loch hinunterließ.

Er wartete, bis er einen dumpfen Aufprall hörte. Der Rucksack war auf den Boden gefallen. Er sah, wie die Scheinwerfer des Autos größer wurden, während er die Luft anhielt und hinter dem Rucksack herkroch, hinunter in die Schwärze.

Die Leitersprossen waren kurze, glatte und an der Wand festgeschraubte Stangen.

Er war müde und schwankte ein wenig, als er die Hände über den Kopf hob und zuerst den Deckel wieder über den Gully zog und dann das Gitter zurücklegte. Er bedachte die Tüten mit dem Rattengift, die gegen seine Wangen schlugen, als er das Hängeschloss zuschnappen ließ, mit einem Fluch, und er hörte, wie dicht über ihm das Auto vorüberfuhr.

Er war mitten im Asphalt verschwunden und bewegte sich langsam immer tiefer unter einer Straße der Hauptstadt.

Der Bus näherte sich Stockholm von Süden her.

Helles Rot in einem müden Farbton, ein längst unmodern gewordenes Baujahr, ein Motor, der erschöpft war und den spärlichen Verkehr übertönte.

Der seltsam beleuchtete Himmel war in der vergangenen halben Stunde deutlicher geworden, das immer anwesende Licht, das nachts die große Stadt in der Hand hielt, wenn Straßenlaternen und Neonschilder und die Zierlampen der Wohnzimmer sich mit anderthalb Millionen Menschen zusammendrängten.

Auf der Höhe von Västberga verließ der Bus die vier parallelen Fahrspuren der Autobahn über die lange Abfahrt nach Årsta und Södermalm, langsamer jetzt, als zweifele er und suche zwischen den verschneiten Schildern, wohin er unterwegs sei.

Er fiel nicht sonderlich vielen auf, ein Bus in einer Hauptstadt wird nicht gesehen. Die wenigen, die ihn registrierten, sahen vermutlich, dass er über Liljeholmsbron fuhr, um dann durch die Långholmsgata nach Västerbron und Kungsholmen weiterzufahren, vielleicht lächelten sie kurz über die ruckartigen unregelmäßigen Bremsmanöver und über einen Fahrer, der an eine Fahrunterlage aus Schnee und Eis nicht besonders gewöhnt zu sein schien. Vermutlich gingen sie auch davon aus, dass im Bus Menschen saßen, nicht zu sehen durch die Fensterscheiben, die außen verschmutzt und drinnen von unruhigem Atem beschlagen waren.

Das war alles, was sie sahen, alles, was sie wussten.

Nicht einmal die dreiundvierzig Fahrgäste wussten es.

Dass sie bald verschwinden würden.

Das hier war eine andere Dunkelheit.

Die, an die er gewöhnt war, die, in der er sich sicher fühlte, wo niemand ihn sah und niemand ihn verurteilte.

Leo hatte im Schutz der Stockholmer Nacht mitten auf der Kreuzung Arbetargata und Mariebergsgata einen Gullydeckel geöffnet und wieder geschlossen. Er war in einem Loch verschwunden, das für einige Sekunden existiert hatte, und seine Füße traten nun auf die Leitersprossen in dem Zugang, den er meistens benutzte, er wusste, wo es eng wurde und wann seine Schulter gegen die kalte Wand schlagen würde.

Fünfzehn Meter unter der Straße.

Der Rucksack, den er abgeseilt hatte, lag auf der Zementkante, die wie ein erhöhter Bürgersteig am Kloakenlauf entlangführte, eine trockene Stelle, die er nach vielen misslungenen Versuchen zu treffen gelernt hatte. Es war zwar spätnachts und der Wasserstand jetzt am niedrigsten, nicht mehr als zwei Zentimeter, aber er wollte nicht, dass der Rucksack nass wurde, er enthielt schließlich sein Leben.

Er band das lange dünne Seil ab und steckte es in eines der Außenfächer des Rucksacks. Das Auto war rasch nähergekommen, er hatte das scharfe Nylonseil durch seine Hände laufen lassen müssen, und es hatte seine Handflächen an den Stellen verbrannt, an denen seine Handschuhe große Löcher aufwiesen. Er blutete und würde die Wunden später waschen und verbinden, unbehandelte Wunden verwandelten sich unter der Erde zu Entzündungen, die nur mühsam heilten.

Es war immer warm hier, zwischen fünfzehn und achtzehn Grad, das ganze Jahr hindurch. Er stand ganz still, wie immer. Um mit dem Zittern aufzuhören, um den Winter denen zu überlassen, die sich dafür entschieden hatten, beim Winter zu wohnen, um stumm zu horchen, bis er sicher sein konnte, dass er allein war.

Die Stirnlampe lag im anderen Außenfach des Rucksacks. Die Batterie war schwach und konnte noch in dieser Nacht zu Ende gehen. Er konnte nur einige Meter weit sehen, es würde zwei Minuten länger dauern als berechnet.

Der Tunnel war breit, fast zweieinhalb Meter, und ausreichend hoch, zwar niemals höher als seine ein Meter neunzig, aber er bewegte sich wie bisher, zusammengekrümmt und mit eingezogenem Kopf, als habe er Angst, mit dem Kopf gegen das zu stoßen, was gar nicht da war.

Zweiundzwanzig Schritte.

Die erste Tür war auf der rechten Seite in die Mauer eingelassen. Ein einziges Schloss, ein ganz normales dreieckiges. Er öffnete, verließ das Kloakensystem und betrat den Verbindungsgang.

Die Luft war hier nicht so feucht, war viel leichter zu atmen.

Er rückte die Stirnlampe gerade und trat nach dem Tier, das vor seinen Füßen aufsprang.

Noch sieben Schritte.

Der Verbindungsgang endete vor einer neuen Tür mit zwei neuen Schlössern. Das obere war wie das erste, ein dreieckiges. Das untere war rund, er brauchte dafür immer mehr Zeit.

Er öffnete und betrat das nächste System. Das militärische. Einen Tunnel, der ebenso groß war, dessen Wände jedoch aus Metall waren und nicht aus Stein. Er zog diese Gänge vor, hier fühlte er sich am wohlsten, und hier wollte er seit fast elf Jahren wohnen.

Kloakentunnel. Verbindungsgang. Militärtunnel.

Er fand sich zurecht.

Niemand fand sich hier unten so gut zurecht wie er.

Noch mehr Tiere, wieder trat er nach den verdammten Ratten, sie bewegten sich kaum, weil sie ihn nicht sahen, und er klatschte in die Hände und stampfte mit den Füßen auf, wie immer, bis er sich zumindest genug Platz verschafft hatte, um weitergehen zu können.

Der Geruch, er liebte ihn sehr, wie schwacher Rauch, wie Feuer, vielleicht war es dasselbe Feuer wie vorhin bei den Weihnachtsleuchtern in den Fenstern, da oben.

Sie musste weg.

Das Licht dagegen sagte ihm weniger zu. Die Stirnlampe, die schwach leuchtete, als er weiterging. Die Schatten, die manchmal Menschen ähnelten. Aber er hasste es nicht, nicht, solange es nicht auf ihn gerichtet war, solange es nicht auf seinen Körper fiel, es war einfach so ein Licht, das er nicht ertragen konnte.

Sie führte die anderen her.

Sie musste weg.

Er ging weiter, fauchte die Ratten an, kniff die Augen zusammen, als das Licht der Lampe von einem Metallstück an der Wand reflektiert wurde und dann ihn zu treffen versuchte. Er zählte die Schritte nicht mehr. Es war zu weit, und es waren zu viele, an die vierhundert Meter westlich in der Richtung, in die er sich auch dann bewegt hätte, wenn er weiter oben über der Erde gewandert wäre, durch den Schnee in der Arbetargata.

Die dritte Tür lag vor ihm wie die erste, versteckt in der Tunnelmauer.

Hierher hatte er kommen wollen.

Zu dem, was ein Ausgang war. Dem, was ein Eingang war.

Er wartete wieder, horchte unruhig mit dem Schlüssel in der Hand, hörte aber nur seine eigenen Atemzüge. Keine Schritte von den anderen, keine Stimmen, die meisten, die in diesem Teil des Tunnelsystems hausten, schliefen nachts.

Er öffnete, das war doch so einfach, drückte mit aller Kraft die schwere Metalltür auf und betrat ein ganz normales Kellergewölbe in einem der größten Krankenhäuser der Hauptstadt.

Der Bus mit der hellroten Farbe fuhr langsam die Hantverkargata hinunter. Die Fensterscheiben, die von außen verdreckt und von innen beschlagen waren, erwachten an mehreren Stellen zum Leben, Hände, die verzweifelt über kaltes Glas rieben, um freie Sicht zu gewinnen. Die Fahrgäste hatten begriffen, dass jetzt etwas passierte, aber nicht was, nicht warum, nur, dass es unangenehm war, und zum ersten Mal auf dieser langen Reise fürchteten sie sich vor dem Fremden.

Noch war es Nacht, noch waren es zwei Stunden bis zum Licht der Dämmerung, und das längliche Fahrzeug konnte deshalb den erschöpften Motor laufen lassen, als es beim Kungsholms torg hielt, eingehüllt in schützendes Schwarz.

Ein Mann stieg aus, nach ihm kam noch einer, dann eine Frau. Sie trugen Stapel von braunen Kunststofftaschen auf den Armen und türmten sie auf dem schmalen Kiesweg aufeinander. Dann kehrten sie in den Bus zurück, einige Sekunden Stille, so tiefes Schweigen, wie das in einem Stadtteil voller Wohnungen überhaupt nur möglich war.

Und dann waren die ersten Schreie zu hören.

Nicht laut, nicht sonderlich lange, aber doch ausreichend, um die Mieter in zweien der nahe stehenden Häuser zu wecken, als dreiundvierzig Kinder sich weigerten, ihre Plätze zu verlassen.

Einige klammerten sich an Haltestangen aus Metall, andere schlugen nach denen, die sie zwingen wollten, viele weinten, einige wenige schafften es, sich bedrohlich anzuhören.

Am lautesten schrie ein Mädchen, das zu den ältesten zu gehören schien, sie drückte einen Säugling an sich und presste sich gegen ihren Sitz und das beschlagene Fenster. Einer der Männer hatte ihren Oberarm gepackt, und der andere entriss ihr das Kind, trug es aus dem Bus und legte es neben die Taschen auf den Boden. Das Mädchen spuckte und trat um sich und rannte hinterher, hob das Kind auf und hielt es fest umschlungen, drehte sich um und rief in einer Sprache, die die neugierigen Anwohner an ihren Fenstern nicht verstehen konnten, etwas in den Bus hinein.

Das alles dauerte nur zwei Minuten.

Vielleicht lag es an der Kälte, die den unvorbereiteten Körpern zusetzte.

Vielleicht lag es an den Tabletten, die sie bekommen hatten, als sie in den Bus gestiegen waren, und deren Dosis auf den letzten zehn Kilometern verdoppelt worden war.

Vielleicht war es einfach Resignation, als auch die Stärkste unter ihnen zum Verlassen des Busses gezwungen worden war.

Zwei von den Jungen, die an die zwölf Jahre alt sein mochten, gingen zu den Stapeln aus Taschen und suchten darin, bis sie gefunden hatten, wonach sie gesucht hatten, dann öffnete jeder eine dreißig Zentimeter lange Tube, drückte darauf und verteilte den klebrigen Inhalt in der langen Reihe von kleinen Händen, die sich danach ausstreckten.

Sie setzten sich nebeneinander auf den hohen Bordstein, hoben die Hände ans Gesicht und atmeten tief ein, Kinder, die einem Bus hinterherstarrten, der hinter den Häusern von Norr Mälarstrand verschwand, während die Kinder stumm in sich selbst Zuflucht suchten.

Leo mochte dieses Gebäude nicht. Aber er brauchte es. Er mochte die Menschen nicht, die sich hier aufhielten, die die Räume und die Gänge füllten, egal, ob es Tag war oder Nacht. Andere Häuser mit Aus- und Eingang, die direkt in die Tunnel führten, waren stumm und dunkel und verlassen, wenn es Nacht wurde, hier war es immer so lebendig, die ganze Zeit waren hier Menschen unterwegs.

Er hatte in der Arbetargata einen schweren Gullydeckel hochgehoben und war geradewegs in die Unterwelt hinabgestiegen, er war durch das Tunnelsystem gewandert und hatte vor der letzten Tür gewartet, bis er sicher gewesen war, dass niemand ihn sah.

Er hatte die Tür geöffnet.

Nun stand er im Kellergeschoss des großen Krankenhauses.

Hierher ging er manchmal, um Dinge zu holen oder zu hinterlegen.

Über ihm, im oberen Kellergeschoss und im Erdgeschoss und in jeder weiteren Etage dieses hohen Gebäudes, rannten weiß gekleidete Menschen herum. Aber hier ganz tief unten bewegten sich vor allem Männer in Blau, die Transporte hin- und herfuhren, und er war ganz sicher, dass der letzte schon einige Stunden zurücklag, ein Mülltransport gegen neun Uhr, der immer aussah wie ein kleiner Wagenzug. Der nächste würde erst am Morgen losgehen, die kleineren Wagen, die nach Brei und frisch gebackenem Brot dufteten.

Er hatte mit den Jahren die Routinen gelernt, wusste genau, wie lange er sich hier ungestört bewegen konnte.

Die Hand um den Schlüsselbund geklammert. Ein Blick auf die Uhr an der Wand. Bald vier.

Die Nacht neigte sich dem Ende entgegen.

Noch eine Tür, auf der anderen Seite des Ganges, sie führte in den Teil des Kellergewölbes, in dem er sich aufhielt, eine blaue Tür, auch sie aus Metall. Aber mit einem roten klaren Schein einer Glasdiode neben der Klinke.

Der Alarm.

Der kümmerte ihn nicht weiter. Er würde die Tür ja auf die richtige Weise öffnen, deshalb würde auch kein Alarm ausgelöst werden.

Das obere Schloss war schon länger da, der Schlüssel glitt leicht hinein, und er drehte ihn um.

Das untere war neu, deshalb zog er die Hälfte einer Nagelfeile aus der Jackentasche und schob das spitze Metallstück in den Zylinder des Schlosses, zog ihn hin und her, schliff die Zunge ab. Dann ein Klingenbund, der in derselben Tasche gesteckt hatte, aus einem Werkzeugkasten, den er einige Jahre zuvor an der Statoiltankstelle beim U-Bahnhof Alvik gestohlen hatte. Leo sah die kleinen Eisenstücke durch und entschied sich für eine der mittelgroßen Klingen, zog dann eine Feile hin und her, bis er vier neue Zähne geformt hatte, die mit etwas größeren Zwischenräumen als bei einem normalen Schlüssel hervorragten. Er schob diesen schlichten Dietrich vorsichtig in das Schloss. Die Metallklinge packte sofort das, was die Feile eben abgeschliffen hatte, der Widerstand ließ nach, der Zylinder drehte sich.

Er hatte die Tür zur Krankenhauswerkstatt geöffnet.

Er ging hinein, hier hatte er häufiger zu tun. Es roch nach Öl und Staub, und er stellte seinen Rucksack auf den Boden zwischen zwei Arbeitstischen, öffnete die beiden Lederriemen und klappte den Stoffdeckel zurück. Das klobige Druckluftaggregat stand solide mitten im Rucksack, er hob es heraus, trug es zu einem der Tische und stellte es dort auf. Der Schlauch hing an einem Gestell an der Wand, und er zog ihn herunter und befestigte das eine Ende am Aggregat, überzeugte sich davon, dass jetzt geladen wurde.

Es war eine lange Nacht gewesen, eine gute Nacht.

Sie kann nicht mehr hier bleiben.

Er war jetzt müde, wollte nach Hause.

Sie führt sie zu uns.

Wenn er sich beeilte, könnte er sie holen und fortschaffen, er würde noch einmal den Weg durch das Tunnelsystem finden.

Sie musste weg.

Er hatte noch immer Zeit genug. Obwohl sie schwer war und obwohl seine verletzten Hände wehtun würden, wenn ihr Oberkörper hier und dort am Tunnelboden hängen blieb. Er würde vor dem Morgen fertig sein, ehe die Dunkelheit verschwand, ehe die Menschen in dem riesigen Haus sich wieder in Bewegung setzten.

Draußen vor dem großen Fenster war es kalt.

Schnee, Dunkelheit, der verdammte Winter, der mit jeder Nacht sein Revier erweiterte, der an seinem achtundfünfzigsten Jahr zehrte, ohne etwas zurückzugeben.

Er hatte keine Angst, trauerte nicht um die Zeit, die es nicht mehr gab, es war nur, dass nicht mehr genug übrig blieb, um sich danach zu sehnen, dass die Monate verschwanden, er war müde, müde, mochte nicht mehr auf schlecht gewarteten Bürgersteigen herumlaufen, wollte den Stress nicht mehr, der das Atmen erschwerte, mochte nicht mehr wütend sein, wenig Wärme, Tage und Nächte ohne Handschuhe und lange Unterhosen, war das verdammt nochmal zu viel verlangt?

Ewert Grens drückte auf die widerspenstige Klinke und öffnete eins von vier kleineren Glasfenstern. Sein Zimmer schaute auf den großen Innenhof von Kronoberg, den ganzen Tag rannten da unten kackwichtige Polizeibeamte mit Ordnern unter den Armen herum, jetzt war es leer, sicher lagen sie zu Hause und schliefen, am nächsten Tag würden sie neue Ordner mit sich herumschleppen.

Die Kälte packte sein Gesicht, als er sich aus dem Fenster beugte. Ein leichter Wind wehte, er zitterte, wurde aber gerade so wach, wie er gehofft hatte, das Kalte, das gegen meterhohen Schnee und ganze Eislager stieß, blieb nicht ohne Wirkung.

Er hatte geträumt. Denselben verdammten Traum, soweit er sich zurückerinnern konnte, das Tor, das hinter ihm zuschlägt, und die Treppe, die nach nirgendwo führt, er findet seine eigene Wohnung nicht, die ist verlegt worden, oder ein anderer Name steht auf dem Briefkasten, und er geht weiter nach oben zu Stockwerken, die niemals erbaut worden sind, er geht durch Türen ein und aus, die wie seine eigene aussehen, und überall stehen Menschen im Weg, dort, wo sein Zuhause sein müsste, sie bewegen sich nicht, sie starren ihn nur an, fragen, was zum Teufel er dort zu suchen hat.

Er hatte niemals eine gute Antwort gefunden.

Deshalb zog er es wohl so oft vor, hier zu schlafen.

Auf einem abgenutzten zweisitzigen Sofa aus braunem Cord, einige Stunden unruhiger Schlaf in Hose und Jackett, sein Rücken, der schmerzte, sein Hals, der kurz vor dem Brechen zu sein schien. Er hasste diese verdammten Nächte, die nie ein Ende nahmen, was sollte man eigentlich damit?

Ewert Grens schloss das Fenster. Er sehnte sich nach ihr. Sie besuchte ihn immer um diese Zeit, sie, die vor einem anderen Fenster saß und auf das Wasser und die Boote und das Leben hinausschaute, an dem sie nicht teilnahm.

Sie hatte so still dagelegen, es war ihm zuerst nicht aufgefallen, das Rote, das Blut war, und das irgendwo aus ihrem Kopf stammte.

Er verstand die Menschen nicht, die Menschen verstanden ihn nicht, so einfach war das. Aber Anni, da brauchte er nie irgendetwas zu erklären, es war kein verdammtes Spiel, das war von Anfang an so gewesen, schon damals, als sie noch gesund gewesen war.

Er ging auf den großen Kassettenrekorder zu, der im Regal hinter dem Schreibtisch stand, wühlte zwischen den Kassetten, die er selbst bespielt hatte, mit den Liedern, die ihnen beiden gehört hatten.

Er würde natürlich später an diesem Tag bei ihr sitzen, auf einem Stuhl neben einem Bett, das aus Metall war und Räder hatte, ihre Hand fühlte sich so klein an, wenn sie in Schlaf versetzt wurde, wenn sie zufällig einschlief. Es war schleichend Jahr für Jahr gekommen. Die Wege, über die im Schädel Flüssigkeiten transportiert wurden, waren langsam verstopft, und regelmäßig verließ sie ihr Zimmer und das private Pflegeheim auf Lidingö, um geröntgt und in einer der vielen Institutionen der Stadt untersucht zu werden. Das machen die Ärzte eben mit Patientinnen wie Anni, und er hatte schon längst aufgehört, Fragen zu stellen, da er eingesehen hatte, dass er keine Antworten hören wollte, er wollte nur eine Fortsetzung dessen, das keine Veränderung war.

Er fand die gesuchte Kassette, drehte die Lautstärke hoch und bewegte seinen umfangreichen Körper durch das Zimmer, watschelte schwerfällig und mit ausgestreckten Armen weiter.

Rote Lippen soll man küssen, denn zum Küssen sind sie da …

Er hielt sie im Arm, sie tanzten, immer in der Morgendämmerung, wenn er allein war und die Tür zu einem der Gänge in dem großen Polizeigebäude verschlossen war, es war still und dunkel, und die Musik füllte das, womit er nichts zu tun haben wollte.

Rote Lippen sind dem siebten Himmel ja so nah …

Einige rasche Schritte, als die Stimme von den Zimmerwänden abprallte, *Siw Malmkvist und Sven-Olof Walldorfs Orchester, aufgenommen 1966, Original Lucky Lips,* er sang den Text mit, den er auswendig konnte. Sechs Musikkassetten mit Siw-Stücken, die er selbst zusammengestellt hatte, etwas anderes gab es nicht, nicht in diesem Zimmer.

Ihm wurde jetzt warm, er schwitzte unter seinem zerknitterten Sakko, aber er machte immer größere Schritte und sang lauter, als der Chor und das, was er für ein Tambourin hielt, zum zweiten und dritten und vierten und fünften Mal im Refrain wieder einsetzten, den er so gern hörte. Er keuchte auf, als die Musik nach zwei Minuten und vierzig Sekunden verstummte, er lief zum Regal und zum Kassettenrekorder, um es noch einmal zu hören, er war noch nicht fertig, seine Arme, die sie hielten, waren fast jung.

Das schrille Signal zerfetzte das, was einen Augenblick zuvor einfach gewesen war.

Ewert Grens brüllte das verdammte Telefon an und kehrte dem Schreibtisch dann demonstrativ den Rücken zu, als es weiterklingelte.

Es war noch keine halb sechs. Sein Telefon für externe Anrufe noch nicht freigeschaltet. Irgendein Arsch rief intern an, wusste, dass er hier war, dass er um diese Zeit immer hier war.

Das Klingeln ging weiter, er gab auf, atmete schwer, als er sich meldete.

Es war die Leitstelle, einer der älteren Kollegen, mit denen er seit Jahren zusammenarbeitete, ohne irgendeine Lust, diesen Menschen kennenzulernen.

»Ich brauche deine Hilfe.«

Grens seufzte.

»Jetzt nicht.«

»Jetzt.«

Noch ein Seufzer.

»Ich schaff das nicht. Das weißt du.«

Er sah zum Schreibtisch hinüber, zu den Ordnern, die dort auf fünf unterschiedlich hohen Stapeln lagen, dann sagte er:

»Zweiunddreißig.«

»Ich weiß, wie viele das sind.«

»Zweiunddreißig laufende Ermittlungen.«

»Ewert, ich brauche jemanden, der qualifiziert ist. Und um diese Zeit … da bist nur du im Haus.«

Ewert Grens verschob zwei Stapel und setzte sich auf die Tischplatte. Die Dunkelheit vor dem Fenster war unverändert. Hier und dort leuchtete etwas auf, das weiß zu sein schien, es war schwer zu entscheiden, aber möglicherweise hatte es angefangen zu schneien, es war so ein Winter.

»Worum geht es denn?«

Der Kollege seufzte, einige Sekunden des Zögerns.

»Um dreiundvierzig Kinder.«

»Kinder?«

»Wir haben sie vor zwanzig Minuten gefunden. Dreiundvierzig zugedröhnte Kinder, die in der Hantverkargata auf dem Bürgersteig standen und in ihren dünnen Kleidern froren. Eine Streife hat sie hergebracht, einmal durchs Viertel spaziert zum Eingang Bergsgata, und da unten sitzen sie jetzt und warten.«

Vor langer Zeit war es vermutlich ein Lagerraum gewesen. Das glaubte sie jedenfalls. Sie hatte sich nie die Mühe gemacht zu fragen, es hatte niemals eine Rolle gespielt. Vielleicht hätte es das tun sollen. Sie hatte schließlich ziemlich viele Tage hier verbracht, ziemlich viele Nächte.

Betonwände, Betonboden, Betondecke. Es sah hart aus, würde sich für jemanden, der nicht daran gewöhnt war, auch hart anfühlen. Aber das Gegenteil war der Fall. Es war ein weicher Raum, ein freundlicher Raum. Nicht wie ihr alter, es war hier leichter zu atmen, trotz des Rauchs, der jetzt am schlimmsten war, wenn das Feuer gerade heruntergebrannt war und die Tür zum Tunnel nicht ganz so weit offen stand, wenn der Luftzug die grauen flüchtigen Schwaden nicht mehr dazu brachte, um ihren Kopf hin und her zu huschen.

Der Türspalt diente als Schornstein, und die Ziegelsteine lagen auf dem Boden im Viereck um die Feuerstelle. Besonders zivilisiert war das nicht. Aber sie fand es schön, hätte es nicht anders haben wollen.

Sie reckte sich. Es war spät. Oder war es früh? Leo war länger weggewesen als sonst, das Feuer reichte sonst für größere Teile der Nacht, erlosch selten, ehe er zurückkam.

Sie lag auf dem Rücken auf einer dünnen Matratze, eingehüllt in einen Schlafsack. Sie hatte unruhig geschlafen und war von dem Tier geweckt worden, das über ihren Bauch gesprungen war, die Viecher blieben nur weg, solange das Feuer brannte. Sie hatte keine Angst, nicht mehr wie damals, vor langer Zeit, als sie gerade erst heruntergezogen war, jetzt machte sie, was Leo sie gelehrt hatte, sie schrie und fuchtelte mit den Armen, bis die Ratten verjagt waren.

Sie drehte sich zu seinem leeren Platz hin. Matratze und Schlafsack auf einem Haufen, so ließ er sie immer liegen.

Sie wollte ihn bei sich haben.

Er sollte nicht allein dort oben sein, in dem Licht, das Angst machte.

Ein Kratzen, sie fuhr herum. Die Ratte sprang von einer Ecke zur anderen, über Kästen, die einen Tisch bildeten, und über Decken, die gelb waren, bedruckt mit dem Emblem des Bezirks, und die ein wenig beiseite lagen. Die Ratten bewegten sich wie früher ihr Meerschweinchen, das dachte sie oft, das Meerschweinchen, das sie in einem Käfig gehabt hatte und das sich oft, wenn sie es herausgelassen hatte, unter dem Bett im Schlafzimmer ihrer Eltern versteckte. Sie schrie noch einmal, kroch aus dem engen Schlafsack und stampfte wütend mit den Füßen auf, bis die Ratte durch den Türspalt im Tunnel verschwand.

Sie gähnte. Hob die Arme wieder über den Kopf, um ihren Körper länger zu machen. Sie war nicht sehr alt, die wenigen, die ihr begegneten, schätzten sie auf fünfzehn, sechzehn Jahre. Da das Feuer heruntergebrannt war, zog sie eine rote Stoffjacke und noch eine Hose über die andere an. Ihre Haare waren lang und dunkel und verfilzt, ihr Gesicht bedeckt von Schmutz und Ruß, ihre Hände fast schwarz.

Noch mehr Ratten kamen näher, als der Rauch sich weiter ausdünnte, sie fuchtelte mit den Armen und stampfte auf und schrie, aber das half nicht mehr, es waren zu viele, und sie war allein. Sie öffnete die Tür, bis sie den starken Luftzug des Tunnels spürte, dann beugte sie sich zu dem Stapel von Brettern vor, alle gleich lang, alle gleich breit, sie bestrich eines nach dem anderen mit Brennspiritus und stapelte sie in der Feuerstätte aufeinander. Die Zündhölzer streikten, und sie musste es mehrmals versuchen, bis die Bretter endlich Feuer fingen und die Flammen sich ausbreiteten, es wurde hell und warm und sie konnte die fauchenden Tiere eins nach dem anderen verjagen.

Sie setzte sich auf die Matratze.

Funken stoben auf, wie das manchmal passierte, die Wärme stieg von den Brettern auf und strebte zur Decke hoch, das Zimmer mit den harten Wänden umarmte sie.

Eine Zigarette in ihrer Hand, sie zündete sie an, zwei hastige Züge.

Sie war schon so lange hier. Hatte sich aber nie so ruhig gefühlt, so frei, es war einer der Morgen, der sie zu dem trügerischen Gedanken verleitete, sie könnte vielleicht wieder nach oben gehen, könnte die Rückkehr wagen.

Eine neue Zigarette, ihre rußigen Finger umklammerten sie, färbten das weiße Papier.

Sie lachte.

Weit in der Ferne, vermutlich dort, wo der Tunnel die scharfe Biegung machte, hörte sie seine Schritte.

Sie schloss gern die Augen und folgte dem Geräusch, das leicht über den Beton der Röhren schleifte. Leos langer magerer Körper, der Rucksack ein Buckel, der jagte, das Gesicht kantig und unrasiert.

Die Flammen flackerten auf, als er hereinkam.

Zwei von den kleineren Ziegelsteinen kippten um, als er mit dem Fuß dagegen stieß.

Sie führt sie her.

Leo stand mitten im Raum.

Sein Körper war steif, seine Hände zitterten, und seine Augen irrten umher.

Sie hatte ihn schon öfter so gesehen, wusste, dass dieser Zustand kam und ging, manchmal war es das Licht, manchmal waren es die Ratten, die er sammeln wollte, niemals machte es ihr Angst.

Das hier war anders.

Seine Furcht, seine Wut, sein Versuch, sich fast zu verstecken.

Sie wollte ihn packen, wollte ihn in den Arm nehmen, aber er kam nicht näher, er blieb auf dem Beton stehen, weit von der Matratze entfernt, und flüsterte so leise, dass es fast nicht zu hören war.

Hier kann sie nicht bleiben.

Sven Sundkvist war früh unterwegs, der Verkehr auf der Autobahn war spärlicher als sonst am Montagmorgen. Ob es an der Glätte lag oder ob es einfach so ein Tag war, die Fahrt von Gustavsberg war schnell gegangen, und er hatte sogar ein zweites Frühstück in dem Café einlegen können, das ein wenig zu teuer war, das aber früh öffnete und das dem Haupteingang des Polizeipräsidiums genau gegenüber lag. Zwei belegte Brote später wurde es langsam hell, der Tag war da, hatte aber noch nicht angefangen, als er bezahlte und einem älteren Mann dankte, den er für den Cafébesitzer hielt, die Bergsgata überquerte und sich seinem Arbeitsplatz näherte. Eine kleine Treppe, eine schwere Eingangstür und dann das Wartezimmer der Passstelle, das er passieren musste, um den ersten der für die Citypolizei reservierten Gänge zu erreichen.

Er öffnete. Er schaute sich um. Er blieb ganz still stehen.

Sven Sundkvist ging auf, dass er in etwas hineingeplatzt war, was er noch nie zuvor gesehen hatte.

Zwei von ihnen lagen auf dem nackten Boden, andere saßen bewegungslos auf den Holzbänken, die er immer für übertrieben hart gehalten hatte, die meisten standen einfach da, an die Wand gelehnt, verängstigt, abwesend.

Er zählte. Er wusste nicht warum, es geschah mechanisch, vielleicht, um Zeit zu gewinnen und zu verstehen, was er da sah.

Dreiundvierzig Kinder.

Alle in identischen Overalls, blau und gelb, viereckige aneinandergenähte Stoffstücke.

Sie kamen nicht aus Schweden. Das war sein einziger klarer Gedanke. Und diese seltsame Stille. Er hatte selbst einen Sohn, Jonas, zehn Jahre alt, und er wusste, wann man Kinder hört. Aber diese hier sagten nichts, lachten nicht, weinten nicht. Ganz still. Sogar die Jüngsten, die auf den Knien der Älteren saßen.

Sven Sundkvist atmete langsam.

Es roch, wie es immer roch, es war ein wenig zu kalt, wie immer im Winter, und an der Decke, in der Nähe des Kaffeeautomaten, flackerten zwei Neonröhren, die schon längst hätten ausgewechselt werden müssen und die vermutlich noch sehr lange weiterflackern würden.

Alles wirkte so normal. Aber er hatte es gesehen, auch wenn es so aussah, als sei es nicht wirklich.

Dreiundvierzig verängstigte, verlassene Kinder.

»Sven!«

Weit hinten zwischen zwei grünen Pflanzen in riesigen Metallbehältern, das Telefon ans Ohr gepresst, lief Ewert Grens ruhelos hin und her. Sein massiger Körper, die ziemlich große kahle Stelle auf dem Kopf, das steife rechte Bein, das dem Hauptkommissar einen ungleichmäßigen, hinkenden Gang gab.

»Sven, zum Teufel, komm her.«

Er sah ein letztes Mal die blinkenden Röhren an. Jetzt hatte er sich gefasst.

»Ewert, was ist …«

»Die müssen weg hier. Bald kommen Leute her. Die Treppe hoch, auf den Gang des Ermittlungsdezernats, wir bringen sie so lange rauf.«

»Du musst …«

»Jetzt sofort, Sven.«

Sven Sundkvist sah, dass vier uniformierte Kollegen in den Ecken des großen Raumes auf Posten standen, breitbeinig und die Hände im Rücken verschränkt. Er sah wieder die kleinen Menschen an, die vor ihm lagen und saßen und weit weg zu sein schienen, dann ging er langsam auf die nächststehende Bank zu, auf eine Gruppe von Jungen, die ein wenig älter waren als Jonas. Er ging in die Hocke, versuchte, ihre umherirrenden Blicke einzufangen, fragte nach ihren Namen. Sie sahen ihn nicht. So kam ihm das vor. Sie schauten ihn an, und er war durchsichtig.

Er fragte, woher sie kamen, wie es ihnen ging. Zuerst auf Schwedisch, dann auf Englisch, mit leiser Stimme in holprigem Schuldeutsch, schließlich mit den wenigen Brocken, die er auf Französisch wusste.

Keine Antwort.

Überhaupt kein Kontakt.

Jonas' Gesicht, Sven ging immer in Jonas' Zimmer und sah sein Gesicht an, wenn er früh zur Arbeit musste. Auch an diesem Morgen hatte Jonas dort gelegen, die dunklen Haare zerzaust nach einer Nacht auf dem Kissen. Sven Sundkvist war ein wenig zu lange stehen geblieben, das machte er immer, aber er ging danach gern schneller zum Auto und fuhr gern schneller in die Stadt, dieser Moment war wichtiger als der ganze Tag.

Jonas war geborgen. Das war wohl das beste Wort, das er finden konnte. Es war alles, was diese Kinder hier eben nicht waren.

»Upstairs.«

Sven Sundkvist zeigte auf die breite Treppe und kam sich ebenso durchsichtig vor wie eben erst.

»Upstairs. Everyone.«

Er legte dem einen Jungen die Hand auf die Schulter, und es war, als hätte er ihn geschlagen, der schmächtige Körper zuckte zusammen, und das abgewandte Gesicht schrie etwas, das unmöglich zu verstehen war.

»Don't be afraid. You …«

Plötzlich nahm Sven den Geruch wahr. Starkes Lösemittel und eingetrockneter Urin. Wie blockiert musste er eben gewesen sein, dass er nicht wahrgenommen hatte, was ihm jetzt einen solchen Brechreiz verschaffte. Der Junge, der hinter ihm saß, war ein wenig jünger, ungefähr so alt wie Jonas, nicht viel älter als zehn Jahre. Sven sah, ohne das gleich zu verstehen, dass eine der mageren Hände des Jungen eine lange Tube hielt und daraus flüssigen Klebstoff in die andere Hand drückte, wie er den Klebstoff knetete und an seine Nase hielt, um mit einem tiefen Atemzug die chemischen Dämpfe in sich aufzunehmen.

»Herrgott … was machst du denn da?«

Sven Sundkvist griff nach der Tube und zog sie an sich. Der Junge wehrte sich, und Sven wollte seinen Zugriff gerade verstärken, als er den Schmerz in seinen Fingern wahrnahm, das Kind hatte ihn ungefähr in Höhe der Fingerknöchel gebissen.

Einer der Uniformierten trat eilig vor, blieb aber einige Meter von ihnen entfernt stehen, Sven hatte die Tube losgelassen und hob die Hand.

Der Kollege schüttelte den Kopf.

»Ich glaube, das ist nicht so besonders klug.«

Sven Sundkvist musterte seine Hand. Sie blutete aus deutlichen Bissspuren.

»Hast du eine bessere Lösung?«

»Ich war dabei, als wir sie geholt haben. Ich habe sie beobachten können. Siehst du das nicht? Junkies. Allesamt. Du hast eben versucht, ihnen die einzige Zuflucht zu nehmen, die sie kennen.«

Jonas' Gesicht unter den vom Schlaf zerzausten Haaren auf dem Kissen. Der Junge, der auf dem Boden liegt, eine Tube Klebstoff in der Hand.

Zuflucht?

Sie würden ihre Tuben noch eine Weile behalten dürfen.

»Upstairs.«

Sven Sundkvist war aufgestanden, streckte wieder die Hand aus, schaute sich im Raum um und zeigte auf die verdammte Treppe.

»Now.«

Sie sagten nichts, bewegten sich nicht. Nur der Junge, der vor ihm lag, murmelte etwas, presste noch eine Dosis aus der Tube und atmete sie ein.

Dann sank er leblos in sich zusammen.

»Er braucht Hilfe. Sundkvist. Beim Atmen!«

Sven suchte am Hals des Jungen nach dem Puls, hielt seine Hand einige Zentimeter über dessen Mund, um den Atem zu spüren.

Plötzlich erwachte der kleine Körper zum Leben.

Die Hände unkontrolliert in der Luft, schlugen sie gegen ein verschwommenes Gesicht, und Sven merkte, wie seine Wange brannte, als er getroffen wurde.

Der Junge schlug immer weiter, bis der Uniformierte sich vor die Gruppe von Kindern stellte, die sich auf die Beamten zubewegten, bis Sven ihn mit einer Kraftanstrengung umdrehen, sich rittlings auf ihn setzen und seine Arme fest auf den Boden drücken konnte.

Er blieb zwei Minuten so sitzen, und der Atem des Jungen wurde langsamer, der magere Körper etwas weniger angespannt. Ein Mädchen von vielleicht fünfzehn mit einem Säugling auf dem Arm trat zwei Schritte vor, sagte etwas in einer fremden Sprache und zeigte auf die Treppe. Sie befahl zwei von den älteren Jungen, bis zuletzt zu warten, dann ging sie los. Sie zeigte noch einmal auf die Treppe, wiederholte das, was sie eben gesagt hatte, und zögernd setzten sich auch die anderen in Bewegung.

Sven Sundkvist stand auf, und der Junge mit der Tube verschwand.

Er blickte hinter den Kindern her.

Er hatte so etwas noch nie gesehen.

Ein Zug aus schweigenden, abwesenden Menschen verließ den großen Wartesaal. Sie rochen nach Lösemitteln und Pisse. Sie alle waren drogenabhängig. Dreiundvierzig Kinder in gelben und blauen Overalls. Die meisten gingen selbst, zwei von den allerkleinsten brauchten Hilfe auf der Treppe, kleine Menschen, die noch kleinere Menschen auf dem Arm trugen.

Einige schliefen jetzt.

Ein unruhiger Schlaf auf dem kalten Linoleumboden.

Der Rest setzte sich, Sven Sundkvist ging noch einmal dicht an ihnen vorbei, das tiefe Unbehagen erfüllte ihn, als er in ihren bodenlosen Augen ertrank.

Die vier Kollegen warteten, postiert in zehn Meter Entfernung voneinander auf dem langen Korridor des Ermittlungsdezernats. Sven nickte ihnen zu, als er vorüberging, sie kamen ihm müde vor, gute Menschen, die auch nicht begriffen, was sie hier bewachten.

Kinder ohne Namen.

Auf dem Gang eines Polizeigebäudes.

Sie alle hatten Taschen bei sich gehabt. Einfache braune Kunststofftaschen. Sven dachte an die Tasche, die seine Mutter zusammengefaltet unter dem Arm zum zweihundert Meter von seinem Elternhaus entfernten Supermarkt getragen hatte, sie hatte diese Tasche gefüllt mit Milch und Margarine und länglichen Saftkartons, deshalb hatte sie nicht jeden Tag neue Plastiktüten kaufen müssen, *das geht schließlich ins Geld.* Er schüttelte den Kopf. So eine Tasche hatte er seit dreißig Jahren nicht mehr gesehen. Jetzt lag der ganze Boden voll damit.

Dreiundvierzig Stück, für jedes Kind eine.

Er war schon auf dem Weg zu seinem eigenen Büro, als er sich die Sache anders überlegte und zwei Türen weiter anklopfte. Bei Ewert. Er klopfte an und schaute vorsichtig hinein. Ewert saß auf seinem Stuhl, ein Telefon in der Hand.

Er sprach mit niemandem. Hielt einfach nur das Telefon in der Hand.

»Ihre Overalls.«

Ewert Grens wurde lauter.

»Blau und gelb, Sven. Blau und gelb.«

Sven Sundkvist betrat das Zimmer und ging weiter zu dem Cordsofa, von dem er sicher war, dass sein Chef vor kurzem noch darauf geschlafen hatte. Sie arbeiteten jetzt seit fast dreizehn Jahren zusammen. Er hatte einen Hauptkommissar kennengelernt, um den der Rest des Hauses am liebsten einen Bogen machte, er war es gewöhnt zu hören, wie Grens seine Umwelt mit lauter Stimme verfluchte. Aber das hier war keine Wut, es war etwas anderes, fast Resignation.

»Verstehst du das?«

Grens sprang auf, rastlos, unterwegs.

»Sven … begreifst du, warum zum Teufel nochmal niemand nach ihnen sucht?«

Ewert Grens lief im Zimmer hin und her, zwischen Schreibtisch und Besuchersofa, und bei jeder unbeholfenen Kehrtwendung wäre er Sven fast auf den Fuß getreten. Sven gab keine Antwort, Ewert würde bald weiterreden, wenn das, was jetzt gegen die Fensterscheibe geschleudert wurde, sich beruhigt hatte, wenn das Kind, das auf dem Gang hustete, von einem der Bewacher ein Glas Wasser bekommen hatte.

»In ein paar Minuten kommt jemand vom Jugendamt.«

Er blieb vor Sven stehen.

»Aber ich will, dass du auch irgendwelche Dolmetscher herschaffst, bisher hab ich keinen erreichen können. Wir müssen doch kommunizieren können.«

Das Husten auf dem Gang ging wieder los.

Sven Sundkvist war schon auf dem Weg zur Tür, als Grens ihn bat, noch einen Moment zu warten.

»Du, Sven, noch was.«

Der Hauptkommissar sah sich im Zimmer um, wie um sich davon zu überzeugen, dass niemand sie belauschte.

»Ich habe keine Kinder. Aber … was meinst du? Ich meine … ja, verdammt … die müssen doch Hunger haben?«

Sven war mitten in der Tür stehen geblieben. Jetzt drehte er sich zum Korridor um.

Starrende, magere, müde Gesichter.

Er nickte.

»Ich glaube auch.«

Ewert Grens schloss umständlich die Tür. Er brauchte einen Moment für sich.

Sie hatten einander eben noch umarmt.

Er würde als Erstes für die Kinder etwas zu essen besorgen. Dann würde er zum Kassettenrekorder gehen und das vollenden, was eine Stunde zuvor abrupt unterbrochen worden war.

Zwei Minuten und vierzig Sekunden, *Küsse nie nach Mitternacht* von Siw Malmkvist.

Ich hab es nicht geschafft.

An diesem Vormittag würde Anni in Narkose versetzt werden, es war wichtig, dass sie zu Ende tanzten.

Ich habe es nicht geschafft zu bremsen.

Er schaltete die Musik noch einmal ein. Dieselben Textzeilen, denselben Refrain. Dann ließ er sie los, als es im Zimmer hell geworden war, er war wieder schweißnass, am Rücken und im Nacken.

Sie lagen und saßen genauso da wie vorher.

Sven stand neben dem noch immer hustenden Jungen. Einer der Uniformierten half einem Mädchen von vielleicht fünf Jahren zur Toilette. Grens ließ seine Zimmertür offen stehen und ging hinaus auf den Gang. Er schaute ein Kind nach dem anderen an, und sie sahen ihn, da war er sich sicher, obwohl sie versuchten, seinem Blick auszuweichen, überhaupt nicht auf ihn zu achten. Er wusste einfach nichts über Kinder, hatte wohl auch nie eins kennengelernt, sein einziger Kontakt mit Minderjährigen bestand ab und zu in einer Vernehmung. Aber diesen Kindern hier, das sah er, denen ging es nicht besonders gut.

Er blieb beim Kaffeeautomaten stehen. Ein Plastikbecher voll schwarzem Kaffee. Er leerte ihn auf einen Zug. Noch einen, ebenso schwarz, er trank ihn zur Hälfte, goss den Rest in den Papierkorb. Es schmeckte entsetzlich. Aber daran war er gewöhnt, so gewöhnt, dass er es brauchte, diese billige scharfe Flüssigkeit schien seine Brust zu reinigen, vor allem nach verkrümmten Nächten auf dem Sofa.

»Guten Morgen.«

Er hatte sie nicht gesehen. Aber er freute sich über die Stimme, die es da irgendwo hinter ihm gab.

»Guten Morgen. Du bist früh dran.«

»Ewert?«

»Ja?«

»Was ist das hier?«

Mariana Hermansson drehte sich zum anderen Teil des

Gangs um und legte ihm zugleich die Hand auf die Schulter. Er fuhr wie immer zusammen, er hatte noch nie begriffen, wie er sich verhalten sollte, wenn jemand ihn anfasste.

»Die sind heute Morgen gekommen.«

Grens erklärte die Lage kurz, und sie brauchte nicht viele Sätze, um zu begreifen. Sie war klug, diese Hermansson. Er hatte gelernt, sie zu schätzen. Er wusste noch, wie er zwei Sommer zuvor zuerst dagegen protestiert hatte, ihr eine Vertretungsstelle zu geben, wie das eben seine Art war. Und wie ein Geiseldrama in einem von Stockholms größten Krankenhäusern ihn dazu gebracht hatte, die Sache mit anderen Augen zu sehen.

»Warum hast du mich eingestellt?«

»Ist das wichtig?«

»Ich weiß doch, wie du über Polizistinnen denkst.«

Sie war jung gewesen und hatte ihr Examen gerade erst hinter sich gehabt. Aber nachdenklich und analytisch während der Ermittlungen, die zufällig aus einem Operationssaal auf einer Unfallstation geleitet worden waren, war sie zu Ergebnissen gekommen, die er selbst nicht gesehen hatte.

»Die Citypolizei stellt jedes Jahr an die sechzig Personen ein. Was willst du hören? Dass du gut bist?«

»Ich will wissen, warum.«

Das Gespräch, das sie dort auf dem Gang gehabt hatten, vor seiner Zimmertür, das schien ab und zu aufzutauchen und sich zwischen sie zu stellen.

Sie zeigte auf den Kaffeeautomaten, er trat beiseite, und sie drückte mehrmals auf einen der obersten Knöpfe. Irgendeine Mischung aus Milchpulver und etwas anderem, das alle jungen Polizisten derzeit tranken. Er blickte ihren Plastikbecher angeekelt an, kurze Nächte und das, was jetzt zu dreiunddreißig Ermittlungen geworden war, waren schlimm genug, da brauchte er nicht auch noch diesen künstlichen Dreck.

»Ich glaube, ich werde versuchen, mit ihnen zu reden.«

»Das tun sie nicht. Reden.«

Hermansson war schon unterwegs. Sie ging langsam, balancierte den Becher in der einen Hand, winkte mit der anderen zwei von den Kindern zu, kleine Bewegungen. Er sah, wie sie vor einem der älteren Mädchen stehen blieb, wie sie wieder winkte, noch immer, ohne eine Antwort zu erhalten. Grens hatte schon früher beobachtet, wie gerade dieses Mädchen mit dem Säugling auf dem Arm zwischen den anderen hin und her gelaufen war, wie sie die anderen im Auge behielt, er betrachtete sie als inoffizielle Anführerin oder zumindest als eine, der die anderen offenbar vertrauten, und deshalb hatte er an diesem Morgen zwei Versuche unternommen, mit ihr zu sprechen.

Sie hatte beide Male ihr Gesicht abgewandt, fast verächtlich. Jetzt, wo Hermansson vor ihr stand, wich sie immerhin nicht aus.

Er ließ sich noch einen Becher Kaffee einlaufen.

Er schaute aus dem Fenster, der verdammte Winter, er verabscheute ihn jedes Jahr mehr, feucht und glatt und endlos lang.

Hermansson stand noch immer bei dem Mädchen, dem sie zugewinkt hatte. Grens wartete bei dem Automaten, der prustete, während er Kraft sammelte, er trank aus, dann ging er auf die beiden zu, ein kurzer Spaziergang durch schweigende Kinder. Sven sah ihn vorübergehen und verließ sein Zimmer, um sich ihm anzuschließen. Grens wandte sich seinem Kollegen zu, er sah zufrieden aus, als er jetzt sagte:

»Ich habe etwas zu essen bestellt. Es wird in einer halben Stunde gebracht. Es dauert wohl seine Zeit, die Öfen vorzuwärmen. Dreiundvierzig Capricciosa.«

»Verzeihung?«

»Wolltest du auch eine?«

»Ewert, Pizza?«

Sie hatten Hermansson und das Mädchen, dem Hermansson zugewinkt hatte, fast erreicht, als Grens stehen blieb, irritiert.

»Hatten die Hunger, oder was? Ich bilde mir ein, du hast so was gesagt.«

»Ewert …«

»Sven, ich scheiße jetzt auf deine Ernährungsratschläge. Die brauchen was zu essen. Und gleich kriegen sie das, Essen nämlich.«

Seine angestrengte Stimme hallte auf dem Gang wider, und zwei der Kinder bewegten sich unruhig. Das Mädchen, das bei Hermansson gestanden hatte, trat einen Schritt zurück, verängstigte Augen, die versuchten, die Gesten eines großen, kräftigen, älteren Mannes zu deuten.

»Die haben seit gestern nichts mehr gegessen.«

Hermansson hatte einen Arm ausgestreckt, als das Mädchen zurückgewichen war, und behutsam die Wange der anderen gestreichelt. Dann hatte sie sich umgedreht und zuerst Ewerts, dann Svens Blick gesucht.

»Irgendwann am Nachmittag. Das bedeutet, vor siebzehn oder achtzehn Stunden.«

Ewert Grens schnaubte.

»Und wie zum Teufel willst du das wissen?«

»Das hat sie gesagt.«

»Willst du mich verarschen?«

Hermansson nickte zu den ihr am nächsten stehenden Kindern hinüber.

»Ewert, sie dort, er dort.«

Sie senkte die Stimme, flüsterte, als habe sie Angst davor, dass die, über die sie sprach, sie hören könnten.

»Straßenkinder. Da bin ich mir fast sicher. Aus Bukarest.«

Sie hatte mit dem Gesicht zum Feuer gelegen. Es war warm, brannte fast auf der Haut, und dieses Gefühl mochte sie.

Aber die Flammen krochen rasch in sich zusammen, waren fast schon wieder verloschen.

Sie hatte ungefähr eine Stunde geschlafen. So lange reichten sie, diese Bretterstücke, die Leo von Transportpaletten losriss, die er aus einem der nächstgelegenen Lebensmittellager holte. Sie hatte es gelernt, eine Stunde, wenn sie die Tür ganz weit aufmachte und immer fünf Bretter einlegte, jeweils zwei Zentimeter auseinander.

Hier unten gab es keine andere Uhr, keine Jahreszeiten, keine Tage, keine Nächte.

Sie drehte sich um und sah ihn an. Er schlief. Das Gesicht, das eben noch so starr gewesen war, war weicher geworden, seine Wangen fast glatt, wenn er atmete, die Augenlider für eine Weile ohne diese unregelmäßige Zuckungen.

Sie konnte hier nicht bleiben.

Leo hatte mitten im Raum gestanden. Er hatte Angst gehabt. Er hatte gewollt, dass sie verstand.

Er drehte sich unruhig auf seiner Matratze um. Seine Stirn war feucht, er hatte geschwitzt. Sein Schlafsack lag zusammengeknüllt auf dem Boden, er hatte sich zwei der gelben Krankenhausdecken um den Leib gewickelt. Er war schön. Er war immer bei ihr, wenn sie Angst vor denen da oben hatte. Er war hier gewesen, als sie heruntergekommen war, vor so langer Zeit, er hatte mit seinem Schlüssel und seiner Anspruchslosigkeit und der Distanz gewartet, die er zwischen ihnen haben wollte, wenn sie miteinander redeten. Er hatte niemals etwas von ihr gewollt. Sie hatte gefragt, ob er sie anfassen wolle, sie hatte zweimal seine Hand an ihre Wange gelegt und wie einen Kamm durch ihre langen Haare gezogen, aber er war immer ausgewichen, voller Angst, das zu berühren, was ihr gehörte, voller Angst, sie könne glauben, er sei wie die anderen.

Sie dachte an ihre erste Begegnung. Einmal, als sie nur eine Woche von zu Hause weg gewesen war. Natürlich hatte sie nicht gewusst, wer er war. Leo hatte in der abendlichen Dunkelheit bei den Bussen auf dem Fridhemsplan gestanden und den Kaffee der Stadtmission getrunken und mit den Menschen geredet, die belegte Brote und Kleidungsstücke an die verteilten, die nirgendwo zu Hause waren. Sie war aus irgendeinem Grund zu ihm gegangen, hatte versucht, ihm nahezukommen, hatte ihn schon damals gemocht. Sie hatte gespürt, dass er nichts von ihr wollen würde, und deshalb hatte sie es gewagt, ihm in das Loch unter dem Gullydeckel zu folgen, als er ihr eine Welt gezeigt hatte, von der sie keine Ahnung gehabt hatte. *Wenn du nicht gefunden werden willst.* Leo hatte ihr vertraut. Er hatte das Einzige entblößt, um das er Angst hatte. Sie wusste noch immer nicht, warum, vielleicht hatte er einfach verstanden, dass auch sie zu denen gehörte, die nicht mehr gesehen werden wollten.

Wieder schwitzte er. Sein Gesicht war alt. Aber nicht seine Augen.

Und wichtig waren doch wohl die Augen eines Menschen.

Sie suchte nach den Flammen, dem Feuer, das es nicht mehr gab. Die ersten Ratten drängten sich bereits wieder in der Türöffnung. Groß, blind, sie identifizierten den Fleischgeruch in der Ecke. Das Meerschweinchen, wieder dachte sie daran, sie hatte sich wohl nie besonders darum gekümmert, hatte es nur im Käfig gehalten und es angesehen, hatte es manchmal angefasst, und erst einige Wochen nach seinem Tod war ihr aufgegangen, dass es ihr fehlte, wenn sie sich in ihrem Zimmer einsam gefühlt hatte.

Leo schien sie gespürt zu haben, ihre schnüffelnden Nasen, er wachte auf, setzte sich an der dunklen Feuerstätte auf und sah die Pfoten an, die sich jetzt auf sie zu bewegten. Er schüttelte die Decken ab und schlug damit um sich, bis die Tiere aufgaben und verschwanden.

Dann trat er gegen die Paletten, um besser heranzukommen, und brach zwei kleinere Stücke ab, nahm ein Messer, um sie noch weiter zu zerteilen, ehe er sie in die Glut legte. Er blies einige Male ins Feuer, den Mund dicht über dem Boden, und die Asche tanzte für einen Moment um ihn herum. Das Feuer loderte auf, sie reichte ihm zwei größere Holzstücke und wartete auf das, was jetzt zu leben begann.

»Wo?«

Sie hatte seit Stunden nichts gesagt, vielleicht blieb ihre Frage deshalb zuerst in ihrem Kopf stecken.

Leo gab keine Antwort.

»Wo?«

Er zuckte mit den Schultern. Aber er sagte nichts. Sie hatte ihm gegenüber nie die Stimme erhoben, das war niemals nötig gewesen, sicher fiel es ihr deshalb so schwer.

»Ich will es wissen. Verstehst du? *Ich will wissen, wo sie ist!*«

Langsam ging er die Treppe hinunter, eine dritte Tasse Kaffee in der Hand. Dieselbe dunkle kalte Treppe wie in all diesen Jahren. Es dauerte immer länger, er konnte sich daran erinnern, wie er sie hochgerannt war, wie er sie hinabgerannt war, fünfunddreißig Jahre bei der Polizei, verdammt viele Stufen.

Ewert Grens fuhr sich mit der Hand über die kahle Stelle. Es war da, jetzt war es da. Alles dazwischen, was will man damit, hinterher?

Er hörte den Lärm bereits, als noch ein Stock vor ihm lag. Stühle, die über den frisch renovierten Holzboden gezogen wurden. Gläser, die zu hart auf den Tisch gestellt wurden, Stimmen, die leise waren, sich aber an einem Gespräch beteiligten.

Sie füllten den gesamten hinteren Teil der Kantine, den mit dem zum Hof gelegenen Fenster. Drei lange Tische, zweiundfünfzig Plätze. Grens blieb bei einem Gestell für schmutziges Geschirr stehen und musterte die Versammlung aus der Ferne.

Sven und Hermansson. Die vier uniformierten Polizisten. Zwei jüngere Männer vom Jugendamt. Ein weiterer, ein wenig älter, vom Dolmetscherdienst. Alle schauten die dreiundvierzig Kinder in den blaugelben Overalls an, Kinder, die Capricciosa aßen, mit den Händen, direkt aus den weißen Kartons, und die Milch aus braunen Plastikbechern tranken.

Er hatte solche Kinder noch nie gesehen.

Hermansson hatte kurz mit dem Mädchen gesprochen, mit der, die die Älteste war und der die anderen vertrauten.

Bukarest, hatte sie gesagt.

Grens schüttelte den Kopf. Er begriff es nicht. Eine dreitausend Kilometer entfernt gelegene Stadt.

Mariana Hermansson saß ganz hinten bei der Gruppe der ein wenig älteren Kinder. Er hätte es natürlich wissen müssen. Er hätte wissen müssen, dass sie Rumänisch sprach, und er verfluchte seine Unfähigkeit, sich für andere zu interessieren. Mindestens zweimal hatte sie ihm schon von Malmö und den Hochhäusern in Rosengård und einer schwedischen Mutter und einem rumänischen Vater erzählt, von einer Kindheit, die so ganz anders war als die, an die er selbst sich erinnerte. Deshalb. Er hatte es nicht wichtig gefunden. Er brachte es ja nicht einmal fertig, den Überblick über sein eigenes Leben zu behalten, wie zum Teufel sollte er das dann bei anderen schaffen?

Sie hatte für einen Moment, das hatte er gesehen, verletzt gewirkt. Sie hatte etwas mit ihm geteilt, und ihm war das scheißegal gewesen.

Diese vielen Menschen, die Ansprüche stellten.

Er würde später mit ihr darüber sprechen. Dass er es zu schätzen wusste, wenn sie sich ihm anvertraute. Und dass er nicht wusste, was er damit anfangen sollte.

Die Kinder schlangen ihr Essen hinunter. Sven hatte recht

gehabt, sie waren hungrig gewesen. Grens stellte seinen Becher auf ein Tablett mit den letzten schmutzigen Tellern des Vortags und ging auf die Tische zu. Zwei Kinder schauten unruhig von ihren fast leeren Kartons auf, er erkannte die Jungen, die vorhin zurückgewichen waren, als er auf dem Gang ein wenig zu heftig und zu dicht an ihnen dran gestikuliert hatte.

Grens nickte den Beamten vom Jugendamt zu und winkte zu Hermansson hinüber. Sie sollte aufstehen, für zwei Minuten herüberkommen, leisen Stimmen und neugierigen Ohren den Rücken gekehrt.

»Das Mädchen, Ewert.«

Sie hatte geantwortet, noch ehe er überhaupt hatte fragen können.

»Das Mädchen, mit dem ich auf dem Gang gesprochen habe.«

»Sonst noch jemand?«

»Der da.«

Hermansson zeigte auf die Querseite des mittleren Tisches. Ein Junge, ein wenig jünger als das Mädchen, vielleicht zwölf, vielleicht dreizehn.

»Wir sollten uns auf diese beiden konzentrieren. Die trauen sich vermutlich zu reden. Und sie können vielleicht etwas anderes zum Ausdruck bringen als Angst.«

Mariana Hermansson hatte ein seltsames Gefühl an diesem Punkt, der genau zwischen Magen und Brust sitzt. Immer an derselben Stelle, aber wenn sie jetzt geröntgt worden wäre, wäre trotzdem nichts zu sehen gewesen, sie schien nur eine dicke Beule dort zu haben, wo so oft eine saß. Die drückte hart gegen die Rippen, nicht schmerzhaft, wie so oft, nicht erwartungsvoll, es war etwas anderes, etwas, das sie nicht erkannte.

Bisher hatte sie nur wenige Sätze gehört.

Es war so gewesen, wie mit sich selbst zu sprechen.

Das Mädchen war zwölf Jahre jünger und aus einer anderen Wirklichkeit. Aber sie sah aus wie damals Mariana. Die gleiche Haarfarbe, die gleichen Augen, die gleiche … Einstellung.

So einer, an der man nicht vorbeikam.

Jetzt gingen sie nebeneinander über den Gang, wo sie eine Stunde zuvor zu Ewerts Erstaunen Antworten auf ihre ersten Fragen erhalten hatten. Die braunen Plastiktaschen lagen noch auf dem Boden, vom Treppenhaus bis zum Kaffeeautomaten. Der Geruch, der von den Overalls ausging, hing noch in der trockenen Luft, er roch nach Schweiß und Chemie.

Nadja. So hieß sie. Sie machte kleine Schritte, starrte leer vor sich hin, atmete unregelmäßig. Hermansson hätte sie gern berührt, wusste aber, dass Körperkontakt, der für sie Geborgenheit bedeutete, für dieses Mädchen etwas ganz anderes bedeuten konnte.

Ewert Grens' Arbeitszimmer lag hinten im Gang, ein ziemliches Stück von ihrem eigenen entfernt, sie gehörte noch immer zu den zuletzt Eingestellten und wartete darauf, dichter an die übrigen Ermittler heranziehen zu können. Es würde noch zwei Jahre dauern, aber sie hatte es nicht eilig, wusste nicht einmal, ob sie Lust hatte, es hatte auch seine Vorteile, nicht so nah bei einem Chef zu sitzen, mit dem sie sich nicht auskannte.

Die Tür stand offen. Sie zeigte darauf und bat Nadja hineinzugehen. Kein Wort kam zurück, kein Blickkontakt. Das starrende Mädchen ging schweigend so weit ins Zimmer hinein, wie das überhaupt nur möglich war, zum Fenster, mit dem Rücken zu Hermansson.

»Du kannst dich setzen.«

Hermansson sprach Rumänisch. Das spielte keine Rolle. Das Mädchen hörte sie nicht.

»Nadja, dreh dich um. Ich will, dass du dich hier aufs Sofa vor den Schreibtisch setzt. Ich werde mich neben dich setzen. Wir werden reden, sonst nichts.«

Ewert Grens klopfte an den Türrahmen. Das Mädchen am Fenster zuckte zusammen und versuchte, sich noch dichter an die Wand zu pressen, an der sie schon so dicht wie möglich stand. Hermansson wartete, bis Grens sich an den Schreibtisch gesetzt hatte, mit deutlichem Abstand zu dem verängstigten Mädchen.

»Er muss dabei sein, Nadja. Deinetwegen. Er wird sich unser Gespräch anhören, meine Fragen und deine Antworten. Verstehst du?«

Die junge Rumänin blieb stehen. Hermansson sah sie an, während sie zwei Kabel über den Schreibtisch zog und das Tonbandgerät einschaltete. Das junge Mädchen war nicht schön, hübsch vielleicht, die langen dunklen Haare, die dunklen Augen. Sie sah müde aus, ein Gesicht, das niemals Ruhe fand. In dem harten Licht des weißen Schnees draußen wirkte sie fast alt. Ein Mensch mit zwei Altern, einem biologischen und einem anderen, das aus jenen Tagen bestand, die herausgenommen und im Voraus verbraucht werden.

Vernehmungsleiterin Mariana Hermansson (VL): Wie heißt du? Außer Nadja?

Nadja (N): (nicht zu verstehen)

VL: Du musst ein wenig lauter sprechen.

N: (nicht zu verstehen)

VL: Ich kann das nicht verstehen, Nadja, hör mir jetzt zu. Ich will doch nur wissen, wie du heißt.

Es war ziemlich kalt im Zimmer, das war es um diese Jahreszeit immer, als ob die Wärme der Heizung in dem alten Polizeigebäude den Weg zu den Arbeitszimmern hinten auf dem Gang nicht mehr schaffte. Trotzdem schwitzte Nadja. Hermansson sah, dass ihre Stirn blank war, dass auf ihrer Nase und ihren Schläfen kleine Tropfen saßen.

VL: Es scheint dir nicht gerade gut zu gehen. Stimmt das?
N: (nicht zu verstehen)
VL: Du musst antworten.
N: Ich weiß nicht.

Das Gesicht war so angespannt, jetzt zuckte es darin, Spasmen oder kleine Tics, vor allem um die Augen herum. Hermansson war noch nicht so lange im Dienst, hatte so etwas aber schon gesehen. Sie waren sonst älter, versteckten sich jedoch vor demselben Spuk, der verdammten Sehnsucht des Körpers nach etwas, woran er gewöhnt war.

Sie ahnte, worum es ging. Aber sie wollte sicher sein. Sie musste die Hände dieses gealterten Kindes sehen.

Hermansson suchte in ihrer Jackentasche, fand und legte das Gesuchte auf den Tisch. Eine Packung Zigaretten. Sie wusste, dass das, was sie jetzt tat, verboten war, aber das ignorierte sie.

Nadja reagierte genau wie erwartet.

Sie streckte die Hand nach der Packung aus und sah Hermansson zum ersten Mal an. Mariana Hermansson nickte, und das Mädchen schloss vorsichtig die Finger der einen Hand um eine Zigarette. Finger, die zitterten. Jetzt war Hermansson sicher. Der Schweiß auf der Stirn, das Zucken um die Augen und der Hände, die nicht stillhalten konnten, die vor ihr in der Luft fast bebten. Dieses rumänische Kind litt unter heftigen Entzugserscheinungen.

VL: Deine Arme?
N: Ja?
VL: Die würde ich mir gern mal ansehen.
N: Warum?
VL: Würdest du dir die Ärmel aufkrempeln? Am Overall? Ungefähr bis zu den Ellbogen?

Nadja wiegte unruhig den Oberkörper hin und her und zeigte dann auf das Feuerzeug, das neben der Zigarettenpackung lag. Hermansson nickte wieder, und die Hände des Mädchens zitterten noch immer, als sie das Ende der Zigarette in die Flamme drückte. Ihre Lippen pressten sich auf den Filter, als sie den Rauch in sich einzog, einmal zweimal dreimal, ruhiger, wenn auch nur für einen Moment.

Ich sitze hier.

Sie sitzt dort.

Mariana Hermansson sah eine Fünfzehnjährige an, die eine Zigarette hielt, bis die nicht mehr vorhanden war, die mit den Schultern zuckte und langsam die Ärmel des Overalls bis zu den Ellbogen hochkrempelte.

Ich bin zwölf Jahre älter. Ich spreche schon mein ganzes Leben lang zwei Sprachen.

Ich sitze hier.

Sie sitzt da.

Jeder Arm wies fünfzehn bis zwanzig ziemlich gerade Wunden auf. Sie waren frisch, das war leicht zu sehen, da die Schnittflächen sich nach oben wölbten. Hermansson beugte sich zum Mikrophon des Tonbandgerätes vor und sprach zum ersten Mal, seit sie das Zimmer betreten hatten, Schwedisch.

VL: Unterbreche die Vernehmung. Erinnerungsnotiz Nadja.

Sie sah das Mädchen an und fuhr fort:

VL: Zitternde Hände. Im Gesicht Zuckungen. Schweißausbrüche. Außerdem ist, wenn sie spricht, eine Art Schmatzen zu hören, ihr Mund wirkt ausgetrocknet. Sie hat starke Entzugserscheinungen.

Das Mädchen stand vor ihr und hielt ihr zwei entblößte Unterarme hin.

Hinter ihr das Fenster mit dem Schnee, der im Hinterhof von Kronoberg tanzte.

Mariana Hermansson wollte nur noch die Augen zukneifen.

VL: Keine Injektionswunden an den Armen. Dagegen zehn bis fünfzehn Wunden. Gerade, ziemlich frisch und konzentriert auf die obere Seite des Unterarms.

Ein tiefes Einatmen. Ein kurzer Blick in die leeren Augen des Mädchens. Dann wieder das Mikrophon in die Hand genommen.

VL: Die Narben sind etwa fünf, sechs Zentimeter lang. Deutliche Spuren von Selbstverletzung.

Die Tür war während der bisherigen Vernehmung angelehnt gewesen, und Hermansson hatte mehrere Male registriert, dass das Mädchen sie ansah. Wenn jemand die Tür im Vorübergehen angestoßen und damit weiter geöffnet hatte, hatte sie sich eilig hingedreht, hatte sich sogar auf Zehenspitzen gestellt. Die Tür war nur zwei Sekunden lang offen gewesen, aber Nadja hatte versucht, da war Hermansson sich sicher, in den Flur zu blicken.

Sofort schaltete sie das Tonbandgerät aus.

»Vorhin hattest du ein Kind auf dem Arm.«

Das Mädchen schaute noch immer die jetzt geschlossene Tür an. Hermansson klopfte auf das Tonbandgerät, überzeugte sich davon, dass das Mädchen verstanden hatte, dass die gestellte Frage hier im Raum bleiben würde.

»Ein Kind. Etwa ein halbes Jahr alt. Stimmt das, Nadja?«

»Ja.«

»*Dein* Kind?«

Ewert Grens hatte schweigend zugehört.

Er hatte nicht sonderlich viel Ahnung von jungen Mädchen, aber Tics, Schweißausbrüche und fünf Zentimeter lange Wunden an den Unterarmen brauchten keine Übersetzung. Ein Kind, stinkend und auf Entzug, er musterte sie und verspürte eine Art Widerwillen. Er räusperte sich und wollte gerade selber eine Frage stellen, als das aufdringliche Klingeln den Raum zerfetzte.

Er seufzte.

Das Mädchen kroch in sich zusammen, sah das Telefon an. Grens ließ es klingeln, hörte zu, wie das letzte Signal verhallte.

Noch ein Räuspern, ein Blick auf das Mädchen und die erste Frage, als das Geräusch wieder da war.

Grens beugte sich wütend vor.

»Ja.«

»Ewert?«

»Ich habe das Telefon abstellen lassen. Eigentlich kann man hier also nicht anrufen. Aber verdammt nochmal, jetzt habt ihr heute schon zum zweiten Mal einen Anruf durchgestellt.«

Dieselbe Stimme wie vorhin. Der Wachhabende von der Leitstelle.

»Ewert, noch mehr zu tun.«

Grens sah sich um. Die Ordner neben ihm, das Mädchen auf dem Sofa.

»Du, ich hatte zweiunddreißig parallel-laufende Fälle. Vor zwei Stunden hast du mir den dreiunddreißigsten verpasst. Versuchst du es jetzt mit dem vierunddreißigsten?«

Er umklammerte den Hörer, ein Blick auf das Mädchen, während er sich alle Mühe gab, das zu bezwingen, was sich an Zorn in seiner Brust aufgestaut hatte.

»Ein Frauenleichnam. Irgendwo in einem Kellerraum im St.-Görans-Krankenhaus.«

Die Stimme hatte sich nicht zu einer Antwort herabgelassen.

»Vermutlich Mord, Ewert.«

Sie hörte, wie die Schritte langsam näher kamen, vorübergingen, verschwanden.

Einige von denen, die sich durch den Tunnel bewegten, ohne die Füße richtig vom Boden der Betonröhre zu heben.

Sie ließ ihren Löffel sinken und horchte weiter, auch, als das Geräusch nach und nach verhallte.

Sie mochte Schritte nicht.

Mochte nicht, dass jemand an ihrer Tür vorüberging.

Sie zog das Tischtuch gerade. Es war schön. Rote und weiße Karos, wie in einem ziemlich teuren Restaurant, das sie als Kind mit ihren Eltern besucht hatte. Sie hatte Lasagne gegessen, und niemand hatte geschrien, damals nicht, den ganzen Abend nicht, solche Tage hatte es auch gegeben.

Aber der Tisch machte nicht viel her. Vier Paletten aufeinandergestellt. Aber die Tischdecke bedeckte sie alle, der rote und weiße Stoff, mehr war nicht zu sehen.

Sie öffnete eine Dose Suppe aus einem Armeelager, packte die Käsebrote vom letzten Besuch bei der Stadtmission oben auf der Straße beim Fridhemsplan aus, arrangierte den Schinken aus den Konservendosen im Warenlager der Supermarktkette ICA, der so lange hielt. Es war ein gutes Frühstück, und sie erwärmte die Suppe vorsichtig auf der Kochplatte, die zwischen Tisch und Matratzen auf dem Boden stand.

Diese Platte hatten sie eines Nachts aus einer der nahe gelegenen Schulen geholt, es war die kleinste Kochplatte, die sie je gesehen hatte, weit hinten in einer Kochnische in einem engen Lehrerzimmer. Aber das Kabel war lang gewesen, und sie hatten es an einen Verteiler koppeln können, wie sie in jedem Tunnelraum hoch oben in der Decke saßen.

»Leo?«

»Ja?«

»Hallo.«

Sie sah ihn an. Es war eine lange Nacht gewesen, er war müde, dann wurden seine Augen immer ganz klein.

Sie hatte ihn so gern.

»Du.«

»Ja.«

»Ich habe hallo gesagt.«

»Hallo.« Die Lampe auf dem Tisch war mit derselben Steckdose verbunden und hatte fast die gleiche Farbe wie die roten Karos in der Decke. Ein schmaler Schirm verdeckte das meiste vom Licht. Sie hatte ihn sehr lange bitten müssen, ehe er diese Lampe geholt hatte, aus einem anderen Lehrerzimmer in einer anderen Schule, der beim Rålambshovspark.

Sie verschob die Lampe ein wenig, seine müden Augen, die wollte sie so wenig wie möglich anstrengen.

Sie hatten fast aufgegessen, als sie die Schritte wieder hörten. Aus derselben Richtung wie schon einmal. Diesmal waren es mehrere, energisch, zielstrebig.

Plötzlich hielten sie an. Ganz in der Nähe.

Leo war schon aufgesprungen, lief zwischen den Matratzen und der Feuerstätte weiter, lauschte auf das verstummte Geräusch.

Sie sah, wie er zusammenzuckte, als an die Tür geklopft wurde.

Es war schwer, hinter dem Tisch zu verschwinden, sie zog den Kopf ein, aber das half nichts. Es wurde nur selten geklopft, das tat niemand, nicht hier unten, der Tunnel ließ die Leute in Ruhe.

Sie erkannte alle beide. Den einen hatte sie erst zweimal

gesehen, aber sie wusste, dass er immer schon hier gewesen war. Der andere hieß Miller, sie sprach manchmal mit ihm, einer von denen, die kamen und gingen. Ein Winter in einem Tunnelraum beim Aufgang zur Igeldammsgata, ein Sommer in einer Wohnung irgendwo in der Nordstadt. Er hatte offenbar eine Frau und erwachsene Kinder, sie hatte ihn nie gefragt, warum er zwischen der Welt oben und der hier unten hin und her wechselte, aber vielleicht würde sie das irgendwann einmal auch tun.

Sie waren sich ziemlich ähnlich, als sie hier nebeneinander standen. Um die sechzig, etwas zu lange graue Haare, die unter gestreiften Mützen hervorschauten, hellrote Gesichtshaut, tiefe Furchen zwischen Mund und Ohren.

Sie hatten freundliche Augen, das hat man oder man hat es nicht.

Miller führte das Wort.

»Ich fand nur, ihr solltet das wissen.«

Er stand in der Türöffnung, hinter sich die Dunkelheit des Tunnels.

»Hinten beim Krankenhaus. Da ist verdammt was los. Und offenbar sind sie auf dem Weg hierher.«

Falls du nicht gefunden werden willst.

Sie kniff die Augen zusammen.

Noch nicht. Noch nicht.

Der Asphalt vor dem Haupteingang des St.-Görans-Krankenhauses war mit Schnee bedeckt, und darunter verbarg sich anderer Schnee, unter dem sich wiederum eine Schicht aus blankem, glattem Eis verbarg.

Ewert Grens hatte vom Auto aus zwei Schritte gemacht und war dann umgefallen, wie das nur ein Kind oder ein Betrunkener tut, keine Hände, die sich aufstützen konnten, der Rücken auf dem Harten und das Gefühl von Erniedrigung, das ihm die flüchtigen Blicke der Vorübergehenden verursachten. Er fluchte und schob Sven Sundkvists Arm beiseite, als er sich aufrichtete.

Er hasste den Winter, hatte ihn noch nie verstanden.

Es war noch immer Morgen, mehr Menschen betraten das große Krankenhaus als herauskamen. Grens sah sich im Foyer um. Er war ziemlich oft in Krankenhäusern. Aber gerade dieses hatte er nicht sehr oft besucht, obwohl es das zu Kronoberg nächstgelegene war. Ein Informationstresen mit einem uniformierten Wächter von einer privaten Sicherheitsgesellschaft, der einer Schlange von Menschen geduldig den Weg erklärte. Ein Café, in dem Menschen, die zu früh gekommen waren und sich die Zeit mit teurem Filterkaffee vertrieben, am selben Tisch saßen wie Unbekannte in Krankenhauskleidung, die für eine Weile ihr Bett verlassen und sich fast gesund fühlen durften. Eine Bibliothek, ein Kiosk, weiter hinten eine Apotheke. Das St.-Görans-Krankenhaus sah aus wie alle anderen. Jeder Mensch, der sich hier länger als zehn Minuten aufhielt, musste sich die Schilder unter der Decke ansehen, um sicher sein zu können, wo er sich befand.

»Kommissar Grens?«

»Ja.«

»Wir müssen nach unten, da hinten über die Treppe links.«

Ewert Grens kannte den jungen Polizisten nicht, der bei einer Sitzbank gleich neben dem Eingang gewartet hatte. So einer, wie er vor einem Erwachsenenleben selbst einer gewesen war. Der junge Mann ging rasch durch den Korridor und die Treppe hinunter, die in den Keller führte. Nach dem Fall von vorhin tat Grens die eine Hüfte weh, und er wollte dem anderen schon befehlen, langsamer zu gehen, riss sich aber zusammen, die Frischeingestellten sollten verdammt nochmal nicht an diesem Nachmittag in einem versifften Kaffeezimmer herumlungern und über den alten Krüppel lachen, der nicht mehr normal gehen konnte.

»Wir sind vor einer guten Stunde informiert worden. Ein Hausmeister hat im alleruntersten Gewölbe einen Leichnam gefunden.«

Der junge Mann redete im Gehen unbeschwert und atmete dabei ganz normal. Grens keuchte und zerfetzte seine Wörter. Er konnte schon seit langer Zeit nicht mehr unbehindert auf Treppen sprechen, und jetzt machte das Gezwungene in seiner Stimme die Sache nicht leichter.

»Einen Leichnam?«

»Eine Frau. Sie lag auf einem Bett unter einigen Decken. Der Hausmeister wollte die gerade wegnehmen, als er sie entdeckt hat. Er wollte die Betten in einen anderen Stock bringen.«

Vor ihnen öffnete sich das Gewölbe. Ihre Schritte hallten von den Wänden wider und prallten rastlos von ihren Köpfen ab.

»Er glaubte zuerst, es mit einer verstorbenen Patientin zu tun zu haben. Aber dann sah er, dass sie nicht so eingewickelt war, wie das mit Toten passiert, die ihren Angehörigen gezeigt werden sollen. Also hat er sich an seinen Chef gewandt. Und der hat sofort einen Arzt informiert.«

Der Kellergang änderte jetzt seine Richtung, wurde noch breiter und noch mehr grauer Beton. Der junge Mann ging noch immer ebenso schnell, ebenso verdammt leicht, er drehte sich zuerst zu Grens und dann zu Sundkvist um, seine Stimme war jetzt etwas weniger beherrscht.

»Der Arzt ging nach unten. Er sah den Leichnam. Er schlug Alarm. Ihr werdet gleich wissen, warum.«

Der Gang machte noch zwei Biegungen, er wurde enger und dann wieder breiter. Nils Krantz stand hinter einem blauweißen Plastikband, das klarstellte, dass das hier ein Tatort war, dass sie, die sich innerhalb des Kreises aufhielten, Kriminaltechniker waren, die versuchten, die Spuren zu sichern und zu schützen, auf denen später die Glaubwürdigkeit der Ermittlungen beruhen würde.

Der junge Polizist nickte Krantz kurz zu und teilte mit, dass er hier Ewert Grens und Sven Sundkvist bringe. Grens griff gleich danach zu dem Plastikband und drückte es so weit nach unten, dass er sein steifes, schwer bewegliches Bein darüber heben konnte.

»Du musst warten, Ewert.«

Nils Krantz machte eine gereizte Handbewegung.

»Bis wir die *ganze* Umgebung abgesucht haben.«

Jedes Mal.

Krantz seufzte, laut genug, damit Ewert Grens es hörte. Er kannte den Hauptkommissar sehr gut. Er wusste, genau wie Grens das wusste, dass ein Ermittler vor allem Informationen sammeln muss, Zeugen vernehmen, potenzielle Angeklagte vernehmen. Er soll nicht an Tatorten herumstapfen, während die Techniker mit Plastikhandschuhen und Pinzette am Werk sind.

Er wusste auch, genau wie Grens das wusste, dass er dieses Mal, nächstes Mal, das alles noch einmal würde sagen müssen.

»Was kannst du mir jetzt schon zeigen?«

Jedes Mal.

»Wir haben von hier bis zum Bett alles abgesucht. Aber wenn du reinwillst, musst du das hier anziehen.«

Krantz hielt Grens zwei weiße Kittel hin, blaue Schuhüberzieher aus Plastik und durchsichtige Hauben.

»Und Ewert, diesmal gehst du da, wo ich es dir sage.«

Ewert Grens und Sven Sundkvist legten ihre Mäntel ab, die noch immer nass vom Schnee waren. Grens streifte sich umständlich die Plastikhüllen über die Schuhe, der weiße Kittel war eng, aber es ging, die Haube glitt über seinen haarlosen Kopf. Für diesen Scheiß, dachte er, müsste man sich doch nicht verkleiden. Aber natürlich. *Lieber eine alberne Mütze als eine zerstörte Spur.* Die Menge an technischer Information war heutzutage unendlich viel größer, die Grundlage für Analysen in den vergangenen Jahren viel besser entwickelt worden als die Gehirne der Ermittler.

Nils Krantz hob das Plastikband mit einer Hand und ließ es erst wieder sinken, als Grens und Sundkvist vorbeigegangen waren.

»Geht hinter mir her.«

Der letzte Teil des Gewölbes. Um einiges kürzer. Grens tippte auf etwa fünfzig Meter.

Hier am Ende des Ganges war es dunkler. Die Neonröhren waren seltener angebracht und wirkten trüber. Oder vielleicht reflektierte die Wand das Licht auch nicht mehr so gut, war es eine ältere, abgenutztere Nuance von Betongrau.

Ungefähr auf halbem Weg standen nebeneinander acht Betten. Große schwere Betten mit Metallgestellen und Rädern unter den Beinen. Es war ein Aufbewahrungsort mitten im Durchgang. So einer, der ungeplant wirkte, den es in Krankenhäusern oft einfach zu geben scheint, wie spontan entstanden, wenn Platz eine Mangelware ist.

Der Leichnam lag auf dem hintersten Bett.

Eine Frau.

Etwas, das früher eine Frau gewesen war.

Nils Krantz blieb stehen, und Ewert Grens bewegte sich ungeduldig hinter ihm. Er wollte näher treten, er musste sie ansehen, das Gesicht der Toten, das in den kommenden Tagen zu einem Teil seiner selbst werden würde.

Ich spreche nie mit ihnen.

Ich habe sie nur selten vorher schon einmal gesehen.

Aber wenn sie tot sind, werde ich ihre Gedanken teilen, ihre Gewohnheiten, ihren Alltag. Ich werde plötzlich wissen, was sie zum Frühstück gegessen haben, mit wem sie zuletzt Sex hatten, ob sie mit dem Rad oder der U-Bahn zur Arbeit gefahren sind. Ich kenne kaum einen lebenden Menschen, ehrlich gesagt sind die mir auch scheißegal, aber von verdammt vielen Toten weiß ich mehr als von mir selbst.

Sie lag so still da.

Manche schienen stiller zu liegen als die anderen.

Ihre Haare waren schwarz, ziemlich kurz und glatt. Vermutlich war das nicht ihre natürliche Farbe. Sie war irgendwie zu dunkel, wie das oft passiert, wenn Chemikalien aus irgendeinem Warenhaus zu Hause im Badezimmer gemixt werden.

Sie lag auf dem Rücken und war vollständig angezogen. Der Mantel war bis zum Hals zugeknöpft und mit Blut durchtränkt, der Stoff unangenehm starr durch die längst vertrocknete Flüssigkeit.

Sie war, tippte er, Mitte vierzig.

»Wie lange?«

Ludvig Errfors, der Gerichtsmediziner, zögerte, während er den Leichnam musterte.

»Das war Mord, Ewert.«

»Wie lange?«

»Sie liegt seit einigen Tagen hier.«

Ihre Haare, ihre Kleider, ihr Alter. Sie standen vor einem Menschen, dem noch der Name fehlte, und formulierten alles, was man zu Beginn einer Mordermittlung formuliert.

Also hätten sie eigentlich auch über ihr Gesicht sprechen müssen.

Das würden sie natürlich auch tun. Schon in zwei Minuten.

Aber es war schön, das wenigstens für einen Moment nicht tun zu müssen, gerade jetzt nichts dazu sagen zu müssen.

Nicht Grens, nicht Sven. Nicht einmal Errfors, der doch jeden Tag tote Körper aufschnitt, nicht einmal er beschrieb es anders als nur abgewandt ins Mikrophon des Diktiergerätes und versteckt in viereckigen medizinischen Fachbegriffen.

Dass hier Teile zu fehlen schienen.

Dass ihre Haut verschwunden war.

Dass ihr Gesicht an mehreren Stellen ausgehöhlt wirkte, bloßgelegt.

JETZT

Mittwoch, 9. Januar, 11.30 Uhr, St.-Clara-Kirche

Diese Kälte.

George liegt auf Knien im Schnee, der irgendwann einmal weiß war. Jetzt, wo Füße darüber getrampelt sind, Schritte quer über den Friedhof, von Menschen, die versuchen, Meter und Sekunden zu gewinnen, zwischen zwei Asphaltstücken, oder sie ganz einfach jedem freigeschaufelten Weg ausweichen müssen, jetzt hat er eine andere Farbe, mehr wie Erde und Kies.

George friert ein wenig und sehnt sich zurück nach Wärme und Stille. Vielleicht kommt es vom Wind, im Januar ist er so stark, so unbekümmert, er dringt durch dicken Jackenstoff, ohne vorher sonderlich überzeugend um Erlaubnis zu bitten.

Vor allem sind es die Junkies. Die den Schnee besudeln und George dazu zwingen, zweimal pro Tag auf Knien für Ordnung zu sorgen. Auch hier draußen ist er verantwortlich, so ein Küster ist er, einer, der seinen Stolz hat.

Sie machen das schon seit einer Weile, sie öffnen die Gräber auf der Südseite der Kirche, neue Verstecke für Drogen. Nicht einmal die Toten. Er seufzt laut. Nicht einmal die Toten spielen noch eine Rolle, wenn die Gesellschaft den Drogenhandel von Betonflächen und Straßenecken verbannt, die Drogenszene der Innenstadt musste einen anderen Ort finden, und die Kirche stand ja gleich in der Nähe, hier wird wohl nicht so oft gesucht, von denen, die Uniform tragen.

Er zieht die Handschuhe aus und legt sie in den Erdschnee, drückt ein Grabfundament in den Boden, rückt und zieht an dem Steinstück, bis das Loch, in das die Dealer ihren Dreck stecken, nicht mehr vorhanden ist.

Er erhebt sich und schaut sich um. Später Vormittag und wirklich so sehr Tag, wie es um diese Jahreszeit überhaupt werden kann, es könnte auch Morgendämmerung oder früher Abend sein, er sieht da keinen Unterschied. Er geht zum Haupteingang der Kirche, bald beginnt der Mittagsgottesdienst, und er will überprüfen, ob alles vorhanden ist, dass die weißen Kerzen nicht auf den Boden tropfen, dass der Karren mit Bibeln und Gesangbüchern nicht leer dasteht.

Er denkt an sie. Sie, die fast drei Stunden in der leeren Kirche gesessen hatte, bewegungslos, schweigend, mitten in der zweitvordersten Reihe. Während des Vormittags haben seine Blicke sie immer wieder gesucht, sie ist so jung, sie riecht so stark, und er hat sich noch nicht daran gewöhnt, Waldbrand und Rauch, scharf und ungewaschen.

Ihre mageren Schultern und die langen, verfilzten Haare, das Einzige, was zu sehen war, den dünnen Film, der ihre Haut versteckt, kann er nicht erreichen, ihre Maske, ihr Schild, ihre Mauer.

Sie ist ein Kind. Aber ihre Trauer, die ist erwachsen.

Über eine Stunde war er damit beschäftigt, Metallziffern an der Tafel anzubringen und Stühle beim Taufbecken zu verschieben und neue Decken auf die beiden Tische ganz hinten zu legen, der Morgen ging in den Vormittag über, und dann näherte er sich ihr zum letzten Mal.

Er blieb bei ihrer Bank stehen, ging langsam hinein, sah sie an und fragte, wie es ihr gehe, ob sie Hilfe brauche, erklärte, es sei seine Aufgabe zu helfen, gerade hier, in der Kirche.

Sie starrte vor sich hin. Dieser seltsame dünne Film auch über den Augen.

Er blieb eine Weile stehen und stellte seine Fragen, bis sie irgendwo in der Ferne trotz allem Anzeichen dafür zeigte, dass sie auf seine Anwesenheit reagierte. Ein schwaches Blinzeln, einige heftige Atemzüge. Vielleicht hatte sie sogar seine Ansprache bemerkt.

Sie war also nicht psychotisch, nicht katatonisch, sie zeigte nur sehr deutlich, dass sie in Ruhe gelassen werden wollte.

Er öffnet die Kirchentür und geht hinein. Die Wärme, die ihm entgegenschlägt, er entspannt sich, legt seinen schweren Mantel ab.

Sie sitzt noch immer dort.

Inzwischen sind weitere Besucher gekommen, dreißig, vielleicht sogar vierzig, so viele, wie es an einem Werktag im Januar eben werden. Er erkennt einige von ihnen. Sie kommen erfroren herein, nicken ihm zu, zünden ihre Kerzen an und setzen sich dann so wie immer, verstreut, die einen hier, die anderen dort in dem großen Kirchenraum.

Aber niemand geht in ihre Reihe.

Der leere Raum stört.

Die rote Jacke und der starke Geruch nehmen Raum ein, einen Raum, den man nicht verletzt.

George steht wie so oft mit einer Kerze in der Hand am Metallring, von hier aus hat er Überblick, jeder Rücken ist zu sehen. Er hört hinter sich leichte Schritte, die Kantorin kommt herein, eine junge Frau, die besser spielt als ihr Vorgänger. Sie lächelt, als sie an ihm vorbeigeht, und er erwidert das Lächeln, sie geht zu der Treppe, die auf die Empore führt, zu der Tür, die den Raum mit der großen Orgel abgrenzt.

Jemand hustet, jemand anders lässt ein Gesangbuch auf den Boden fallen und schaut sich um, als dieses Geräusch ein störendes Echo wirft, ansonsten Stille, Warten.

Der Pastor, ein neuer, dem er erst zweimal begegnet ist, kommt aus der Sakristei und tritt vor den Altar.

Die ersten Orgeltöne.

Die Besucher sehen die Metallziffern an, die an der schwarzen Tafel hängen, sie blättern zwischen dünnen Seiten.

Es ist ein schöner Choral, und ziemlich viele stimmen ein. Die Orgel und der Gesang übernehmen die Regie, für eine Weile gehören alle zusammen, vergessen die Stadt und ihr Brausen draußen, hier drinnen scheint es fast warm zu sein.

Der Küster rückt eine schief stehende Kerze gerade, gibt es dann aber auf und ersetzt sie durch eine, die fester steht.

Dann dreht er sich zu den Bankreihen um und schaut zu ihr hinüber. Er fragt sich, warum sie sich vorbeugt, warum sie die Hände zu ihren langen Haaren hebt und sich die Ohren zuhält, warum sie ihre Welt einsperrt.

DAMALS

50 Stunden früher

Er stand an der Ecke, wo der Gang eine letzte Biegung macht.

Es sah aus, als ob Stücke fehlten.

Von hier aus konnte er den gesamten letzten, schlecht beleuchteten Teil des Kellers sehen.

Ihre Haut war nicht mehr da gewesen.

Ewert Grens hatte, als er weiterging, seine Füße sorgfältig auf genau dieselben Stellen gesetzt wie zuvor, auf dem Weg hierher, hinter Nils Krantz. Er hatte keine Lust mehr, mit dem Kriminaltechniker über Wo und Wie und Was zu plaudern. Er hatte eben das gesehen, was er nicht für möglich gehalten hätte, und er musste das jetzt allein und aus der Ferne ansehen, um es zu verstehen.

Ihr Gesicht war an mehreren Stellen wie ausgehöhlt gewesen, bloßgelegt.

Der längliche Gang, die Dunkelheit, die versuchte, die Herrschaft an sich zu reißen. Aus der Entfernung wurden sie zu einer Bühne. Krantz und Errfors hatten starke Lampen anbringen lassen, um acht Metallbetten anzustrahlen, das Licht wurde zu Kegeln, und diese brachen den Kellergang noch deutlicher, ein Teil wurde diffus und versteckt, ein anderer trat hervor, plötzlich scharf.

Es war leicht festzustellen, dass sie auf dem Rücken lag, dass sie einen Mantel trug, dass das getrocknete Blut es schwermachte, die Farbe des Stoffs zu bestimmen.

Aber das Gesicht war von hier aus nicht zu sehen. Diese verdammten Löcher.

Nils Krantz und seine beiden Mitarbeiter krochen noch immer auf dem harten Boden umher, weiß gekleidet und mit Lampen in den Händen, sie suchten jeden Millimeter Beton zwischen den Betten und dem Ende des Gangs ab. Ab und zu erhob sich einer von ihnen, rief den anderen etwas zu und zeigte auf etwas, das kaum zu sehen war.

Grens seufzte. *In zwei Minuten* würde davon die Rede sein.

»Ewert.«

In zwei Minuten war jetzt.

»Ewert, das scheint … das scheint eine Art … Biss zu sein.«

Ludvig Errfors stand noch immer neben dem Bett. Er hatte das Diktiergerät in die Jackentasche geschoben und die Plastikhandschuhe abgestreift.

»Und diese Bisse wurden ihr nach ihrem Tod zugefügt.«

Der Gerichtsmediziner zeigte durch eine Geste, dass er Ewert Grens bei sich haben wollte, auf der anderen Seite des Bettes.

»Zu ihrem Tod aber hat vermutlich das hier geführt.«

Er zeigte auf Brust und Bauch der Frau. Auf den starren Stoff und die großen Inseln aus dunklem Blut.

»Stichwunden, vermutlich mit einem langen schmalen Messer. Davon hat sie eine große Anzahl.«

Du liegst seit zwei Tagen hier. Dir fehlen Teile des Gesichts. Wie dort, am Jochbein, auf deiner rechten Seite.

Grens sah die Frau an, die nicht mehr atmete.

Das ist bloßgelegt, ich kann also Teile deines Skeletts sehen, weißt du das?

Sie war eine Arbeit. Für ihn, für Errfors, für Krantz.

Kein Mensch. Nur eine, die sie analysieren mussten, bis sie alles wüssten und sich einer neuen Analyse widmen könnten.

Kein Mensch. Nicht mehr.

Ewert Grens brauchte mehr. Aber er sah ein, dass Errfors alles gesagt hatte, was er bisher sagen konnte. Er würde sich wieder melden, wenn die Frau obduziert worden war, mehr Details. Tatsachen im langsamen Ermittlungsprozess, durch den sie ein Teil des Werktags einer namenlosen Frau werden würden.

Grens ließ ihr Gesicht los, drehte eine Runde um das Bett, blieb stehen, drehte noch eine Runde. Sie roch. Nach etwas anderem. Nach etwas, das mehr war als der kräftige, süßliche Leichengeruch.

Noch eine Runde.

Sie roch nach Rauch. Nicht sehr, eher wie jemand, der eine Zigarette ausgedrückt und das Zimmer gelüftet hat und sich dann zu dir hinbeugt, diese schwache Ahnung von einem Geruch, der sich in den Kleidern festgesetzt hat.

Er beugte sich über sie, hielt die Nase dicht an sie heran, ohne sie zu berühren.

Wenn er den Toten so nah war, vielleicht zu nah, dann schienen sie ihn immer anzusehen. Nicht neugierig, nicht sonderlich interessiert, eher mit einem unwilligen, leicht beleidigten Blick.

Wer bist du? Was willst du hier bei mir? Was starrst du mich so an?

Und er konnte sie ja auch verstehen.

»Ich habe mit allen dreien gesprochen.«

Sven Sundkvist ging ebenso sorgfältig vor wie eben noch Grens, er setzte seine Schritte genau neben Krantz' schmale zugelassene Wegstrecke. Grens hörte zu, nickte, er wollte mehr hören.

»Sie haben, der Hausmeister, der Betriebschef und der Arzt, die Decken angefasst. Genau wie wir angenommen haben. Vielleicht auch ihren Körper.«

Ewert Grens wusste, wie sehr Sven es verabscheute, sich in

der Nähe von verbrauchten Menschen aufzuhalten. Sein jüngerer Kollege schien zu viel zu haben, wofür er leben konnte, so dachte zumindest Grens, wenn man so viel Leben hatte, wie das, mit dem Sven Sundkvist sich umgab, dann konnte man den Tod nicht ertragen. Die Aufteilung der Arbeit in der ersten Stunde einer Mordermittlung war deshalb im Laufe der Jahre ganz natürlich geworden. Sven führte weit weg von der Mordstätte Vernehmungen durch, während Grens selbst versuchte, ihm oder ihr, die es nicht mehr gab, so nahe wie möglich zu kommen.

»Ich habe schon gesagt, dass sie Fingerabdrücke und DNA hinterlegen müssen, damit wir sie eventuell später aus dem Fall ausschließen können.«

Sven Sundkvist stand zwei Meter vom Bett entfernt, er hatte Ewert Grens zwischen sich und dem Leichnam. Grens verdeckte und Sven Sundkvist brauchte dem stummen Mund und den leeren Augen nicht zu begegnen. Er sah seinen Chef dankbar an.

»Die Decken stecken in Tüten und sind seit einer halben Stunde auf dem Weg ins Labor. Und der Leichnam …«

Er verstummte.

Ewert Grens hatte sich unbewusst bewegt. Sven hatte freie Sicht.

Er hatte keine Wahl mehr.

Zum ersten Mal suchte sein Blick das Gesicht und die großen Löcher, die dort klafften. Er hatte sie flüchtig angesehen, als sie hier eingetroffen waren, seither hatte er das vermieden. Jetzt schien sein Blick an ihr haften zu bleiben, er konnte sie nicht loslassen.

»Ich glaube …«

»Ich kümmere mich um den Leichnam, Sven. Du brauchst nicht hierzubleiben.«

»Ewert … ich glaube, ich kenne sie.«

Es war ein Sessel, der weich war, von der gepolsterten Sitzfläche bis zum Kreuz und weiter hinauf zu den Ohren. Sie konnte hineinkriechen, sich darin verstecken, das rote Leder, das einst einem Stier gehört hatte, roch teuer und neu. Sie kicherte laut vor sich hin. Wenn jemand jetzt in diesen Raum schaute! Ein dunkler Tunnel siebzehn Meter unter dem Asphalt mit einer von Paletten und Brennspiritus gesättigten Luft. Ein Betonraum hinter einer Metalltür, mit dünnen Matratzen und gelben Krankenhausdecken auf dem Boden. Ein Mädchen, das Ruß im Gesicht hatte und dem das so gefiel.

Wieder kicherte sie.

Ein Mädchen, das in diesem Sessel saß.

In seinem Sessel, der eben erst aus der Fabrik gekommen war und der dreißigtausend Kronen gekostet hatte und den Leo drei Nächte zuvor aus dem Arbeitszimmer des Schulleiters geholt hatte.

Sie begriff noch immer nicht, wie er es geschafft hatte, ihn vom Schuleingang an der Ecke Alströmergata und Fridhemsgata durch den Kloakengang zu schleppen, der gerade dort so eng war, und dann die ganze lange Strecke vom Verbindungsgang hierher.

Sie hatte Geburtstag gehabt und sich einen Sessel gewünscht.

Sie wiegte sich langsam hin und her und suchte Ruhe. Sie sah ihn an, er schlief wieder, dicht vor ihren Füßen, nach den späten Nächten schlief er immer lange.

Sie versuchte, wieder zu kichern. Das wäre schön gewesen. Es ging nicht.

Der einzige Tag, den sie hasste.

Sie wollte es doch gar nicht anders. Sie wollte leben wie jetzt, jeden Tag, jede Stunde mit Leo, mit der Dunkelheit, mit denen, die sich nicht aufdrängten.

Nur dieser eine Tag.

Zwei Stunden, einmal die Woche. Wenn sie sauber sein musste. Wenn sie gesehen werden musste.

Leo hatte es so oft gesagt. Dass sie das nicht müsse. Er hatte sie mehrere Male angesehen, ehe sie den Raum verlassen hatte, hatte sie gebeten, es zu lassen und zu bleiben.

Ein einziges Mal in der Woche ohne den schützenden Film. Sie mochte es nicht. Aber sie wusste, dass sie musste. Für sie beide. Wegen der Medizin. Die reichte immer nur sieben Tage, und das hier war die einfachste Methode. Sie musste sich ruhig fühlen, und Leo musste das Licht ertragen können, um keine großen Ratten anzulocken.

Er tat alles. Das hier war ihr einziger Beitrag. Ohne den würde sie nicht gebraucht werden.

Sie würde wieder duschen.

Sie würde die Hände abwehren, die sie vor langer Zeit gejagt hatten, wann immer sie den Hahn aufgedreht hatte, die hart zwischen ihre Beine gepackt hatten, bis nur noch das Wasser zwischen ihren Körpern Platz gefunden hatte.

Sie kicherte laut.

Das gelang ihr.

Wenn sie sich nur anstrengte, wenn sie hart die Fäuste ballte, dann kam meistens ein Kichern.

Leo schlief tief, er würde noch zwei Stunden schlafen. Er lag auf dem Bauch, das machte er fast immer, das Gesicht in die Matratze gebohrt.

Sie fühlte sich einsam.

Im Sessel vorsichtig hin und her gewiegt, eine Zigarette, seine langsamen Atemzüge.

Dieser verdammte Tag.

Sie schaffte es nicht, noch weitere von ihren eigenen Gedanken fortzuzwingen, sie musste reden dürfen, einfach reden, egal, worüber, mit jemand anderem als ihr selbst.

Die rote Jacke hing am Nagel bei der Tür, sie zog sie an, sie fror immer im Tunnel, der nach Norden führte, dort war ein stärkerer Durchzug.

Es waren zweihundert Meter, wenn sie den kürzesten Weg ging, es war mehr als doppelt so lang, wenn sie den nahm, der ihr am besten gefiel, die Betonröhre, die älter war, in der sie aber leichter aufrecht gehen konnte.

Sein Raum war klein, eher ein versehentlich entstandenes Loch in der Wand und schwer zu finden, es lag gleich vor dem riesigen Zufluchtsraum, der einem Saal ähnelte und große Teile der Fläche unter dem Park in der Igeldammsgata füllte.

Miller saß im Schneidersitz auf dem Boden, er war allein, darauf hatte sie gehofft. Seine gestreifte Mütze in die Stirn gezogen und die buschigen Augenbrauen, die Haare um die Wangen gelockt, noch mehr als einige Stunden vorher, als er zusammen mit dem Namenlosen an ihre Tür geklopft hatte, das Kinn hätte schon vor Wochen rasiert werden müssen.

Sie wusste, dass er ein freundliches Gesicht hatte. Aber im Moment war es schwer zu sehen.

»Darf ich reinkommen?«

Er nickte. Er war wie Leo. Hier wurden nicht viele Worte gemacht.

Sie ging in die Knie und kroch hinein. Der Raum wurde nach zwei Metern etwas größer, nicht genug, um aufrecht zu stehen, aber fast.

Er hatte eine ungeöffnete Packung Plätzchen in der Hand.

»Möchtest du?«

»Nein.«

»Zigarette?«

»Klar.«

Miller legte die Plätzchen weg, zog Tabak und Papier aus einer seiner vielen Jackentaschen. Er sah sie an.

»Ist es heute?«

Er wusste, was sie vorhatte. Er wusste, was sie mit sich herumgetragen hatte. Sie hatten fast alle dieselbe Geschichte. Kleine Mädchen, Kinder, die weglaufen von zu Hause und den Händen, die sie anfassen, und die sich verstecken, eine Woche, manchmal einen Monat. Ihm gefiel das nicht, aber er sagte nie etwas. Sie verschwanden wieder, ehe er auch nur ihre Namen erfuhr. Aber manche waren wie diese hier. Sie gingen nicht zurück. Sie ließen Schmutz und Ruß zu einem schützenden Film werden, ohne den sie sozusagen durchsichtig waren.

»Ja, heute.«

Sie war schon länger hier als alle anderen. Sicher zwei Jahre, vielleicht mehr. Sie war ein sehr kleines Mädchen gewesen. Jetzt war sie eine andere.

»Du machst sicher, was du willst.«

»Nur zwei Stunden.«

»Ganz wie du willst.«

Miller mochte sie. Hatte niemals irgendwen verraten.

Bis vor drei Wochen.

Er hatte es schon lange vorgehabt. Sie war wahnsinnig jung, verletzlich ... er hatte Angst gehabt, es könnte nachher wehtun, aber jetzt, wo er sie so ansah, da tat es nicht weh, er bereute nichts, er hatte das Richtige getan, das tut man manchmal.

Du kleiner Mensch.

»Nur zwei Stunden. Oder was?«

Sie versuchte zu lachen. Sie versuchte sogar zu kichern.

Du kleiner, kleiner Mensch.

Er hatte es so genau genommen. Er hatte sich die Diakonin Sylvi ausgesucht, die ältere Frau, die für die Gemeinde St. Clara arbeitete und die einige Male in der Woche zur Kreuzung oben beim Fridhemsplan kam und Kaffee und belegte Brote austeilte.

Ich habe gesungen, habe jemandem da oben von dir erzählt, zu deinem Besten.

Vor drei Wochen. Er hatte seinen Kaffee bekommen und die Diakonin gebeten, ein Stück mit ihm beiseite zu gehen, er wollte unter vier Augen mit ihr sprechen. Mit einer Frau, die selbst auf der Straße gelebt und die danach ein anderes Leben angefangen hatte, sie redete keinen Mist, er hatte Vertrauen zu ihr. Sie hatten an der Bushaltestelle gestanden, und er hatte ihr von dem Mädchen erzählt, das unter der Erde wohnte und nicht nach oben ging. Er hatte es nicht mehr ertragen können. Er hatte sie seit über zwei Jahren in den Gängen gesehen und wusste doch, dass es Menschen gab, die sie vermissten.

Du solltest nicht hier sein, du bist zu jung, um dich zu verstecken.

»Hast du noch mehr?«

Sie zeigte auf die Zigarette, die nur noch Glut war. Miller zeigte auf die leere Tabakpackung, er nahm seine Zigarette aus dem Mund, gab sie ihr.

»Hier.«

Er hatte das Richtige getan.

»Du solltest vielleicht nicht so viel rauchen.«

»Das muss ich.«

»Warum?«

»Ich muss das einfach.«

Sie hielt die Zigarette in der Hand, die Hand zitterte, er hatte es in den letzten Monaten gesehen, sie zitterte immer mehr.

Er fuhr mit der Hand über ihre verfilzten Haare.

Er hatte erzählt. Er war nicht mehr allein. Auch Sylvi wusste von ihr.

Sie würde mit diesem Wissen machen können, was sie wollte.

Ihm blieb das jetzt erspart.

Sie roch nach Rauch.

Es roch scharf, muffig. Diesen Laubhaufen, der vor sich hin schwelte, den konnte er nicht loslassen, es war ein Geruch, der ihm schon einmal begegnet war.

Ewert Grens stand noch immer neben dem angeleuchteten Bett. *Vor kurzem hast du noch gelebt.* Eine Frau, der Teile des Gesichts fehlten. *Du lebst nicht mehr.* Er sah ihre Brust und ihren Bauch an, laut Errfors hatte jemand dort ein Messer in sie hineingestochen, wieder und wieder.

Du hast einen Namen. Du hast etwas gedacht. Du warst irgendwo zu Hause.

»Ewert?«

Nils Krantz stand innerhalb des abgesperrten Bereichs, wo vor kurzem der Zutritt noch verboten gewesen war. Er winkte Grens zu, er winkte Sven zu, der ein Stück entfernt wartete, und er winkte Errfors zu, der gerade den Keller verlassen wollte.

»Kommt doch mal her!«

Krantz ging in die Knie und bat die anderen, seinem Beispiel zu folgen. Eine der Lampen, mit denen er vorher gearbeitet hatte, lag vor ihm, und er hob sie hoch, richtete das ultraviolette Licht auf den Boden, staubiger Beton neben seinem linken Fuß.

»Wir wissen jetzt, woher sie gekommen ist.«

Sie liefen durch den Bereich, den der Kriminaltechniker und seine beiden Mitarbeiter eben noch abgesucht hatten.

»Eine Schleifspur. Die beim Bett und dem Leichnam aufhört. Fragmente von geronnenem Blut und Textilfasern, vermutlich von den Kleidern der Frau. Neben der Spur haben wir außerdem Fußabdrücke gesichert. Vermutlich von dem oder denen, die sie hergeschleift haben.«

Grens suchte im Lichtschein, ohne das sehen zu können, was Krantz da erwähnt hatte.

»Schleifspuren. Woher?«

»Die sind einhundertzweiundsechzig Meter lang. Da lang.«

Er zeigte in die Richtung, aus der Grens und Sundkvist fünfundvierzig Minuten zuvor gekommen waren.

»Kommt mit.«

Nils Krantz erhob sich und setzte sich in Bewegung. Ewert Grens zog sein Mobiltelefon hervor und versuchte, während er hinter Krantz herging, zum dritten Mal, das Personal in Annis Pflegeheim anzurufen. Er wusste ja, dass sie um diese Zeit in einer der kleineren Kliniken angekommen sein musste, in die sie zu Untersuchungen gebracht wurde, vermutlich war sie schon narkotisiert und bereit, um in einen Operationssaal gerollt zu werden. Er wusste auch, dass es sich um eine Routineuntersuchung handelte, irgendeine Messung des Drucks in ihrem Gehirn, und dass das Personal im Pflegeheim ihn schon seit Jahren bat, sich keine Sorgen mehr zu machen, sich auf sie zu verlassen, die verdammte Kontrolle loszulassen, die doch das Einzige war, woran er sich halten konnte.

Das ging nicht. Man kann nicht über Angst bestimmen.

Sie kriecht von hinten an uns heran und lagert sich als irritierendes Unbehagen im Bauch ab.

Er fluchte, lange genug, damit die anderen sich umdrehten. Der dritte Versuch, aus diesem Scheißkellerloch anzurufen, und zum dritten Mal wurde die Verbindung abgebrochen, ehe er auch nur einen Klingelton gehört hatte.

»Einen Moment!«

Krantz hob eine Hand. Er war vor einer Tür mitten in der langen Wand stehen geblieben. Dieselbe Farbe wie überall. Grens fragte sich, ob das so sein sollte, eine Art Versuch zu tarnen, oder ob die eine Farbdose einfach niemals leer geworden war.

»Ihr müsst dahinten warten.«

Eine graue Tür, die unter normalen Umständen schwer zu

sehen gewesen wäre. Aber das, was sonst grau war, war jetzt teilweise schwarz. Die Metalltür war mit Ruß eingepinselt worden.

»Wir haben hier noch nicht alles zu Ende durchsucht, und wir müssen sie öffnen, um beide Seiten erreichen zu können. Das Krankenhauspersonal hat nur Zugang zu einem der Schlösser. Wir warten auf einen Schlüssel für das andere.«

Krantz ließ die Hand sinken und sah die schwarzen Flecken an.

»Einhundertzweiundsechzig Meter. Und hier fängt sie an. Die Schleifspur.«

Sven Sundkvist trat einen Schritt auf die Tür zu.

»Meinst du, dass die Frau von dort … hergekommen ist?«

»Aller Wahrscheinlichkeit nach.«

Ewert Grens hatte einen vierten Versuch gemacht, und zum vierten Mal war die Verbindung ohne einen einzigen Klingelton abgerissen. Wütend klappte er sein Telefon zusammen.

»Wenn wir da reinmüssen, dann haben wir ein Problem.«

Er stand einen knappen Meter von der Kellerwand entfernt hinter Sven.

»Hinter dieser Tür fängt Stockholms Unterwelt an. Die richtige. Eins von vielen Tunnelsystemen, die unter Straßen, unter Parks, unter euren verdreckten Füßen verlaufen, wenn ihr irgendwohin geht. Kilometer um Kilometer von Betonröhren, viele sind groß genug, um darin spazieren zu gehen.«

Grens näherte seine Hand den beiden Schlössern.

»Ich war zweimal da drinnen. Nicht von diesem Krankenhaus aus, sondern von anderen Zugängen. Solche Türen wie die da gibt es in jedem öffentlichen Gebäude. Zumindest in den älteren, die ganze verdammte Stadt ist früher in Verbindung mit den Tunneln gebaut worden. Ab und zu muss man durch einen Schaltraum für das Telefonnetz gehen, bestimmt liegt so einer auch hier in diesem Keller, manchmal auch durch einen Wärmeraum des Elektrizitätswerks. Aber jedes Mal geht es durch eine solche Tür und voll in die Unterwelt.«

Ludvig Errfors hatte bisher geschwiegen. Jetzt stellte er seine Tasche auf den Boden.

»Das Tunnelsystem, von dem du hier redest.«

Er nickte langsam, wie an sich selbst gerichtet.

»Ich müsste … Ewert, das Tunnelsystem … gehört das zu demselben System wie die Abwässertunnel?«

»Der ganze Scheiß gehört zusammen. Abwässersystem, militärisches System, Fernwärmesystem, Telefonsystem, Heizungssystem. Unterschiedlich große Tunnel in unterschiedliche Richtungen, verbunden durch Gänge und Türen und Öffnungen und was weiß ich nicht noch alles. Niemand hat da noch Übersicht. Es ist zu alt, zu viel, zu tief unten. Allein die Kloaken, Herrgott, achtzig bis hundert Kilometer Tunnel, wenn du die ganze Strecke bis in die Vororte mitzählst.«

Errfors nickte noch immer vor sich hin. Einer der Menschen, die niemals Stellung nahmen, ohne zuerst jede Formulierung abgewogen zu haben. Der, der in einer Ecke der Küche sitzt und dem Stimmengewirr lauscht, während das Fest im restlichen Haus stattfindet.

»Die Löcher im Gesicht der Frau. Jetzt weiß ich, woher die kommen.«

Ewert Grens mochte solche Menschen. Er nahm sich immer Zeit, wenn sie endlich etwas sagten.

»Ratten, Ewert. Das sind Rattenbisse.«

Sven fiel das Stillstehen schwer.

»Bisse?«

»Ich glaube schon.«

Sven schüttelte den Kopf.

»Was hier fehlt … ich weiß nicht, die Löcher … die sind ziemlich groß.«

Errfors trat einige Schritte zurück und zeigte auf den anderen Teil des Kellers und die Frauenleiche, die dort lag.

»Solche Ratten sind ja auch groß. Manche bringen es auf dreißig Zentimeter. Mit einem Schwanz von zwanzig. Tiere von einem halben Meter Länge also. Ich glaube, sie ist von mehreren angefressen worden. Von unterschiedlich großen, die Bisse sind auch unterschiedlich groß. Wir sprechen hier von Millionen von Tieren in diesen Tunneln. Ein einziges Rattenpaar kann unter den richtigen Verhältnissen in einem einzigen Jahr für tausend neue Ratten sorgen.«

Weiter hinten im Kellergang war ein Scharren zu hören. Der junge Polizist, der Grens und Sundkvist vorhin zwei Stock höher beim Haupteingang des Krankenhauses erwartet hatte, ging noch immer so schnell, tauchte geschickt unter dem blauweißen Plastikband durch.

»Das Gebäude ist befehlsgemäß abgesucht worden. Keine Unbefugten gefunden.«

Er hatte Ewert Grens angesehen und zu ihm gesprochen, jetzt richtete er sich an Nils Krantz.

»Und der Oberhausmeister lässt ausrichten, dass das Krankenhaus den zweiten Schlüssel nicht hat.«

»Das ist alles?«

»Alles.«

Ewert Grens sah den Kriminaltechniker an und lachte kurz.

»Das hätte ich dir auch sagen können, Nils. Wenn du nur gefragt hättest. Wir müssen uns an den Katastrophenschutz wenden. Diese Sorte Schloss, wie wir es da haben, die Schlüssel dazu gibt es nur bei denen.«

Krantz weigerte sich, ein genervtes Gesicht zu machen, und teilte mit, dass er bald wieder da sein würde. Ewert Grens wartete ab, bis seine Schritte nicht mehr zu hören waren, dann trat er auf Errfors zu.

»Zwei Tage, hast du gesagt. Was bedeutet das?«

»Dass ich im Moment nicht mehr weiß.«

»Mach einen Versuch. Wenn du raten müsstest. Wie lange ist sie schon tot?«

Errfors seufzte.

»Das mag ich nicht. Das weißt du.«

»Versuch es.«

»Mindestens sechsunddreißig Stunden. Weiter gehe ich nicht. Du kriegst den genauen Zeitpunkt, wenn ich aufmache.«

Grens betrachtete die Tür in der Kellerwand.

»Hilf mir, Sven. Du hast die Leute vernommen.«

Sven Sundkvist suchte unter seinem weißen Schutzkittel und spürte, wie seine Finger sich um die Knöchel schlossen, in die vor kurzem noch die Zähne eines Jungen versunken waren. Er streckte sie vorsichtig aus, während er versuchte, seinen festgeklemmten Notizblock aus seiner Jackentasche zu befreien.

»Dem Dienstplan zufolge hat der Nachtwächter diesen Gang hier um 20.50 Uhr zum letzten Mal passiert. Das geschieht an jedem Tag, dann wird Müll geholt, glaube ich. Zu diesem Zeitpunkt lagen auf dem Bett noch keine Decken, sagt der Hausmeister. Der Leichnam kann also frühestens um 21.00 Uhr dort abgelegt worden sein.«

Sundkvist blätterte in seinem Block und hielt bei einer der hintersten Seiten inne.

»Dann, gegen 07.30 Uhr heute Morgen, hat einer der Hausmeister sie entdeckt. Er brachte zwei Frühstückswagen zurück. Das bedeutet, dass sie höchstens zehneinhalb Stunden dort gelegen haben kann. In diesem Keller. Falls sie aus dem Tunnelsystem hereingebracht worden ist, müsste es also für die Hunde noch genügend Geruch geben.«

Zum ersten Mal an diesem Morgen wurde es im Keller ganz still. Krantz, der mit leisen Scharrgeräuschen auf dem Boden herumgekrochen war, der jetzt aber eine Weile fehlen würde, die Plastikbänder, die Fremde aussperrten, und Ewert Grens, der keine weiteren Fragen hatte. Er sah Sven und Errfors an, nickte kurz. Er würde jetzt einen Stock höher gehen, zu einem der Zimmer der Hausmeister, und sich ein Telefon suchen, das sich nicht durch dicke Wände ausschalten ließ.

Er rief zuerst die Leitzentrale an. In einer Viertelstunde würde eine Hundestreife am Fundort eintreffen.

Das nächste Gespräch war ebenso kurz. Hermansson hatte schon nach einigen Sätzen seine Beschreibung eines Frauenkörpers am falschen Ort in einem Krankenhauskeller verstanden. Er bat sie, von nun an die Hauptverantwortung dafür zu übernehmen, womit der Tag angefangen hatte, dreiundvierzig mitten in Stockholm ausgesetzte Kinder. Er wusste, dass sie fähig war, bereit, eine große Ermittlung zu leiten, sie würde es besser machen als manche der Kollegen, die schon sehr viel länger der Einheit angehörten.

Der dritte Anruf. Keine verhallenden Klingeltöne, kein an Kraft verlierendes Leerzeichen. Das Personal in Annis Pflegeheim auf Lidingö, knapp einen Kilometer entfernt, meldete sich sofort.

Er bat darum, mit Susann sprechen zu dürfen, der Medizinstudentin, die dort aushalf und zu der er Vertrauen gefasst hatte. Sie bestätigte, dass Anni früh abgeholt worden war und jetzt unter Narkose stand, damit sie geröntgt werden konnte und weil der in ihr Gehirn operierte Plastikschlauch überprüft werden musste. *Hydroenzephalus.* Das könne passieren, sagte die Medizinstudentin, wenn durch äußere Gewalt gegen den Kopf Blutungen ausgelöst worden waren.

Nur ein Wort.

Aber siebenundzwanzig Jahre im Rollstuhl.

Ich konnte nicht anhalten.

Er hielt einen schwarzen schweren Telefonhörer in der Hand und hörte, wie die Stimme über das sprach, was ihn beruhigen sollte. Er war nicht da. Er war wieder bei dem Ausflug, den er und Anni und die Medizinstudentin früher im Winter unternommen hatten. Anni hatte bei einem seiner Besuche wie immer am Fenster gesessen und das Leben angesehen, das vorüberzog, aber dann hatte sie plötzlich jemandem oder etwas zugewinkt. Grens war gerade bei ihr gewesen und hatte gesehen, wie sie die Hand gehoben hatte, als eine weiße Personenfähre der Reederei Waxholm vorübergefahren war. Sie hatte gelacht und die Finger mehrere Male hin und her bewegt. *Und alle diese verdammten Neurologen hatten behauptet, sie werde niemals wieder eine solche bewusste Handlung durchführen können.* Wie ein Verrückter war er durch das Pflegeheim gerannt, hatte zwischen den Krankenhausmöbeln getanzt und gelacht und geweint und geschrien, bis das Personal angerannt gekommen war und ihn immer lauter angefleht hatte, sich doch zu mäßigen. Zwei Tage darauf hatte er Fahrkarten für eben diese Fähre gekauft. Sie waren durch Stockholms schneeweißen Schärengürtel getuckert und hatten an Bord Kaffee getrunken, und Anni hatte den braunen Mantel mit dem dicken Pelzkragen getragen. Ihm war die Besorgnis der Medizinstudentin total egal gewesen, und sie war ihm jetzt noch immer total egal, egal, dass es wehtun könnte, wenn Erwartungen eben Erwartungen blieben, dass das, was bisweilen wie eine bewusste Handlung aussah, sich oft als schlichter Bewegungsreflex erwies, dass es wehtun könnte zu hoffen, *zu sehr* zu hoffen.

Die Stille war verschwunden, als er wieder ganz nach unten ging.

Sven Sundkvist und Ludvig Errfors standen mitten im Gang und redeten über etwas, das er nicht richtig begriff. Eine Hundestreife war eingetroffen und wartete am Absperrband auf weitere Befehle. Nils Krantz hatte seinen Schlüssel erhalten und die Tür geöffnet, er pfiff laut und falsch, während er auf der Jagd nach Fingerabdrücken die Rückseite der Tür mit Ruß bepinselte.

Ewert Grens ging langsam auf die Tunnelöffnung zu. Er blieb stehen, als Krantz gereizt mit dem Pinsel winkte, versuchte stattdessen, in die auf der anderen Seite lauernde Dunkelheit zu schauen. Es war schwer, dort irgendeinen Anhaltspunkt zu finden, überhaupt etwas zu erkennen, wenn sich die Augen daran gewöhnt hatten. Das große Zementrohr, das dort drinnen verschwand, vielleicht eine schwarze Leiste, die unter der Decke verlief, das war alles. Der Geruch dagegen. Das, was bei der Frau vorhin wie bitterer, schwacher Rauch gerochen hatte. Und die Wärme, auch die deutlich, war drinnen um einiges stärker als in dem kalten Kellergewölbe, in dem sie sich bisher aufgehalten hatten.

Daher bist du also gekommen.

Nils Krantz sah zufrieden aus. Die Tatortuntersuchung, für die er die Verantwortung trug, war abgeschlossen.

Dort bist du also gestorben.

»Willst du nicht mehr messen?«

»Die Tür ist offen.«

Grens wandte sich an den Hundeführer. Ein Mann in seinem eigenen Alter. Aber mit geraderem Rücken, mehr Haaren. Der Hund saß ganz still neben dem Bein des Mannes. Ein Schäferhund mit fast schwarzem Fell, dunkler als solche Hunde in Grens' Erinnerung sonst waren.

Jede Bewegung war vorausbestimmt, fast mechanisch.

Der längliche Körper wurde mit Leine und Riemen versehen, der Haken oben an einem Riemen befestigt, die fünfzehn Meter lange Leine ein kurzes Stück ausgewickelt.

Signale für ein trainiertes Tier, das ungeduldig anfing zu fiepen und eifrig mit dem Schwanz wedelte.

Der Hundeführer schaute Grens ein letztes Mal an, ließ sich von ihm grünes Licht geben.

Dann streckte er die rechte Hand aus.

In den Tunnel.

Die Richtung, die der Hund nehmen sollte, in dem Moment, in dem er das nächste Kommando erteilte.

Sie sah auf die Uhr, die auf einem der Kartons vor der Wand lag. Eine kleine Uhr aus silbrigem Metall mit einem blauen Zifferblatt. Sie machte das nur einmal in der Woche. Sie musste nur diesen einen Termin einhalten.

Elf null fünf. Noch eine knappe Stunde.

Leo war wieder aufgewacht, er bewegte sich mühselig, noch immer unruhig, so war er manchmal, wenn alles um ihn herum gefährlich wurde und es für ihn kein Entkommen gab. Sie hatte sich daran gewöhnt, dass es so sein konnte, und manchmal gab sie ihm auch eine ihrer Tabletten, obwohl sie eigentlich nicht genug hatte, sie konnte ihre eigene Angst aushalten, ertrug es aber nicht, seine mit ansehen zu müssen.

An diesem Tag war es kälter. Sie hatte im Tunnelgang auf dem Weg zu Miller gefroren, hatte das aber dem frühen Morgen und dem Schlafmangel zugeschrieben. Jetzt froren sie beide. Leo stand zitternd mitten im Raum, sie hatte sich eine Decke über die Jacke gelegt, ihr wurde aber trotzdem nicht warm.

»Das muss nicht sein.«

»Das weiß ich.«

Er öffnete die Tür, und sie gingen hinaus in den Tunnel. Der andere Raum war nur zwei kurze Schritte entfernt. Die Tür war natürlich aus Metall, der Schlüssel war einer von denen aus dem kleineren Bund.

Dieser Raum erinnerte an den, in dem sie wohnten. Ebenso groß, kahle Betonwände, Rußstellen oben in der Decke. Sicher war er wie mehrere andere in diesem Teil der Unterwelt gebaut worden, um im Kriegsfall als Lager zu dienen.

Jetzt war er ihr Lager.

Immer verschlossen, weder Rauch noch Ratten konnten hier eindringen.

Leo hatte den ganzen Raum vom Boden bis zur Decke vollgestellt. Er hatte sorgfältig einen Karton auf den anderen gestellt und sie mit dem gefüllt, was er nachts aus den Häusern holte, die Türen direkt in den Tunnel hatten. Links standen die Lebensmittel, Konserven und andere, vieles von der Armee, einiges aus den Lagerräumen von zwei Supermärkten. In der Mitte gab es vier Stapel aus gelben Decken, ganz neu, noch immer in durchsichtige Plastikfolie gewickelt. Rechts lagen die Kleidungsstücke, die meisten aus dem Lager für die Angestellten der Verkehrsbetriebe, für Busfahrer, U-Bahn-Fahrer, die Leute, die an den Sperren saßen.

An der einzigen leeren Stelle an der Wand hingen an zwei groben Nägeln zwei Kleiderbügel, beide mit blauen Uniformen. Sie zog ihre Hose aus, den langen Rock, die Pullover und die Stoffjacke. Alles, bis auf Unterhose und BH. Wieder fror sie, und ihre Haut war an mehreren Stellen gerötet, gereizt von feuchter Kleidung, die über die bleiche Haut scheuerte.

Die Hände.

Sie hatten ihr Geschlecht berührt, sie hatten sich um ihre Brüste geschlossen.

Einmal pro Woche. Hier unten reichte einmal.

Sie zog die Uniformjacke an, die Hose, die an den Oberschenkeln zu weit war, den Pullover mit den hellblauen Streifen und dem V-Ausschnitt und sogar die Mütze mit dem ein wenig zu weichen Schirm. *Sie hasste das Wasser.*

Leo kam wieder herein, er war nach draußen gegangen, um sie nicht in Verlegenheit zu bringen, das machte er immer so.

»Du weißt, worauf es ankommt.«

Sie wechselten einen Blick. Seine Stimme war hart. Niemals anders, niemals je. Er hielt den kleineren Schlüsselbund in der Hand und suchte zwei Schlüssel heraus. Einen groben und ziemlich kantigen und einen, der ganz normal aussah, wie der, den sie früher für die Wohnung gehabt hatte.

»Wenn jemand dich anhält. Wenn jemand fragt. Und wenn du riskierst, die hier zu verlieren, du sagst nichts, du weißt nichts.«

Ein Gespräch, das sich jede Woche wiederholte. Aber die Stimme machte ihr keine Angst. Sie wusste, was die Schlüssel bedeuteten. Sie waren alles. Für Leo waren sie die vielen Jahre, die unter der Erde schon vergangen waren, und all die Jahre, die noch blieben. Sie waren Macht, Würde, die Voraussetzung dafür, dass sie beide weiterhin hier leben könnten, ohne die anderen.

»Dieser hier, und dieser hier, wenn die mit mir in Verbindung gebracht werden … dann kommen sie her, mit allem Lärm. Mit dem Licht, das bring ich nicht, das weißt du.«

Sie bewahrte die Schlüssel in ihrer geballten Faust auf, als sie ging, sie öffnete die Tür zum Verbindungsgang mit dem groben Schlüssel, verließ ihr Tunnelsystem, das, was ihrer Meinung nach der Armee und dem Straßenbauamt gehörte, und ging weiter durch das System der U-Bahn.

Das Einzige, das sie schon früher gekannt hatte.

Hier wohnten so viele andere. Aber nie gleich lange. Die Gänge der U-Bahn waren meistens ein zufälliger Zufluchtsort für Junkies und die, die nicht so tief hineingehen mussten.

Sie ging, so schnell sie konnte, ohne zu rennen, an ihnen vorbei. Sie saßen und lagen überall in Hohlräumen und Einbuchtungen der Felswand. Sie sah sie an, erkannte zwei von ihnen, sie erwiderten ihren Blick nicht. Hier gab es immer Geräusche. Das scharfe Geräusch, wenn Eisen auf Eisen trifft, große Räder, die über die Schienen rollen.

In der Ferne, wo der gewaltige Gang sich in zwei kleinere teilte, blinkten zwei rote Lichter, als der letzte U-Bahn-Wagen verschwand.

Sie sah den Schlüssel an, der normal aussah. Sie fuhr mit der Hand über den blauen Stoff von Hose und Jacke. Innerhalb von zwei Minuten würde sie drei Türen öffnen, zwei Treppen hochsteigen und quer durch die Eingangshalle der U-Bahn-Station Fridhemsplan gehen.

Niemand würde Fragen stellen. Niemand würde sie auch nur ansehen. Die Uniform war ihr Schutz.

Einmal die Woche, eine einzige Stunde.

Sie wusste, wie es sich anhörte, wie es roch, alle diese Menschen, die offenbar nur sinnlos umherliefen.

Die Personalräume des öffentlichen Nahverkehrs lagen über der Eingangshalle. In der Mittagspause drängten sich hier Busfahrer, U-Bahn-Fahrer und Fahrkartenkontrolleure in dem schlichten Aufenthaltsraum, um ihren mitgebrachten Proviant hier zu verzehren, oder in den Umkleideräumen, um ihre Arbeitskleidung an- oder auszuziehen.

Sie betrat den engen Vorraum, wäre fast mit einem Mann zusammengestoßen, der mit heftigen Gesten in ein an der Wand befestigtes Telefon sprach, dann ging sie an den Toiletten vorbei und in den Raum, der leicht nach Parfüm roch und durch die Duschdämpfe warm war.

Sie hatte Glück. Dort war nur eine einzige Frau. Eine ältere Dunkelhaarige, die nackt auf einer der Bänke vor dem Gestell mit zwei Haartrocknern und einem riesigen Spiegel saß. Die Frau lächelte, nickte ihr zu.

»Fängst du an?«

»Was?«

»Kommst du, oder gehst du?«

»Ich gehe.«

»Dann sind wir schon zu zweit. Hab heute Morgen um fünf

angefangen. Heute war ganz schön viel los, kommt bestimmt von der Kälte, die Leute kriegen sicher ihre Autos nicht in Gang.«

Sie setzte sich nach ganz hinten, mit dem Rücken zu dem riesigen Spiegel. Sie blickte nie hinein, konnte dieses blanke Bild nicht leiden, sie war das nicht, sie war es nicht einmal gewesen, als sie kleiner gewesen war und einen schmalen Spiegel mit Goldrahmen an der Wand über dem Robbie-Williams-Plakat in ihrem eigenen Zimmer gehabt hatte.

»War sicher auch bei dir hektisch? Du siehst müde aus. An so einem Tag an der Sperre zu sitzen.«

Die Frau war übergewichtig, die Rundungen schienen einfach kein Ende zu nehmen, es war ein Körper, in dem man sich verstecken, den man umarmen wollte. Sie schaute verstohlen hinüber. Mama hatte nicht so ausgesehen. Sie hatte ausgesehen wie ein kleines Mädchen, dünn, kantig.

»War das so?«

»Was denn?«

»Hektisch.«

»Ja.«

Es gab drei Duschen, vor jeder hing ein heller Plastikvorhang.

Das verdammte Wasser.

Enge Rohre, die ab und zu fauchten, ein wütendes Geräusch, lauter, wenn es draußen kalt war.

Das verdammte verdammte verdammte Wasser.

Sie zog sich aus. Die Uniform achtlos auf der Holzbank abgelegt. Sie merkte, wie die Frau ihren Rücken ansah, die rote Haut, den Schmutz. Sie schaute hin, sagte aber nichts, das taten sie nie. Es war für einen kurzen Moment still, dann wurde der Föhn eingeschaltet, und dann wurde gesummt, sie summten immer etwas, das in dem nervigen Rauschen ertrank.

Die Hände auf dem Hintern, zwischen den Beinen, auf der Brust.

Sie drehte am Hahn, das heiße Wasser peitschte die Haut, wie damals, prallte an dem schützenden Film ab.

Die Frau hatte den Umkleideraum verlassen. Sie hatte auch dann noch gesummt, als sie den Föhn ausgeschaltet hatte, ziemlich eintönig, während sie ihren Schrank öffnete und wieder schloss, ihr umfangreicher Körper war im Spalt zwischen Duschvorhang und Fliesenwand zu sehen gewesen, lange nackt, dann ein Kleidungsstück nach dem anderen, zivile Kleider, die am Ende vom Gang verschluckt wurden.

Sie hatte hinter dem Vorhang gewartet, bis der Raum leer gewesen war. Sie fror jetzt mehr als zuvor, das Wasser klebte auf ihrer Haut, und es half nichts, dass sie ein Handtuch aus dem Wäschekorb nahm und sich abtrocknete, bis die roten Stellen schmerzten.

Die Uniform war jetzt noch größer, sie spürte sie deutlicher, jetzt, wo sie sauber war.

Aber das Weinen hatte aufgehört.

Sie wich dem Spiegel aus, starrte vor sich hin, bis sie den Raum verlassen hatte. Vor dem Aufenthaltsraum hing eine Uhr an der Wand. Sie schaute zu Boden, als sie den beiden anderen Blaugekleideten zunickte, dann blickte sie hastig auf, als sie an denen vorüberging, die aßen und laut miteinander redeten. Fünf vor zwölf. Sie würde es schaffen.

Die Treppe zur Eingangshalle der Station, hinaus zu Menschen und Autos, quer über den Drottningsholmsväg.

Es war ein ganz normales Mietshaus.

Ein Kinderwagenladen auf der einen Seite der Eingangstür, ein Laden für Fenster und Rahmen auf der anderen.

Sie hatte den Türcode auswendig gelernt und nahm nicht den Fahrstuhl, der war eng und wackelte immer, wenn sie sich bewegte. Die Praxis lag ganz oben in einer Wohnung, eine einsame Tür in der ziemlich großen Etage.

Sie ging hinein, ohne zu klingeln. Eine gedämpft helle Matte auf dem Parkettboden, vier Stühle mit geradem Rücken, ein Tisch mit sorgfältig in gleich hohe Stapel sortierten Illustrierten. Es war ein schönes Wartezimmer, und sonst war es immer vollbesetzt mit Patienten.

»Du kannst gleich reinkommen.«

Es gab zwei Sprechzimmer, aber bisher hatte sie nur das eine betreten, es war ein wenig größer als das andere und wies eine Pritsche für einfache Operationen auf. Er sah ganz normal aus und lächelte immer, wenn er die Tür öffnete. Er war um die fünfzig, ein gepflegter Bart, der langsam in Grau überging, bedeckte Wangen und Kinn, er war so groß wie Leo, hatte aber einen geraderen, kräftigeren Rücken. Der weiße Kittel war offen, er trug darunter ein hellblaues Hemd, Jeans, die nicht sonderlich oft gewaschen wurden, seine Schuhe waren schwarz und vorne spitz, ihr Vater hatte auch immer solche getragen.

»Hier. Das wolltest du doch.«

Er reichte ihr eine weiße Papiertüte. Sie wusste, was diese Tüte enthielt. Siebenundsiebzig Stesolidtabletten, dreiundsechzig Mogadontabletten und drei Lithiumtabletten.

»Das reicht genau bis nächste Woche.«

Sie nickte und verstaute die Tüte in einer der vielen Taschen der weiten Uniform. *Es ist nicht, dass er mich anfasst.* Dann ging sie zur Pritsche und fing schweigend an, sich auszuziehen. *Das ist es nicht.* Es war kalt, und ihre gereizte Haut leuchtete röter denn je. *Es ist eher … eher, dass ich sauber bin, wenn er es tut, nichts mehr im Weg ist, eher das.*

Sie starrte zwei lange weiße Risse in der Decke an.

Das klappte, sie hatte es schon zweiundzwanzig Mal gemacht, zählte jedes Mal.

Es war schlimmer gewesen, als sie noch jünger war.

Daran musste sie immer denken.

Dusche und Wasser, die den Händen zu ihr halfen, waren nur der Anfang. Einsam zu sein, danach nirgendwohin gehen zu können, war noch schrecklicher.

Es war jetzt anders.

Wenn dieser hier sie ausreichend angefasst hatte, sie kannte ihn nicht, konnte sie immer weggehen, in den Tunnel und zu Leo und zu dem, was sie schmutzig machte und was sie schützte, nicht wie damals, als sie nur zu Hause bleiben und weiterhin in Diele, Küche und Wohnzimmer sehen musste, wissen musste, dass sie dort waren, die Hände.

Ewert Grens döste vor sich hin.

Irgendwo im Zimmer bewegte sich ein Schatten. Er wiegte sich mit dem Schreibtischsessel langsam hin und her, hielt das fest, was so leicht zu tragen war.

Sieh mal an, sieh mal an, du denkst auch mal an mich.

Die Stimme, die Musik, den Text, den er auswendig kannte, er erkannte jederzeit alles, was da war, in all diesen Jahren.

Hat sie denn, hat sie denn heut keine Zeit für dich.

Das hier war seine Welt. Der Kassettenrekorder, der nur Siw Malmkvist spielte, der Schreibtisch, der unter den Unterlagen der laufenden Ermittlungen verborgen war, das Besuchersofa, auf dem jetzt Sven und Hermansson saßen und wo er manchmal schlief.

»Ewert?«

Ungefähr noch anderthalb Minuten, dreimal der Refrain, er räusperte sich und sang laut, es war eine andere Zeit gewesen, ihre Zeit.

»Ewert, wir müssen jetzt anfangen.«

Grens schüttelte gereizt den Kopf. *Das fünfte Rad am Wagen, Original Foolin' around, aufgenommen 1961.* Noch fünfzig Sekunden, einmal noch der Chor, einmal noch der Refrain. Dann sah er seine Gäste an und lächelte. Sie waren gute Menschen, ab und zu sah er das ein, irgendetwas musste er richtig gemacht haben, auf irgendeine Weise musste er diese Menschen verdient haben, mit denen er es aushielt. Er hatte zusammen mit Sven auf dem Rückweg vom Krankenhaus ein einfaches Mittagessen zu sich genommen, in dem Dreckslokal in der Sankt Eriksgata, wo sie sich ab und zu verkrochen, wenn sie Ruhe brauchten, fade Fleischstücke, die in farbloser Soße ertranken. Hermansson hatte mitgeteilt, dass sie keine Zeit hatte, eine Banane und einen Joghurt in der Hand. Etwas mehr als ein Jahr, dachte er. Seit dem vergangenen Sommer war sie auf den Gängen der Citypolizei anzutreffen, und sie war schon wie viele von den anderen, Essen im Stehen, die Unregelmäßigkeit als Teil des Mythos über ein Stockholmer Leben, bei dem man immer unterwegs ist. Er hätte gern gewusst, ob sie auch, wenn sie ein seltenes Mal zu Hause war, die Küche kalt ließ, er stellte sich einen Backofen vor, der niemals gereinigt zu werden brauchte, einen Herd, der niemals Fettflecken aufwies.

»Es ist offen.«

Er hatte das Klopfen an der Tür erkannt.

»Ich komme ein wenig zu spät. Bitte um Entschuldigung.«

Lars Ågestam sah aus wie immer. Dunkler Anzug, gestreifter Schlips in einem weinroten Ton, kurze blonde Haare, die er zu der Seite strich, auf der sie ohnehin schon lagen. Grens musterte den jungen Mann, der es in wenigen Jahren zum stellvertretenden Oberstaatsanwalt gebracht hatte. *Einer von denen, die ich nicht verdient habe.* Sie hatten einander seit dem ersten Tag verabscheut, in ihrem ersten gemeinsamen Fall zwei Jahre zuvor, ein fünf Jahre altes Mädchen war vergewaltigt und ermordet worden, und zwei Ermittlungsschulen waren miteinander kollidiert, die vom Leben geformte und die, die von Büchern und der Universität geprägt war.

»Kein Mittagessen?«

Ågestam nickte zu Hermanssons leerem Joghurtbecher und der geringelten Bananenschale hinüber, als er hinter sich die Tür schloss.

»Heute nicht.«

»Dreiundvierzig rumänische Kinder. Eine tote Frau. Ich verstehe, warum.«

In der hintersten Ecke stand ein Stuhl. Ågestam holte ihn und seufzte über die Musik, die er nicht ertragen konnte, gegen die er sich aber ausnahmsweise nicht wehrte, er hatte keine Lust, eine Diskussion auszulösen, bei der er sich doch niemals durchsetzen konnte. Es war schon vorgekommen, dass er gezeigt hatte, wie gestresst er war, wie sehr er die Tatsache verachtete, dass nichtssagende Schlagerverse aus den sechziger Jahren ihre gemeinsame Zeit fraßen. Es endete immer auf dieselbe Weise. Grens lächelte und ließ die Kassette zurücklaufen, um noch ein Stück von drei Minuten und achtundzwanzig Sekunden zu spielen, einfach aus purer Bosheit.

Ågestam wartete, bis Stille eingekehrt war, dann öffnete er einen dünnen schwarzen Ordner. Einige wenige Blätter, er machte sich daran zu schaffen, ohne wirklich zu lesen, er nickte dem Kriminalkommissar zu.

»Ich habe auf Grundlage der während des Vormittags eingelaufenen Informationen beschlossen, zwei getrennte Voruntersuchungen zu eröffnen. Eine in Bezug auf einen mutmaßlichen Mord. Die andere in Bezug auf mutmaßlichen Menschenhandel. Ewert, zuerst die Frauenleiche.«

Grens stellte eine leere Kaffeetasse beiseite und beschrieb den Anruf der Leitzentrale, eine Tote in einem Krankenhausbett, eine Schleifspur, die vor einer verschlossenen Metalltür in der Wand des Kellergewölbes endete.

Die Stunden des Morgens in zwei Minuten.

»Krantz hat diese Tür später dann geöffnet. Und dieselben Fingerabdrücke wie zuvor gesichert.«

Ewert Grens erhob sich und trat beim Reden mitten ins Zimmer.

»Auf der Rückseite fanden wir die Abdrücke aller zehn Finger. Die Person hat also dort gestanden, vornübergebeugt, und die ziemlich schwere Tür aufgedrückt. Von der Tunnelseite her und ins Kellergewölbe.«

Er streckte die Arme vor sich aus.

»Dann haben wir den Leichnam. Auch daran gibt es Fingerabdrücke. Von dem Hausmeister, der sie gefunden hat. Von dem Arzt, der geholt wurde, um sie zu untersuchen, und der uns dann verständigt hat. Aber außerdem haben wir noch ein drittes Paar. *Wieder dieselben Fingerabdrücke.* Von denen wir schon wissen, dass sie sich an der Metalltür befinden.«

Ågestam machte sich auf einem der wenigen Blätter im Ordner eine Notiz.

»Du hast Vernehmungen vorgenommen, Sven?«

Sven Sundkvist hielt den Notizblock in der Hand, den, der so oft in der Jackentasche stecken blieb.

»Der Hausmeister ist ein älterer Mann, der seit ziemlich genau vierzig Jahren in diesem Krankenhaus arbeitet. Der Arzt ist um einiges jünger, gerade neu eingestellter praktischer Arzt. Beide geben zu, dass sie sie angefasst haben. Ich bin davon überzeugt, dass das alles ist. Keiner von beiden hatte mit der Frau etwas zu tun. Sie waren eben nur an der falschen Stelle und haben eine Tote entdeckt, die sie gar nicht betrifft.«

Der Staatsanwalt machte sich weitere Notizen. Er wusste, dass Sven Sundkvist gute Arbeit leistete, er war ein erfahrener Vernehmungsleiter, die Antworten, die er erhielt, waren meistens die Antworten, die später die Voruntersuchung bestätigten.

»Und jetzt wird die Sache richtig interessant. Krantz hat vor einer Weile seinen ersten Treffer gelandet. Zwei Minuten vor dem Computer waren genug.«

Ewert Grens stand noch immer mitten im Zimmer.

»Die Fingerabdrücke am Körper und auf den beiden Seiten der Metalltür gehören einem Mann, wenn wir nach der Größe gehen dürfen, den wir noch nie festgenommen, vernommen oder auch nur verdächtigt haben, den es in keinem Register gibt. Uns fehlt also die Identität.«

Er zeigte auf den Ordner in Ågestams Hand.

»Aber wir haben *sieben* weitere Treffer.«

Grens griff nach dem Ordner, zog ihn dem Staatsanwalt aus der Hand.

»Die Fingerabdrücke tauchen in sieben anderen Ermittlungen auf. Keine davon abgeschlossen. Meistens Pisskram, kleinere Diebstähle, der älteste liegt zwei Jahre zurück. Aber allesamt in der Umgebung des Fridhemsplan. Das heißt in der Umgebung des Krankenhausgewölbes, in dem die Frau lag.«

Er schaute zufrieden in die Runde.

»Wir haben Einbrüche in öffentliche Institutionen – St.-Górans-Gymnasium, Fridhemsschule, St.-Görans-Kirche, noch eine Schule und sogar in einem Lager unserer Kollegen nebenan, bei der Leitung der zentralen Polizei. Wir haben Einbrüche in ein Lebensmittellager des ICA unter der Hantverkargata. Wir haben einen Einbruch im Armeedepot – einem Lager des Katastrophenschutzes, fünfundzwanzig Meter unter der Erdoberfläche, irgendwo in der Nähe der Västermalmsgalleria. *Sieben Einbrüche zu sieben unterschiedlichen Zeitpunkten – und kein einziges Mal haben die Ermittler Einbruchsspuren gefunden.* Kein einziges Mal hat sich überhaupt nachweisen lassen, wie die Betreffenden ins Haus gekommen sind. Insgesamt fünfundzwanzig Türen weisen identische Fingerabdrücke auf und wurden mit einem Schlüssel geöffnet. Alles stimmt mit der Tür im Krankenhausgewölbe überein.«

Sein umfangreicher Körper bewegte sich ruhelos im Raum, es war so viel im Weg, das hinaus musste.

»Öffentliche Einrichtungen. Warenlager unter der Hantverkargata. Armeedepot unter der Västermalmsgalleria. Ich bin ganz sicher. Da operiert jemand unter der Erde. Jemand hat nicht nur Zugang zu *einem* Hauptschlüssel, sondern zu mehreren. Zu diesen besonderen Schlüsseln, die im Prinzip alle öffentlichen Gebäude mit Stockholms unterem Tunnelsystem verbinden, Schlüssel, die für Armee und Rettungsdienste bestimmt sind.«

Grens wandte sich demonstrativ an den Staatsanwalt.

»*Bisher hat er sich mit Einbrüchen begnügt.* Solche Ermittlungen verschlingen Zeit und Geld, liefern aber keine Schlagzeilen, weshalb manche Staatsanwälte sich nicht weiter dafür interessieren, sie liegen nur hier auf dem Schreibtisch, ohne Priorität, Unterlagen in einer sinnlosen Statistik. *Aber jetzt ist er weitergegangen.* Jetzt haben wir es mit einem mutmaßlichen Mord zu tun. Und da ermitteln wir offenbar … noch immer?«

Grens starrte den Staatsanwalt an, bis der antwortete.

»Ewert, das muss ich nicht haben.«

Lars Ågestam schüttelte leicht den Kopf, wollte, dass das zu sehen wäre. Dieser verbitterte Kerl versuchte zu provozieren. Konfrontation, irgendeine Art übelriechende alte Klassenperspektive, etwas, in dem ältere Kommissare sich noch immer suhlten, wenn sie auf junge Staatsanwälte trafen.

Aber er wollte nicht, diesmal nicht.

»Dagegen, Ewert, möchte ich wissen, was du unter *er operiert unter der Erde* verstehst.«

Sie hatte auf einem Krankenhausbett in einem Kellergang gelegen. Sie war um die vierzig gewesen, und Teile ihres Gesichts hatten ihr gefehlt. Sie hatte nach feuchtem Rauch gerochen, wie nach einem Waldbrand.

»Stockholm ist unter der Erde ebenso groß wie darüber. Es gibt ebenso viele Räume, ebenso viele Möglichkeiten, zu verschwinden. Es gibt Tausende von Eingängen, und etliche sind groß genug, um einen Lastwagen passieren zu lassen. Die Gegend um den Fridhemsplan ist ein einziges verdammtes Labyrinth von Tunneln, verbunden mit anderen Tunneln, die mit anderen Tunneln verbunden sind, die … die Fingerabdrücke stammen von jemandem, der sich dort unten bewegt, der das System kennt und der die Schlüssel hat.«

Sie hatte ihn auf irgendeine Weise angesehen, so hatte er das empfunden, ihre Augen hatten gefragt, was er dort machte.

»*Er operiert unter der Erde,* Ågestam. Wie ein verdammter Gollum aus einer anderen Welt, über die wir einfach einen Scheiß wissen. Aber gib uns zwei Tage. Jetzt wissen wir immerhin, *wo* wir suchen müssen.«

Sven Sundkvist und Hermansson hatten bisher schweigend auf Grens' abgenutztem Besuchersofa gesessen. Lars Ågestam überzeugte sich davon, dass sie nicht mehr zu sagen hatten, und schlug eine kurze Pause vor. Er öffnete ein Fenster im Zimmer, der Winter, der auf der anderen Seite der Wand gelauert hatte, schlüpfte herein, und die Kälte war angenehm. Er schaute auf den verschneiten Innenhof hinaus. Grens hatte recht gehabt. Zwei Monate voller Alltage, kleine leere Routineermittlungen, hatten dafür gesorgt, dass er sich weggesehnt hatte. Er hatte Junkies, die Autofenster einschlugen, ebenso satt wie Ehemänner, die behaupteten, die Prostituierten, die sie soeben bezahlt hatten, seien Freundinnen, die ihnen aus purer Herzensgüte einen blasen wollten. Dieser Vormittag aber war einer, der einen Unterschied machte. Ein Frauenmord, eine Menge ausgesetzter Kinder. Es war einfach so zynisch. Niemand würde es jemals laut sagen. Aber so war es für jeden Staatsanwalt, für jeden Kommissar, Journalisten, Sozialarbeiter oder überhaupt für alle, die jemals mit der Hölle der anderen zu tun hatten.

»Fertig?«

Nächster Ordner. Ebenso dünn wie der erste. Er las flüchtig, dasselbe Gefühl wie vor einigen Stunden, als er es geschrieben hatte. Mit Morden hatte er schon zu tun gehabt, aber das hier, so viele Kinder, ohne irgendeinen Anhaltspunkt, das konnte doch fast nicht wahr sein.

»Mariana?«

Hermansson nickte. Lars Ågestam setzte sich, einen Kugelschreiber in der Hand. Er hoffte, gleich verstehen zu können, dass es diese Kinder wirklich gab.

»Im Moment befinden sich diese dreiundvierzig Kinder zwei Stockwerke tiefer. In der Schwimmhalle. Zwei Personen vom Jugendamt und vier weitere Kollegen sitzen am Beckenrand. Die Overalls der Kinder sind in eine Wäscherei in der Fleminggata gebracht worden, im Moment läuft sicher gerade der Schleudergang.«

Hermansson war jung. Aber ihre Stimme klang manchmal fast alt, bei klugen Stimmen ist das oft der Fall. Ågestam hatte zuerst protestiert, als Grens erklärt hatte, sie solle eine der Ermittlungen allein leiten, dann hatte er seinen Widerspruch sofort zurückgenommen, sie würde es schaffen, hatte das schon unter Beweis gestellt.

Sie fasste die Ereignisse der vier Stunden zusammen, die vergangen waren, seit Ewert Grens und Sven Sundkvist sich ins St.-Görans-Krankenhaus begeben hatten.

Sie hatte die Vernehmung des fünfzehnjährigen Mädchens beendet. Dieses hatte angegeben, dass es Nadja hieß, und besorgt das Kind bewacht, das sich als ihr sechs Monate alter Sohn entpuppte. Hermansson hatte sich dann dem Jungen gewidmet, den Grens auf die Vernehmung vorbereitet hatte und den er dann, als die Nachricht von der toten Frau im Keller des St.-Görans-Krankenhauses eingetroffen war, mit dem Dolmetscher in seinem Zimmer zurückgelassen hatte. Diese beiden Kinder erschienen ihr als die inoffiziellen Anführer der Gruppe.

Ihre Geschichten waren absolut identisch.

Sie kamen aus Bukarest. Straßenkinder, ohne ein anderes Zuhause als Tunnel, Parks, Hausdächer und den ein oder anderen Müllraum, so einen Dreck, wie wir ihn hier nicht haben, nicht in Schweden. Das Mädchen hatte gezittert, geschwitzt und geschmatzt, Entzugserscheinungen genau wie bei den anderen. Hermansson beschrieb ihre Arme, frische Narben nach Selbstverletzungen, aber keine Einstichspuren. Sie wusste noch immer nicht, welche Drogen das Mädchen benutzte, konnte aber immerhin die, für die Spritzen vonnöten waren, ausschließen.

»Ich verstehe das hier nicht.«

Sven Sundkvist war sonst immer ruhig. Jetzt sprang er auf, wurde lauter.

»Ich habe vorhin eine Spritze gegen Wundstarrkrampf bekommen, nachdem ein zwei Jahre alter Junge mich gebissen hatte, weil ich versuchte, ihm seine Klebstofftube wegzunehmen. Ich habe den Atem angehalten, um den Gestank von vertrockneten Exkrementen und ungewaschener Haut nicht einatmen zu müssen. Ich habe total zugedröhnte Neunjährige gesehen, die total zugedröhnte Dreijährige die Treppe zu diesem Gang hier hochtrugen.«

Er wandte sich an Ågestam.

»Lars … ich verstehe das nicht. Ich weiß nicht mal, ob ich das verstehen will.«

Er war der Einzige im Zimmer, der ein Kind hatte. Er war

wieder zu Hause bei Jonas, nahm ihn in den Arm, genau wie er das am frühen Morgen gemacht hatte, ehe er zum ersten Mal auf die stummen Kinder gestoßen war, die ihn nur anstarrten. Sein ganzer Körper schmerzte vor Wut, davon, was die eigentliche Voraussetzung für das Leben ist, die Selbstverständlichkeit, dass du dein Kind niemals im Stich lässt.

»Verzeihung.«

Er setzte sich. Mariana Hermansson lächelte ihn müde an.

»Das Schweigen, Sven. Oder eher die Angst. Das liegt an den Uniformen.«

Das gespannte Gesicht des Jungen, als sie ihn vernommen hatte.

Er hatte sich mehrmals nervös zu der geschlossenen Tür umgedreht, und sie hatte sich gefragt, was er wohl suchte.

»Sie alle sind schon einmal der brutalen rumänischen Polizei in die Hände gefallen. Sie haben alle gelernt, den Mund zu halten. Und ob schwedische Polizei oder rumänische, wer den Kopf einzieht, sieht da keinen Unterschied.«

Später war ihr aufgegangen, warum.

Einer der Uniformierten, die auf die Kinder aufpassten, war hereingekommen, um mitzuteilen, dass die Krankenpfleger gekommen seien und auf die Erlaubnis warteten, Untersuchungen vorzunehmen.

Der Junge war erschrocken in sich zusammengekrochen.

Er hatte versucht, sich auf seinem Stuhl zu verstecken, obwohl der mitten im Zimmer stand.

Dieses Bild, sie schämte sich, dass sie es nicht verdrängen konnte. Der Junge sah aus wie ein verängstigtes Tier, das flieht, wenn die Schritte der Menschen das Schweigen des Waldes in Fetzen treten.

»Das Fenster, das du eben aufgemacht hast … machst du das nochmal auf?«

Mariana Hermansson sah Lars Ågestam an.

»Es ist so stickig hier.«

Der Staatsanwalt erhob sich, der Fensterhaken war aus Kunststoff und bei solcher Kälte schwer zu befestigen.

Hermansson seufzte unbewusst, als sie jetzt weitersprach.

»Ihre Versionen stimmen also miteinander überein. Aber mir fehlen jede Menge Informationen. Und die, die ich habe … ehrlich gesagt, ich weiß nicht, ich kann die nicht beurteilen.«

Sie suchte in ihren Papieren.

»Sie sagen, dass sie alle – unabhängig voneinander – von Männern oder Frauen angesprochen worden sind, die sie für Sozialarbeiter halten. Sie geben an, dass sie kleinere Geldsummen erhalten haben. Sie sagen, dass ihnen mehr Geld, Arbeit, ein anderes Leben versprochen worden ist.«

Wieder seufzte sie.

»Sie sollten einfach nur ihre Tunnels verlassen, Overalls in den rumänischen Farben anziehen und vier Tage in einem Bus verbringen.«

Hermansson schüttelte den Kopf.

»Nach Schottland.«

Ågestam räusperte sich.

»Verzeihung?«

»Nach Schottland. Sie haben gedacht, dass sie dorthin unterwegs wären. Sie dachten, dass sie heute Morgen dort angekommen wären.«

Der Wind schlug gegen Fensterscheibe und Plastikhaken. Das Fenster wurde plötzlich aufgedrückt und knallte gegen die Wand. Sie reagierten alle nicht, es war angenehm, dieser kalte Luftzug.

»Sie heißt Nadja. Das Mädchen mit dem Kind. Wir haben nach der Vernehmung zusammen einen Spaziergang gemacht, zu der Stelle in der Hantverkargata, wo sie und der Junge behaupten, abgesetzt worden zu sein. Von einem roten Bus. Das ist …«

»Hatte sie das Kind auch dabei?«

Ewert Grens hatte lange geschwiegen.

»Natürlich.«

»Ach?«

»Sie ist doch die Mutter.«

»Was ich meine, Hermansson … hat sie das Kind mit sich rumgeschleppt?«

»Rumgeschleppt?«

»Ob sie es getragen hat?«

»Ja.«

»Das kann nicht gut sein.«

»So sehe ich das auch.«

Grens zeigte auf den Boden. Auf das Kellergeschoss, das sich irgendwo unter ihnen befand.

»Da unten im Magazin gibt es beschlagnahmte Kinderwagen. Ich werde dafür sorgen, dass du einen holen kannst. Kinder sind manchmal schwer.«

Sven saß wieder neben ihr, deshalb sah sie sein Gesicht nicht, spürte aber, dass er wie sie jetzt lächelte. Ewert Grens überraschte bisweilen durch eine Fürsorge, die nicht so recht zu ihm passte und die deshalb nie so genau wusste, welchen Weg sie nehmen sollte.

»Wir sind also in die Hantverkargata gegangen. Das Mädchen hat einen roten Bus beschrieben, der beim Kungsholms torg gehalten hat, während mehrere von ihnen noch geschlafen haben. Sie hat die Apotheke da an der Ecke wiedererkannt.«

Beschlagnahmte Kinderwagen unten im Magazin.

Sie konnte das nicht loslassen. Er war manchmal bitter, sogar gemein, er tanzte am Schreibtisch, aber ab und zu sagte er, was er eben sagte.

Sie sah ihren Chef an.

Solche Dinge sorgten wohl dafür, dass sie durchhielten.

»Wir haben uns in der Umgebung erkundigt. Fünf Privatpersonen und ein Ladenbesitzer bestätigen, dass ein hellroter Bus, einer beschreibt den Lack sogar als von der Sonne ausgebleicht, gegen halb fünf Uhr morgens an der Stelle gehalten hat, die Nadja uns gezeigt hat. Ein Bus, der einige Minuten lang dort stand und viele dünn angezogene Kinder aussteigen ließ.«

»Landesweite Fahndung?«

»Seit der Mittagspause ausgegeben.«

Der Hauptkommissar machte ein zufriedenes Gesicht.

»Das ist gut, Hermansson, das ist gut. Dieser Bus wird das Land nicht verlassen.«

Lars Ågestam schaute auf die Uhr. Sie saßen seit fünfunddreißig Minuten eingesperrt in Grens' Zimmer. Die Besprechung dauerte nun schon um einiges länger als berechnet.

Sie wussten ziemlich viel.

Sie wussten eigentlich nichts.

»Ich habe eine letzte Frage. Was die Tote angeht.«

Er kam schon zu spät zu seinem nächsten Termin.

»Wer ist sie?«

Eine Frau, der Teile des Gesichts fehlten. Sie müsste einen Namen haben. Sie müsste jemand sein.

»Das wissen wir nicht. Noch nicht. Wir wissen nicht, wer sie *war.*«

Ein einziger Atemzug.

Ågestam ärgerte sich darüber, wie Grens seufzte und ihn korrigierte.

Ein einziger Atemzug reichte in seiner Welt noch immer nicht aus, um *wer ist sie* von *wer war sie* zu trennen.

»Wann? Wann werden wir das wissen?«

Ewert Grens beugte sich ein wenig vor, wie um zu betonen, dass das, was er jetzt sagen würde, wichtig sei.

»Wir glauben, dass wir das bis zum Abend wissen werden.

Der Hundeführer sagt, dass der Hund, der den Fundort absuchen sollte, zu viele Witterungen fand und nach etwa fünfzig Metern im Tunnel die Spur verlor. An einer von all diesen verdammten Kreuzungen zu den anderen Tunnelsystemen. Aber auf dem Weg dahin hat er doch etliche Gegenstände markiert, die Krantz jetzt untersucht und die mit dem Leichnam zu tun haben können.«

Er sah Ågestam an und beugte sich noch ein wenig weiter vor.

»Außerdem …«

Er wandte sich Sven zu.

»… Sven hat sie schon einmal gesehen.«

Sven Sundkvist machte eine vage Handbewegung.

»Ich habe sie schon mal gesehen, das Gesicht, ich bin sicher, dass ich es schon einmal gesehen habe. Ich kann … ich kann sogar mit ihr gesprochen haben.«

»Wie meinst du das?«

»Ich meine nichts. Aber so kommt es mir vor. Du weißt, wie das ist. Diese vielen Menschen … und du weißt einfach nur, dass sie dir bekannt vorkommt. Aber du weißt nicht, wer oder warum oder woher.«

Er sah auf seine Armbanduhr.

»Vor fast vier Stunden stand ich an diesem Krankenhausbett in St. Göran. Seither trage ich sie mit mir herum. Sie ist einfach da. Und ich bin ihr begegnet.«

Lars Ågestam nickte. Er wusste. Einige wenige Jahre in den Räumlichkeiten der Staatsanwaltschaft, und schon vermischte er frühere Eindrücke mit frischen, begrüßte Menschen, die ihm in der Stadt begegneten und von denen er sicher war, dass sie ihm vor Gericht schon einmal gegenübergesessen hatten. Aber oft fehlten ihm Namen und Zusammenhang. Sie konnten Beschuldigte oder Zeugen oder Geschädigte sein, und sein eigenes Auftreten hatte vermutlich auf irgendeine Weise ihr Leben beeinflusst, aber sie waren trotzdem verdammt nochmal namenlos.

Noch einmal schaute er auf die Uhr. Eine weitere Viertelstunde später als erwartet. Er bedankte sich, erhob sich und ging.

Deshalb hörte er nicht das Telefon, er hörte auch nicht Ewert Grens' Verwünschungen, als der wütend versuchte, das Ding nicht anzusehen.

»Zum dritten Mal! Was sagt ihr dazu? Zum dritten Mal stellt die Zentrale einen Anruf durch, obwohl ich doch Anrufe von außerhalb blockiert habe.«

Er ließ es klingeln, wie auch schon früher. Hermansson und Sven Sundkvist zählten mit, während sie ihre Notizen sammelten und sich zum Gehen bereit machten.

Es hörte nicht auf.

Nicht einmal nach sechsundzwanzig, siebenundzwanzig, achtundzwanzig Malen.

Grens schlug wütend mit der Hand auf den Schreibtisch und griff schließlich zum Hörer.

Es kann daran gelegen haben, dass er nichts sagte. Am anderen Ende der Leitung redete ein Mensch zwei Minuten lang, und Grens sagte nichts, kein einziges Wort.

Es kann auch daran gelegen haben, wie er den Hörer wieder auflegte, wie er vor sich hin starrte und den Raum verließ, noch immer ohne ein Wort.

Hermansson und Sundkvist schauten einander an, wie Menschen das machen, wenn sie einsehen, dass soeben etwas passiert ist, etwas, das stark ist und kein Geräusch hat, etwas, das sie noch nicht verstehen.

Er hatte keinen Laut und keine Geste von sich gegeben.

Sven Sundkvist legte Notizblock und Papiere auf das Sofa

und stürzte durch die offene Tür hinaus. Ewerts Rücken ein Stück weiter auf dem Gang, er verschwand in Svens Zimmer.

Er saß im Schreibtischsessel, dasselbe Starren, gerade vor sich hin.

Sven Sundkvist betrat sein Zimmer und hatte das Gefühl zu stören, ein seltsames Gefühl, sein Zimmer war zufällig etwas anderes.

»Ewert?«

Er wollte ihn anfassen, eine Hand auf der Schulter, ein Arm um den umfangreichen Körper. Aber das machte man nicht mit Ewert Grens. Sonst nicht, jetzt nicht.

»Ewert … was ist los?«

Zwölf Jahre. In dieser Zeit der gemeinsamen Arbeit waren sie einander so nahegekommen, wie er es für möglich gehalten hatte. Es war vorgekommen, dass Ewert ein wenig die Tür zu seinem Privaten geöffnet, irgendeine Art von Zusammengehörigkeit hergestellt hatte.

Aber er hatte seinen Chef noch nie so erlebt wie jetzt.

»Ewert, ich gehe wieder raus. Ich lasse dich in Ruhe. Ich bin in deinem Zimmer, wenn etwas sein sollte.«

Ewert Grens konnte nicht flüstern.

Trotzdem, das tat er, als Sven schon wieder auf dem Gang stand, Grens flüsterte. »Die Untersuchung.«

Sven Sundkvist erstarrte mitten im Schritt. Zwei, vielleicht drei Meter von der Tür entfernt. Das Dumpfe, das Wörtern ähnelte, dürfte eigentlich nicht zu hören sein, nicht vom Zimmer her, nicht bis hierher.

»Annis Untersuchung. Sie sollte betäubt werden. Wie immer.«

Er stand ganz still da, hatte Angst, dass das, was von Ewerts Stimme noch übrig war, erstarren könnte, wenn er auf einen anderen Ton stieße.

»Das scheint zum Teufel gegangen zu sein.«

Ewert Grens saß bewegungslos im Wagen. Er hatte, obwohl es eilte, weder den Zündschlüssel ins Schloss gesteckt noch die Handbremse gelöst oder die Hände auf das Lenkrad gelegt.

Sechsundzwanzig Jahre zuvor war er über ihren Kopf gefahren.

Die Tiefgarage unter der Wache war stumm und dunkel, und die sechs oder sieben Kollegen, die auf dem Weg zu den Fahrstühlen waren, sahen den Kriminalkommissar nicht, der jetzt die Hände vors Gesicht schlug.

An diesem Tag hatte er zum ersten Mal bei der Untersuchung nicht danebengesessen.

Er lehnte sich ans Seitenfenster, presste die Schläfe an das kalte Glas.

All diese Jahre, und am Ende dreht sich alles um zwei beschissene Augenblicke.

Du kannst alles richtig machen. Das hat alles keinen Wert. Dieses Leben spielt sich in nur zwei Sekunden ab.

Wenn du dann einen Fehler machst, in diesen blöden zwei Sekunden, dann gibt es das andere, Herrgott, das gibt es nicht.

»Du weißt, dass diese Untersuchung sein musste, Ewert.«

»Ich verstehe nicht.«

»Das weißt du.«

»Wovon redest du?«

»Ich kann das nicht noch häufiger sagen.«

»Du kannst es so lange sagen, bis ich es verstehe.«

»Das ist die einzige Möglichkeit, Ewert. Wenn man für eine vegetierende Patientin eine Diagnose stellen muss.«

Er konnte sich an mehr aus diesem Gespräch nicht erinnern. Er hatte beim ersten Anruf ganz stumm dagesessen. Der Arzt hatte dann noch einmal angerufen, und sie hatten zehn Minuten lang gesprochen, aber Ewert Grens konnte nichts davon wiedergeben.

Nur das eine. Eine einzige Formulierung.

Eine vegetierende Patientin.

Sie lebt doch! Anni lebte seit den Operationen schon viele Jahre im Pflegeheim. Er selbst hatte sie die Treppe hochgetragen, und sie hatte schon am ersten Abend im Rollstuhl gewartet und auf diese Weise gegurgelt, die für ihn ein Lachen war. Sie hatte mehrere schöne Kleider gehabt und war immer gekämmt gewesen, und sie hatten bei jedem Besuch schweigend nebeneinander gesessen und durch das Fenster den Schiffen dort unten auf dem Wasser zugesehen. Verdammt, sie lebt doch!

Er verließ die Kronobergsgarage, geriet in eine Schneewehe, die zwischen Bürgersteig und Straße hemmungslos angewachsen war, konnte den Wagen befreien und fuhr dann, so schnell er es wagte, über den vereisten Asphalt weiter.

Es war weniger Verkehr als sonst, die Kälte veranlasste die Menschen, ihr Auto stehen zu lassen, sie drängten sich in den Bussen oder blieben ganz einfach zu Hause. Er fuhr durch die Scheelegata vorbei am Gericht, über die Barnhosbro, durch Dalagata, Odengata, Valhallaväg. Zwei Autos mit aufgeklappter Motorhaube, Menschen, die stehen geblieben waren, um das fortzukratzen, was sich an der Windschutzscheibe festklammerte, Menschen, die über den Bürgersteig liefen und zu Boden starrten.

Ein kurzes Gespräch mit Nils Krantz. Noch nichts von Interesse bei den Dingen, die der Hund markiert hatte, nichts, was zu der toten Frau zu gehören schien. Ein kurzes Gespräch mit Hermansson. Noch nichts über den Bus, der von verblichenem Rot gewesen war und dreiundvierzig Kinder ausgesetzt hatte, nichts, trotz der landesweiten Fahndung.

Der große Parkplatz des Sophiaheims war überfüllt. Grens

drehte zwei Runden, gab dann auf und stellte den Wagen mitten auf den Fußweg, der sich vor dem Eingang vorbeischlängelte. Er betrat das alternde Gebäude, ging an der Rezeption vorbei und weiter in den zweiten Stock.

Krankenhäuser rochen immer gleich. Die gewaltigen Gänge von St. Göran an diesem Morgen, diese hier, sehr viel kleiner, sehr viel älter, es spielte keine Rolle.

Tot.

So roch ein Krankenhaus. Immer stirbt jemand in einem Krankenhaus.

Er müsste daran gewöhnt sein. Aber hiermit konnte er nicht umgehen, er konnte es nicht forterklären.

Das hier war keine Arbeit. Hier ging es um Anni.

Das Einzige, was er hatte.

Sie sah klein aus.

Sie schlief, der Körper unter der Decke zusammengekrümmt, die Augen geschlossen. Es war schwer, viel mehr zu sehen. Die Maske, die ihr beim Atmen half, bedeckte Nase und Mund und das meiste von ihren dünnen Wangen, während ihre Haare sich auf dem Kissen ringelten.

Er lauschte auf ihre Atemzüge, schloss sich unbewusst ihrem Rhythmus an. Die seltsamen Geräte schienen sich über ihr Bett zu lehnen und allen Platz einzunehmen, sie piepsten und zeichneten Kurven und kamen ihm elektronisch und fremd vor.

Er ging zu ihr, nahm ihre Hand, küsste ihre Stirn.

»Jemand hatte der Patientin etwas zu essen gegeben. Es kann nicht mehr als zwei Stunden vor der Narkose gewesen sein. Obwohl so ein Eingriff doch auf nüchternen Magen erfolgen muss.«

»Der Patientin?«

»Ja?«

»Anni. Sie hat einen Namen.«

Er starrte wütend den Oberarzt an, der genauso alt war wie er selbst. Wut hing mit Angst zusammen, das wusste er, über solche Dinge sprach Sven oft. Die Menschen entschieden sich wohl unterschiedlich. Ewert Grens wollte lieber wütend sein.

»Die Patientin war fünfundzwanzig Minuten lang betäubt. Die Untersuchung dauert nicht länger. Aber als wir ...«

»Sie hat *einen Namen.*«

»Als wir sie wecken wollten, haben wir zuerst vorschriftsmäßig den Intubationsschlauch aus ihrem Hals entfernt. Und da hat sie aspiriert.«

Ewert Grens verachtete ältere Ärzte aus demselben Grund, aus dem er jüngere Staatsanwälte verachtete. Sie versteckten sich hinter Wörtern, Manieren, sie waren so verdammt unsicher, dass sie sich andere durch angelesene Tüchtigkeit vom Leib halten mussten.

»Sag's auf Schwedisch.«

Der Oberarzt bewegte die Hand durch die Luft, langsam auf und ab, während er sich im Zimmer umsah und zu dem langen Gang hinüberschaute. Grens hatte zu laut geredet.

»Sie hat sich erbrochen. Und wenn ein Patient auf diese Weise aspiriert, besteht die Gefahr, dass Teile des Mageninhalts in die Lunge geraten. Das führt dann als Erstes zu einer chemischen Reaktion mit dem Mageninhalt. Zweitens kann es zu einer bakteriellen Reaktion führen. Und da sie schon früher eine verringerte Lungenfunktion hatte, kann das hier also sehr ernst sein.«

Sie hatten gerade erst angefangen.

Er war für eine Sekunde nicht aufmerksam gewesen.

Eine einzige Sekunde, die seit sechsundzwanzig Jahren anhielt.

Sie lag still da, er nahm wieder ihre Hand, hielt sie, wie damals, wie sie ihn gehalten hatte. Die Wut reichte nicht weiter, es war Zorn, der jetzt an ihm riss, zerrte und zog und schlug.

»Ernst? Was soll das heißen, zum Teufel?«

Der Mann im langen weißen Kittel fuhr zusammen und trat einen Schritt zurück.

»Wenn Sie ein wenig leiser reden könnten …«

»Was soll *ernst* bedeuten?«

»Direkt nach dem Aufwachen ist es schwer zu sagen, wie umfassend eine eventuelle Aspirationspneumonie …«

»Sag's auf Schwedisch!«

Ewert Grens sah ein, dass er wieder zu laut geworden war. Er verstummte und wartete, bis der Arzt weiterredete.

»Lungenentzündung. Durch das Erbrechen. Wir werden sie noch röntgen. Wir werden Atemfrequenz, Temperatur, allgemeine Symptome, Blutgase messen. Wir erwägen prophylaktische Medikamentenzufuhr und im akuten Fall Respiratorbehandlung.«

Der Zorn brodelte, füllte seine Brust, tat weh. Aber er schrie nicht mehr. Er hatte fertig geschrien.

Der Oberarzt sah das, ließ die Augenbrauen sinken, legte Grens die Hand auf die Schulter.

»Kommissar Grens, für Ihre Frau ist aufs Beste gesorgt. Ihr Zustand im Moment ist doch stabil. Ich bitte Sie, sich auf mich zu verlassen, auf unser Personal hier.«

Er ging die Treppen hinunter, zum Auto. Er hatte eine knappe halbe Stunde bei ihr gesessen, hatte ihren Atem beobachtet, ab und zu wurde für sie geatmet.

Er hatte sich noch nie so verdammt einsam gefühlt.

Er wohnte noch immer in ihrer gemeinsamen Wohnung mitten in der Stadt, im Sveaväg, an der Kreuzung mit der Odengata, sie hatten dort zusammen ihr erstes Weihnachten gefeiert, waren sogar zwischen nackten Kastanienbäumen und einsamen Schaukeln im Vasapark Ski gelaufen, damals hatte er den Winter geliebt.

Sie war eben erst eingezogen.

Er wartete noch immer darauf, dass sie wieder einzog.

Grens ließ den Motor an, schaltete sein Handy ein und fuhr über den asphaltierten Weg zum Valhallaväg. Sofort klingelte das Telefon, als habe jemand schon viele Male versucht, ihn zu erreichen.

»Ewert?«

»Ja.«

»Nils Krantz. Ich versuche es schon ewig.«

Grens gab keine Antwort. Der Kriminaltechniker würde ohnehin gleich weitersprechen.

»Ich habe das durchgesehen, was der Hund im Tunnel markiert hat. Ich glaube, wir haben, was wir brauchen.«

Zwei Lastwagen, die sich nebeneinander drängten, drei Fahrspuren waren plötzlich nur noch zwei.

»Warte einen Moment. Hab da so ein paar Idioten vor mir.«

Ewert Grens drückte auf die Hupe und bremste. Das Geräusch ertrank irgendwie in der Nähe der Auspuffrohre der großen Autos.

»Ja?«

»Ein Plastikstück, fünf mal sechs Zentimeter. Mit ihren Fingerabdrücken.«

»Ganz sicher?«

»Die gehören der Toten.«

Er bog nach links ab in Richtung Innenstadt, schaute den beiden Lastwagen hinterher, die geradeaus weiterfuhren. Er hupte noch einmal. Das tat gut.

»Hörst du zu?«

»Sind nur ein paar Scheißlastwagen.«

»*Hörst du zu?*«

»Das weißt du.«

Nils Krantz hatte eine ziemlich helle Stimme.

»Fünf mal sechs Zentimeter. Vermutlich ein Ausweis für einen Arbeitsplatz. Ich bin davon überzeugt, dass wir damit auch den Schlüssel zu ihrer Identität haben.«

Es war Nachmittag. Sie war wieder unten. Sie saß in dem teuren Ledersessel im Betonzimmer und schaute hinaus, ohne die Matratzen auf dem Boden und die Stapel von Decken und die Feuerstätte zu sehen, die für eine Weile ruhte.

Sie hatte sich umgezogen. Die Uniform hing ihr gegenüber am Kleiderbügel.

Zwei Hosen wie immer, darüber einen langen Rock und die rote Jacke, um die sie so lange gebettelt hatte, die Papa im Warenhaus NK gekauft und die sie aus dem Kleiderschrank genommen hatte, an dem Tag, an dem sie ihr Zimmer und ihre Wohnung verlassen hatte, obwohl die Jacke damals schon zu klein gewesen war.

Die Jacke gab ihr den Geruch zurück.

Und die Haut, die rußig war, das Gesicht, das den Schutzfilm zurückbekam, sie hatte eilig die Tür geöffnet und sich auf den harten Boden gelegt, hatte lange die grauschwarze Asche durch ihre Finger rieseln lassen.

Danach hatte sie zwei von den Tabletten aus der Tüte genommen. Jetzt war alles schön, unter den Augen, weich um den Mund und die Wangen.

Sie hätte ruhig sein müssen.

Aber er war nicht dagewesen, als sie zurückgekommen war.

Sie sah seine leere Matratze an. Sie begriff es nicht. Irgendwo in den Tunneln war Leo, der die ganze Nacht aufgewesen war. Leo, der danach immer schlief.

Tabakspackung und Zigarettenpapier lagen immer hinten im Holzregal, das in einer Ecke des Raumes stand. Sie nahm sich mit der einen Hand ein Blättchen, bestreute es mit der anderen mit Tabak, leckte, drehte. Sie kniff die Augen zusammen, ließ sich zurücksinken, tiefe Züge. Sie reckte sich verschlafen, und ihr Ellbogen stieß gegen die Wand, glühender Tabak rieselte auf die Jacke, sie hatte nicht fest genug gedreht, in der Nähe des Reißverschlusses bildeten sich kleine Löcher. Wenn Papa das gesehen hätte, hätte er sie ausgeschimpft, sie daran erinnert, dass die Jacke teuer gewesen war, sie hatte versprochen, gut darauf aufzupassen.

Er fehlte ihr.

»Hallo?«

Es wurde an die Tür geklopft.

Das gefiel ihr nicht, sonst nicht und schon gar nicht, wenn sie allein war.

Noch einmal.

»Ja?«

»Miller.«

Sie erkannte seine Stimme.

»Du kannst reinkommen.«

Der ältere Mann lächelte sie an, als er eintrat.

Sie konnte die meisten ertragen, nicht die Junkies, die alles stahlen, was sie finden konnten, aber die anderen. Am liebsten mochte sie die, die Miller ähnelten, die am längsten hier unten waren, vielleicht, weil die ein wenig ruhiger waren, so musste es wohl sein.

Sie erwiderte sein Lächeln und zeigte auf die Zigarette in ihrem Mund. Miller nickte. Sie drehte eine, noch immer kein Wort.

Sie hatte ab und zu versucht, sie zu zählen, aber das war ihr nie gelungen. Ob sie nun fünfzig waren oder vielleicht sogar sechzig. Etliche, die immer schon hier gewesen waren, die kamen und gingen, zwei Monate im Tunnel, zwei Monate irgendwo dort oben.

Miller nahm die Zigarette, er rauchte die Hälfte, dann räusperte er sich.

»Es geht um Leo. Ich bin ihm vorhin begegnet.«

Sie wartete.

»Beim Ausgang zur Igeldammsgata. In der Nähe von meinem Zimmer.«

»Und?«

»Es scheint wieder so weit zu sein.«

Sie schwiegen, während er die andere Hälfte rauchte. Miller sah sie an. Die Unruhe, die über ihr Gesicht glitt. Sie war bei Leo in Sicherheit, er tat ihr bestimmt gut, nur nicht an solchen Tagen.

»Wie weit ist es?«

»Er hat Ratten gesucht, als ich ihn gesehen habe.«

Es ging meistens zwei Tage so. Miller hatte schon andere von der Sorte gesehen. Mit derselben Krankheit. Die Manisch-Depressiven, die mit Kraft kamen, die ein- und ausschalteten, sie waren ununterbrochen wach, gehetzt, flohen vor sich selbst, bis es zu Ende war und sie in sich zusammensanken und ebenso lange schliefen, wie sie umhergeirrt waren.

Sie alle hatten diese Reise hinter sich.

Hatten jahrzehntelang mit doppelten oder, wie bei Leo, sogar dreifachen Diagnosen in Pflegeinstitutionen gesessen und waren seit Beginn der neunziger Jahre, als die Politiker Sparmaßnahmen beschlossen und alles heruntergefahren hatten, was man als psychische Betreuung bezeichnen konnte, einfach auf die Straße entlassen worden, ohne allein zurechtzukommen, ohne in der normalen Welt zu funktionieren.

Der dort oben.

Es kam, wie es immer kam. Drogen oder Tod oder Flucht. Leo war geflohen. In andere Welten, in denen Platz war. Er hatte alles ausprobiert, was man eben ausprobierte, bis er einen dunklen Raum viele Meter unter den Straßen gefunden hatte, während andere Menschen zur Arbeit und in ihre Wohnungen und zu ihren Familien eilten.

Miller sah das junge Mädchen vor sich an.

Herrgott, du bist doch noch ein Kind, du kannst dich nicht um solche wie Leo kümmern.

Um die, die manchmal verzweifelt versuchen, mit den Händen Farben zu fangen, um sie dann in ihren Hosentaschen zu verstecken. Die vor den Geräuschen fliehen, wenn die Gespräche der Menschen zu Wörtern werden, die sie angreifen, die fauchen und nach den kleinen Ratten treten, ohne nachher deren Bisse auch nur zu spüren, die große Ratten eben einfach jagen und sammeln.

Kleiner Mensch. Er hatte sich richtig verhalten. Er hatte von ihr erzählt. Es tat nicht weh, es war drei Wochen her, er bereute nichts.

Kleiner kleiner Mensch.

»Möchtest du noch eine?«

Sie hatte gesehen, dass seine Zigarette aufgeraucht war.

»Nein.«

Miller schüttelte den Kopf.

»Ich habe gesagt, was ich zu sagen hatte. Jetzt weißt du. Dass es so weit ist. Dass er für einige Tage irgendwohin in sich selbst geflohen ist.«

Er streckte die Hand nach ihrer Wange aus, streichelte sie und verschwand danach in dem finsteren Tunnel.

Leo sammelte große Ratten.

Sie wusste, wo. Im anderen System, in den Kloaken, manchmal auf dem ganzen Weg zu Stadthaus oder Schloss. Dort gab es mehr, größere, aggressivere.

Sie wollte in dem Ledersessel sitzen bleiben und an das Meerschweinchen denken, das gestorben war, das Mama umgebracht hatte, als sie dumm gewesen war, sie hatte es erst vermisst, als es nicht mehr dagewesen war, aber das ging nicht. Sie musste wissen, ob es ihm gut ging. Sie konnte ihn wenigstens etwas beruhigen, sie hatte neue Tabletten, er brauchte sie, seine Medizin, damit konnte er den Rausch abkürzen, die Jagd, das, was Miller den manischen Zustand nannte.

Sie verließ den Raum. Die Stirnlampe flackerte, und sie nahm eine neue Batterie. Sie ging nicht gern allein durch den Tunnel, hatte das eigentlich noch nie gern getan. Sie fand ihren Weg problemlos, das war es nicht, vielleicht lag es an der Dunkelheit und am Wind, der an bestimmten Stellen aufkam, der an ihren Haaren riss. Sie kam sich vor wie damals, als sie klein gewesen war, in ihrem Bett, die Hände am Körper und der Mund, der in ihr Ohr flüsterte, dass sie zusammen unter die Dusche gehen würden, die Haare waren weggeweht worden, wenn der Atem zu nahe gekommen war.

Sie war sicher, dass sie in die richtige Richtung ging. Es roch sogar nach Ratten.

Zweihundert Meter, sie hatte fast die halbe Strecke hinter sich gebracht, als der Lichtkegel, der schwach und ziemlich niedrig war, weit in der Ferne auftauchte. Er war es nicht. Es war eine Taschenlampe, Leo würde niemals ohne Stirnlampe in die Kloaken gehen, ohne Licht, das sich bei jeder Bewegung von ihm fortrichtete.

Ihre Schritte wurden langsamer, die Taschenlampe kam immer näher, sie suchte unruhig an den Tunnelwänden und bedeckte ab und zu ihre Augen.

Leo. Miller und sein Freund. Die Frau im Duschraum der Verkehrsbetriebe. Der Arzt, der sie anfasste, während sie an die Decke starrte. Sie war an diesem Morgen mehr Menschen begegnet als sonst in einer Woche. Und jetzt auch noch dieser da.

Zehn, fast fünfzehn Meter weiter, jetzt sah sie, wer es war.

Eine der elf Frauen, die zusammen in dem großen Raum unter der Alströmergata wohnten.

Vielleicht nicht einmal eine Frau, wenn sie raten sollte, dann waren sie gleich alt.

Zwischen ihnen waren es noch zwei Meter, als ihre Blicke einander hastig begegneten. Beide wurden noch langsamer, dann machte jede einen Schritt zur Seite, um jegliche Berührung zu vermeiden.

Noch ein Blick im Vorübergehen.

Die Frau, die ein Mädchen war, starrte vor sich hin. Sie waren gleich groß, hatten gleich lange dunkle und verfilzte Haare, den gleichen Ruß im Gesicht. Aber vor allem gab es da etwas, das glitzerte. Silberne Ringe, dicht an dicht, entlang der Ohrmuscheln. Keine Dutzende, keine Hunderte, sondern noch mehr.

Sie hatte die andere bisher dreimal gesehen.

Aber nicht ein Wort. Niemals. Hier unten hatten alle ihre Geschichte, und alle vermieden es, sie zu erzählen.

Noch einige Schritte, das Licht der Taschenlampe, das flackerte und verschwand, schon war jede unterwegs in eine andere Richtung.

Ewert Grens fuhr langsam durch die Stockholmer Innenstadt. Noch immer leer, die Kälte machte Angst, einzelne Menschen, die sich in ihren langen Mänteln versteckten und sich fortsehnten. Er kannte jede Straße, jeden Bürgersteig, jeden Hauseingang. Fünfunddreißig Jahre als Polizist in der City hatten ihn gelehrt, wo Kriminelle und Dealer herrschten. Die anderen, die normalen Menschen, von denen kannte er nicht viele.

Die rote Ampel beim Stureplan wurde grün und wieder rot.

Er hörte nicht die, die irgendwo hinter ihm hupten, er war wieder bei ihr, an ihrem Bett, mit den blinkenden Apparaten. Ihr Zustand war als den Umständen entsprechend stabil beschrieben worden. Davon hatte er nichts gesehen. Er hatte einen Menschen gesehen, der die Augen geschlossen hatte, der bewusstlos war und über einen Apparat beatmet wurde, das hatte er gesehen, das begriff er.

Er hatte noch niemals zuvor eine solche Scheißangst gehabt.

Früher war es besser gewesen. Früher hatte er besser verdrängen können. Wenn er zu viel empfunden hatte und nichts mehr empfinden wollte. Er hatte noch härter arbeiten und den Kopf noch tiefer in die zerkratzte Schreibtischplatte bohren, noch schneller über den scheußlichen Boden des Korridors laufen können. Das alles war nicht mehr so leicht. Vielleicht lag es am Alter, vielleicht an der Kraft. Leute, die behaupteten, sich damit auszukennen, sagten, dass Psychopathen mit den Jahren größere Empfindungsmöglichkeiten entwickelten. Er hatte immer über solche akademischen Erkenntnisse geschnaubt, ihm begegneten jeden Tag Idioten, und niemals hatte er einen gesehen, der gesünder geworden wäre. Aber wenn es nun stimmte. Wenn es wirklich stimmte. Vielleicht galt das dann auch für Kriminalkommissare.

Das Funkgerät, das oberhalb seines Knies am Armaturenbrett angebracht war, stieß zweimal ein nerviges Piepsen aus. Dann folgte eine Stimme aus der Leitzentrale.

»1923 kommen.«

»1923 hier, kommen.«

»Ich rufe für Nils Krantz an. Du sollst ihn anrufen.«

»Ich habe mit ihm gesprochen. Eben erst.«

»Er will nochmal mit dir sprechen. Kann dich aber per Handy nicht erreichen. Ruf ihn an.«

Ewert Grens betrachtete das Mobiltelefon, das in seinem

Lader neben dem Funkgerät steckte. Er hatte es nach dem letzten Gespräch mit Krantz ausgeschaltet, hatte mit seinen Gedanken allein sein wollen, mit ihr.

Er schaltete es wieder ein und rief an. Krantz meldete sich nach dem ersten Klingelton.

»Die Dienstmarke, Ewert. Die mit den Fingerabdrücken der Frau. Ich habe überprüft, woher die stammt.«

»Ja?«

»Von der Versicherungskasse in Tyresö. Gleich beim Bollmora torg. Du fährst …«

»Danke.«

»Du fährst also nach Süden über die …«

»Danke. Das reicht. Ich nehme an, du hast da auch schon einen Termin bei den Sicherheitsbeauftragten gemacht? Wo du hier schon den Ermittler spielst?«

Die helle Stimme des Kriminaltechnikers konnte auch wütend werden. Jetzt klang sie nur müde.

»Ewert, auch mir fällt das Dankesagen schwer.«

Grens lachte.

Es war wirklich verdammt schwer, war es immer schon gewesen.

Das Lachen tat dem Körper gut, und er verharrte dabei, als er die Kungsgata verließ und nach rechts in den Tunnel abbog, der ihn über Söderleden in die südlichen Vororte brachte.

Bis ihr Gesicht wieder da war. Bis er ihr half zu atmen und bis er selbst keine Luft mehr bekam.

Die Menschen, die über den Bollmora torg gingen, froren ebenso wie die in der Stadt. Grens lehnte sich an sein Auto, wartete zehn Minuten in der Kälte, hatte es aber nicht eilig damit, sich irgendwo ins Warme zu setzen, die Kälte war angenehm an den Wangen, als sein Gefühl langsam verschwand. Er hatte während des Wartens im Sophiaheim angerufen, jemand hatte ihm ein weiteres Mal mitgeteilt, ihr Zustand sei unverändert, und er hatte ein weiteres Mal erklärt, das sei unmöglich, nichts sei jemals unverändert.

Der Streifenwagen war schnell gefahren und bremste abrupt, dicht vor seinen Füßen.

Die beiden Uniformierten waren jung und grüßten höflich, als sie die Fensterscheibe am Beifahrersitz herabkurbelten.

Er nahm den braunen Briefumschlag entgegen, bedankte sich und sah, wie der Wagen wieder verschwand.

Der Eingang zum Versicherungsgebäude in Tyresö war ebenso trist wie das restliche Gebäude, es sprach von Bürokratie und Institution, er fragte sich, wo wohl die Vorschriften formuliert sein mochten, laut denen alle öffentlichen Gebäude, die seit den siebziger Jahren errichtet worden waren, dermaßen willenlos aussehen mussten. An der Rezeption saß ein hochgewachsener Mann mit kurzen blonden Haaren, seine runden Wangen wurden zu denen eines Kindes, als er Grens' Dienstausweis studierte, dann nickte er mehrmals und schrieb einen Besucherausweis aus blauer Pappe aus.

Zwei Minuten nur, dann würde die Sicherheitschefin eintreffen. Der Mann an der Rezeption zeigte auf einen der Stühle vor seinem Tresen. Grens schüttelte den Kopf, er wollte lieber stehen, sein Bein schmerzte, wie das immer passierte, wenn der Winter auf alternde Gefäße und verkrümmte Muskulatur presste.

Er zerknüllte gerade den Besucherausweis, er wollte keine verdammte Hundemarke am Revers tragen, als sie sich mit kurzen raschen Schritten näherte.

»Kajsa.«

Vorname. Das mochte er nicht. Aber er griff nach ihrer ausgestreckten Hand.

»Ewert.«

Er schätzte sie auf um die vierzig. Groß, fast ebenso groß

wie er selbst, an die eins fünfundachtzig. Verwirrt hielt sie seine Hand fest.

»Du?«

»Verzeihung?«

»Du bist doch Grens.«

»Ja.«

»Ich hatte total vergessen, dass es dich gibt.«

Sie winkte ihm, ihr eine Treppe hoch zu folgen. Trockene Luft und hohe Stufen, er keuchte bereits jetzt.

»Sprechen wir über etwas Bestimmtes?«

»Ich habe eine Zeit lang in Kronoberg gearbeitet. Nicht lange. Da warst du. Du warst so einer, vor dem man sich ein wenig fürchtete.«

»Ach.«

»Aber jetzt, zwölf Jahre später und ein ziemliches Stück von der Wache entfernt, da siehst du nicht mehr so gefährlich aus.«

»Wenn du meinst.«

»Ich bin vielleicht älter geworden. Du bist vielleicht älter geworden. Oder es ist einfach so, wenn genug Zeit vergangen ist und alles weit genug weg ist, dann vergisst man alles, was zu einem bestimmten Ort gehört. Was man nicht mehr sieht, was nicht stört und was einem deshalb aus der Ferne einfach total egal sein kann.«

Sie lächelte. Eine ziemlich schöne Frau. Er erlaubte sich nur selten einen solchen Gedanken, aber das war sie.

»Sind wir so weit?«

Sie lächelte noch immer, ging in ein Zimmer und überzeugte sich davon, dass er ihr folgte, dass er sich in einen der beiden Besuchersessel setzte. Sie nahm auf der anderen Seite des Schreibtisches Platz und musterte ihn kurz, ehe sie weitersprach.

»Was kann ich für dich tun?«

»Kaffee.«

»Verzeihung?«

»Hast du einen Kaffee?«

Sie seufzte.

»Sicher. Zucker? Milch?«

Er schüttelte den Kopf, und sie verschwand auf dem Gang. Er schaute sich im Zimmer um, das machte er immer, wenn Kaffee geholt wurde. Es war größer als seins, gemütlicher als seins. Fotos von allen Familienmitgliedern an zwei Wänden, einige Diplome von Führungslehrgängen unter der Regie der Versicherung auf einem Beistelltisch unter dem Fenster, Töpfe mit großen Grünpflanzen auf den offenen Bodenflächen.

Sie hielt seine Tasse in der Hand, weißes Porzellan mit dem grünen Logo der Versicherung.

»Ich kann mich auch daran erinnern, dass du von Polizistinnen nicht sonderlich viel gehalten hast.«

Er trank einen Schluck, der Kaffee war heiß, er musste erst abkühlen.

»Das hat sich nicht geändert.«

Er sah sie an.

»Aber gegen Sicherheitschefinnen habe ich nichts.«

Ihr Lächeln wurde zu einem kurzen Lachen. Sie hatten sich einander vorgestellt. Sie waren witzig gewesen.

Jetzt konnten sie ernst werden.

»Es geht um das hier.«

Ewert Grens öffnete den braunen Umschlag, den die Besatzung des Streifenwagens ihm vorhin ausgehändigt hatte. Eine weiße Kunststoffmarke, laut Krantz fünf mal sechs Zentimeter groß, lag in etwas verpackt, das aussah wie durchsichtige Folie.

»Eins von vielen Details einer Mordermittlung. Es gehört einer Person, die hier angestellt ist.«

Sie nahm die Marke, von der sie beide wussten, dass es sich

um einen Passierschein handelte, der benutzt wurde, um in dem Gebäude, in dem sie hier saßen, kommen und gehen zu können. Sie drehte die Marke um, zog eine Lesebrille aus der obersten Schreibtischschublade und drehte die Marke noch zweimal. Sie ließ sich Zeit, überlegte deshalb mehr, es war deutlich, dass ihr jetzt aufging, was er da eigentlich gesagt hatte.

»Wer?«

Sie hatte die Plastikmarke auf den Briefumschlag gelegt, ihre Stimme war ebenso gespannt wie ihr Gesicht.

»Wer was?«

»Du weißt, was ich meine, Grens.«

»Das wissen wir nicht. Noch nicht. Deshalb sitze ich hier.«

Ewert Grens hatte eigentlich nichts gesagt. Trotzdem, er begriff, dass sie genau wusste, worum es ihm ging, dass die Mitarbeiterin, die diese Marke erhalten hatte, aller Wahrscheinlichkeit auch die Person war, um die es bei seiner Mordermittlung ging. Sie nickte fast unmerklich, hob die Karte wieder hoch, rückte ihre Lesebrille gerade.

Ganz weit links stand eine Nummer. Sechzehn Ziffern in Vierergruppen. Sie gab die Ziffern in einen Computer ein, eine nach der anderen. Grens erhob sich und ging um den Schreibtisch herum, stellte sich neben sie, um den Bildschirm besser sehen zu können.

Sie sagte nichts, ließ ihn dort stehen. Ein Mensch war ermordet worden. Das war im Moment wichtiger als Manieren und Privatsphäre.

Pedersen, Liz.

Ein Name, vielleicht der Name einer toten Frau.

Jahr 1966 Monat 05 Tag 13.

Diese resignierten Gesichter. Grens hatte mehr gesehen, als er sich erinnern konnte, aber er wusste, dass sie alle eine Art Zeitlosigkeit ausstrahlten. Einen toten Menschen altersmäßig zu bestimmen war schwer, wenn die Zeit zusammen mit dem stehen gebliebenen Herzen und den Atemzügen, die aufgehört hatten, verschwunden war.

Eilig überschlug er die Zahlen. Einundvierzig Jahre. Das konnte stimmen.

»Das ist sie, oder?«

Die Sicherheitschefin hatte einen ziemlich dunklen Teint, sogar in dem Januar, der das Haus umgab, wirkte sie sonnenbraun.

Sie hatte jetzt eine andere Farbe.

Die bleiche Farbe eines Menschen, der einen Schrecken erlitten hat.

»Stimmt das? Sie ist es?«

»Wie schon gesagt, wir wissen das noch nicht.«

»Sie ist es. Ich habe kein gutes Gefühl. Liz ... Liz war seit drei Tagen nicht mehr hier.«

Ihre Hand jagte wie gehetzt über die Tastatur, drückte vage auf Tasten, aber nichts passierte. Der Name blieb auf dem Bildschirm stehen. Das Geburtsdatum. Das Gefühl von Abwehr tief unten im Bauch.

»Sie ist nicht krankgemeldet. Und wir haben natürlich versucht, sie zu erreichen. Ohne Erfolg.«

Grens sah auf den Bildschirm. Pedersen. Das war kein Name, den er schon einmal gesehen hatte.

»Wie gut kennst du sie?«

»Ich kenne die meisten hier. Das sind hier Arbeitsplätze, die die Leute mögen und wo sie lange bleiben. Liz ... wir haben fast gleichzeitig hier angefangen, das bedeutet, vor elf Jahren.«

Sie schüttelte langsam den Kopf.

»In der ersten Zeit, den ersten Jahren, hatten wir schon mehr miteinander zu tun. Wie man das so macht, wenn man zusammen irgendwo anfängt.«

Ewert Grens sah die Frau an, die blass war und geschrumpft zu sein schien, eben war sie noch so groß gewesen, jetzt war sie im Sessel zurückgesunken.

»Du hast bei uns gearbeitet. Also kennst du meine nächste Frage.«

Sie gab keine Antwort.

»Glaubst du nicht?«

Noch immer keine Antwort.

»Ob du sie identifizieren könntest? Falls sie es ist.«

Mariana Hermansson ging mit energischen Schritten die Treppe in Kronobergs C-Haus hoch.

Schmutzige, verängstigte Gesichter huschten eins nach dem anderen vorbei, Kinder, kleine Menschen, die früh an diesem Morgen aus einem Bus geladen und wie Stückgut hinterlassen worden waren. Mehrmals verdrängte sie das Gesicht einer Fünfzehnjährigen, die geraden Schnitte in ihrem Unterarm, den Säugling auf ihrem Arm.

Sie hatten Ähnlichkeit miteinander. Zwölf Jahre trennten sie, aber Körperbau, Nase und Mund, Haare, sogar die Art, wie sie gingen, sie hätten Schwestern sein können. Sie könnten den Platz tauschen. Seltsam, welche Kleinigkeiten oft eine Rolle spielten, wie die Bedingungen aus Zufällen heraus entstanden. Wenn ihr Vater nicht vor dem geflohen wäre, was damals eine rumänische Diktatur gewesen war, wenn sie nicht in Malmö gelandet wäre, wenn sie nicht in der Hochhaussiedlung Rosengård aufgewachsen wäre, die von der Umgebung verachtet wurde, die ihr aber Geborgenheit gegeben hatte und ihr Zuhause gewesen war.

Sie wäre eine andere geworden, anderswo.

Sie könnten den Platz tauschen.

Jens Klövjes Büro lag ganz oben im Haus, es war eins von vier Zimmern auf der Etage, die in Schweden die Interpol vertrat. Sie war schon einmal hier gewesen, im vergangenen Winter, es war ebenso kalt gewesen, und sie hatte damals ein anderes Gesicht mitgebracht. Einen Menschen mit falschem Pass, einen Menschen, der offiziell nicht existierte und der deshalb unter Krämpfen zusammengebrochen war, als sie ihn in die Arrestzelle gesperrt hatten. Einer von denen, der sich in Bauch und Brust festgesetzt hatte und zu mehr geworden war als nur zu einer Voruntersuchung, so einer, wie Nadja jetzt auch werden würde. *Du bist zu jung, Hermansson, verdammt, du kannst nicht jeden verdammten Menschen aus unseren Ermittlungen mit dir herumschleppen.* Grens hatte sie davor gewarnt, ihre Arbeit in ihrem Körper unterzubringen, Täter und Beschuldigte zu etwas anderem werden zu lassen, als sie eben waren. *Am Ende ist kein Platz mehr für sie, sie fressen dich auf, bis du nicht mehr weißt, wo sie aufhören und wo du anfängst, du musst sie loslassen.* Aber so ging das nicht. Nicht bei ihr. Sie konnte sich nicht entschließen, jemanden loszulassen. Das hatte sie noch nie gekonnt. Die, die noch da waren, waren da.

Klövje saß an seinem Schreibtisch und starrte seinen Computer an, einen Ordner in der einen, die Zigarette in der anderen Hand. Er hatte sie nicht kommen hören und zuckte zusammen, als sie sich räusperte.

»Meine Güte, wieso schleichst du denn hier herum?«

Instinktiv hatte er die Hand mit der Zigarette sinken lassen, er versteckte sie unter der Schreibtischplatte, sein Hals rötete sich leicht.

»Sonst … in diesem Haus, die wollen doch jetzt, dass man zum Rauchen auf den Balkon geht.«

Er zeigte mit dem Ordner auf das eine Fenster im Raum.

»Das Thermometer, hast du das gesehen, verdammt, es sind doch siebzehn Grad unter null.«

Hermansson zuckte mit den Schultern.

»Ich bin nicht gekommen, um über Nichtraucherschutz zu

diskutieren. Wenn deine Kollegen damit leben können, dann kann ich das auch.«

Er setzte sich ein wenig gerader, die Röte verflog langsam. Sie machte zwei Schritte in den Rauch hinein.

»Ich brauche deine Hilfe. Ich weiß, dass du genau wie ich und alle anderen zu viel zu tun hast. Aber du musst mit dem, was du gerade machst, für eine Weile aufhören. Das hier eilt sehr.«

Jens Klövje legte den Ordner auf den Schreibtisch und hielt sich die Zigarette an den Mund, schien den Zug daran zu genießen.

»Du, ich weiß noch, wie es bei dir zuletzt so wahnsinnig geeilt hat. Das hat damit geendet, dass in Ohio ein Unschuldiger hingerichtet worden ist.«

Der Mensch, der nicht existiert hatte und der sich geweigert hatte, sie zu verlassen. Er hatte sich John Schwarz genannt, und sie hatte im vergangenen Jahr immer wieder an ihn gedacht, hätte einige Male fast sogar seinen Vater angerufen, einen ganz normalen rundlichen Mann, der nach Stockholm geflogen war und den Polizeidistrikt City aufgesucht hatte, um zu verhindern, dass sein Sohn ausgeliefert würde, die Todesstrafe stand ihm bevor, sie hatte wissen wollen, wie es ihm ging, nur das.

»Es geht um dreiundvierzig verlassene Kinder.«

Klövje zog noch einmal an seiner Zigarette, drückte die Kippe dann in einem in seiner Schreibtischschublade aufbewahrten Aschenbecher aus. Sie sah, dass er jetzt ernst wurde.

»Du bist also dafür zuständig?«

»Ja.«

»Wir haben heute Morgen hier in der Abteilung schon darüber gesprochen. Dreiundvierzig Kinder! So etwas habe ich noch nie gehört. Und dabei bin ich doch schon eine ganze Weile hier im Dienst.«

Er zeigte auf den Bildschirm.

»Ich hab das schon überprüft. Es läuft keine internationale Fahndung nach dreiundvierzig rumänischen Kindern.«

Der protestrauchende ältere erfahrene Polizist war berührt, seine Stimme war auf eine Weise betroffen, wie sie das noch nie gehört hatte.

»Aber wenn du willst, kann ich mich zuerst einmal bei allen europäischen Mitgliedern erkundigen.«

Hermansson nickte.

»Bitte, tu das. Wie lange?«

»Ich melde mich.«

Sie ging die Treppen hinunter, und der große Klumpen war wieder da, das Gefühl, dass mitten in ihrem Bauch etwas wuchs, etwas, das nicht zu sehen war, das sich aber aus Widerwillen und Frustration speiste.

Kinder. Echte Kinder. Echte Kinder, die niemand sucht.

Einbruch, Überfall, Körperverletzung, Mord, das alles war ihr vertraut, das begegnete ihr jeden Tag, damit lebte sie, vielleicht lebte sie sogar dafür.

Aber das hier.

Sie begriff es nicht.

Unten bei der Rezeption in der Bergsgata erwartete sie der Sachbearbeiter vom Jugendamt. Ein Mann in ihrem eigenen Alter, er sah freundlich aus, gestresst, aber freundlich. Sie begrüßten einander und gingen dann zusammen über den Gang, eine Treppe nach unten, in den nächsten Gang in dem großen Polizeigebäude, vorbei an der Sporthalle, noch eine Treppe nach unten. Es gab rote und grüne Plastikstühle vor den großen Glaswänden, sie setzten sich und sahen die jungen Menschen an, die sich auf der anderen Seite bewegten.

Die Körper waren weiß. Es war zwar Winter, aber so helle Haut hatte sie noch nie gesehen.

Die meisten standen ganz still in dem kalten, gechlorten Wasser.

Einige saßen auf der Beckenkante. Noch andere saßen ein Stück weiter, ein Badetuch über die Schultern gelegt.

Dreiundvierzig Kinder in der Schwimmhalle des Polizeigebäudes.

Aus der Ferne. In einem Becken.

Fast wie normale Kinder.

Mariana Hermansson verspürte wieder den Klumpen, der in ihrem Bauch auf so gemeine Weise wuchs.

Aber in einem Polizeigebäude. In einem Land, das sie für Schottland gehalten hatten. Ohne irgendwen, der nach ihnen sucht.

»Wir werden die Gruppe aufteilen.«

»Verzeihung?«

»Ich habe noch nie einen solchen Fall gehabt. Das ist das Beste, was wir im Moment tun können.«

Hermansson bewegte sich so heftig, dass der Rücken des Plastikstuhls abknickte.

»Aufteilen? Die brauchen einander. Mehr denn je.«

»Dach über dem Kopf. Essen. Das müssen wir jetzt prioritieren. Ich …«

»Das sind doch Kinder. Prioritieren?«

»… hatte dafür acht Stunden. Wir haben einfach im Moment keine Möglichkeit, sie alle zusammen unterzubringen.«

Sie haben nasse Haare. Frieren ein wenig. Klettern die Leiter am Beckenrand hoch, springen ins Wasser, klettern wieder hoch.

Hermansson atmete heftig.

Fast wie normale Kinder.

»Sie geben sich gegenseitig Geborgenheit. Verstehst du das nicht? Sie sind füreinander Familie. Und Familien auseinanderzureißen … das wird uns Probleme machen.«

Sie sah den Sachbearbeiter, der jung war und noch immer freundlich aussah, forschend an. Er hörte zu. Er trug Jeans und Sakko und hatte einen Ordner auf den Knien liegen und hörte zu, als sie jetzt weitersprach.

»Denn wir werden noch viel mehr mit ihnen reden müssen. Und unsichere Menschen, die sagen nichts.«

Kleine Fleischstücke sind verschwunden.

Sie dachte nicht daran, wer das war. Nicht daran, dass hier ein Mensch lag. Nicht daran, dass Atemzüge, Herzschläge, Blickkontakt fehlten.

Nur daran, dass sich offenbar in diesem Loch unter dem Jochbein kleine Fleischstücke hätten befinden müssen.

Sie würde das später für eine seltsame Reaktion halten. Sie kannte sie doch, die Frau auf der Bahre, den Körper, der mitten in einem Obduktionsraum der Gerichtsmedizin gezeigt wurde. Aber jetzt, *Fleisch,* ein einziger Gedanke, der allen Raum einnahm, ein einziges Wort, an dem sie nicht vorbeikam.

Ewert Grens sah die Sicherheitschefin an.

Er wusste es schon. Sie brauchte nichts zu sagen. Diese Miene, die hatte er schon gesehen, immer in diesem Raum, dem Tod zu begegnen, der so nahe war, als stehe man vor nichts als verdammter Leere.

»Das ist sie.«

Grens stand auf der anderen Seite des Leichnams. Er trat einen Schritt vor, versuchte, ihre Blicke einzufangen.

»Wir haben es nicht eilig. Lass dir Zeit. Du musst dir ganz sicher sein.«

Die Haut war leicht geschwollen und weiß, an einigen Stellen war sie weiß, an zweien fast bläulich. Wie kann ein Mensch sich in wenigen Tagen so verändern? Sie waren sich jeden Tag auf den Gängen des Versicherungsgebäudes begegnet, immer mit einem Lächeln, einem kurzen Gespräch über irgendein Thema. Sie dachte an die ersten Jahre, an einige gemeinsame späte Abende, einige Essen mit den Ehemännern, einen gemeinsamen Mittsommerabend auf dem Festplatz beim Schloss von Tyresö. So war es nicht weitergegangen, sie wusste nicht mehr, warum, so kam es eben oft, wenn das Leben drängte.

»Ich bin sicher.«

»Liz Pedersen?«

»Ja.«

Grens nickte Ludvig Errfors zu, der ein paar Schritte zur Seite getreten war und wartete.

»Sie ist identifiziert. Ich will den Rest ziemlich bald von dir erfahren.«

Sven Sundkvist saß auf einem Stuhl gleich neben dem schmalen Eingang zur Gerichtsmedizin. Er wartete immer dort, auf Distanz zum Tod. Grens bat ihn, sich um die Sicherheitschefin zu kümmern und in Errfors' Büro die vorgeschriebene Vernehmung durchzuführen, dann kehrte er zurück in den Operationssaal und zu dem Körper, der kein Leben mehr aufwies.

»Dreiunddreißig Messerstiche im Bauch.«

Der Gerichtsmediziner hatte zwei Blätter der Größe A4 über die Beine der Toten gelegt. Mit Maschine geschriebene Erinnerungsnotizen, Ewert Grens hatte schon früher das uralte Gerät auf Errfors Schreibtisch gesehen, es ähnelte seinem eigenen.

»Zwölf davon waren an sich direkt tödlich. Haben Herz, Leber und Lunge perforiert.«

Ludvig Errfors ließ das Obduktionsprotokoll liegen und beugte sich zu Grens vor.

»Die Stiche stammen von einem langen Messer. Sind von unterschiedlicher Tiefe. Vermutlich hat der Täter unterschiedlich fest zugestoßen. Das Opfer weist außerdem Abwehrschäden auf. Vierzehn Messerstiche in beiden Armen. Sie hat versucht, sich zu wehren, im Stehen und im Liegen.«

Von unterschiedlicher Tiefe.

»Mach also weiter.«

»Du willst doch eigentlich, dass ich rate.«

»Ja.«

Errfors seufzte. Er war genau, sprach ungern über Dinge, bei denen er sich nicht ganz sicher war.

»Ich glaube, ich *glaube*, Ewert, wenn ich die mutmaßlichen Bewegungsmuster des Täters berücksichtige, dass zuerst die oberflächlichen Verletzungen zugefügt worden sind und dann erst die tieferen. Ich *glaube* deshalb, dass der Täter im Affekt zugestochen hat. Wieder und wieder. Immer härter.«

Der Gerichtsmediziner zog an dem Tuch, das die Körpermitte bedeckte. Grens suchte nach etwas, an dem sein Blick haften bleiben könnte. Das ging nicht. Die Frau, die vor kurzem noch gelebt hatte, war zerfetzt worden.

»Die Kraft, Ewert, die steckt in den vermutlich abschließenden Stichen … sie war ohne Besinnung.«

Ewert Grens sah sich das an, was ein Messerstich nach dem anderen gewesen war. Siebenundvierzig Mal hintereinander.

»Ein Messer, hast du gesagt?«

»Ein langes schmales Messer. Mit gezähnter Schneide. Und wenn ich raten soll, schon wieder, dann kann es sich um ein Küchenmesser handeln.«

Die meisten Täter, die Messer benutzten, litten unter irgendeiner Form von Persönlichkeitsstörung. Das wusste Grens. Es gab manche, die solche Dinge ausmaßen, Statistiker, die Tabellen und Spalten füllten. Er brauchte das nicht. Er jagte sein ganzes Leben lang die Verrückten, er hatte gelernt, dass Messer und seelische Schwächen aus irgendeinem Grund zusammengehörten.

»Du siehst ja, wie sie aussieht.«

Ewert Grens war einen Schritt zurückgetreten und machte sich zum Gehen bereit. Aber Errfors war noch nicht bereit, das Gespräch zu beenden. Er stand weiterhin neben dem Leichnam und bewegte die Hand langsam darüber hinweg, von den Füßen bis zum Kopf.

»Du siehst?«

»Ja.«

»Nicht mehr viel, das heil ist.«

»Nein.«

Der Gerichtsmediziner wartete schweigend einen kurzen Moment ab, dann legte er das Tuch wieder hin, deckte die Wunden zu.

»Ich habe kleine Kinder aufgemacht, Teenager, Frauen, Männer. Es ist ganz schön lange her, seit ich beim Anblick von Menschen etwas verspürt habe.«

Er drehte sich zu Grens um.

»Aber ich habe nur selten solch ... übermäßige Gewalt gesehen. Solche Wut. Du suchst jemanden, der psychisch krank ist. Oder jemanden, Ewert, der ... hasst.«

Mariana Hermansson vergewisserte sich, dass das Blinklicht des Autos eingeschaltet war, schaute kurz in den Rückspiegel und verließ die E 18. Sie hatte für die Fahrt von Kronoberg nach Arlanda neunzehn Minuten gebraucht.

»Alles in Ordnung?«

Sie drosselte das Tempo und drehte sich um.

Das Mädchen, das ihre Winterjacke hatte ausleihen dürfen, saß mitten auf dem Rücksitz. Sie hielt ein sechs Monate altes Baby auf den Knien.

»Ja.«

Die landesweite Fahndung war seit fast genau drei Stunden bekannt gegeben worden, als eine Streife der Polizei von Arlanda gesehen hatte, dass ein Bus, auf den die Beschreibung passte, quer über zwei Feldern auf dem Langzeitparkplatz des Flughafens stand. Hermansson hatte die Glaswand und den Sachbearbeiter verlassen, der davon geredet hatte, die

Gruppe auseinanderzureißen, und war in die Schwimmhalle gegangen. Nadja hatte zuerst nicht mit ihr reden wollen, dann hatte sie widerwillig zugehört, als sie begriffen hatte, was sie tun sollte, dass sie, wohin auch immer Mariana Hermansson sie bringen wollte, sie ihren Sohn bei sich haben würde. Sie waren zusammen zu Hermanssons Zimmer gegangen und hatten Kleider zusammengesucht, die gegen den Januarwinter schützten, dann waren sie ins Magazin gefahren und hatten mit einer von Ewert Grens unterschriebenen Vollmacht einen beschlagnahmten Kinderwagen abgeholt, der zusammen mit allem anderen Müll aus Ermittlungen mit geringer Priorität dort unten aufbewahrt wurde. Ihre eigene Ermittlung ging jetzt auf einem Parkplatz bei Schwedens größtem Flughafen weiter. Hermansson brauchte die Augen des Mädchens, ihre Beschreibungen, ihre Aussage.

»Soll ich dir helfen?«

Mariana Hermansson zeigte auf den Kinderwagen, der zusammengeklappt im Kofferraum des Autos lag. Er sah neu aus, die Räder waren so gut wie nicht benutzt. Der Zettel mit der Registriernummer aus dem Magazin war mit einem Gummiband am Handgriff befestigt.

»Ja.«

Sie hatte noch nie einen Kinderwagen geschoben.

Ihr Sohn war sechs Monate alt, und sie hatte keine Ahnung von dem Gefühl, ihn nicht bei jedem Schritt auf dem Arm tragen zu müssen.

Die Kollegen aus Arlanda warteten vor der Einfahrt zum eingezäunten Langzeitparkplatz, zwei Polizisten, die grüßten und sie zweihundert Meter auf das Gelände lotsten.

Der Bus sah aus wie einer von denen, in denen sie als kleines Kind gefahren war und die für zwei Kronen Menschen, die kein Auto besaßen, von Rosengård ins Zentrum von Malmö gebracht hatten, hin und her, von morgens früh bis abends spät. Er war irgendwann einmal rot gewesen, jetzt wechselte die Farbe zwischen rosa und orange. Reifen, Fenster, Metall, alles war abgenutzt, müde. Sie tippte auf mindestens dreißig Jahre.

»Ist er das?«

Nadja hob den Jungen aus dem Wagen, gab ihm einen Kuss auf die Stirn, drückte ihn an sich. Sie nickte.

»Ja.«

»Sicher?«

»Ja.«

Ein kalter Wind fegte über den offenen Parkplatz. Mariana Hermansson drehte langsam eine Runde um den Bus. Dreiundvierzig Kinder. Vier Tage durch Europa. Sie bückte sich und öffnete eine kleine Luke links von einem Vorderreifen, drehte an dem Hebel, der dort angebracht war, bis die Tür sich öffnete. Es war der richtige Bus. Sie brauchte nicht einmal einzusteigen. Der Geruch des Klebstoffs schlug ihr entgegen und wurde zu einer giftigen durchsichtigen Wand. Hermansson drehte eine weitere Runde, jetzt in die Gegenrichtung, dann blieb sie hinter dem Bus stehen.

N 864. PRINCIPAUTE DE MONACO.

Die Nummernschilder sahen echt aus.

»Friert er?«

Nadja drückte den Kleinen in ihre Jacke, wiegte ihn langsam hin und her, wechselte von einem Fuß auf den anderen.

»Nein.«

»Du?«

Das Mädchen schüttelte den Kopf.

»Gut. Wir gehen gleich ins Haus. In die Wärme.«

Die beiden Kollegen warteten ein Stück weiter im Wagen. Sie bat sie, sofort nach der Autonummer des Busses suchen zu lassen. Dann sollten sie die Technik informieren, der Bus musste durchsucht werden, jeder Sitz, jeder Hebel, jedes

Stück Boden. Und dann brauchte sie eine Zusammenstellung der Passagierlisten der Flüge, die an diesem Tag Arlanda in Richtung Ausland verlassen hatten, die, die schon gestartet waren, und die, die an diesem Nachmittag noch ausstanden. Sie hatte ganz schnell gerechnet, wer immer im Schutz der Dunkelheit dreiundvierzig stumme Menschen in einer Stadt zurückließ, die sie noch nie gesehen hatten, hätte schon gegen acht Uhr morgens in der Luft sein können, vermutlich waren diese Leute das auch gewesen.

Hermansson sah den Bus noch einmal an, drehte eine letzte Runde.

Bei jeder Runde schien er kleiner zu werden.

Echte Kinder.

Sie mussten aufeinander gesessen, gestanden, gelegen haben.

Die Luft in der großen Abflughalle war stickig.

Es gab Flüge, die zuerst verspätet waren und dann ganz eingestellt wurden, Reisende, die verzweifelt nach Eincheckschaltern und der Gepäckabfertigung suchten, Personal in Uniform, das geduldig Fragen beantwortete und Sarkasmen mit einem Lächeln beantwortete.

Mariana Hermansson hielt Nadjas Hand, während sie gemeinsam den Kinderwagen über die wenigen freien Flächen bugsierten. Sie sah sich um. Zwei Schwestern. Wenn uns jetzt jemand sieht. Große Schwester und kleine Schwester gemeinsam unterwegs zu irgendeiner Reise, mit dem Kind der großen Schwester.

Wenn uns jetzt jemand sieht, sehen wir aus wie irgendwer.

Aber kaum wie eine schwedische Kriminalinspektorin mit einem verlassenen Straßenkind aus einem mitteleuropäischen Land.

Nicht sonderlich viele würden auf diese Idee kommen.

Hermansson versuchte, sich so langsam wie möglich zu bewegen, ohne im Weg zu sein. Sie bat Nadja, sich alle Menschen anzusehen, jedes Gesicht, jeden Rücken. Sie passierten die lange Reihe von Schaltern, schoben den Kinderwagen vorsichtig an langen Schlangen vorbei, an Damentoilette, Herrentoilette, vor ihnen warteten Menschen vor dem Geldwechselschalter und vor dem Ticketverkauf, sie schauten im Zeitungskiosk und Buchladen nach und lungerten eine Weile vor dem Informationsschalter herum.

Keine Reaktion, kein Zeichen. Hermansson war zuerst unsicher gewesen, ob Nadja sah, ob sie es über sich brachte hinzuschauen, aber diese Besorgnis war bald verflogen. Das Mädchen stand unter Druck und hatte Angst. Aber dennoch, irgendwo tief in ihr steckte eine unerhörte Stärke, jetzt, wo das Kind sicher im Kinderwagen lag, schaute sie den Menschen in die Augen, wandte sich niemals ab, wenn Mariana mehr wollte, sie suchte so lange, wie sie zum Suchen aufgefordert wurde.

Ågestam hatte die Voruntersuchung unter mutmaßlichen Menschenhandel verbucht. Aber so war es nicht. Menschenhändler drohen und jagen Angst ein und verletzen. Nadja hatte Angst, aber nicht vor den Leuten, die sie hier suchten. Das hier war etwas anderes.

Etwas, das Mariana Hermansson noch nicht verstand.

»Er hat Hunger.«

Das Kind hatte schon eine Zeit lang gewimmert, jetzt schrie es.

»Glaubst du nicht?«

Nadja nickte.

»Doch.«

»Wir gehen da hoch. In die Cafeteria. Er muss etwas essen. Du musst etwas essen, Nadja. Nur noch eins.«

Mariana Hermansson blieb bei der Schlange vor der Passkontrolle und dem Raum mit den Sicherheitsschleusen stehen, die Metallgegenstände anzeigten, und Bildschirmen, die den Inhalt des Handgepäcks durchleuchteten. Sie wies sich aus, winkte Nadja und den Kinderwagen vorbei und trat dann zwischen die beiden uniformierten Wächter an der Sicherheitskontrolle.

Der Computer stand auf einem Regal am Ende des Rollbandes, das geröntgte Taschen und kleine Plastikkörbe mit Schlüsseln und Kleingeld transportierte. Drei Gesichter füllten den Bildschirm, zwei Männer und eine Frau, gezeichnet nach der Beschreibung, die Nadja und ein weiteres Kind bei den Vernehmungen am frühen Morgen geliefert hatten.

»Keine Beobachtungen?«

»Nein.«

»Gar keine?«

»Leider. Und die Bilder, die sind vage, schwer zu vergleichen.«

Hermansson sah sich die Bilder an. Es war schnell gegangen. Das musste sie zugeben. Sie brauchten weitere Zeichnungen, deutlichere, sie würde dafür sorgen.

Die Cafeteria lag in der zweiten Etage, eine Rolltreppe hoch und mit gutem Blick über den Terminal. Der Junge schrie jetzt lauter, verzweifelt. Nadja wiegte ihn hin und her, sang leise, streichelte seine Stirn. Hermansson ließ einen Kellner eine Dose Kindernahrung aufwärmen, etwas mit Kartoffeln und Fleisch, sie bestellte für sich eine Tasse Kaffee und für Nadja einen Orangensaft und ein Brot mit Krabben.

Der Kleine aß gierig, weinte nicht mehr, schlief in den Armen seiner Mama fast ein.

Sie schwiegen und lauschten dem niemals abebbenden Stimmgewirr, alle diese Menschen, die einen Stock tiefer aneinander vorbeiliefen. Sie konnten sie durch die Glaswand sehen, genau wie Hermansson früher an diesem Tag die blassen Kinder in der Schwimmhalle des Polizeigebäudes gesehen hatte.

»Du sprichst Rumänisch.«

Sie hatte bisher noch nichts gesagt, nicht aus eigenem Antrieb.

»Weshalb?«

Sie hatte einsilbig Fragen zurückgegeben. Sonst nichts. Bis jetzt.

»Du wohnst doch hier.«

Hermansson trank ihren Kaffee aus, ehe sie antwortete, sie war froh, sie wusste nicht so recht, warum.

»Willst du das wissen?«

»Ja.«

Der große Terminal wimmelte noch immer von Menschen. Für jeden Reisenden, der durch die Sicherheitsschleuse verschwand, kam ein neuer aus Schnee und Kälte herein. Mariana Hermansson erzählte von ihrem Vater, von seiner Flucht, von ihrer Kindheit.

Nadja lächelte, das war das erste Mal.

»Eine schwedische Polizistin. Aus Rumänien.«

»Ich bin nicht aus Rumänien. Von dort ist nur mein Vater. Ich bin aus Malmö. Einer Stadt in Südschweden.«

Sie wusste nicht, warum das wichtig war, warum sie das immer sorgfältig klarstellte. Es ergab sich einfach so, sie hatte das immer schon gemacht, auch wenn es, wie jetzt, keine Rolle gespielt hatte.

Sie stand auf, um neuen Kaffee zu holen, fragte, ob Nadja etwas wollte, und bekam ein freundliches *nu mulţumesc* zur Antwort. Sie ging rasch, wollte das Gespräch fortsetzen, auf das sie den ganzen Tag gewartet hatte, und sie wollte gerade bezahlen, eine Hand in der Jackentasche, um nach Münzen zu suchen, als in der anderen ihr Telefon klingelte.

Seine Stimme klang gelassen, sie sah ihn vor sich, eine Zigarette in der einen Hand und den Aschenbecher in der obersten Schreibtischschublade.

»Jens Klövje, Interpol.«

»Das ging aber schnell.«

»Wo bist du?«

Sie bezahlte, bedankte sich für den Kaffee und blieb zwei Schritte von der Kasse entfernt stehen. Sie wollte noch nicht zu Nadja und dem Kleinen zurückgehen.

»Arlanda.«

»Der Bus?«

»Der ist hier.«

»Du bist sicher, dass er das ist?«

»Ja. Außerdem ist bestätigt worden, dass er heute Morgen um 04.18 Uhr auf dem Weg nach Stockholm hinein die Liljeholmsbrücke passiert hat und Stockholm um 04.52 Uhr über Hornsberg verlassen hat. Die Kameras der Mautstationen haben trotz des Schneegestöbers deutliche Bilder von einem Fahrzeug mit der Nummer N 864 gemacht.«

Sie hörte, wie er einige Züge machte, hustete, sich eine neue Zigarette anzündete.

»Arlanda. Das klingt logisch.«

Noch zwei Züge.

»Ich habe vier Treffer. Vier Treffer in vier Ländern. Deutschland, Italien, Norwegen, Dänemark. Jedesmal ältere abgenutzte Busse mit zwischen fünfundzwanzig und sechzig rumänischen Kindern an Bord.«

Mariana Hermansson sah Nadja an, den Blick des Mädchens, er schien zu fragen. Hermansson hob das Telefon hoch, zeigte darauf, zwei Finger in der Luft, zwei Minuten.

»Hörst du zu?«

»Ich höre zu.«

Klövje senkte die Stimme, als habe jemand das Zimmer betreten, aber vielleicht war er nur betroffen.

»Jedes Mal dasselbe Muster. Die Kinder werden früh am Morgen abgesetzt, wenn es noch dunkel ist. Irgendwo mitten in der Stadt, es waren immer nur große Städte, Oslo und Stockholm waren bisher die kleinsten.«

Sie trank einen Schluck Kaffee und ging langsam auf den Tisch zu.

»Busse, Hermansson, die verschwinden und dann später auf Parkplätzen bei Großflughäfen gefunden werden. Zuletzt auf Kastrup bei Kopenhagen. Ich habe mit Ermittlern dort und in Oslo gesprochen. Aber mehr kann ich nicht herausfinden. Nur das, was wir von Anfang an wussten, die Kenntnisse, die wir hier haben. Wenn ich andere Fragen stelle … dann stoße ich auf ein seltsames verdammtes Schweigen. Ich komme ganz einfach nicht weiter.«

Das Rascheln von Papier, während er in seinen Unterlagen suchte. Sie wartete, eine knappe Minute, das Telefon ans Ohr gepresst, dann sprach er weiter.

»Kinder, die alle gleich gekleidet waren. Kinder, die solche braunen Plastiktaschen hatten und keine Ahnung davon, wo sie sich befanden. Insgesamt ist hier die Rede von einhundertvierundneunzig Kindern. Das älteste sechzehn Jahre alt. Das jüngste, *das jüngste*, Hermansson, gerade mal vier Monate.«

Ihrem Gesicht fehlten Stücke. Ihre Brust, ihr Bauch, alles zerfetzt.

Sie lag auf der Bahre. Ewert Grens wollte sie noch einmal ansehen. Jetzt, wo er wusste, wer sie war. Oder zumindest, wie sie hieß.

Liz Pedersen.

Das sagte ihm nichts.

Ludvig Errfors griff nach dem Tuch und sah ihn an. Grens nickte. Deck sie zu.

Errfors hatte von Gewalt und Zorn gesprochen, von jemandem, der hasste. Ewert Grens schnitt eine Grimasse. Er wusste alles darüber, wie Wut sich wie ein hässlicher und schmutziger Filter über alles legte, was zu sehen war, wie Hass einen Menschen von innen heraus verzehrte. Aber verdammt nochmal, deshalb stach er selbst ja wohl keinem Menschen siebenundvierzig Mal hintereinander das Messer in den Leib!

Er verließ das Zimmer und wartete im Foyer der Gerichtsmedizin in Solna. Durch das Glasfenster in der geschlossenen Tür sah er, wie Sven Sundkvist mit der Sicherheitschefin der Versicherung in Tyresö sprach. Die letzten ergänzenden Fragen, sie hatte soeben eine tote Arbeitskollegin identifiziert, wollte jetzt nur weg von hier, saß aber da und erzählte, so gut sie konnte, was sie über Pedersens private Beziehungen, ihren Umgang und ihre letzten Tage wusste.

Grens ging in die Teeküche. Ein kleiner Tisch, ein Mikrowellenherd, ein Kühlschrank. Er goss die letzten Tropfen Kaffee aus der Kanne auf dem Tisch und roch dann an der Kanne, trank den Kaffee, der kalt war und zur Hälfte aus Kaffeesatz bestand.

Subventioniert. Vom Staat.

Er öffnete den Kühlschrank, nahm Butter und Brot aus dem obersten Fach, schmierte sich zwei einfache Brote.

Genau wie bei uns.

Er aß die Brote stehend in der Teeküche, durchsuchte dann den Kühlschrank, fand aber nichts Essbares mehr. Errfors' Bürotür wurde geöffnet, er drehte sich um und nahm die Hand der Sicherheitschefin, bedankte sich, weil sie so viel Kraft aufgebracht hatte, bat sie, vorsichtig zu fahren, denn jetzt bedeckten noch mehr Eis und Schnee den Asphalt.

Sie warteten bei der Eingangstür. Es war am frühen Nachmittag, aber es kam ihnen vor wie Abend, das Licht nahm schon ab.

»Hat sie irgendwas mit dieser Sache zu tun?«

»Nein.«

»Die Vernehmung?«

»Nicht viel. Arbeitskolleginnen. Was wissen die im Grund voneinander, Ewert?«

Sven Sundkvist beobachtete Grens. Er wirkte ganz anders als sonst. Ab und zu konnte er kraftlos sein, leer, gehetzt von den Ermittlungen, die immer mehr wurden. Aber diese Müdigkeit hier schien von innen zu kommen, es war etwas Altes, das schon längst Wurzeln geschlagen hatte, gegen das er gekämpft hatte und dem er unterlegen war und von dem er jetzt einsah, dass es niemals ein Ende nehmen würde.

»Wie ist das?«

»Die Frau.«

»Ewert, ich habe *dich* gemeint. Wie geht es dir?«

»Die Frau. Die ist von Ratten angegriffen worden. Sie wurde aus dem Tunnelsystem geschleppt. Sie hat rußige Fingerabdrücke am Leib, die vermutlich von einem Mann stammen. Sie ist viele Male von einem vermutlich gestörten Täter mit einem Messer verwundet worden.«

Ewert Grens schloss zwei Knöpfe seines Mantels, zog den Schal zurück.

»Sven.«

»Ja.«

»Du musst den Menschen finden, der am meisten über die Obdachlosen am Fridhemsplan weiß.«

Sven Sundkvist zog den Notizblock aus der Tasche, blätterte zu einer der letzten Seiten.

»Die St.-Clara-Kirche.«

»Was meinst du?«

»Ich habe mich da schon erkundigt. Wir hatten offenbar denselben Gedanken.«

»Und?«

»Die Diakonin. Sylvi irgendwie, ich weiß ihren Nachnamen

nicht. Mit der müssen wir reden. Die St.-Clara-Kirche hat eine Gruppe von Freiwilligen, die zweimal in der Woche mit Kaffee und belegten Broten am Eingang der U-Bahn-Station Fridhemsplan stehen. Jetzt im Winter machen sie das häufiger, wegen der Kälte, nehme ich an. Menschen, ich weiß nicht, vielleicht die einzigen Menschen, zu denen die Obdachlosen aus der Gegend Vertrauen haben. Ich meine, wir und das Sozialamt und noch ein paar andere kommen da wohl nicht so recht in Frage.«

Sie waren getrennt gekommen, hatten die Wagen nebeneinander vor dem Eingang abgestellt. Sie gingen los und versuchten zugleich, ihr Gespräch zu beenden.

»Du musst hinfahren, Sven. Jetzt sofort.«

Sven Sundkvist nickte. Er war schon unterwegs. Schob den Schlüssel in das verschneite Schloss, er rüttelte, bis alles Festgefrorene nachgab.

Er wollte gerade einsteigen, als ihm etwas einfiel.

»Ewert.«

Eilige Schritte vorbei an verschneiten Autos. Ewert Grens saß schon hinter dem Steuer. Sven klopfte an die Windschutzscheibe.

»Ich möchte das wirklich wissen.«

Sven Sundkvist ging um das Auto herum und öffnete die Tür zum Beifahrersitz.

»Wie es dir geht, meine ich.«

Ewert Grens schlug mit der flachen Hand auf das Armaturenbrett.

»Mach die Tür zu. Es ist kalt.«

»Ich lasse nicht locker, Ewert.«

»Mach die verdammte Tür zu!«

Sven Sundkvist setzte sich und gehorchte, machte die Tür zu.

»Ich bin einer von den Menschen, die dich am allerbesten

kennen. Das weißt du. Du kannst Grimassen schneiden, so viel du willst, daran bin ich gewöhnt.«

Er drehte sich zu seinem Chef hin.

»Fast jeden Tag sehen wir einander an, sitzen wir nebeneinander, seit über zehn Jahren. Ich weiß, wie du aussiehst. Was ich jetzt sehe …. das ist gequält, Ewert.«

Ewert Grens gab keine Antwort, er starrte schweigend vor sich hin, auf den Schnee, auf den Winter hinter dem Wagenfenster.

»Wie geht es ihr?«

Wieder schlug Grens mit der flachen Hand gegen das Armaturenbrett. Der Schild aus Wut und Aggressivität, der ihm gehörte und ihn sonst schützte, immer geschützt hatte. Der half jetzt nichts. Er saß still da und wartete, bis ihm aufging, dass Sven ebenfalls wartete und weiter warten würde.

»Sie geht weg.«

Er starrte sein Knie an, dann das Lenkrad, das schwarz und mit einem harten Kunststoffmaterial überzogen war.

»Ich glaube …«

Er räusperte sich, schlug dann ein drittes Mal zu, ein wenig von dem ziemlich neuen Kunststoff löste sich auf.

»Ich glaube, dass ich es nicht ertragen kann.«

Zwischen zwei Papierstapeln stand auf Ewert Grens' Schreibtisch ein Hefekranz. Es handelte sich bei den Stapeln um die laufenden Ermittlungen Nr. 33 und 34. Sven Sundkvist brach ein Stück vom Hefekranz ab und kaute auf dem süßlichen, mit Zimt gewürzten Backwerk herum. Von einem Tablett zwischen zwei viel höheren Papierstapeln mit älteren Ermittlungsunterlagen schwebte ihnen der Dampf von drei Tassen Kaffee entgegen, Ewerts kohlschwarzem, Hermanssons mit zwei Stück Zucker, seinem eigenen mit einigen Zentimetern Milch.

Es sah richtig gemütlich aus. Es kam ihm einfach falsch vor.

Ewert Grens bot niemals Kaffee und Kuchen an. Sven Sundkvist hatte in all den Jahren der Zusammenarbeit nie erlebt, dass sein Chef einen Hefekranz gekauft hätte.

Er hatte sich sogar daran erinnert, wie die anderen ihren Kaffee tranken.

Rücksichten, die so weit von Ewert Grens entfernt waren, wie man sich das überhaupt nur vorstellen konnte, und die deshalb fast unangenehm waren.

Ein Mensch kurz vor dem Zusammenbruch.

»Kann ich anfangen?«

Hermansson hielt eine bläuliche Plastikmappe in die Luft. Grens und Sundkvist nickten. Sie öffnete die Mappe, nahm einige Papiere heraus. Die Geschehnisse der Stunden, die seit der mittäglichen Besprechung mit Ågestam vergangen waren.

Zuerst ein Bus auf einem Langzeitparkplatz beim Flughafen Arlanda.

Dann die Suche unter Tausenden von Reisenden, die in zwei Stunden durch die riesige Abflughalle gegangen waren.

Endlich der Anruf, der sie in der Flugplatzcafeteria ereilt hatte, Jens Klövje und Interpol, die Auskunft über einhundertvierundneunzig verlassene Kinder in insgesamt fünf Ländern.

»Ich warte auf den Bericht der Kriminaltechniker, die den Bus untersucht haben. Und auf die Passagierlisten aller ausgehenden Flüge. Beide müssten eigentlich schon hier sein.«

Sie schielte zu Sven Sundkvists Arm hinüber, zu der Uhr, die dort saß.

»Und gerade jetzt, seit einer halben Stunde, sitzt Nadja, das junge Mädchen, bei den Kollegen in Arlanda in einem Filmvorführraum und sieht sich die Aufnahmen der fünfzehn Überwachungskameras in der Auslandshalle an. Wenn sie das Kind bei sich haben kann, ist sie durchaus umgänglich. Wenn jemand, den sie kennt, auf Arlanda eingecheckt hat, dann glaube ich schon, dass sie das sehen wird.«

Kaffee mit zwei Stück Zucker. Sie trank ihn, während Sven den mit einigen Zentimetern Milch angereicherten zu sich nahm. Sie war sicher, dass sie beide genau dasselbe dachten, dass es nicht gut schmeckte, obwohl es genauso war, wie sie es hatten haben wollen.

»Gut. Du scheinst alles im Griff zu haben. Und jetzt?«

Grens sah müde aus, aber er hatte alles registriert, was sie gesagt hatte, anspruchsvoll wie immer.

»Wenn wir hier fertig sind, gehe ich wieder zu Klövje nach oben. Er wird heute Abend und heute Nacht weitere Infos erhalten. Du kannst laufend unterrichtet werden, wenn du willst, ich werde noch lange im Haus bleiben.«

Das gequälte Gesicht, irgendwo in der Mitte ein Lächeln.

»Du kommst morgens früh her. Du isst nicht zu Mittag. Du arbeitest bis spät in die Nacht.«

Er lächelte noch immer.

»Ich habe ja gewusst, dass es richtig war, als ich dich eingestellt habe.«

Sie lachten alle. Sie dachte, dass es so ein Lachen war, wie sie es viel zu selten teilten. Mit einem unaufgeklärten Mord und dreiundvierzig verlassenen Kindern und Ewerts Angst um den einzigen Menschen, der ihm jemals wichtig gewesen war, es war ein Lachen, das sie im Bauch spürten, und das brauchten sie.

Ewert beugte sich über den Schreibtisch vor und schob den Teller mit dem Hefekranz zur Seite, um einen der beiden kleineren Papierstapel erreichen zu können. Mitten auf dem

Haufen lag ein dünner Hefter aus Papier, den schwenkte er vor sich herum.

»Und jetzt, wo ihr so verdammt munter seid, ist es vielleicht angebracht, über eine tote Frau zu sprechen, der von kleinen und großen Ratten Teile des Gesichts weggenagt worden sind.«

Grens sah zufrieden aus, das tat er manchmal, auf Kosten anderer.

»Sven?«

»Ja?«

»Du hast vorhin mit der Sicherheitschefin der Versicherung gesprochen. In Errfors' Büro in der Gerichtsmedizin. Ich wüsste gern, worüber ihr geredet habt.«

Sven Sundkvist fuhr sich langsam mit der Hand über das Kinn. Er hatte Probleme mit Ironie, mochte sie ganz einfach nicht. Ironische Kommentare hatten etwas Unangenehmes, Unverschämtes, einen Unterton, der ein wenig zu oft verletzend war.

»Wie meinst du das?«

»Die ermordete Frau, ihr habt doch sicher über sie geredet?«

»Das weißt du.«

Grens spürte den Widerwillen seines Kollegen und verzichtete auf ein wenig seiner Stimmlage, die ihm so gut tat.

»Na also. Vielleicht noch besser. Sven … wie heißt sie?«

»Was soll das eigentlich?«

»Wie heißt sie?«

»Liz. Liz Pedersen.«

»Gut. Und dieser Name, Sven, sagt der dir etwas?«

»Nein.«

»Gar nicht?«

»Sollte er das?«

Dieser seltsame Mensch, im einen Moment gehetzt und

verwirrt, fast übermäßig fürsorglich, im nächsten einfach nur abstoßend. Sven Sundkvist kannte Ewert Grens länger, als er ein Kind hatte, trotzdem, er kannte ihn überhaupt nicht.

Der Hauptkommissar schwenkte noch einmal den Hefter.

»Ich habe vorhin einen dicken Treffer gelandet. Auf 660513. Auf Liz Pedersen. Ich hatte mehrere Treffer. Alle selbstverständlich. Führerschein und Pass und anderen Scheiß. Es gab nur eine Ausnahme. Diese hier.«

Er stand auf und gab Sven Sundkvist das, womit er gewinkt hatte.

»Ein Auszug aus dem Vermisstenregister. Liz Pedersen wird dort genannt als Erziehungsberechtigte, die informiert werden muss, falls ein verschwundenes Kind auftaucht. Eine Meldung, die die Schule eingereicht hat und bei der es um Pedersens Kind geht.«

Grens beugte sich vor und zeigte auf das ganz oben liegende Papier.

»Ihre Tochter. Eine Tochter, die vor zweieinhalb Jahren verschwunden ist.«

Sven Sundkvist überflog die Zeilen, auf die Grens gezeigt hatte.

»Letzte Seite, Sven. Ganz unten. Erkennst du vielleicht die Unterschrift der Person, die die Vermisstenanzeige entgegengenommen hat?«

Sven Sundkvist blätterte weiter bis zur letzten Seite.

Ein Namenszug.

Sein eigener.

»Du hast sie erkannt. Jetzt weißt du, warum. Du hast mit ihr gesprochen, als sie hier war.«

Sven Sundkvist gab keine Antwort.

Er hielt noch immer den Hefter in der Hand, ließ die Blätter zwischen seinen Fingern hindurchgleiten.

Liz Pedersen, 660513-3542, zur Ermittlungsabteilung der Citypolizei bestellt am 17. September 2005, in Verbindung mit der Tatsache, dass Jannike Pedersen, 910316-0020, vermisst gemeldet worden ist. Die Meldung ging ein vom Direktor der Eriksdalsschule, um 10.30 Uhr, am 16. September 2005.

All diese Gesichter, all diese Menschen.

Eine kurze Begegnung mit einem Menschen, der eine Krise durchmacht, und das vor zweieinhalb Jahren.

Eine Frau, eine Anzeige, die am nächsten Tag gegen die nächste Frau eingetauscht wird, die nächste Anzeige.

Liz Pedersen bestätigt die Auskünfte der Schule, nach denen Jannike Pedersen in mindestens drei früheren Fällen für längere Zeit verschwunden ist, um dann wieder nach Hause zurückzukehren. Liz Pedersen schätzt, dass ihre Tochter jeweils eine Woche verschwunden geblieben ist.

Er konnte sich an den Fall erinnern. Er hatte einem Elternteil gegenübergesessen, dessen Tochter zum vierten Mal verschwunden war. Er hatte sofort an Jonas gedacht, an dauernde Unruhe, daran, wie er und Anita fast durchgedreht waren, als ihr Kind einmal zwei Stunden lang nicht nach Hause gekommen war und sie nicht wussten, wo es sein könnte. Diese Frau aber brauchte zwei lange Wochen, bis die Schule sie zu einer Anzeige zwang.

Liz Pedersen gibt an, dass der Vater des Mädchens, Jan Pedersen, 631104-2339, seine Tochter wiederholt sexuell missbraucht hat und dass sie das für die wahrscheinliche Ursache für das Verschwinden der gemeinsamen Tochter hält.

Zwei Wochen.

Er schüttelte den Kopf.

Zwei Wochen, aus denen zweieinhalb Jahre geworden waren.

Die Mutter hat bei zwei früheren Gelegenheiten Anzeige wegen Verdachts auf sexuelle Übergriffe erstattet.

Oktober 2002, Ermittlungen eingestellt.

August 2004, Ermittlungen eingestellt.

Er zuckte mit den Schultern.

»Was soll ich dazu sagen? Offenbar habe ich vor zwei Jahren dieses Protokoll geschrieben.«

»Nichts, Sven.«

»Die Ermittlungen hat damals jemand anderes vorgenommen. Für mich war das in einer Stunde vorbei. Wer dann …«

»Sven, zum Teufel, hör auf, dich zu entschuldigen. Ein Mensch, der dir vor zwei Jahren begegnet ist. Herrgott, ich erinnere mich ja nicht mal an die Leute, die mir gestern begegnet sind.«

Ewert hatte sich wieder gewandelt. Jetzt von gehässig zu verständnisvoll. *Dieser seltsame Mensch!* Sven Sundkvist sah ihn dankbar an.

»Lies auch den Rest.«

Ewert Grens lächelte.

»Falls überhaupt zu verstehen ist, was dieser Arsch gemeint hat.«

Sven lächelte schwach zurück, dann las er schweigend die beiden restlichen Seiten.

»Nicht viel mehr. Die Mutter, Liz Pedersen, beschreibt bei der Vernehmung, wie die angeblichen Übergriffe durch den Vater das Verhalten ihrer Tochter verändert haben, dass sie es zusehends schwerer findet, mit normalem körperlichem Kontakt umzugehen, dass sie Berührungen ausweicht und dem Vater gegenüber aggressiv ist. Sie wird immer verschlossener und weniger ansprechbar.«

Sven Sundkvist schob die Blätter zurück in den Hefter und legte ihn auf die Armlehne des Besuchersofas.

»Das ist alles.«

Er erhob sich, fuhr sich mit einer unruhigen Hand durch die Haare.

»Sie ist seit zweieinhalb Jahren verschwunden.«

Er sah zuerst Grens an, dann Hermansson.

»Sie ist tot.«

Er wartete auf ihre Reaktion, die blieb jedoch aus.

»Ich habe noch nie erlebt, dass jemand so lange verschwunden bleibt und dann doch noch am Leben ist.«

Er schaute seinen Chef an.

»Und du?«

Auf der anderen Seite von Grens' Bürofenster ging der Abend weiter. Was eben noch schwarz gewesen war, war jetzt noch schwärzer. Das Schweigen draußen verschwamm mit dem im Zimmer.

»Hast du so was schon erlebt, Ewert?«

»Nein.«

Die Mutter tot. Die Tochter tot.

Noch eine Ermittlungsbesprechung, auf die sie gern verzichtet hätten.

»Eine junge Schwedin. Vierzehn Jahre. Seit mehr als zwei Jahren verschwunden.«

Hermansson hatte nichts gesagt, seit sie ihren Bericht über den verlassenen leeren Bus beendet hatte.

»Verschwunden mitten in einer Hauptstadt. Und niemand ... niemand hat nach ihr gesucht.«

Sie schienen zusammenzugehören. Die, die Jannike Pedersen, und die, die Nadja Cioncan hieß. Sie gehörten zusammen und gehörten doch nicht zusammen.

»Ich sage dasselbe wie Sven, ich verstehe das nicht. So wenig, wie ich verstehe, dass ich diesen ganzen Nachmittag mit einer Fünfzehnjährigen verbracht habe, der Mutter eines Säuglings. Wir haben wie Freundinnen Kaffee getrunken, haben abwechselnd den Kinderwagen geschoben. Aber dieses Mädchen hier hat sein halbes Leben in einem unterirdischen Tunnel verbracht. Sie verkauft ab und zu ihren Körper, um überleben zu können. Wie lange kann sie das machen, wie lange, ehe sie hässlich und verbraucht ist?«

Du bist zu jung, Hermansson.

Du musst loslassen können, Hermansson.

Sie konnte das nicht, hatte es nicht gelernt, noch nicht.

»Kinder. Aber sie leben wie die Tiere. Leben, die ich, die du, Ewert, die du, Sven, die alle anderen hier im Land nicht verstehen können.«

Mariana Hermansson sah Grens an, sah Sundkvist an, hob die Arme.

»Wir haben keine Präzedenzfälle. Weil wir solche Kinder nicht haben.«

Es war Abend.

Sie wusste nicht genau, wie spät es war, das spielte auch keine Rolle. Eine Stunde pro Woche, es reichte, das zu wissen, fast sieben Tage bis zum nächsten Mal.

Sie schaute sich in dem Betonraum um.

Sie hatte eine neue Decke mit ziemlich kleinen grünen und roten Karos auf einen der Pappkartons gelegt, die lange leer vor einer Wand gestanden hatten. Dieser hier war recht robust, Lebensmittelkartons waren das häufiger, sie konnte Teller und

Gläser daraufstellen, sogar einen Kerzenleuchter, der ein wenig zu groß war, aber schön.

Die Tischdecke war so sauber, sie hatte versucht, sie nicht mit Händen anzufassen, ihre Finger hinterließen deutliche schwarze Abdrücke, die ihr sonst gefielen, aber nicht auf der Decke, nicht, wenn es Abend war und alles schön sein sollte.

Sie hatte vorsichtig eine lange weiße Kerze in den Kerzenhalter gesteckt, die Kerze war jetzt fast niedergebrannt, Seen aus geschmolzenem Stearin sammelten sich darunter auf dem Metallfuß.

Ihr Teller war einer von denen aus weißem Kunststoff mit grünen Blumen, darauf lagen Reste von einem Stück Schinken, das sie morgens gegessen hatten. In einer Schale war noch der letzte Rest von der Champignonsuppe aus einer der Konservendosen, von Leo aus einem Raum geholt, den er für das Warenlager des ICA-Supermarktes hielt. Ihr Glas, auch das aus Kunststoff, aber mit Fuß und deshalb fast ein richtiges Weinglas, hatte Schaum unten und an einem Rand Reste einer Flasche Bier, die sie so langsam getrunken hatte, wie sie konnte.

Sie war bereit. Satt, fast ein wenig aufgequollen, wie man das sein konnte, wenn es gut und viel zu essen gab und man einfach den Geschmack noch einmal spüren wollte, auch, wenn das gar nicht nötig war.

Sie sah zu Leos Stuhl hinüber. Der war leer. Sah seinen Teller, seine Suppenschale, sein Glas an. Alles war noch da, Schinken, Suppe, Bier, es sah genauso aus wie vorhin, als sie alles hingestellt und eingeschenkt hatte.

An diesem Abend würde er nichts essen.

Er würde nicht einmal da sein.

Er würde unterwegs sein, sie hatte gehofft, wusste aber, dass das jetzt seine Tage waren, wenn er in Bewegung in Bewegung in Bewegung war, wenn er nicht schlief. Sie hatte ihn nicht mehr gesehen, seit er am Vormittag den anderen Raum geöffnet und ihr die Uniform und die beiden Schlüssel gegeben hatte, auf die er so ängstlich aufpasste.

Sie schob das Papierstück zurecht, das eine Serviette war und neben seinem Teller lag. Sie versuchte zu singen, zu summen, wie morgens die Frau im Umkleideraum, aber das ging nicht, es klang falsch und fehl am Platz. Sie drehte sich eine Zigarette, das Kerzenlicht flackerte, als sie sich Feuer gab, aber die Zigarette schmeckte nicht, sie war Rauch und sonst gar nichts.

Sie war nervös.

Leos Zustand, er wurde müde und dann war es leicht, eine falsche Entscheidung zu treffen, das konnte für ihn und für sie gefährlich werden. Die einzigen Tage, an denen er sich im Licht bewegte. Er war nicht daran gewöhnt und wusste deshalb nicht so genau, was sich um ihn herum abspielte.

Eine Wirklichkeit, die seine war, sollte mit der verflochten werden, die allen anderen gehörte.

Er fehlte ihr, sie wollte ihn hier haben, bei sich.

Er hatte sich zuerst gefürchtet, dann geärgert, jetzt wurde er wütend.

Wütend auf das Blauweiße, das da an der Wand hing. Farben, die störten, in der Luft, sie waren hässlich und überflüssig.

Das hier hätte schwarzweiß sein müssen. Das hätte er ertragen können. Aber das hier, das hing nur da, störte, versuchte, die Herrschaft an sich zu reißen.

Leo zog an den Farben, schlug danach, riss sie herunter und rollte sie zu einem Ball auf.

Er hielt den Ball fest. Der passte genau in seine Hand.

Er warf ihn auf den Boden, einen Ball mit blauer und weißer Farbe, der einige Male abprallte, um dann ganz still liegen zu bleiben.

Er stand wieder in dem Krankenhauskeller. Er war denselben Weg gekommen wie in der Nacht, als er zuerst das Druckluftaggregat zur Ladung hinterlassen hatte und dann mit der Frau zurückgekehrt war, die die anderen in die Tunnel geführt hatte, wo sie nichts zu suchen hatten, hierher, in seine Welt.

Er fing noch mehr von dem Blauen und Weißen.

Noch mehr Bälle von dem, was da hing und im Weg war, alle auf den Boden, sie prallten ab und rollten auf dieselbe Stelle. Er fing und sammelte die Farben, bis keine mehr da waren, bis es um ihn herum wieder grau war, Grau griff niemals an, mit Grau konnte er umgehen.

Er atmete heftig. Seine Stirn war schweißnass. Aber dann verspürte er Ruhe, langsam setzte sie in Armen, Brust, Bauch ein, strömte in seine Beine und gab ihm den Mut, sich nicht zu bewegen.

Nur den Farbbällen versetzte er ein paar Tritte, schrie sie an.

Jetzt lagen sie da.

Er konnte wieder denken.

Es war schon ziemlich lange nach neun. Der letzte Transport dieses Abends war vorüber, der, bei dem alle Wagen mit Abfällen gefüllt waren. Er würde im Kellergang allein sein, bis die Hausmeister am nächsten Morgen Lebensmittel bringen würden. Er hatte hier nur kurz zu tun, würde dann schon lange nicht mehr hier sein.

Einige Schritte zu der Metalltür mit dem Schloss, das ziemlich alt war und nur einen der langen, schmalen Schlüssel brauchte. Er öffnete. Wieder der Geruch von Öl und Staub. Er vermied es, die Lampe einzuschalten, suchte in dem Licht, das vom Kellergang her hereinfiel.

Darauf hatte er gehofft.

Die langen Arbeitstische in der Krankenhauswerkstatt sahen unberührt aus.

Seit seinem vorigen Besuch war niemand mehr hier gewesen.

Das klobige Druckluftaggregat wartete aufgeladen dort, wo er es verlassen hatte. Es sollte noch stehen bleiben. In dieser Nacht würde er eine noch weitere Strecke zurücklegen müssen, und da musste sein Rucksack leichter sein, deshalb band er zwei Hochdruckpatronen los. Halbmeterlange röhrenartige Tuben, die komprimierte Luft enthielten, komprimierte Sprengkraft.

Auf dem Regal ihm gegenüber lagen drei verschiedene Sorten von Winden. Er nahm die in der Mitte, obwohl sie ziemlich schwer war, zwölf Kilo, aber sie hatte hinten Räder, die man drehen konnte, und einen Handgriff, der es leichter machte, sie aus dem Rucksack zu heben.

Die Tropfen auf seiner Stirn hatten nun seinen Nacken, seinen Rücken, seinen Bauch nass gemacht.

Immer in diesem Zustand.

Starrer Blick, hämmerndes Herz, Schweiß, der aus seinem Körper gepresst zu werden schien.

Die Hochdruckpatronen und die Winde lagen in dem großen Rucksack, er schloss die Tür zur Werkstatt ab und ging weiter zur Tür in der Korridorwand, die aus dem Krankenhaus und der Welt der anderen hinausführte, in den Tunnel zu seiner eigenen.

Die Stirnlampe war zu schwach, er musste daran denken, sie auszutauschen, das Sehen fiel auch jemandem schwer, der gelernt hatte, in der ewigen Dunkelheit zu sehen. Er öffnete die Tür aus dem Kellerraum des Krankenhauses und passierte zwei Türen aus gröberem Metall, die Anfang und Ende des Verbindungsgangs markierten und die vom Militärsystem zum

Kloakensystem führten, brachte dann noch an die zweihundert Meter hinter sich und stand jetzt bei dem Aufgang unter dem leeren Schulhof der Fridhemsschule. Dieser Aufgang war eng, und er schrammte bei jedem Schritt gegen die Wand, aber um diese Zeit war es eine gute Stelle für einen Aufstieg, niemand macht ungefähr eine Stunde vor Mitternacht in einem kalten Januar auf einem Schulhof einen Spaziergang.

Siebzehn Meter hoch, die Eisensprossen waren glatt, und er klammerte sich daran. Am Gitter hingen zwei Tüten Rattengift, immer zwei Tüten, die im Weg waren, und er stieß mit dem Kopf an, als er das Hängeschloss öffnete. Dann den schweren Deckel, er drückte ihn mit beiden über den Kopf gehobenen Händen hoch, Gusseisen, das Stückchen für Stückchen zur Seite wich. Als er den Deckel zur Hälfte verschoben hatte, war Platz genug, um sich vorbeizupressen. Eine letzte Sprosse, dann war er oben, überzeugte sich davon, dass es so menschenleer war, wie es das sein sollte. Er hatte die Schnur an seinen Gürtel gebunden, er holte sie ein und zog den Rucksack Meter um Meter nach oben.

Ein Stück weiter stand eine Bank, neben einer Laterne. Er versetzte dem Laternenpfahl einen Tritt, ein weiterer Tritt traf den festgeschraubten Deckel, und die Laterne erlosch. Er setzte sich. Eine Stunde ungefähr. Meistens saß er bis Mitternacht dort, danach waren in der Gegend nicht mehr viele Leute unterwegs.

Es war kalt. Er merkte es nicht. Er schwitzte noch immer. Und wieder die Unruhe in seinem Körper. Er sah zu dem Deckel hinüber, der auf dem asphaltierten Schulhof lag. Er gehörte nach dort unten. Und dabei war er davon überzeugt gewesen, dass ihm das niemals passieren würde, irgendwohin zu gehören.

Siebzehn Meter in der Tiefe, sein Leben, das eigentliche.

Er hieß Leo. Er hatte auch einen Nachnamen, den schon

so lange niemand mehr ausgesprochen hatte, dass er es vorgezogen hatte, ihn zu vergessen. Dort, unter dem Deckel, da reichte Leo.

Leo, dreiundvierzig Jahre.

Er behielt den Überblick über die Zeit, ohne eigentlich zu wissen, warum, er machte das einfach. Er hatte auch über jeden Tag in der psychiatrischen Klinik Långbro in Fruängen den Überblick behalten, sogar damals, als er von Tabletten zugedröhnt und von Elektroschocks betäubt gewesen war.

Vierzehn Jahre, drei Monate und sechs Tage.

Eines Tages hatten sie die Türen geöffnet und alle weggeschickt. Schizophrene. Paranoide. Manisch-Depressive. Sie hatten ihm eine Dreifachdiagnose verpasst und das Krankenhaus geschlossen. Er hatte seither viele von ihnen auf der Straße sterben sehen, er wusste, dass nicht wenige im Gefängnis saßen. Er war nicht so. Er hatte sich nur nach Ruhe gesehnt, nach Dunkelheit, und beides hatte er dort unten gefunden, tief in der Erde.

Dreizehn Jahre, zwei Monate und neun Tage lang.

Er erhob sich von der Holzbank, verließ den Hof der Fridhemsschule und ging hinüber zur Arbetargata. Stockholm war still, die große Stadt ruhte. Er überquerte die St. Göransgata, ging vorbei an einem Wohnhaus und dann an einem weiteren. Es war ein kalter Abend gewesen, eine noch kältere Nacht stand bevor, es waren schon zweiundzwanzig Grad unter null. Er wartete im Dunkel zwischen zwei verschneiten Autos, kaum zehn Meter von dem, was die erste Haustür dieses Abends werden sollte. Er schaute sich um, in die Richtung, aus der er gekommen war, in die Richtung, in die er unterwegs gewesen war.

Er sah seinen eigenen Atem.

Sonst nichts.

Zwei Schritte weiter, den Rucksack dabei vom Rücken genommen, er blieb in der Nähe des Eingangs stehen. Plötzlich wurde drinnen eine Lampe eingeschaltet. Das Haus füllte sich mit Licht. Er lief zurück, ging zwischen den Autos in die Hocke.

Eine Frau öffnete und kam heraus. Eine Pelzmütze auf ihrem Kopf, ein langer Schal um Gesicht und Hals. Es war eine junge Frau, so bewegte sie sich jedenfalls, leichte Schritte, weiche Bewegungen.

Leo schaute ihr hinterher, bis sie nicht mehr zu sehen war. Dann wartete er wieder. Zwei Minuten, dann erlosch das Licht im Treppenhaus.

Dasselbe Ritual.

Vorsichtige Schritte vorwärts, den Rucksack abgenommen, warten bei der Tür.

Er wartete, bis er sicher war, allein zu sein. Die ganze Aktion durfte nicht mehr als fünfundvierzig Sekunden dauern. Er hatte das alles schon oft gemacht.

Einen knappen Meter noch bis zu der verschlossenen Tür.

Eilige Blicke nach links, nach rechts, auf Mauern, die den Eingang einrahmten.

Er hatte sein Ziel erreicht. Weiter wollte er nicht. Die Hauptschlüssel wurden immer hier aufbewahrt, hier im Treppenhaus. Leo öffnete den Rucksack, hob die Winde und eine der beiden Hochdruckpatronen heraus und verband beides mit einem dünnen, durchscheinenden Schlauch.

Ihn interessierte die Mauer auf der linken Seite.

Wer es nicht besser wusste, sah nur das, eine graue Mauer neben einem ganz normalen Eingang. Wer sich dagegen etwas weiter vorbeugte, sah ein kleines rundes Schloss mitten in der scheinbar leeren Fläche.

Einen Schlüsselbehälter.

Für ihn war das die ganze Welt, es war Macht und Sicherheit, die Voraussetzung dafür, dass er das Leben in den Tunnels weiterführen konnte, dass er ohne die anderen zurechtkommen würde.

Er rückte den durchscheinenden Schlauch gerade und vergewisserte sich, dass die Tube mit der komprimierten Luft fest auf dem Boden auflag.

Er hielt die Winde im Arm und justierte die beiden Spitzen ganz vorn, bis sie die Ränder des runden Schlosses genau umfassten.

Dann schlug er mit dem Hammer zu, bis die Spitzen weit genug eingedrungen waren.

Ein leichter Zeigefingerdruck auf den roten Knopf der Winde, ein kräftiger Knall wie eine Explosion, das Zischen der Druckluft, das sich mit dem Geräusch vermischte, das entstand, als ein kleines Stück der Fassade weggesprengt wurde.

Ein länglicher Metallzylinder, der Schlüsselbehälter, tauchte in der Mitte der beschädigten Wand auf.

Er schob einen Schraubenschlüssel hinein und zog den Behälter heraus. Er hielt das kalte Metall fest, lachte kurz, steckte den Zylinder dann in den Rucksack und lief durch die Arbetargata einen Block weiter.

Dieses Haus sah aus wie das vorige.

Eine Eingangstür mit einem großen Glasfenster, graue Mauern, die die Tür einrahmten, das versteckte Schloss auf der linken Seite.

Aber es würde länger dauern, hier kamen mehr Menschen vorbei, und er musste lautlos arbeiten. Deshalb öffnete er die größte Außentasche des Rucksacks und zog eine Rohrzange heraus.

Mit der Druckluft hatte er es vorhin in zwei Sekunden geschafft.

Mit einer Rohrzange dauerte es vier Minuten. Aber mit der Zange konnte er lautlos arbeiten und den Metallzylinder unversehrt herausholen, um ihn dann in aller Ruhe unten auszuleeren, später.

Er hielt die große Zange in der Hand, bis beide Zähne ganz vorn die runde Metallhülse gefasst hatten. Ein fester Zugriff, er spannte Schultern und Arme an und drückte, drehte, ruckte die Zange hin und her, er schwitzte, verkrampfte sich, atmete die kalte Luft ein, vier Minuten, dann glitt der Zylinder ganz einfach aus der Wand und in seine Hand, auf den Boden des Rucksacks.

Mitten in der Wand des Treppenhauses gab es noch ein Loch. Das maß ungefähr fünf mal fünf Zentimeter.

Er beugte sich vor und suchte in der Dunkelheit, der Leere.

Es war so, wie es aussah. So funktionierte das System der Hauptschlüssel überall in Stockholm.

Er lächelte wieder, lachte fast, ging dann über den glatten Bürgersteig bis zur Alströmergata, insgesamt drei große Blocks, insgesamt drei Schlüsselbehälter.

Es war schon seit langem dunkel geworden.

Ewert Grens stand vor dem Fenster und suchte in der kohlschwarzen Weite.

Keine Umrisse, kein Leben.

Der Innenhof wurde sonst von einer Reihe kleiner runder Laternen erleuchtet, die an dem Spazierweg standen, der Kronobergs alte Polizeigebäude verband, aber an diesem Abend war der Strom gekommen und gegangen, der Winter spielte ein wenig mit ihnen, erlaubte sich seine Scherze und zeigte, wer hier zu bestimmen hatte, allein in dieser letzten Runde war das ganze Viertel jetzt schon seit fast zwanzig Minuten dunkel.

Zwei Kerzen auf seinem Schreibtisch.

Er hatte sie in der Teeküche der Abteilung gefunden, oben in demselben Küchenschrank, in dem Plastikbesteck und Alufolie aufbewahrt wurden, die Flammen flackerten, wenn sein umfangreicher Körper ihnen zu nahe kam.

Er hatte Angst.

Dieses verdammte Telefon hatte unmittelbar vor dem Stromausfall wieder geklingelt. Die Krankenschwester arbeitete im Sophiaheim, das hatte er immerhin noch verstanden, auf der Intensivstation. Sie war höflich gewesen, so, wie sie das immer waren, distanziert und korrekt, als sie ihn gebeten hatte hinzukommen, wenn möglich sofort, sonst so bald wie möglich, die Patientin sei schwächer geworden. *Was für eine verdammte Patientin?* Der Zustand der Patientin habe sich schrittweise verschlechtert, vor allem während der letzten Stunden. *Sie ist meine Frau.* Und deshalb, mit Rücksicht auf das gesamte Krankheitsbild der Patientin, sei seine Anwesenheit wünschenswert. *Sie hat einen Namen!* Er hatte aufgelegt, aber die Stimme hatte weitergeredet, auch, als er dann unruhig im Zimmer hin und her gelaufen war. Bis er plötzlich einfach stehen blieb. In der Nähe des Fensters, da stand er in der Dunkelheit und dachte, dass er jemanden anrufen müsste.

Weiter war er nicht gekommen.

Es gab niemanden, einfach *niemanden,* den er anrufen könnte.

Sie war das Leben, das er außerhalb dieses verdammten Zimmers hatte. Er wendete sich an Anni, wenn er für einen Moment einfach aus seinen Gedanken ausbrechen musste. Sie hatte ja niemals etwas gesagt, aber sie hatte dort gesessen, irgendwer vom Personal hielt den Hörer, und sie hörte zu und lachte ab und zu, gurgelte irgendwo tief in der Brust. Es kam vor, dass er mit zwei der älteren Schwestern im Pflegeheim ein paar Worte wechselte, dann gab es noch den Mann in der

Pizzeria, der von seinem Zuhause in Istanbul erzählte, und die junge Serviererin im Restaurant bei der St. Eriksgata, wo er am liebsten allein zu Mittag aß, aber sonst, sonst niemanden. Der Rest waren Kollegen, die mit seinem Dienst zu tun hatten. Er hatte das selbst so gewollt, hatte die Menschen sattgehabt, die immer etwas zurückverlangten, hatte sich hinter seinem Schreibtisch versteckt und jede Nacht einige Stunden zusammengekrümmt auf seinem Besuchersofa geschlafen, das zu klein und zu durchgesessen war, das aber Sicherheit schenkte.

Anni war das Einzige, was er hatte, das dem Alltagsleben anderer Menschen ähnelte. Ohne sie, nichts. Er hätte schon vor zwanzig Minuten hinfahren müssen, aber er tat das Einzige, wozu er die Kraft aufbringen konnte. Der Stapel von Ermittlungen hinter seinem Rücken, die er am Morgen zurückgestuft hatte, als eine tote Frau und dreiundvierzig Kinder allen Platz eingenommen hatten, er würde irgendwo in der Mitte anfangen und er würde verdammt effektiv sein und er würde lesen und denken und vor sich hin starren, bis es für alles, was er nicht an sich heranlassen wollte, keinen Platz mehr gäbe.

Grens zündete eine dritte Kerze an und holte sich von der stromlosen Kaffeemaschine eine vergessene Tasse mit kaltem Kaffee. Zweiunddreißig wartende Ermittlungen. Er hob einen Ordner nach dem anderen auf, blätterte in jedem ein wenig herum. Schwere Körperverletzung in der Taxiwarteschlange vor dem Hauptbahnhof. Mordversuch in einer Wohnung in der Pipersgata. Beamtenbeleidigung vor dem Lokal Tre Remmare in der Vasagata. Versuchte Vergewaltigung auf dem Katarina-Friedhof. Schwerer Überfall auf einen 7-Eleven-Kiosk in der Tomtebogata. Er las, er überlegte, er starrte vor sich hin und sah nach einer halben Stunde ein, dass er kein Wort begriff. Alle diese schwerfälligen Formulierungen, die ihm sonst vertraut waren, fast sogar angenehm, sie waren nur noch inhaltslos.

Er sah auf die Uhr. Halb zwölf, später Abend. Wenn er sich auf das Sofa legte. Wenn er versuchte, den Dreck wegzuschlafen. Das ging nicht. Es wurde noch schlimmer. Das, was er nicht an sich heranlassen konnte, fiel plötzlich über ihn her, er war wehrlos, hatte nichts, womit er sich schützen konnte.

Grens stand auf und suchte nach seinem Mobiltelefon. Es gab zu wenig Autos, die Glätte und die Kälte, es würde eine Stunde dauern, bis ein Taxi käme, vielleicht mehr. Er zog sich an. Es war eigentlich nicht so schrecklich weit, ein Spaziergang durch die Stadt, er brauchte Luft, die Ruhe, die sich einstellte, wenn die Schritte zu einem eigenen Rhythmus wurden.

Bergsgata, Scheelegata, vorbei an der Apotheke an der Ecke Hantverkargata.

Die Kinder waren dort abgesetzt worden, es war nur achtzehn Stunden her, manche Tage nahmen nie ein Ende.

Er blieb eine Weile an der Stelle stehen, die die junge Rumänin ihnen gezeigt hatte.

Bei dieser Arbeit hatten sie es oft mit Kindern zu tun. Opfer der väterlichen Misshandlung oder zugedröhnt vom Jungfernschuss auf einer Bank in der City oder erst vierzehn Jahre und nach einem misslungenen Einbruch in eine Wohnung festgenommen.

Er hatte mit mehr Kindern zu tun gehabt, als er sich erinnern konnte. Aber niemals mit dreiundvierzig Kindern gleichzeitig.

Durch die Hantverkargata weiter bis Stadshusbron und Tegelbacken. Er war nicht allein, nicht viele Leute unterwegs, aber die Kälte überwachte jeden Schritt, und nach einer Weile gingen vor ihm zwei Menschen her, die laut genug und deutlich genug Englisch sprachen, dass er das meiste verstand, und eine Prostituierte, die seinen Blick suchte, als er sich der Vasagata näherte, ansonsten nur kalter Wind und viele Grad unter null.

Er ging durch die Klara Västra Kyrkogata. Die große Kirche mitten in der Stadt lag auf seiner rechten Seite. Unbewusst hatte Ewert Grens beschlossen, auch über den Platz zu gehen, der ein Teil der laufenden Ermittlung über eine Frau war, der Teile des Gesichts fehlten. Er dachte an sein Gespräch mit Sven Sundkvist, als die Frau in der Gerichtsmedizin identifiziert worden war. Er hatte Sven gebeten herauszufinden, wer sich am besten mit den Obdachlosen um den Fridhemsplan auskannte, und Sven hatte geantwortet, noch ehe Grens seinen Satz beendet hatte. Eine Diakonin von der St.-Clara-Kirche, die bei der U-Bahn-Station Fridhemsplan Kaffee und belegte Brote verteilte, ein Mensch außerhalb der etablierten Ordnung, der das Vertrauen genoss, das einem Sozialarbeiter oder einem Polizisten niemals zuteil wurde. Wenn er einer von denen gewesen wäre, die diese belegten Brote brauchten, zum Teufel, dann wäre er auch so geworden, niemals hätte er einem Polizisten vertraut, der all den Idioten von Kollegen ähnelte, die mit Ordnern auf dem Arm durch die Gänge des Polizeigebäudes rannten.

Er ging die Treppe hoch, die vor dem stark verkleinerten Friedhof der St.-Clara-Kirche endete. Eine Kirche, einige verstreute Grabsteine und kleine verschneite Rasenflächen, alle eingeklemmt zwischen Einkaufsstraßen und heruntergekommenen Wohnhäusern und mit Fassaden aus den siebziger Jahren. Er ging weiter zum Haupteingang und zog an der schweren verschlossenen Tür, sah dann die Schilder an der Wand daneben an. Geöffnet vom Morgen bis zum frühen Abend. Oft vergaß er, dass er in seiner ganz eigenen Zeitkapsel lebte, er arbeitete rund um die Uhr, die anderen, die machten manchmal Schluss, gingen nach Hause, machten die Dinge, die man macht, wenn man wagt, nicht stehen zu bleiben.

Ewert Grens atmete die kalte Luft ein, die im Hals brannte. Er konnte sehen, wie die Dealer durch die Dunkelheit schlichen, er wusste, dass das hier ihr Aufenthaltsort war, derer, die verkauften, derer, die kauften. Gleich vor ihm, an dem Grabstein dicht vor der Kirchenmauer, eine junge Frau, die versuchte, sich Heroin zu spritzen, sie suchte eine Ader und stöhnte laut, und er wusste, dass sie danebengetroffen hatte.

Er hätte vielleicht eingreifen müssen. Oder zumindest einen Streifenwagen holen. Aber es machte ihn nur müde, sie zu sehen, verbrauchte Kleinhändler, die versuchten, so viel Dreck wie möglich in sich hineinzudrücken, morgen würde es wieder genauso aussehen.

Er verließ den Friedhof und erreichte nach anderthalb Kilometern raschen Spaziergangs die Fenster des Sophiaheims, die zum Valhallaväg hinüberleuchteten.

Ihr Zustand war stabil gewesen, als er mittags hier gewesen war.

So war es nicht mehr.

Er befreite sich von dem, was ihn zu würgen versuchte, und drückte dann auf die verdammte Klingel am Eingang zur Intensivstation.

JETZT

Mittwoch, 9. Januar, 15.00 Uhr, St.-Clara-Kirche

Er ist müde.

Es ist erst Nachmittag, aber es war schon ein langer Tag, er war wie immer um Viertel nach vier aufgestanden und dann um halb sechs in der Kirche gewesen, er will doch alles schaffen, immer ist viel zu tun, ehe die frühen Besucher kommen.

George sitzt auf einem Stuhl hinter den letzten Bankreihen und unterdrückt ein Gähnen, er zittert ein wenig. Es wird kalt, die Heizkörper in dem riesigen Gebäude sind zu schwach, das ist im Winter immer so.

Sie sitzt noch immer dort, einsam, bewegungslos.

Er beobachtet sie seit dem Morgen, schaut im Vorübergehen rasch hinüber oder betrachtet sie vom Stuhl ganz hinten, wenn er eine Pause einlegen kann. Nach dem Mittagsgottesdienst kamen zwei von denen, die er erkennt und die immer ziemlich weit vorn sitzen und eine Weile beten, ab und zu ein verwirrter Betrunkener, der etwas murmelte und dann wieder verschwand, vor allem aber Touristen, immer in Gruppen, sie schauten und zeigten auf die Deckenmalereien, kauften Ansichtskarten, fotografierten, obwohl das verboten war.

Niemand achtete auf sie. Niemand näherte sich ihr.

Sie saß seit sieben Stunden mitten in der leeren Bank fast ganz vorn, sie trug noch immer ihre dicke Kleidung, der harsche Geruch war noch immer deutlich.

Er wollte ihr keine Angst machen, sondern ein letztes Mal versuchen, Kontakt aufzunehmen.

Er schmierte zwei Brote mit Käse und Schinken, Weißbrot, wie junge Leute es immer lieber mögen, er goss Kaffee in einen Pappbecher und roten Saft in einen anderen. Er ging langsam durch die Bank auf sie zu und blieb ungefähr einen Meter vor ihr stehen, einen letzten Schritt, den er nicht machte.

Sie sah ihn nicht an. Sie hörte nicht, als er fragte, ob sie hungrig oder durstig sei. Sie starrte zu Boden, ihre ungekämmten Haare versteckten ihr schmutziges Gesicht.

Er stellte Teller und Becher auf die Bank, so nahe, dass sie essen oder trinken könnte, wenn sie einen Arm ausstreckte.

Alles steht noch immer da, unberührt.

George schaut sich im Kirchenraum um, der sein Arbeitsplatz ist, solange er sich zurückerinnern kann. Er weiß nicht, was es ist, er müsste doch daran gewöhnt sein, an die vielen einsamen Menschen, die hier ein- und ausgehen, aber etwas hier stimmt nicht, dieses Mädchen, ihr ganzes Wesen ... das gefällt ihm nicht.

Er braucht Hilfe. Er steht auf und geht wieder aus der Kirche, quer über den Friedhof und in ein kleineres Gebäude, die Kleine Kirche, so wird es genannt. Achtzehntes Jahrhundert, ein ziemlich schönes Haus aus gelbem Klinker, die Längsseite schaut auf die Vattugata.

Wenn überhaupt eine Zugang finden kann, dann sie.

Er weiß, dass sie jetzt dort ist, vom frühen Morgen an ist sie unterwegs und spricht mit ihnen, trifft sie irgendwo in der City, sie haben Vertrauen zu ihr, sie hat selbst dieses Leben gelebt, weiß, worum es geht. Aber um diese Zeit ist sie wieder zurück, sitzt in ihrem Büro, ab und zu ist jemand von ihnen bei ihr, meistens ist sie allein, vor ihr auf dem Schreibtisch liegen aufgeschlagene Ordner, sie hat das Telefon am Ohr, die ruhige Stimme, die jeden Tag von neuem versucht, Sozialbehörden oder Pflegeinstitutionen oder wen auch immer zu überreden, gerade dieser Frau zu helfen, gerade diesem Mädchen, gerade ihr ein anderes Leben anderswo anzubieten.

Sie macht auf, lächelt wie immer, er fragt sich, wie sie das schafft.

»Sylvi?«

»Ja?«

»Ich glaube, da ist eine, die deine Hilfe braucht.«

Ihr Gesicht ist mager, die Haut blass und müde. Ihre dünnen Haare haben keinen Platz, wo sie liegen könnten, deshalb stehen sie in alle Richtungen gleichzeitig ab. Aber ihre Augen. Die brennen. Sie ist seit zwölf Jahren drogenfrei, hat dieses Amt hier, Diakonin, eine kirchliche Sozialarbeiterin, seit sieben. Sie hat überlebt. Er ist anderen wie ihr begegnet, die so lange ganz tief unten gewesen sind, dass sie vergessen worden sind, und die sich einfach plötzlich aufgerichtet haben, die neu angefangen haben. Ihre Kraft, all das Ungelebte, das offenbar noch vorhanden ist und benutzt werden kann, mehr Leben für die Zeit, die noch bleibt.

Er braucht nicht sehr viel zu sagen. Er beschreibt das Mädchen, den Tag, der vergangen ist, während sie bewegungslos in der Leere sitzt, den Geruch. Sylvi holt einen schwarzen Mantel aus der Garderobe, sucht in einem Korb an der Wand und findet eine Mütze, die ihr Gesicht noch kleiner aussehen lässt. Sie hakt sich bei ihm ein, und sie gehen hinaus in den Schnee, der Gräber und Rasenflächen verbirgt.

Ein Spaziergang, der vierzig Sekunden dauern müsste. Aber bei Sylvi dauert er an die zwanzig Minuten.

Es reicht, dass sie sich sehen lässt. Die Dealer, die das ganze Jahr hindurch um die Kirche herumlungern, sie kommen aus ihren Löchern, schwirren um sie herum und stehen im Weg, sie könnten vielleicht etwas bekommen, sich etwas erschnorren. George geht weiter, als der Erste landet, sie gehen ihm auf die Nerven, aber Sylvi scheint unendlich viel Zeit zu haben. Sie umarmt sie, fragt, wie es ihnen geht, ob sie frieren.

»Sylvi, verdammt, der hat mich hochgehen lassen.«

Einer von den Älteren, George glaubt, dass er Olsson heißt, einer der wenigen, die seit Mitte der achtziger Jahre starken Dreck schießen und noch immer umherlaufen.

»Sylvi, kannst du dir das vorstellen, der hat mich verdammt nochmal hochgehen lassen!«

Er steht vor der kleinen, schmächtigen Frau und fuchtelt heftig mit den Armen, bittet, lügt, er weiß doch, dass sie Geld oder Essensgutscheine oder was auch immer bei sich haben kann, das sich ganz schnell in Drogen umtauschen lässt.

Sie spricht mit ihm, und der Küster kann auf diese Entfernung und bei dem Wind ihre leise Stimme kaum verstehen, aber er sieht, dass sie Olsson nach einer Weile umarmt, sonst bekommt er nichts, und dass er mit leeren Händen davontrottet. Sein Rücken verschwindet auf der Treppe zur Klara Västra Kyrkogata, aber er kommt zurück, Olsson vergisst und macht noch einen Versuch, heute Abend oder morgen oder in der Nacht, beim ersten Mal, wenn sie wieder des Wegs kommt.

George bewundert sie. Sie hat ihr Vertrauen, und sie behält es, obwohl sie nicht jedes Mal ihre Schmeicheleien kauft, oder gerade deshalb.

Er macht sich bereit zu gehen, als der Nächste ankommt. Er tritt wieder ein Stück zur Seite, zählt vier Menschen, dasselbe Ritual, sie fordern und flehen und bekommen ein kurzes Gespräch und eine Umarmung, ehe sie ohne das erhoffte Geld wieder verschwinden.

Er glaubt, dass sie ihm leidtun. Er weiß, dass das so sein müsste, und er hofft, dass es so ist, aber sicher ist er sich nicht. Ab und zu wirkt es fast wie Verachtung. Kleine Stiche des Unbehagens, die er jedes Mal verspürt, wenn ihm aufgeht, dass sie wirklich auf alles und jeden scheißen, dass sie lügen und betteln und aufeinander herumtrampeln, für eine winzige Menge Heroin, die vielleicht nur bis zum Ende des Nachmittags reicht.

Sylvi kommt auf ihn zu, als sie mit dem Letzten fertig ist. Sie lacht und nickt zur Kirchentür hinüber. George hakt sich bei ihr ein, als sie hineingehen, nicht weil es nötig wäre, sondern weil es ein gutes Gefühl ist, er hat das immer so gemacht in den sieben Jahren, in denen sie nun schon zusammen arbeiten, und er macht so weiter, weil es eine Gewohnheit ist, die ihnen beiden gefällt.

Das Mädchen sitzt noch immer da.

Es sind keine anderen Besucher da, abgesehen von diesem verdreckten Kind, das die Kommunikation verweigert.

Sylvi hat verstanden und hat den breiten Gang schon zur Hälfte hinter sich gebracht. Sie geht ohne zu zögern zur zweitvordersten Bank, geht hinein, bleibt erst stehen, als es nicht weitergeht. Sie setzt sich, zwischen ihnen stehen ein Teller mit Butterbroten und zwei Pappbecher.

Sie kennt den Geruch. Sie hat selbst darin gewohnt. Dieses Mädchen lebt in einem Tunnel, es ist der Rauch der Feuer, die Feuchtigkeit, die sich in allen Kleidungsstücken festsetzt.

Sie kann ihr Gesicht nicht sehen, die langen verfilzten Haare sind im Weg. Aber es ist ein junger Mensch, ihre Haltung, ihre Art zu atmen, ihr starrer Blick ins Leere.

Sylvi wartet.

Eine Minute. Dann noch eine Minute.

Sie sitzen nebeneinander in der verlassenen Kirche und schauen etwas ganz weit vorn an, vielleicht den Altar, vielleicht die weiße Kalkwand.

Plötzlich, es ist nur eine kaum merkliche Kopfbewegung, aber Sylvi hat sie registriert.

Das Mädchen schielt zu ihr herüber.

Sie weiß also, dass neben ihr ein Mensch sitzt, der Kontakt sucht.

Sylvi hebt den Teller weg und rutscht näher.

Noch kein Wort, kein Versuch, sich aufzudrängen, nur Geduld und Augen, die es schaffen, gerade vor sich hin zu starren.

Das Mädchen wiederholt diese Kopfbewegung bald, scheue Blicke zu einem Menschen neben ihr, und jedes Mal rutscht Sylvi ein wenig näher. Ein Pappbecher wird weggenommen, dann noch einer, dann ist sie so nah, wie sie nur kommen kann, ohne zu berühren. Sie kann noch immer das Gesicht der anderen nicht sehen, aber ihre Hände zittern, als sie dort auf den Oberschenkeln liegen, mager und ungepflegt, mit weißen Fingerknöcheln.

Sie hat einen zierlichen Körper. Der ist kurz vor dem Zerbrechen.

»Sie konnte nicht mehr hier bleiben.«

Ihre Stimme ist schwach und kaum zu hören. Die Diakonin fragt nicht, schaut nicht, wartet nur, bis das Mädchen sich zu ihr hindreht, ihr Atem riecht nach Essensresten und nach Angst.

»Verstehst du? *Sie konnte nicht mehr hier bleiben.*«

Dann dreht sie sich um.

Stumm, bewegungslos, geschlossene Augen.

Sie ist wieder in ihrer eigenen Welt.

DAMALS

37 Stunden zuvor

Der Abend war zur Nacht geworden.

Ewert Grens stand vor dem Sophiaheim und starrte in einen finsteren Winterhimmel hoch. Stockholm war bereits verstummt, die Küchenlampen in den Häusern auf der anderen Seite des Valhallavägs gingen eine nach der anderen aus, übrig blieb nur der bläuliche Schein der Fernseher, die mit immer wiederholten Ewigkeitsserien trösteten.

Es war kalt, aber das merkte er nicht.

Anni hatte in einem Respirator gelegen, so unerhört viel bleicher als früher an diesem Tag, als er sie verlassen hatte.

Ein Stück weiter entfernt, die Scheinwerfer eines näher kommenden Taxis.

Der Arzt, noch einer von denen, an deren Namen er sich nicht erinnerte, sie sahen alle gleich aus, hatte dicht neben der atmenden Maschine gestanden und das erklärt, was Grens schon gehört hatte, dass das, was früher am Tag hätte passieren *können,* eine chemische und bakterielle Reaktion, dadurch, dass ihr Mageninhalt in ihre nur mit verringerter Kapazität arbeitende Lunge eingedrungen war, dass das nun passiert *war.*

Er stieg ein und setzte sich hinten ins Taxi, wollte eine Weile mit seinen Gedanken allein sein, wollte seine Ruhe haben von all diesen sozial ausgehungerten Taxifahrern, die alles über Politik und Steuern und Mautgebühren wussten.

Es dauerte aber nicht lange.

»Scheißwetter.«

Der Fahrer drehte am Rückspiegel und sah ihn an, als er das sagte.

»Siebenundzwanzig minus. Das haben sie eben gesagt. In den Nachrichten.«

Grens wandte sich ab.

»Sie?«

»Ja?«

»Ich habe keine Lust zu reden.«

Ewert Grens hatte auf einem Besucherstuhl gesessen, so dicht, wie es möglich war, hatte ihre Hand genommen, hatte sie gedrückt. Er hasste Krankenhäuser. Er war daran gewöhnt, beeinflussen zu können, das zu lösen, was sich lösen ließ, einen Bogen um alle Idioten zu machen, die im Weg standen. Aber dort drinnen war er ohnmächtig gewesen. Keinen Dreck hatte er tun können, er hatte nur wütend werden und ihre Hand drücken können, noch ein wenig fester.

»Harter Tag?«

Der Fahrer tauchte wieder im Rückspiegel auf.

»Ich würde sagen, das kommt wieder in Ordnung, das tut es immer.«

»Schwer von Begriff? Fresse halten!«

Sie verließen den Valhallaväg, fuhren langsam über das glatte Pflaster der Odengata, warteten lange vor einer Ampel, die Rot zeigte, obwohl es mitten in der Nacht und kein Auto zu sehen war.

»Ist es okay, wenn ich das Radio einschalte?«

Der Fahrer schaute nicht mehr in den Rückspiegel. Er hatte das abgeschrieben, was ein Gespräch von einigen Minuten hätte werden sollen, und stattdessen suchte seine eine Hand an den Knöpfen des Radios, suchte unter den kommerziellen Musikkanälen und drehte lauter, als er nach ungefähr einer Minute seinen Lieblingssender gefunden hatte.

»Nein.«

»Verzeihung?«

»Nein. Das ist nicht okay.«

Grens hatte den Überblick über die Zeit verloren, als der Arzt gegangen war, er hatte einsam bei ihr auf dem Stuhl gesessen, hatte dem Atemzug des Apparats gelauscht und störende Kabel verschoben. Irgendwann nach Mitternacht hatte eine Krankenschwester vorsichtig auf seine Schulter getippt und erklärt, dass der Zustand sich wieder stabilisiert habe, Technik und Medikamente hätten das ihre getan und der Herr Kommissar könne also nach Hause gehen und Kraft für den nächsten Tag sammeln. Er hatte das Zimmer erst verlassen, nachdem ihm versichert worden war, dass er sofort über jede Veränderung informiert werden würde, ob positiv oder negativ. Er war gegangen, war zurückgekehrt, um zu erklären, dass er sich von jetzt an nicht weiter als zwanzig Minuten vom Sophiaheim entfernt aufhalten würde, war abermals gegangen.

Auf der Kreuzung Odengata und Sveaväg rechts, der Fahrer riss den Wagen zu einer Drehung um 180° auf durchgezogenen Linien herum und blieb vor dem dunklen Wohnhaus stehen, während er das Taxameter ausstellte. Einhundertfünfundzwanzig Kronen.

Ewert Grens bewegte sich nicht.

Er hatte darum gebeten, nach Hause gefahren zu werden, aber jetzt, wo das Treppenhaus nur zwei Schritte entfernt war, da schien er ganz einfach keine Kraft zu haben. Nicht dahin. Nicht in die Leere, in das, was einmal ihre gemeinsame Wohnung gewesen war, was sie noch immer war.

»Wir sind da.«

Ein Abend unter Ärzten und Krankenschwestern, solchen, die Bescheid wussten.

Also hatte er gefragt. Und sie hatten geduldig geantwortet.

Auf alle Fragen, außer auf die letzte, nämlich, ob sie auch

hiernach noch weiterleben könnte. Diese Frage, die er niemals stellte, weil die Antwort nicht die falsche sein durfte.

»Ich habe gesagt, dass wir da sind.«

Jemand klopfte an die Windschutzscheibe, ein Fahrgast, der irgendwohin gebracht werden wollte.

»Was zum Teufel soll das eigentlich? Ich habe hier eine Tour.«

Grens machte eine gereizte Handbewegung. »Fahren.«

»Fahren?«

»Nach Kronoberg. Eingang Bergsgata. Und langsam, wenn Sie am Vasapark vorbeikommen.«

»Hören Sie, das kostet nochmal fünfzig.«

»Ich will sehen, ob da jemand Ski läuft.«

»Klar doch.«

»Zwischen den Kastanienbäumen und den Schaukeln.«

Der Taxifahrer drehte am Rückspiegel, ohne sich umzusehen.

»Ich fahre Sie keinen Meter mehr, solange Sie nicht bezahlt haben. Erst hundertfünfundzwanzig Eier für die Strecke, die wir schon hinter uns haben. Und den Rest, von hier bis zur Bergsgata, den will ich als Vorschuss.«

Ewert Grens suchte in seiner Jackentasche und fand eine der blauen Chipkarten der Citypolizei und seinen Dienstausweis. Der Fahrer starrte das Bild eines Hauptkommissars misstrauisch an.

»Sind Sie Bulle?«

»Hab ich nicht gesagt, Sie sollen die Fresse halten?«

»Ja.«

»Das gilt noch immer.«

Das Polizeigebäude war jetzt so dunkel wie immer in den Stunden zwischen Mitternacht und Morgengrauen. Einsamer Lichtschein aus den Stockwerken ganz oben, der eine oder andere Ermittler, der in einer der vielen Teeküchen etwas zu essen suchte oder auf einem Balkon in der Kälte stand und rauchte, kleine Lebenszeichen, die nicht in der Stille ertranken.

Grens ging in den langen Gang, der bei seinem Zimmer mündete. Eine einzige Lampe, die aus einer einzigen offenen Bürotür leuchtete.

Er klopfte leise an den Türrahmen, wollte sie nicht erschrecken.

»'n Abend.«

Hermansson saß vor dem großen Bildschirm, sie winkte mit der Hand, ohne aufzublicken.

»Ich bin um diese Zeit sonst allein.«

Sie winkte wieder, noch immer ohne zu antworten und ohne den Blick von der Textmasse zu heben, die ruckweise aufblinkte. Er verließ das Zimmer, ohne noch mehr zu sagen, kam nach zwei Minuten mit einer Tasse Kaffee in jeder Hand zurück, zwei Stück Zucker in ihrer, wie beim vorigen Mal.

Er stellte die Tassen auf den Tisch und ließ sich in ihren Besuchersessel sinken.

»Der ist bequem, dieser hier.«

Ein ganz normaler Holzsessel. Einer, wie es sie einfach überall gab. Und der Kaffeegeruch. Ewert Grens hatte ihr zweimal an einem Tag Kaffee mit dem richtigen Zubehör serviert.

Er wollte etwas.

Mariana Hermansson gab auf, wandte sich vom Bildschirm weg.

»Wie geht's?«

Er war angespannt, dieses Private, er wusste nicht richtig, wie man darüber spricht.

»Nicht gerade gut.«

Er wollte doch antworten, das sah sie. Aber mehr kam nicht, er hatte Angst und war blockiert, und die Worte blieben irgendwo mitten in diesem großen Körper stecken. Sie wartete. Er trank seinen Kaffee zur Hälfte aus, stellte die Tasse weg, griff wieder zu, trank den Rest. Seine Augen, er war sehr klein.

»Offenbar ist ihr Leben in Gefahr.«

Sie hatten noch nie über Anni gesprochen. Sie gehörte in den Bereich, den man nicht betreten durfte. Nicht einmal Sven, der ihn schon so lange kannte, hatte ihren Namen häufiger als einige wenige Male gehört. Hermansson erfuhr zuerst nur die Ausdrucksweise der Ärzte, sie war sicher, dass es gerade das war, dass er nicht selbst zu formulieren brauchte, sie konnte verstehen, dass es leichter war, sich hinter der neutralen Fachsprache der Profis zu verstecken. Aber langsam wurde Ewert Grens dann doch persönlich, er selbst redete, und das tat er dann dreißig Minuten lang, ohne sich auch nur ein einziges Mal zu unterbrechen. Über damals, als sie sich kennengelernt hatten, zwei junge Polizisten, die einen Lebenskameraden suchten. Über einige Winter, Frühjahre, Sommer, Herbste, in denen er sich nicht einsam gefühlt hatte. Über den Unfall, der in wenigen Augenblicken alles verändert und eingekapselt hatte, über die Schuld, an die er jeden Tag erinnert wurde, jede Stunde. Darüber, dass sie siebenundzwanzig Jahre in getrennten Zimmern gesessen und sich gesehnt hatten, sie in einem Rollstuhl vor einem Fenster in einem Pflegeheim, er hinter einem Schreibtisch in einem der hässlichen Arbeitszimmer im Polizeigebäude.

Hermansson war gestresst, der Bildschirm hatte gerade erst angefangen, Tatsachen über den verlassenen Bus von sich zu geben, aber sie entschied sich, sitzen zu bleiben, zuzuhören. Sie war sich bewusst, dass sie von nun an zu einem sehr kleinen Kreis von Menschen gehörte, dass sie von Ewert Grens nicht mehr ausgewählt war, sie war hineingewählt.

Dann sprang er auf, plötzlich, in dem Moment, in dem er fertig erzählt hatte.

»Hattest du nicht etwas zu erledigen?«

Die Stimme, die eben noch weich gewesen war, die dagegen gekämpft hatte zu brechen, sie war jetzt eine andere.

»Diese verdammte Kaffeetrinkerei. Verdammt, Hermansson, ich hab keine Zeit für diesen Blödsinn, das weißt du.«

Sie sah hinter ihm her, als er wortlos das Zimmer verließ. Er tat ihr leid.

So groß, so ängstlich.

Er sang.

Das, was auf seinen Hals gedrückt hatte, hatte nachgegeben. Grens atmete den vertrauten Staub auf dem Gang ein, der sich zwischen Hermanssons und seinem Zimmer verteilte. Er suchte zwischen den Kassetten auf dem Regal, fand das Gesuchte. *Donkey Serenade, Siw Malmkvist mit Harry Arnolds Orchester, Metronome 1961.* Er sang noch ein wenig lauter, während er den Schreibtisch von Ordnern befreite, sodass der bis auf das Telefon ganz leer war, dann legte er zwei in die Mitte, wo die Tischplatte besonders blank war.

Die Voruntersuchung über Liz Pedersens Tod, die an diesem Vormittag eröffnet worden war.

Die Voruntersuchung über Jannike Pedersens Verschwinden, die zweieinhalb Jahre zuvor eröffnet worden war.

Er fing mit der Tochter an, blätterte in den Ermittlungen, die angestellt worden waren, nachdem die Schule das lange Fehlen gemeldet hatte, einem ziemlich ehrgeizigen, sorgfältig ausgefüllten Papierhaufen.

Ein Kind, das mehrmals verschwunden ist, ohne dass die Mutter das gemeldet hätte.

Er legte den Ordner zur Seite und drehte eine Runde durch das Zimmer. Er reckte seinen steifen Nacken, versuchte, Leben in das verbrauchte Bein zu schütteln. Er setzte sich wieder und zog den Stapel an sich heran, umklammerte ihn, als er weiterlas.

Ein Kind, das jetzt seit über zwei Jahren verschwunden ist.

Es war schön, das langsam gewissermaßen einzusaugen, er liebte diesen Augenblick, wenn die Zeit ihm durch die Finger glitt.

Zuerst ein Dokument mit allgemein gehaltenen Aussagen darüber, dass es sich um ein Kind handelte, dass dieses Kind bei Aufgabe der Anzeige bereits seit zwei Wochen verschwunden gewesen war und dass die Voruntersuchung deshalb sofort eröffnet werden sollte, um den offiziellen Handlungsspielraum der Polizei zu vergrößern.

Sie hatten eine Voruntersuchung eröffnet. Sie hatten also den Verdacht, dass das Verschwinden auf einem Verbrechen beruhen könnte.

Dann kam eine Geschichte, die bestätigte, dass das Mädchen schon mehrmals verschwunden war, immer bis zu einer Woche, ohne dass ihre Eltern sich bei der Schule, dem Jugendamt oder der Polizei gemeldet hätten.

Sie floh. Wer sich sicher fühlt, flieht nicht.

Ewert Grens ließ sich im Sessel zurücksinken. Es ging auf zwei Uhr zu. Er müsste jetzt müde sein, zwei unruhige Nächte früher in dieser Woche hatten nur wenig und oberflächlichen Schlaf ermöglicht, und diese hier bisher gar keinen. Aber jetzt verspürte er den Rausch des Ermittlers, das Adrenalin, das mit dem Verdacht über das Verbrechen um die Wette lief.

Das dritte Dokument bestand aus sechs A4-Blättern, die in einem durchsichtigen Plastikumschlag zusammengeheftet waren. Anruflisten. Nur zu einem Anruf gab es einen Kommentar, bis auf einen waren alle Anrufe mit Teilnehmern gewesen, die einfache und logische Gründe dafür nennen konnten, weshalb die Anrufe für die Ermittlungen ohne Interesse waren. Eine Nummer aber war dafür umso interessanter gewesen.

Eine Mobilnummer, die auf Jannike Pedersen zugelassen war.

Ewert Grens fuhr mit dem Zeigefinger Reihe für Reihe die Nummern ab, die zwei Jahre zuvor in den Wochen während ihres Verschwindens angerufen worden waren.

Alle waren identifiziert und überprüft worden.

Alle, bis auf eine.

Eine Prepaidcard ohne registrierten Abonnenten hatte in dieser Zeit insgesamt siebzehn Anrufe von Pedersens Telefon erhalten.

Die Ermittler hatten alles versucht, um diese Nummer zu identifizieren. Grens fühlte sich für einen Moment alt, als er versuchte, Begriffe zu verstehen, von denen vor wenigen Jahren noch kein Arsch je gehört hatte. Zuerst etwas, das sich *Cell Global Identity* nannte. Durch die Auskünfte der Telefongesellschaft hatte man feststellen können, wann genau die Anrufe über welchen Sendemast durchgestellt worden waren, und deshalb hatte die Position der angerufenen Person auf zweihundert Meter festgelegt werden können. Dann gab es etwas, das *Timing Advance* hieß, ein Instrument, das die Zeit maß, die die Funkwellen brauchten, um den Sendemast zu erreichen, und die angerufene Person noch genauer orten konnte, bis auf sechzig Meter.

Ewert Grens beugte sich nach dem Zettel vor, der ganz hinten in dem Plastikumschlag lag und der mit einer Büroklammer an Jannike Pedersens Anrufprotokoll befestigt war.

Eine Karte der Stockholmer Innenstadt. Mit siebzehn eingezeichneten Kreisen, die siebzehn Anrufe bei der unbekannten Person bedeuteten. Jeder Ring mit einem Radius, der in Wirklichkeit sechzig Meter betrug.

Grens schlug mit der Hand auf die Tischplatte.

»Du lebst noch.«

Jeder der mit der Hand mit blauem Filzstift gezeichneten Kreise bedeckte die Straßen um den Fridhemsplan.

Jedes Gespräch mit Jannike Pedersens Telefon war also

zweieinhalb Jahre zuvor in der Gegend eingelaufen, in der ihre Mutter Liz Pedersen an diesem Vormittag tot aufgefunden worden war.

»Ich weiß, dass du noch lebst!«

Sie konnte nicht schlafen.

Sie hatte ihre Zigaretten gedreht und geraucht. Sie hatte ein wenig zu viele Holzstücke ins Feuer gelegt, sie wusste das, aber es war schön gewesen, als die Flammen ein wenig höher gelodert hatten als sonst, sie hatten sich bewegt, hatten ihr Gesellschaft geleistet. Sie hatte seinen Rucksack und seine leere Matratze angestarrt und sich einsamer gefühlt als je zuvor in ihrer Erinnerung.

Sie fror nicht, behielt aber alle Kleider an, die rote Jacke mit den frischen Löchern, die die Tabaksglut beim Reißverschluss gebrannt hatte und über die ihr Vater sich ärgern würde, die zwei Hosen unter dem langen Rock, sogar Mütze und Handschuhe. Je mehr Schichten, desto schwerer war sie zu erreichen. Sie war müde, versuchte, die Augen offen zu halten, schaffte das aber nicht immer, und sie waren natürlich sofort wieder dagewesen, sowie sie die Augen geschlossen hatte, waren die Hände wieder dagewesen, die Hände, die es zu Hause gegeben hatte und die sie wie das Wasser berührt hatten, wenn sie nackt unter der Dusche gestanden hatte.

Sie hatte nicht gemerkt, dass Leo gegangen war, und sie wünschte, er hätte sie geweckt. Sie wusste, dass für dieses Mal nur noch ein Tag ausstand, sein manischer Zustand würde bald aufhören, aber sie war trotzdem beunruhigt, das war sie immer, wenn es ihm nicht gut ging, wenn seine Energie an Dinge verschwendet wurde, die niemand brauchte, und wenn er ohne Schutz und ohne Ziel durch die Tunnel lief.

Noch zwei Stücke Holz.

Funken stoben auf, als sie sie ins Feuer legte, und danach

verließ sie den roten Ledersessel, verkroch sich in seinem Schlafsack, wollte nur noch seinen Geruch wahrnehmen.

Grens drehte die Musik lauter.

Die siebzehn Kreise auf der Karte.

Einige Tanzschritte auf dem Teppich mitten im Zimmer.

Wenn ich hingehe.

Die Frau hatte in einem Kellergang im St.-Görans-Krankenhaus gelegen.

Die Schleifspur ihres Körpers hatte an einer Metalltür geendet, die ins Tunnelsystem unter Stockholm führte.

Die Fingerabdrücke an ihrem Körper konnten mit Einbrüchen in mindestens sieben andere Häuser in Verbindung gebracht werden, die direkten Zugang zu den Tunneln hatten.

Wenn ich in die Mitte jedes Kreises gehe.

Er öffnete das Fenster und atmete die kalte Luft ein und schrie *jetzt,* so laut er das zwischen den schlafenden Häusern konnte.

Da gibt es einen Gullydeckel.

Jetzt gab es keinen Scheiß mehr.

Einen Aufgang in die Wirklichkeit.

Jetzt gab es keine sinnlosen Nächte und kein verdammtes Morgen mehr.

Einen Zugang hinunter zur Tunnelwelt.

Jetzt, schrie er wieder, in diesem verdammten Augenblick gab es eine Ermittlung, die eine andere Richtung einschlug, die ihn an der Hand nahm und das bloßlegte, wofür ein ermittelnder Polizist noch ein Jahr Leben aushalten würde.

Der Schlafsack roch nach Leo und deshalb fühlte sie sich noch einsamer. Sie brauchte nicht seinen Geruch, sie brauchte ihn. Sie konnte das manchmal denken. Dass sie noch niemals jemanden so sehr gemocht hatte. Dass sie eigentlich keinen anderen Menschen gekannt hatte, nicht auf diese Weise, sie vertraute ihm, sie vertraute ihm voll und ganz. Sie hatte gefragt, vor allem anfangs, ob sie neben ihm liegen dürfe, ob sie ihn in den Arm nehmen dürfe, ob er sie in den Arm nehmen wolle. Immer hatte er gereizt den Kopf geschüttelt. Zweimal, als sie nicht aufgehört hatte, darüber zu reden, war er fast so wütend geworden wie dann, wenn er sie wegen der Schlüssel ermahnte. Leo hatte sie angefaucht, *das geht nicht,* dann hatte er über sein Alter und über ihres geredet, *verstehst du das nicht, das geht nicht,* und darüber, dass solche wie er niemals solche wie sie anfassen dürften.

Weiter hinten in dem Ordner der Voruntersuchung drängten sich sinnlose Routineaktionen. Die Freundinnen der Verschwundenen waren ausfindig gemacht und befragt worden. Ohne Ergebnis. Mit der Schule und den Klassenkameraden war gesprochen worden. Ohne Ergebnis. Ihr Computer war beschlagnahmt worden, damit ihre Chatseiten und ihre Kontakte ermittelt werden konnten. Ohne Ergebnis. In der einleitenden Phase der Ermittlungen war ihr Mobiltelefon zweiunddreißigmal angerufen worden, ab und zu war es nicht zu erreichen gewesen, ab und zu waren die Signale ergebnislos verhallt. Grens lächelte. Sie machten es immer so, Menschen mit Mobiltelefonen waren nervöse Ärsche, die dauernd bestätigt haben mussten, dass sie wirklich existierten, am Ende wurden sie dann neugierig, machten den Fehler, sich zu melden, das war schon sehr viel größeren Trotteln als dieser hier passiert.

»Hast du Zeit?«

Er hatte sie nicht kommen hören.

»Noch immer da?«

»Ja?«

»Geh jetzt nach Hause.«

»Du musst dir eins ansehen. Den Bus. Den habe ich ausfindig gemacht.«

Ewert Grens schüttelte den Kopf.

»Noch nicht.«

»Wann?«

»Ich bin dein Chef, Hermansson. Das ist ein Befehl. Geh nach Hause.«

»Wann?«

»In einer Stunde. Nicht früher.«

Grens sah hinter ihr her, als sie ging, er spürte es deutlich, ihre verdammte Starrköpfigkeit, als sei sie stolz darauf.

Nur noch einige wenige Dokumente.

Eine Kopie der Anzeige für das Fahndungsregister. Eine Kopie der landesweiten Fahndung. Eine Kopie ihrer Beschreibung, die alle Streifenwagen in der Stadt bekommen hatten.

Er legte alles beiseite und blätterte in den allerletzten Seiten des Ordners.

Zwölf ausgeschnittene Zeitungsartikel.

Ewert Grens gefiel das nicht, er machte um Journalisten immer einen so großen Bogen wie möglich, aber er wusste auch, dass es Phasen in einer Ermittlung gab, wo man keine Wahl hatte, wo einlaufende Tipps die Verbindung zu den Augen der Allgemeinheit wurden. Oben standen zwei ausführliche Berichte aus den Gratiszeitungen, die in der Stockholmer Innenstadt verteilt wurden. *Vierzehnjährige spurlos verschwunden,* auf der ersten Seite und später als doppelseitige Reportage. *Mädchen vermisst.* Dann einige Treffer aus der landesweiten Abendpresse, *Jannike, 14, verschwunden,* ein wenig dickere Schlagzeilen und größere Bilder, ansonsten ungefähr derselbe Inhalt, die Informationen, die Grens bereits eingeholt hatte.

Er fingerte an den Zeitungsausschnitten herum, verharrte bei den Bildern.

Alle Zeitungen hatten dasselbe Schulfoto bekommen, ein

starres Lächeln für einen gestressten Fotografen, vor einem blauen Kulissenhimmel. Sie sah sicher aus wie alle anderen. Lange, ziemlich dunkle Haare, die sie perfekt für ein Foto gekämmt hatte, von dem sie wusste, dass die ganze Klasse es sich genau ansehen würde. Die Augen schwer von schwarzer Wimperntusche. Pubertätshaut versteckt unter dicken Puderschichten. Ein Mund, der trotz des Lächelns vor Unsicherheit schreien möchte.

Die Abendzeitungen brachten weitere Bilder, verschwommen und mit der Mitteilung *Foto: privat.*

Jannike Pedersen auf einem Bett in ihrem Zimmer, auf jeder Seite eine Freundin, zurechtgemacht wie für ein Fest. Jannike Pedersen mitten in einer Menschenmenge, vor einer Bühne mit Musikern, von denen Grens noch nie gehört hatte. Ein anderes Bild von einem Weihnachtsabend, noch eins von einer Mittsommerfeier. Der Augenblick, in dem es nur Freude gab und der die Menschen dazu brachte, die Kamera hervorzunehmen, um diese Freude auch weiter erleben zu können.

Er rückte seine Lesebrille gerade.

Ihr Gesicht, er musterte es, versuchte, ihr nahezukommen.

Jedes Bild, es gab in den Augen etwas, das Trauer ähnelte, etwas, das sich zwischen sie und den Fotografen drängte, die Kamera schien sie niemals ganz zu erreichen.

Augenblick der Freude.

Ewert Grens blieb eine Weile bewegungslos mit den zerknüllten Zeitungsartikeln in der Hand sitzen.

Aber du warst niemals froh.

Sie öffnete den Reißverschluss und kroch aus seinem Schlafsack. Sie war warm, ihr Rücken und ihr Bauch waren schweißnass, sie hatte eine Weile geschlafen, hatte wieder von Mama geträumt, von Papa, von dem Tag, an dem Papa ausgezogen war und sie geholfen hatte, die Kartons mit Fotoalben und

Büchern zu tragen, die waren schwer gewesen, und sie hatte am Ende keinen Nerv mehr gehabt, sie aufzuheben, sie war einfach gegangen. Sie setzte sich auf, rauchte wieder, überprüfte dann das Feuer, es brannte noch immer gut, sie würde für mindestens eine Stunde kein Holz nachlegen müssen.

Sie war ruhelos. Dieses viele Warten.

Sie wusste nicht, wohin damit.

Sein Rucksack lehnte an der Wand. Sie würde ihm helfen, dann würde sie die Zeit leichter ertragen können.

Sie öffnete den Rucksack.

Eine Rohrzange, eine Winde, ein Hammer, einige Schraubenschlüssel. Sie legte das Werkzeug neben seine Matratze auf den Boden. Die drei Zylinder lagen unten im Rucksack, sie waren aus Metall, wie immer, ziemlich schwer, als sie sie in der Hand wiegte.

Sie setzte sich in den roten Ledersessel, in der einen Hand eine Feile, in der anderen die Behälter.

Sie fuhr mit der Feile über einen Behälter, lange, kräftige Züge.

Es würde lange dauern, sie zu öffnen, aber sie hörte drinnen die Hauptschlüssel klirren, und Zeit war doch alles, was sie im Moment hatte, sie tat es für ihn, sie wusste, dass er sich freuen würde.

Ewert Grens faltete die Zeitungsausschnitte zusammen und legte sie wieder in den Ordner, er trommelte mit den Fingern auf dem Schreibtisch herum, dann zog er den anderen, um einiges dünneren Ordner zu sich heran.

Eine Voruntersuchung, die sie nur vierzehn Stunden zuvor eröffnet hatten, als eine Frau tot in einem Krankenhausgang gefunden worden war.

Die Mutter der vermissten Jannike Pedersen.

Er öffnete den Ordner und nahm den Plastikumschlag heraus, der ganz vorn lag, eine zehn Seiten lange Zusammenfassung von Nils Krantz' technischem Bericht, die einzige neue Information. Eine kriminaltechnische Version des untersten Gangs unter dem St.-Görans-Krankenhaus. Grens hatte selbst einen großen Teil des Vormittags dort verbracht, mit Augen und Gedanken eines Kommissars, der sich einen ganzheitlichen Eindruck verschaffen wollte. Das hier waren die Details, das, was man nicht immer sehen konnte, was diesen Eindruck aber oft veränderte oder verstärkte. Er hatte einige tausend Stück gelesen, und dieser hier unterschied sich nicht sonderlich von den anderen,

Foto 5. vor Teilen der nördlichen Wand standen acht Bahren.

die Fotos ebenso unbeholfen und verschwommen wie immer, der Text ebenso unruhig und scheißgenau formuliert, Krantz und seine Kollegen leisteten schon gute Arbeit, und er vertraute ihnen,

Foto 9. Der Leichnam war mit dem Kopf zum östlichen Teil des Krankenhauses abgelegt worden.

aber große Künstler waren sie nicht.

Foto 18. laut einem im Kragen befestigten Etikett aus Stoff besteht die Jacke der Frau aus Nylon. Das Etikett, das auf der linken Seite des Bildes zu sehen ist, ist teilweise bedeckt von geronnenem Blut der Gruppe B RhD +.

Grens sah sich die Bilder der Löcher im Gesicht der Frau, der Schleifspur, der Fingerabdrücke im Gang genau an, er unterdrückte ein Gähnen und griff sich an die Augen, wollte gerade auf den Gang gehen, um sich neuen Kaffee zu holen, als er plötzlich erstarrte.

Ein Kuss.

Ungefähr auf der Mitte der vorletzten Seite. Drei Reihen Text, die beschrieben, wie Nils Krantz bei der äußeren Besichtigung des Leichnams Speichelfragmente gefunden hatte.

Jemand hatte sie geküsst.

Grens öffnete eine Schreibtischschublade und suchte nach der Telefonliste, die dort irgendwo liegen müsste. Er wählte eine Nummer und zählte elf Klingelsignale, während er wartete. Eine Frau meldete sich, die Gattin, Grens nannte seinen Namen und bat, mit ihrem Mann sprechen zu dürfen, summte vor sich hin in der Zeit, die man braucht, um jemanden zu wecken und einen Telefonhörer zu überreichen.

»Hier ist Grens.«

»Ja?«

»Ich brauchen einen Durchsuchungsbefehl.«

Lars Ågestams Stimme klang sehr müde.

»Dann möchte ich dich bitten, den diensthabenden Staatsanwalt anzurufen.«

Ewert Grens lachte einen Menschen im Schlafanzug aus, der davon ausging, dass die Wirklichkeit Bürozeiten einhielt.

»Ach, verdammt. Und ich dachte, du wärst in diesem Fall der Leiter der Voruntersuchung.«

»Es ist halb drei Uhr nachts, Grens, ich bin rein gar nichts.«

»Ich habe eine Theorie. Wenn die zutrifft, ist die Voruntersuchung, die du leitest und für die du gelobt werden willst, einer Lösung verdammt viel näher gekommen.«

»Halb drei, Grens, ich will schlafen.«

Ågestam hatte sich im Bett aufgesetzt, in einem Versuch, formell zu klingen, aber er hörte auch selbst, dass nur Resignation dabei herauskam. Dieser alte Mistkerl würde es ja doch nicht verstehen, es wäre sinnlos, noch weiter erklären zu wollen, Grens' Zeitauffassung war anders als die der anderen.

»Darauf scheiß ich, Ågestam. Ich will meinen Hausdurchsuchungsbefehl sofort. Ich will Zugang zur Wohnung der ermordeten Liz Pedersen, um die Umstände zu untersuchen, unter denen ihre Tochter verschwunden ist.«

Der Staatsanwalt saß noch immer im Bett, seine Hand berührte die Wange seiner schlafenden Frau.

»Und die wirst du auch bekommen.«

Ewert Grens hielt ein stummes Telefon in der Hand. Lars Ågestam hatte aufgelegt.

Er hätte schreien mögen. Oder mit der Hand auf den Schreibtisch schlagen. Aber er stand einfach auf und ging hinaus auf den Flur.

Du lebst.

Er reckte sich, sah, dass in Hermanssons Zimmer ein Stück weiter im Gang Licht brannte, und ging zum Kaffeeautomaten.

Ich weiß, dass du lebst.

Mariana Hermansson hörte jemanden auf dem Gang. Immer abwechselnd ein schwerer Schritt und ein leichter. Grens hinkte jetzt stärker. Sie hörte auch die Musik, offenbar hatte er seine Tür offen stehen lassen, die ewige Musik aus den sechziger Jahren, die so licht klang, wie er selbst düster war. Sie lächelte, als der Kaffeeautomat zu brausen anfing, schwarzer Kaffee, rund um die Uhr.

Sie sah die Tasse an, die Ewert ihr vorhin gebracht hatte, gesüßt mit zwei Stücken Würfelzucker, dazu ein halb gegessener Salat aus dem Supermarktregal.

Etwas jagte sie.

Nadjas starrende Augen, sie schien vor ihr auf dem Stuhl zu sitzen und sich zu fragen, wohin sie jetzt gehen sollte.

Hermansson löste ihre Blicke von der Salatschüssel und ließ sie durch das restliche Zimmer wandern. Stapel von Papieren, Ordner und Mappen überall auf dem Boden. Sonst sah es nie so aus, sie gehörte zu denen, die aufräumen müssen, um denken zu können, sie brauchte Ordnung um sich herum, um ihre Kraft zum Arbeiten nutzen zu können.

Sie würde es tun, später, wenn das hier vorbei wäre.

Sie hatte zwanzig Minuten gebraucht, um die Echtheit der Nummernschilder zu überprüfen. *PRINCIPAUTE DE MONACO;* noch eine Stunde, um den Besitzer ausfindig zu machen, *Child Global Foundation*, eine Stiftung ohne Kontaktpersonen, Telefonnummern oder Geschichte, die in keinem zugänglichen Register existierte, eine Stiftung, deren Zentrale in Monte Carlo eine Postfachadresse besaß.

Das hatte ihr nichts gesagt. Eher hatte es die Ermittlung noch weiter von irgendeiner logischen Lösung weggeführt. Sie brauchte mehr, egal was, wenn es nur einen Schritt weiter zu den Menschen führte, die Kinder aussetzten.

Sie hatte ohne Rücksicht auf späten Abend und frühe Nacht angefangen zu telefonieren.

Der erste Anruf ging an Jens Klövje und die schwedische Interpol, wo der Anrufbeantworter mitteilte, dass die Büros am nächsten Morgen wieder besetzt sein würden.

Der zweite Anruf ging an das monegassische Konsulat auf Blasieholmen, und obwohl sich dort ein korrekter und beschützender Angestellter gemeldet hatte, hatte sie es doch geschafft, zur Privatwohnung des Konsuls im Strandväg durchgestellt zu werden, zu einer Stimme, die einem soeben aufgeweckten Mann gehörte, und der hatte höflich, aber kurz erklärt, er besitze keinen Zugang zu solchen Informationen und sie würde auch keine bekommen, selbst wenn sie sich dafür entschied, ihre Suche vor Ort fortzusetzen, ihr müsse klar sein, dass sie es hier mit einem Staat zu tun hatte, der von dem Ruf lebte, seinen Bürgern gegenüber absolute Diskretion walten zu lassen.

Der dritte Anruf ging an einen Mitarbeiter des Schwedischen Fernsehens, Vincent Carlsson, einen Reporter, den sie bei den Ermittlungen über den zum Tode verurteilten Häftling aus den USA kennengelernt und mit dem sie im vergangenen Jahr zweimal Informationen ausgetauscht hatte, den einzigen Journalisten, den sogar Ewert Grens nicht verabscheute. Sie hatte erklärt, dass sie seine Hilfe brauchten und dass die übliche Abmachung gelte, sollten sie irgendein Ergebnis erlangen und sollte dieses Ergebnis einen Nachrichtenwert besitzen, dann würde er das als Erster erfahren, die Nachricht würde ihm gehören.

Vincent Carlssons Quellen und Datenbanken bestätigten ihre Annahme.

Hermansson, verstehst du?

Es handelte sich um eine sogenannte Briefkastenfirma. Eine Adresse ohne Büro, ein Postfach ohne Leib und Seele.

Sie verstecken sich hinter humanitären Organisationen und sahnen Millionen ab, und wir kommen nicht an sie heran.

Er hatte erzählt, wie er selbst früher schon große Stiftungen untersucht hatte, wo große Beträge hinter prachtvollen Scheinfassaden den Besitzer gewechselt hatten, zuletzt *A Non Smoking Generation*, auch das eine Stiftung, die nach außen hin idealistisch wirkte, die aber von erlesen gekleideten Männern im unteren mittleren Alter betrieben wurde, die ihre Drinks am Stureplan zu sich nahmen und genau wie im Fall der *Global Child Foundation* seelenlose Postfächer in Monaco benutzten.

Verdammt, Hermansson, diese Scheißstaaten, da machen doch alle ihre Geschäfte damit, dass man dort das verstecken kann, was einer Untersuchung nicht standhält.

Damals hatten ihm entscheidende Unterlagen gefehlt, und er hatte nichts über seine Untersuchungen geschrieben, aber er erkannte sofort das Prinzip, Kinder, das Gute, als Profit zu nutzen.

Sie nahm ein Salatblatt aus der Kunststoffschüssel, kaute darauf herum, es schmeckte nach nichts.

Nadjas Augen.

Sie sahen sie an.

Sie verlangten, gejagt, wussten nicht, wohin.

Sie ließ sich in ihrem Schreibtischsessel zurücksinken, sie schloss die Augen und verließ das Zimmer für eine Weile, dachte an ihren Besuch bei dem Mädchen einige Stunden zuvor.

Sie hatte einen zivilen Dienstwagen genommen, hatte kein unnötiges Aufsehen erregen wollen, ein Auto, das nach Polizei roch, schadete oft mehr, als dass es nutzte. Es war noch Abend gewesen, und Mariana Hermansson hatte Kungsholmen und die Stockholmer Innenstadt verlassen, war nach Westen über die Tranebergsbrücke und den Ulvsundaväg zur E 18 und den Vororten gefahren, die aus Betonbauten bestanden und die die Antwort der Hauptstadt auf Hermanssons eigene Kindheit im Hochhausgebiet bei Malmö darstellten.

Viksjö war nur noch zehn Minuten entfernt.

Sie war langsam durch enge Straßen gefahren, die alle gleich aussahen, Reihenhäuser mit kleinen Gärten und verschneiten Autos vor der gemeinsamen Garage. Sie war vor dem Haus stehen geblieben, das weder sonderlich elegant noch heruntergekommen war, ein gepflegtes, schlichtes Eigenheim zwanzig Kilometer von Stockholm entfernt. Sie hatte den Namen auf dem Briefkasten überprüft und war dann über frisch vom Schnee befreite, viereckige Steinplatten zur Tür gegangen und hatte geklingelt.

Eifrige Schritte, als jemand eine hölzerne Treppe heruntergelaufen war.

Ein Kind hatte aufgemacht. Ein Junge in Jeans und knallrotem T-Shirt, er lachte strahlend, sie schätzte ihn auf etwa fünf Jahre.

»Hallo.«

»Hallo.«

Er strahlte.

»Wieheißtduwoherkommstduwashastduindentaschen?«

»Verzeihung?«

»Wieheißtduwoherkommstduwashastduindentaschen?«

Mariana Hermansson lachte.

»Ich heiße Mariana. Ich komme aus Malmö. Und was ich in den Taschen habe … das ist ein Geheimnis.«

»Du hast …«

Sie hob einen Finger an ihren Mund.

»Ein Geheimnis.«

Weitere Schritte auf der Treppe, diesmal schwerere. Ein Mann von vielleicht vierzig, groß und fast teenagerhaft schlaksig, so gekleidet wie das Kind, das vor ihm stand, Jeans, aber ein grünes T-Shirt.

»Verzeihung. Emil, mein Sohn. Alle müssen hier diese Fragen beantworten. Kommen Sie herein.«

Er hatte ihr die beiden Etagen im Haus gezeigt, die Küche, die Schlafzimmer, das Wohnzimmer.

Dasselbe Gefühl wie vorhin, als sie den Wagen abgestellt und das Haus von außen betrachtet hatte. Es war nicht teuer, aber auch nicht schäbig, es war gemütlich, ein liebes Haus, so konnte sie manchmal denken, manche Häuser kamen ihr lieb vor, das hier war eins davon.

Der Mann war vor ihr die Treppe in die erste Etage hochgegangen, sie hatte seinen Rücken angesehen, hatte sich gefragt, was ihn antrieb, wie er es über sich brachte. In ihrem ersten Dienstjahr in Stockholm hatte sie aus Ermittlungsgründen etliche andere Familienwohnungen besucht, normale Familien, wo für kürzere oder längere Zeit Kinder aufgenommen wurden, die niemanden hatten.

Zehntausend Kinder waren auf diese Weise in Schweden untergebracht. Zehntausend Kinder, jedes mit seiner Geschichte. Zehntausend Kinder, die niemand wollte.

Er war vor zwei kleineren Zimmern mit den Fenstern zur Straße stehen geblieben.

Schräge Decke, helle Vorhänge, zwei Betten in jedem Zimmer, ein Schreibtisch, ein Kleiderschrank.

»Wir konnten nur vier nehmen.«

Hermansson schaute in das erste Zimmer. Zwei der kleineren Jungen, nicht viel älter als der, der ihr vorhin die Tür aufgemacht hatte.

»*Ce faceţi voi?*«

Sie hatte nur wissen wollen, wie es ihnen ging. Sie hatten nicht geantwortet, sie hatten zu Boden gestarrt, die Köpfe eingezogen.

Der Mann hatte eine resignierte Handbewegung gemacht.

»Ich komme auch nicht an sie heran. Ich habe alles versucht, aber sie sind total apathisch. Nicht einmal Emil und sein Spielzeug interessieren sie.«

Hermansson hatte die Wände angesehen, die Möbel, den Stapel von kleinen Autos und anderem Spielzeug. Sie hatte sich gefragt, wie viele andere verlassene Kinder in diesem Zimmer schon in ihren Betten gesessen und zu Boden gestarrt hatten. Ob sie zu spüren waren, ob sie noch da waren, ob auch sie in diesem Zimmer wohnten.

Es schien so einfach zu sein.

Sie bekamen Kleider, Essen, Erwachsene, denen es wichtig war, dass sie überhaupt lebten. Also müssten sie für eine Weile glücklich sein.

Oder es war genau umgekehrt.

Es wurde deutlich, was sie sonst *nicht* hatten, das, was sie verdrängt hatten, um es nicht spüren zu müssen, wurde ihnen ein weiteres Mal ins Gesicht gerieben.

Nadja hatte im anderen Zimmer auf dem Boden gesessen, mit ihrem Sohn auf dem Schoß.

»Bună.«

Hermansson war hineingegangen, hatte nicht darauf geachtet, dass Nadja ihren Gruß nicht beantwortet hatte, hatte sich vorgebeugt und die andere umarmt. Nadja hatte vom Sozialamt neue Kleider bekommen, einen dicken schwarzen Pullover und eine Hose, die nach grauem Cord aussah. Mariana Hermansson hatte gehofft, dass der blaugelbe Overall gerade irgendwo verbrannt wurde.

»Ce faci tu?«

Nadja hatte mit den Schultern gezuckt.

»Okay.«

Sie hatte geschwitzt.

Ihre Hände hatten gezittert, obwohl sie ihren Sohn damit festgehalten hatte.

Sie litt noch immer an Entzugserscheinungen, das Gift hatte ihren Körper verlassen. Ein Kind mit heftigen Entzugserscheinungen, es war entsetzlich gewesen und doch genau das, worauf Hermansson gehofft hatte.

Nadja war seit einem Tag ohne Drogen.

»Gut geschlafen?«

Nadja schüttelte den Kopf.

»Gefroren. Geschwitzt. Gefroren. Geschwitzt. Verstehst du?«

Der Mann stand noch immer in der Türöffnung. Er hatte das gesehen, was Hermansson gesehen hatte.

»Sogar das kleine Kind. Entzug. Gestern, als wir die Kleider wechseln wollten … ihre Haut, das ist schwer zu erklären, eingetrockneter Leim und Schnittwunden und Beulen. Ich habe schon lange kein Kind in einem so schlechten Zustand mehr gesehen. Ich arbeite ja auch nicht mehr draußen. Aber ... ich kann sie nur mit den Kindern vergleichen, die in den Tunneln unter Stockholm leben.«

Hermansson fuhr herum.

»Was meinen Sie?«

»Ich meine, dass das hier Straßenkinder sind. Und dass sie genauso aussehen wie unsere Straßenkinder.«

Hermansson öffnete wieder die Augen, blieb aber bewegungslos in ihrem Schreibtischsessel sitzen. Sie würde sich bald wieder auf den Bildschirm konzentrieren, wollte noch weiterkommen, ehe die Nacht vom Tag verjagt werden würde. Noch kurze Zeit, dann würde sie den Vater im Familienhaus loslassen, der über die schwedischen und westeuropäischen Kinder gesprochen hatte, die genauso lebten, wie Nadja lebte, in Tunneln und Parks, ohne dass irgendwer nach ihnen suchte, da die Sozialbehörden in den reichen Ländern die offizielle Ansicht vertraten, dass es sie eigentlich nicht geben dürfte.

Ein letzter Rest geschmackloses Salatblatt. Sie beugte sich vor, stützte die Ellbogen auf den Schreibtisch.

Die Gesichtslosen. Sie würden sie bald ansehen.

Die Polizei von Arlanda hatte Nadjas Überprüfung der Überwachungskameras in der Auslandshalle zusammengestellt. Zuerst die von Kamera 14 und 15, die die Fluggäste auf dem Weg zur Sicherheitskontrolle einfingen.

Sie hatte drei Personen angegeben. Zwei Männer und eine Frau.

Es war 09.32 Uhr, als sie die elektronische Sicherheitsschleuse passierten und ohne es zu wissen genau in zwei Kameras blickten.

Hermansson öffnete die angehängte Datei, die zwei Minuten zusammengeschnittenen Film enthielt. Als die Bewegungen dieser Personen zurück zu Kamera 13, zu Kamera 12, zu Kamera 11 verfolgt wurden, wurden die Bilder ihrer Gesichter deutlich, als sie zwischen 09.16 Uhr und 09.18 Uhr eincheckten.

Sie spulte zurück und sah sich die ruckhafte Sequenz ein weiteres Mal an.

Korrekt und gut angezogen, die Männer mit kurzen dunklen Haaren und Anzügen unter langen Mänteln, die Frau blondiert mit dunklem Kleid unter einem ebenso dunklen Mantel.

Ihr seht aus wie alle anderen. Aber ihr habt dreiundvierzig Kinder ausgesetzt.

Sie hielt einen Ausdruck mit Namen, Nationalität und Reiseziel in der Hand.

Französische Namen. Französische Pässe. Von Stockholm und Arlanda nach Paris und dem Flughafen Aéroport Roissy-Charles-de-Gaulle.

Das stimmt nicht.

Nach Nadjas Aussage hatten sie akzentfreies Rumänisch gesprochen. Sie sahen aus wie jüngere Versionen von Mariana Hermanssons eigenem Vater und dessen Schwester.

Ihr seid Rumänen.

Der Familienpapa blieb noch eine Weile in der Türöffnung zu Nadjas Behelfszimmer stehen und sprach über die schwedischen Straßenkinder, die es laut Sozialamt nicht gab, *Herrgott,* seine Wangen hatten sich gerötet, *diese Kinder sind doch außer sich vor Angst, die verstecken sich,* unbewusst war er lauter geworden, *verdammt, die rufen ja nicht beim Amt an und verraten ihre Existenz.* Dann hatte er alle ins Erdgeschoss des Reihenhauses gebeten, in die Küche und zu dem großen gedeckten Abendbrottisch. Nadja war schließlich auch aufgestanden, nachdem Hermansson sie angesehen und zweimal *mânciare* gesagt hatte, essen, sie hatte ihren Sohn an sich gedrückt, als sie langsam eine Treppenstufe nach der anderen hinabgestiegen war.

Die beiden Jungen im Nebenzimmer hatten noch länger gewartet, Hermansson und der Papa und am Ende auch Nadja waren mehrmals wieder nach oben gegangen, um ihnen zu erklären, dass sie essen müssten und dass sie das tun könnten, ohne Angst haben zu müssen, das Essen war schon ziemlich kalt gewesen, als sie ohne aufzuschauen nach unten geschlichen waren und sich nebeneinander auf zwei noch leere Stühle gesetzt hatten.

Sie hatten so gegessen, wie sie früher an diesem Tag die Frühstückspizzen verschlungen hatten, ohne Pause, ohne zu kommunizieren, wie Hunde, genau das hatte Hermansson gedacht, wie Hunde, die sich hetzen, um so viel wie möglich abzubekommen, solange überhaupt noch etwas in der Schüssel liegt.

»Ich bin froh, dass Sie gekommen sind.«

Der große Mann mit den freundlichen Augen sah sie an.

»Ich habe schon vor zwei Stunden, als sie hergekommen sind, einen Versuch gemacht. Sie wollten ihr Zimmer nicht verlassen. Ich habe ja gesehen, dass sie schrecklichen Hunger hatten, aber sie haben sich nicht getraut, Vertrauen, das kennen sie nicht. Aber jetzt, wo Sie hier sind … jetzt sind sie doch nicht mehr ganz so scheu.«

Hermansson hatte nur mit Mühe etwas hinunterbringen können.

Ein Glas Saft, ein belegtes Brot, es war nicht gegangen, sie hatte sich nicht auf das Essen konzentrieren können, als ihr Angst und Entzug gegenübersaßen.

»Meine Frau und ich, sie arbeitet heute Abend, irgendein Treffen in der Schule, haben schon lange, ehe wir eigene hatten, Kinder ohne funktionierende Eltern zu uns genommen.«

Auch der Mann aß nichts, sein Teller blieb leer, das Besteck wurde nicht angerührt.

»Kinder, die sexuellen Übergriffen ausgesetzt worden sind.

Kinder, die sich prostituiert haben. Kinder mit psychischen Problemen. Kinder, die Drogen genommen haben, die kriminell waren, die Gewaltverbrechen begangen haben, die in Tunnels und Parks gewohnt haben. Wir haben alles gesehen, das kann ich Ihnen sagen, einfach alles.«

Er schielte zu seinem eigenen Sohn hinüber, einem Fünfjährigen, der gleiche Teile von Ketchup und Himbeermarmelade über einem Teller Makkaroni ausgoss, überzeugte sich davon, dass der Junge nicht zuhörte, sondern immer noch vollkommen mit dem Versuch beschäftigt war, Kontakt zu den Gästen aufzunehmen, die nur auf die Tischplatte starrten.

»Aber das hier nicht. Kinder als Abfall.«

Er hatte Nadja angesehen, ihren Sohn, die beiden zwölfjährigen Jungen, ein Kind nach dem anderen, ohne dass sie darauf reagiert hätten.

»Denn das sind sie dort. Sie sind ausgesetzt worden, weggeworfen, man wollte sie los sein. Abfall. Ich glaube, das war noch nie so deutlich, nicht für mich jedenfalls, ich meine … in was für einer Scheißzeit leben wir hier eigentlich? Eine Gesellschaft, die das hier zulässt …«

Er war wieder lauter geworden.

Das hatte gereicht.

Plötzlich hatte einer der Jungen aufgehört zu essen. Sein Brot war ihm auf den Boden gefallen, er hatte das Glas Milch, das er in der Hand gehalten hatte, umgestoßen, er hatte sich viel gerader gesetzt. Mariana Hermansson sah, wie sein Körper sich verkrampfte, und zwei Sekunden darauf fiel er vom Stuhl und auf den Boden. Der Mann stürzte zum Spülstein und riss ein Handtuch an sich, rollte es auf und stopfte es dem Jungen in den Mund, hielt es fest, bis er sicher sein konnte, dass es zwischen seinen Zähnen feststeckte.

»Ein epileptischer Anfall. Er kann sich dabei die Zunge abbeißen.«

Vorsichtig legte er die Arme um den Körper des Jungen, er hatte ihn umgedreht, dann sah er auf die Uhr.

»Zwei Minuten. So lange warten wir. Wenn es dann noch nicht vorbei ist, muss ich ihm Medizin geben.«

Das Gesicht des Jungen war ganz weiß. Sein Körper wand sich noch immer in Krämpfen, die Fingerknöchel waren angespannt. Der Mann saß neben ihm, legte ihm die Hand auf die Stirn. Hermansson erhob sich nervös, um die anderen am Tisch zu beruhigen.

Nadja und der andere Junge aßen weiter, wieder wie Hunde, sie hatten das sicher schon häufiger gesehen.

»Nadja?«

»Ja?«

»Wie …«

»Das geht immer vorüber.«

Der Familienhauspapa schaute auf die Armbanduhr. *Sechzig Sekunden.* Der Junge neben ihm auf dem Boden wirkte jetzt weniger verkrampft. *Neunzig Sekunden.* Langsam ebbten die Krämpfe ab. *Einhundertzwanzig Sekunden.* Der Körper war in sich zusammengesunken, wirkte jetzt kleiner.

Der Mann hob ihn hoch, trug ihn die Treppe hinauf und legte ihn in das, was für diesen Abend sein Bett sein sollte. Der Junge kniff die Augen zusammen und redete unzusammenhängend, bis er dann vor Erschöpfung eingeschlafen war.

»Er ist zwölf Jahre alt.«

Der Vater blieb mitten auf der Treppe stehen, die freundlichen Augen waren so schwer wie vorhin die des Jungen.

»Und schon so verdammt zerstört.«

Sie nickte. Auch sie hatte das schon gesehen, wie Gift einen Körper zerfressen kann, hatte zugedröhnte und berauschte Männer gesehen, die in epileptischen Anfällen zusammenbrachen, schon im Bus der Polizeistreife oder später in der Ausnüchterungszelle.

Erwachsene Menschen irgendwo zwischen dreißig und vierzig Jahren. Der Junge war zwölf.

Aber seine Verletzungen waren ebenso groß.

Sie gähnte und widmete sich wieder dem Ausdruck, der vor ihr mitten auf dem Schreibtisch lag und in dicken Buchstaben Spalten für Namen, Nationalität und Reiseziel aufwies, dann schaute sie den Bildschirm an, wo ein letztes erstarrtes Bild hartnäckig eine Sequenz der Überwachungskameras 15, 14, 13, 12 und 11 in der Auslandshalle von Arlanda zeigte.

Abfall.

Der Familienpapa sagte das noch einmal, als sie in Kälte und Abenddunkelheit beim Auto standen und sie sich für die Rückfahrt nach Stockholm und Kronoberg bereit machte.

Kinder als Abfall.

Sie gab keine Antwort, sie ließ einfach den Motor an und fuhr dann viel zu schnell über verschneite Straßen.

»Hermansson.«

Ewert Grens hatte nicht geklopft, sondern stand bereits in ihrem Zimmer.

»Ja, komm ruhig rein.«

Er hatte sich schon gesetzt, als sie vom Bildschirm aufblickte.

»Und setz dich doch bitte.«

Seine Wangen und ein Stück seines Halses waren rot. Eine Ader pochte an der einen Schläfe, wie immer dann, wenn er außer sich war.

»Es gibt Speichel am Körper.«

Sie sah ihn an. Er redete, und sie hatte keine Ahnung, worüber.

»Die Frau im Krankenhauskeller. Sie hat Speichel am Körper. Jemand hat sie geküsst. Jemand, der ihr vermutlich in diesen Tunneln begegnet ist, wo sie gestorben ist.«

Er erwartete keine Antwort, sondern redete ebenso hektisch weiter.

»Morgen. DNA-Analyse im Labor in Linköping. Dann werden wir es wissen.«

Grens lächelte.

»Das Mädchen, Hermansson. Die Tochter. Verstehst du nicht? *Sie lebt.*«

Der grobschlächtige Hauptkommissar, von dem sie noch immer nicht so recht wusste, ob sie ihn leiden mochte oder ob sie ihn nur aushielt, schlug mit der Hand auf ihren Schreibtisch. Er hob ihren zur Hälfte mit kaltem Kaffee gefüllten Plastikbecher hoch und trank ihn in einem Zug leer. Er sprang auf und drehte zwei Runden über die schmale Fläche zwischen den Papierstapeln auf dem Boden.

»Hast du Hunger, Hermansson?«

»Jetzt beruhig dich ein wenig.«

»Es ist Viertel nach drei. Das bedeutet, dass das Café in der Celsiusgata gerade geöffnet hat. Kein verdammtes italienisches Krümelbrot und kein Scheißmilchkaffee, die servieren echtes Frühstück, das brauchen wir.«

»Ich habe keinen besonderen Hunger.«

»Den wirst du noch kriegen. Denn ich brauche deine Hilfe. Das muss sein, wenn ich weiterkommen will mit dem Versuch zu verstehen, wie zum Teufel eine Vierzehnjährige zweieinhalb Jahre verschwunden bleiben kann. In diesem Land? Bei der vielen verdammten Sicherheit und allen sozialen Scheißmodellen, die die ganze Welt bewundert und kopiert? Und ich muss das noch heute Nacht begreifen, ich glaube, es eilt, Hermansson, wir müssen sie ganz schnell finden.«

Draußen war es kalt, das wusste sie ja, trotzdem überraschte sie der Wind, der ihre Wangen peitschte.

Kungsholmen wartete verlassen, ein Stadtteil mit Menschen, die anderswo waren.

»Sie ist ein Mädchen.«

Grens bewegte sich langsam, sein linkes Bein schien noch mehr hinter ihm herzuschleppen wie sonst.

»Ach?«

»In diesem Fall. Warum ein Kind verschwindet? Sie ist ein Mädchen, Ewert.«

Er blieb stehen, zog mit beiden Händen an der Kniescheibe des linken Beines, hin und her.

»Das weiß ich.«

»Aber verstehst du nicht? So läuft das doch. So läuft das doch immer. Ein Mädchen, dem es dreckig geht, schweigt und ertränkt sich in sich selbst. Ein Junge kämpft und wird laut. Du und ich, wir sehen jeden Tag die Konsequenzen. Die Jungs, in fast jeder Ermittlung auf deinem Schreibtisch.«

Sie hörte, dass sein Kniegelenk laut knackte. Zweimal, aufdringlich, wie ein Pistolenschuss. Dann ging er weiter.

»Weil Mädchen nicht gesehen werden, Ewert. Weil die Gesellschaft sich mehr mit Jungs beschäftigt, die ausagieren. Wenn wir zugreifen, dann sehen wir die Männer, dann nehmen wir die Männer fest, vernehmen sie, sperren sie ein. Obwohl du und ich und alle anderen in dem Haus dort hinter uns wissen, dass es oft auch Mittäterinnen gibt. Aber die sind nicht so interessant, da sie nur selten zu Gefängnisstrafen verurteilt werden, und wir wollen Abschlüsse haben, Resultate.«

Fünf glatte Treppenstufen, eine rote Holztür mit beschlagener Fensterscheibe. Sie sah sich in dem heruntergekommenen Lokal um. Es war mitten in der Nacht, die Kälte quälte die Menschen, die es wagten, ihre Häuser zu verlassen, das Café hatte eben erst geöffnet, trotzdem war die Hälfte der Stühle schon besetzt.

»Denn du weißt auch, dass Frauen und Männer für gleichwertige Verbrechen unterschiedlich verurteilt werden. Wir finden weibliche Kriminalität nicht so schlimm. Wir haben keine Ahnung, aber viele Vorurteile, Werte. Wir dämonisieren männliche Kriminelle und marginalisieren weibliche.«

Der Tresen war eigentlich eher ein Küchentisch, Kaffeekannen und große Platten mit Käsebroten drängten sich zwischen Breischüsseln und Apfelmus.

»Was willst du?«

»Ein Panino und einen Latte.«

Grens schnaubte.

»Ich habe doch gesagt, dass es hier richtiges Frühstück gibt.«

»Bestell du.«

Die Gäste saßen allein an ihren Tischen, Taxifahrer und Zeitungsboten und Teenager auf dem Weg nach Hause. Sie suchte einen freien Tisch und fand einen einzigen, eingeklemmt zwischen einer knallbunten Musikbox und einem Kühlschrank, der irgendwann einmal weiß gewesen war.

Grens kam einige Schritte hinter ihr her, er balancierte in jeder Hand eine Kaffeetasse.

»Sie bringt den Rest, dauert nur zwei Minuten.«

Hermansson nahm ihm die eine Tasse ab.

»Ich war noch nicht fertig.«

»Davon bin ich ausgegangen.«

Sie trank, der Kaffee war heiß, brannte in ihrer Kehle.

»Denn es klingt doch ziemlich gut, ich meine, wenn man Frau ist und nicht so hart verurteilt wird, oder was? Aber … es macht mich so wütend, und gerade darum geht es hier … Frauen, die nicht zu einer Haftstrafe verurteilt werden, werden stattdessen zu einem unsichtbaren Dasein verurteilt. Sie können also weitermachen und den Missbrauch weitertreiben, während der *Mann,* Ewert, den wir sehen und einschließen, seinem Missbrauch machen wir ein Ende, zumindest vorübergehend.«

Grens hob eine Hand und richtete sich auf.

»Warte einen Moment.«

Er suchte mit der einen Hand in der Hosentasche, bis er ein Fünfkronenstück gefunden hatte. Er beugte sich über die Musikbox und steckte die Münze in den Spalt ganz oben, drückte dann zweimal auf denselben Plastikknopf. *Die Liebe ist ein seltsames Spiel, Siw Malmkvist.* Die Akustik war blechern, die Vinylplatte schon oft abgespielt worden, und ihre Stimme verloren zwischen den Kratzgeräuschen des Grammophons.

»E 6. Die wirst du zweimal hören.«

Er machte zwei Tanzschritte und setzte sich.

»Hermansson?«

Sie redete weiter.

»Es scheint zum Besten der Frau zu sein, dass wir lieber den Mann einsperren, aber das ist die Fortsetzung davon, dass wir, als sie klein waren, den Jungen gesehen haben und nicht das Mädchen. Ihn bestrafen wir, und für ihn stellen wir einen Maßnahmenkatalog auf. Auf sie scheißen wir, sie muss in sich selbst ertrinken, sie muss verschwinden, und sie stürzt dabei verdammt viel tiefer.«

Sie schluckte.

»Da, Ewert, da hast du dein Warum.«

Er sah sie lange an, nickte mehrmals und trank dann den noch vorhandenen Kaffee.

»Hermansson?«

»Ja?«

»Willst du tanzen?«

Er erhob sich, noch ehe sie antworten konnte, fiel vor der Musikbox auf die Knie, schob eine Hand zwischen die Wand und die Rückseite des Apparates und drehte dort einige Male an einem kleinen schwarzen Knopf.

Es wurde plötzlich viel lauter, Siws Stimme füllte das ganze Lokal.

Er zuckte gelassen mit den Schultern.

»Ab und zu, Hermansson, hat es seine Vorteile, schon eine Weile dabei zu sein.«

Er sah zufrieden aus.

Sie nahm seine ausgestreckte Hand, sie tanzten eine Weile, im Viervierteltakt mitten im Café. Zwei Minuten und vierzig Sekunden später verstummte die Musik, und Hermansson ging zu ihrem Tisch zurück.

»Ich habe zweimal gedrückt. Es kommt noch einmal.«

Ewert Grens zog das Jackett aus, machte noch zwei Schritte, wartete, dass sie zurückkäme, er hatte einen steifen Nacken und hinkte, das Waffenholster aus rissigem braunem Leder an einem Riemen über dem weißen Baumwollhemd, sie lachte, sie lachte laut.

Die Musik legte sich über alles, er hatte schon gesehen, dass zwei Gäste zum Tresen gingen, um sich zu beklagen, und dann klingelte Grens' Mobiltelefon zum ersten Mal.

Er bat um Entschuldigung und legte es auf den Tisch.

Keine Nummer angegeben, Telefonzentralen gaben nie eine Nummer an, das Sophiaheim hatte eine Telefonzentrale. *Ich müsste antworten.* Er hatte Annis Hand gehalten und einer Pflegerin erklärt, dass er sich zu keinem Zeitpunkt weiter als zwanzig Minuten entfernt aufhalten würde. *Ich müsste anrufen.* Wenn sie es waren, wenn sie mitten in der Nacht anriefen, dann ging es ihr schlechter.

Er hielt das Telefon in der Hand, bis es nicht mehr klingelte.

Sie hatten sich gesetzt und dankten jetzt einer jungen Frau, die Brei und Brote und noch mehr Kaffee servierte, als sie zu ihrem Tisch zurückkehrten.

Wieder ein Anruf ohne Nummer. *Ich müsste antworten.* Er antwortete.

Es war der diensthabende Kollege von der Wache.

»Grens?«

»Hast du eben auch schon angerufen?«

»Hast du das gehört? Und dich nicht gemeldet?«

»Was willst du?«

Langsames Atemholen.

»Jemand war am Tatort. Jemand hat sich im Gang unter dem St.-Görans-Krankenhaus aufgehalten. Jemand, Ewert, war dort, obwohl alles abgesperrt war, obwohl wir Leute dort haben, die jeden Eingang überwachen.«

Das Gewölbe unter dem St.-Görans-Krankenhaus war ein Meer aus blauen und weißen Bällen. Aus dem Absperrband, mit dem die Polizei die Stelle abgesperrt hatte, an der Liz Pedersen tot aufgefunden worden war. Jeder Meter war abgerissen worden, zerknüllt und zu identischen Bällen geformt, die scheinbar planlos weggeworfen worden waren.

Ewert Grens trug einen weißen Kittel, eine weiße Hose und eine weiße Schirmmütze und beugte sich ein wenig vor, als er sich die herumliegenden Plastikbälle ansah. Er hatte soeben Sven Sundkvist angerufen und ihn gebeten, aus seinem Haus in Gustavsberg sofort zur St.-Clara-Kirche zu fahren, dieser Morgen sollte nicht in Kronoberg beginnen.

»Ich bin mit der Tatortuntersuchung noch nicht fertig.«

Nils Krantz kniete vor der einen Wand bei der offenen Tür, von der sie jetzt wussten, dass sie direkt in das Tunnelsystem führte.

»Aber ich weiß, dass du es eilig hast, und ich habe einige vorläufige Ergebnisse, die dich bestimmt interessieren.«

Grens zog zerknüllte blaue Plastiktüten über seine groben Winterschuhe und ging durch die schmale Passage, die der Kriminaltechniker freigegeben hatte. Krantz kniete noch immer auf dem Boden, er zeichnete jetzt zwei Zentimeter über dem Betonboden einen Kreis in die Luft.

»Hier.«

»Ich seh rein gar nichts.«

»Wir haben genau hier einen deutlichen Schuhabdruck. Dieselben Schuhe wie gestern. Und dieselbe Art, den Fuß nach unten zu drücken.«

»Ja?«

»Es ist dieselbe Person, Ewert, derselbe Mann, der den Leichnam hergeschleppt hat.«

Grens sah den Abdruck an, den er nicht sehen konnte.

»Er ist also zurückgekommen.«

»Zweimal.«

»Wie meinst du das?«

»Ich habe Spuren von zwei Malen gesichert, zwei unterschiedlichen Zeitpunkten. Spuren, die frischer sind als mein erster Besuch hier gestern Vormittag.«

Ewert Grens drehte sich um, zählte unbewusst die blauen und weißen Plastikbälle auf dem Boden, blieb einen Moment vor der leeren Fläche stehen, auf dem zuvor acht Bahren gestanden hatten.

»Zweimal?«

»Und er ist auf demselben Weg gekommen. Durch die Tunneltür.«

Grens seufzte.

»Und das Absperrband?«

»Ich verstehe nicht, warum, das ist dein Job, aber auf jedem zusammengeknüllten Ball gibt es deutliche Fingerabdrücke.«

»Seine?«

»Sie entsprechen denen, die wir gestern an ihrem Körper gesichert haben.«

Wir haben den Tatort abgesperrt. Wir haben jeden Zugang bewacht.

Grens ging zu der Metalltür mitten in der Kellerwand.

Aber nicht die hier.

»In beiden Fällen ist er von dort gekommen. Und hat einen Besuch hier abgeschlossen.«

Krantz zog an dem einen Arm von Ewert Grens' Kittel. Sie gingen auf die andere Seite des Gangs, zur Tür gegenüber. Krantz öffnete, und Grens sah einen Arbeitstisch, einige Maschinen, aufgereihtes Werkzeug.

»Die Krankenhauswerkstatt. Auch dort haben wir an mehreren Stellen seine Fingerabdrücke gefunden. Auf einem Druckluftaggregat, einer Art Kompressor, mit dem die Hausmeister manchmal Bolzen entfernen. Und auf einer Winde. Und auf zwei Hochdruckpatronen, die …«

»Du brauchst nicht mehr zu sagen.«

Grens musterte einen blauen und runden Eisenklumpen ganz hinten auf dem Arbeitstisch. Ein Stück daneben lagen zwei halbmeterlange röhrenähnliche Tuben. An der Wand durchsichtige Schläuche, die mit einem Verteiler verbunden waren.

»Jetzt weiß ich es. Nicht wer, nicht warum. Aber wie.«

Er trat einen Schritt in den ziemlich dunklen Raum.

»Ich weiß, wie eine Schleifspur zwischen einem misshandelten Frauenkörper und einer Tunneltür mit einem Besuch in der Krankenhauswerkstatt zusammenhängt.«

Sven Sundkvist fuhr durch ein leeres Stockholm. Es war noch dunkel, aber bald würde der Tag beginnen, und die Menschen in den Häusern würden frühstücken und ihre Kinder anziehen und einer Zeit hinterherlaufen, die sie niemals zurückbekommen könnten. Ewert hatte um kurz nach fünf aus dem Keller des St.-Görans-Krankenhauses angerufen, *das Mädchen,* angespannte Stimme, *sie ist am Leben.* Ein Kuss auf Anitas Wange, einige Sekunden in der Tür zu Jonas' Zimmer, tiefe Atemzüge eines Jungen, der noch zwei Stunden schlafen würde. Er hatte das Reihenhaus in Gustavsberg verlassen, um nach einem anderen Kind zu suchen, einem Mädchen, das um die sechzehn Jahre alt war und laut längst nicht mehr verfolgten Ermittlungen seit mehr als zweien davon verschwunden war.

Er hielt vor dem großen Warenhaus in der Nähe des Klarabergsviadukts, überquerte die eben vom Schnee befreite Straße und stieg die Treppe zu den verschneiten Rasenflächen von St. Clara hoch. Die Kirche war nicht offen, aber der Küster, der sich als George vorstellte, war ein freundlicher Mann, klein und untersetzt und in Svens Alter, und er ließ sich Zeit, zum Haus nebenan zu spazieren und dabei zu erklären, dass sie immer als Erste zur Arbeit kam und dass sie jetzt da sei, sie, die vielleicht etwas wüsste.

Es war dunkel, aber Sven konnte sie doch ahnen, die Dealer, eine Gruppe von vier Leuten, die vor dem Zaun zur Garage Waren tauschten, *Art des Deliktes: Überlassung,* noch einige, die auf den Grabsteinen saßen und sich einen Schuss setzten, *Art des Delikts: Besitz,* er sah und drückte ein Auge zu, er war aus anderen Gründen hier.

»Du, Küster!«

Jemand von den Grabsteinen hatte sie aus der Ferne im Schein der trüben Lampen gesehen, jetzt hatte er es eilig, er stolperte, als er in dünnen Turnschuhen durch den Schnee stolperte.

»Einen Gutschein, du, ich …«

»Sprich mich nicht an, das weißt du.«

»… habe einen Wahnsinnshunger. Wenn du nur …«

»Sylvi. Du musst mit ihr sprechen.«

Er war nicht alt, Sven tippte auf zwanzig, aber müde, sein Gesicht war schon leicht gerunzelt. Jetzt musterte er die Männer neugierig.

»Und wer zum Teufel ist das da?«

Der Küster sah müde aus.

»Der ist von der Polizei.«

Etwa eine Sekunde, nicht mehr, dann lief er schon zu den anderen, um sie zu warnen.

Sven Sundkvist zuckte mit den Schultern.

»Ein andermal.«

Die Diakonin, die Sylvi hieß, saß in einem kleinen Büro in dem Gebäude auf der anderen Seite des Friedhofs. Eine sehr kleine, sehr magere Frau von vielleicht fünfzig mit einem Gesicht, das auf irgendeine Weise dem des jungen Dealers von vorhin ähnelte. Ein Gesicht, das strapaziert worden war, gealtert, das fast ausgedient hatte. Sie erinnerte an den Dealer, mit einer Ausnahme, ihre Augen, die brannten. Er hatte seine versteckt. Ihre lebten wieder.

»Sven Sundkvist, Citypolizei.«

Sie grüßten einander, ihre dünne Hand hatte Kraft.

Er erklärte kurz, sein Besuch war Teil einer Mordermittlung, die Obdachlose aus der Gegend um den Fridhemsplan tangierte, und deshalb sei ihm empfohlen worden, mit ihr zu sprechen, da sie die Kenntnisse besaß, die der Polizei fehlten.

»Sundkvist? Das stimmt doch?«

Eine Diakonin, eine kirchliche Sozialarbeiterin, von der Gemeinde bezahlt, viele von ihnen hatten selber einen schwierigen Hintergrund, er fragte sich, welchen Weg sie genommen hatte, wie wohl gerade ihre Geschichte aussehen mochte.

»Ja.«

»Dein Jargon gefällt mir nicht. ›Tangiert Obdachlose.‹ Ich glaube, du weißt das besser. Ich glaube, du willst etwas über jemanden wissen, dessen Namen du schon kennst.«

Nicht jemanden.

Mehrere.

Ein Mann, der Spuren hinterlässt, der aber keine Identität

hat. Ein Mädchen, das mit vierzehn Jahren aufgehört hat zu existieren.

»Ein Mord. Wir ermitteln ohne Vorbehalte.«

Sie ließ sich in ihrem schlichten Schreibtischsessel zurücksinken. Sie sah ihn an. Sie sah durch ihn durch.

»Und womit glaubst du, kann ich dir helfen?«

»Wissen. Über den Fridhemsplan.«

Sie zeigte aus dem Fenster.

»In dieser Stadt gibt es viertausend Obdachlose. Mindestens fünfhundert wohnen auf der Straße. Du siehst es selbst. Da hast du zehn von ihnen.«

Die Dealer wie Schatten da draußen. Er nickte.

»Und wenn wir beim Fridhemsplan bleiben?«

»Warum?«

»Der Mord. Der ist dort passiert.«

Die Diakonin zögerte. Sie hatte ihn eben noch durchschaut. Sie hatte gesehen, dass er log.

»Fünfzig.«

»Fünfzig. Wer sind die?«

»Solche wie die da vor dem Fenster. Wie überall. Psychisch Kranke. Oder Drogensüchtige. Oder beides. Die, die übrig geblieben sind.«

»Alter? Geschlecht?«

»Von älteren Männern bis zu ganz jungen Mädchen.«

»Jung?«

»Mehrere sind fünfzehn.«

Bei seiner Arbeit begegneten ihm jede Woche Jugendliche, die sich auf der Straße herumtrieben. Aber die Eltern hatten, ein Zuhause.

Sie sprach über etwas anderes.

Kinder, die auf der Straße wohnten.

»Aber dann ... warum wissen wir nichts über sie?«

Sie lächelte nicht spöttisch. Sie war eine, die das nicht tat.

»Weil es sie offiziell nicht gibt.«

Die Diakonin öffnete den obersten Knopf ihrer Strickjacke, zeigte ihren weißen Kragen.

»Für ihre Eltern gibt es sie nicht. Ein Mädchen, das zu Hause hinausgeworfen wird oder wegläuft, bedeutet eine Gefahr. Ich spreche über Familien, wo Missbrauch vorkommt. Oder psychische Krankheiten. Oder Übergriffe. Familien, die um jeden Preis ihre Ruhe haben wollen, Familien, die Angst vor den Sozialbehörden haben und die Polizei hassen.«

Sie öffnete noch zwei Knöpfe an ihrer Jacke. Der weiße Kragen ging in ein grünes Hemd über. Wenn sie sprach, wurde sie mehr zur Diakonin, zur Autorität der Straße.

»Eltern, die nicht verraten, dass sie ihre Tochter vor die Tür gesetzt haben, melden sie in der Schule krank, damit niemand Fragen stellt. Deshalb kann es Wochen dauern, manchmal Monate, bis jemand begreift, dass ein Kind heimatlos umherirrt. Bis ich, bisweilen, zufällig davon höre.«

Sie drehte sich zu dem Regal mit den Ordnern um, nahm einen heraus und legte ihn auf den Schreibtisch.

»Aber auch dann gibt es sie nicht. Nichts passiert. Die Sozialbehörden suchen nicht, suchen nicht auf, fragen nicht … sie archivieren meine Mitteilungen, das ist alles, und ich habe keine Zeit, für Archive zu schreiben.«

Sylvi blätterte in dem Ordner, der vor ihr lag.

»Das sind meine Meldungen über minderjährige Mädchen aus den letzten drei, vier Jahren.«

Sie zählte laut.

»Dreiunddreißig Mädchen. Alle um die fünfzehn, die zeitweise auf der Straße leben oder gelebt haben.«

Sie drehte den Ordner um und zog eine Kopie heraus, die ganz hinten gelegen hatte.

»Die Letzte … diese Meldung habe ich erst vor drei Wochen eingereicht.«

Es schneite, als Ewert Grens das St.-Görans-Krankenhaus zu Fuß verließ.

Er suchte einen Mörder.

Während Stockholm aufwachte, sollte er sich dem Mann nähern, der durch verschlossene Türen ging, der sich frei in einer geschlossenen Welt unterhalb von Stockholm bewegte und der eine tote Frau auf eine Krankenhausbahre gelegt hatte.

In einer Aktentasche unter seinem Arm hatte er drei Dokumente.

Zuerst das Verzeichnis von Adressen der sieben Häuser mit den direkten Verbindungen zu den unterirdischen Tunneln, in denen in den letzten Jahren ungeklärte Einbrüche mit einer gemeinsamen Spur geschehen waren – Fingerabdrücken, die sie jetzt auch auf dem Leichnam gesichert hatten.

Ich weiß, dass du mit Druckluftaggregat und Winde Schlüssel sammelst. Ich weiß, dass du auf diese Weise insgesamt vierundzwanzig Türen passieren konntest, ohne dass die Techniker auch nur eine einzige Aufbrechspur gefunden haben.

Dann hatte er die Karte mit den siebzehn gezeichneten Kreisen, die die Stellen zeigten, wo zur Zeit ihres Verschwindens jemand mit Jannike Pedersens Telefon angerufen worden war.

Ich werde in die Mitte jedes Kreises gehen. Ich weiß, dass sie dort sind, deine Wege, hochzukommen, nach unten zu gelangen.

Schließlich eine Kopie des gesperrten Registers des Katastrophenschutzes, über die vierzehn Treppenaufgänge um den Fridhemsplan, in deren Wänden in geschlossenen Metallbehältern Hauptschlüssel verwahrt wurden.

Ich war in der Krankenhauswerkstatt. Ich habe das Werkzeug gesehen, das du dir ausleihst. Ich weiß, dass ich mir sehr bald noch weitere von deinen Fingerabdrücken sichern werde, du bewegst dich in einem begrenzten Gebiet, einer Welt, die du kennst, einer Welt, die auch ich bald kennen werde.

Große schwere Flocken wirbelten durch die Luft, der Wind

wurde immer stärker. Er merkte das nicht. Er wusste, dass er auf dem Weg war, dass er sich näherte, dass er nach einem Spaziergang von etwas mehr als einer Stunde sein Ziel fast erreicht haben würde.

Du bist da.

Da seid *ihr.*

Sven Sundkvist hielt bei der schon am frühen Morgen geöffneten Kaffeestube in der Hornsgata, eine Tasse Tee und zwei Käsebrote, während er darauf wartete, dass es acht Uhr würde.

Er war eine Weile über die engen Wege des Friedhofs gegangen, der Ordner der Diakonin mit den dreiunddreißig jungen Mädchen ohne Zuhause wirbelte irgendwo in seinem Kopf herum. Er versuchte noch immer, eine Stunde darauf und unter Menschen, die ein frühes Frühstück zu sich nahmen, dieses bohrende Gefühl von Widerwillen zu verdrängen.

Sylvi, die Diakonin, hatte ihn durchschaut. *Ich glaube, du weißt das besser. Ich glaube, du willst etwas über jemanden wissen, dessen Namen du schon kennst.* Er suchte ein Mädchen, das im Moment nur eine Identität ohne Leben war.

Er hinterließ kalten Tee und ein Brot, das von der Kante bis zu der leeren Stelle in der Mitte trocken war, fuhr durch die Rosenlundsgata zum Ringväg und dann über die hintere provisorische Straße zum Hof der Eriksdalsschule. Kinder sprangen vor seinen Füßen herum, Schneebälle in der Luft und Hockeyschläger, die auf das in einer Ecke des asphaltierten Hofes angewachsene, unebene Eis einschlugen. Es kam jetzt nur noch selten vor, dass er Schulen besuchte, nicht einmal in Gustavsberg, Jonas wollte das nicht, plötzlich war es ihm peinlich, in der Gesellschaft seiner Eltern gesehen zu werden. Sven sah ihn vor sich, die Mütze tief in die Stirn gezogen, die Wangen rot vor Kälte und Energie, er lief sicher auf dieselbe

Weise über einen von Schnee und Eis bedeckten Schulhof, bis die Schulglocke zur ersten Stunde rief.

Er erkannte sofort den Geruch des Ganges aus seiner eigenen Schulzeit wieder. Feuchte Kleider, die übereinander auf kleinen Holzhaken neben den Klassenzimmern hingen, Schweiß, der unter mehreren Schichten aus dicken Pullovern eingesperrt ist, es war so lange her, es war erst eben gewesen.

Im Klassenzimmer waren keine Kinder, aber eine Frau, einige Jahre älter als er selbst, wartete beim Pult. Er klopfte an den Türrahmen, und sie winkte ihn zu sich, zog einen Stuhl aus einer der Reihen der Schülertische hervor.

»Sven Sundkvist, Citypolizei.«

Sie schob nervös einen Papierstapel auf ihrem Pult hin und her.

»Sie wollten sich wegen Jannike erkundigen?«

»Ja.«

»Haben Sie sie gefunden?«

»Nein. Leider nicht.«

»Sie ist seit zweieinhalb Jahren verschwunden. Sie sind nicht zufällig hier.«

Ein ziemlich großer Raum, Sven Sundkvist sah sich die Wände an, Zeichnungen aus einer Gruppenarbeit über die Energievorräte der Welt, Fotos von einer Klassenreise nach Bornholm, eine hübsche Unterbringung für eine Mittelstufenklasse, für Kinder, die nicht klein sein wollten, die aber noch einen weiten Weg bis zum Erwachsenenleben hatten.

»Wie lange sind wir hier allein?«

»Heute geht es erst um neun los.«

Er wusste um die Kraft von Fragen, die erst später formuliert und gestellt wurden. Wie sie den einen zwingen konnten, nach falschen Hoffnungen zu tasten, dem anderen die Erleichterung verschafften, die angeblich einer endgültigen Todesmitteilung folgt.

»Wenn ich mein Gespräch mit dem Schulleiter richtig verstanden habe, dann verfügen Sie über Informationen, die für die Ermittlung interessant sein können.«

»Das weiß ich nicht. Aber ich kann Ihnen ein Bild von ihr geben. Ich habe das so verstanden, dass es Ihnen darum geht.«

Sie öffnete einen zwischen Energiezeichnungen und Ausflugsfotos in der Wand angebrachten Schrank. Stapel aus Büchern, Papieren, Ordnern. Sie nahm einen heraus.

Abgeheftete Zeitungen im A4-Format.

»Ab und zu sieht man die Dinge wohl zu spät.«

Sie legte die steifen Papiere auf einen Schülertisch.

»Ein Projekt über Tageszeitungen. So was macht man im Jahreskurs 5, jedenfalls hier in dieser Schule.«

Sven Sundkvist blätterte in den ehrgeizigen Jahresarbeiten, die ihm unbekannte Zwölfjährige unterschrieben hatten. Er hatte Jonas' Lehrer vergleichbare Arbeiten beschreiben hören, so etwas wurde jetzt oft gemacht. Projekte mit Wirklichkeitsbezug, das kam ihm ungeheuer viel vernünftiger vor als die Auswendiglern-Schule, die er selbst besucht hatte.

»Jannike war ein so *tüchtiges Mädchen,* einfach wunderbar. Immer brav und mit sehr guten Leistungen. Entgegenkommend. Sie … sie machte sich eigentlich nicht bemerkbar.«

Sven suchte nach ihrem Artikel.

»Sie finden ihn nicht?«

Er blätterte noch einmal durch den Ordner.

»Sie hat keinen geschrieben. Gerade das wollte ich Ihnen zeigen.«

Es war das erste Mal gewesen. Die, die sich nicht bemerkbar machte, hatte sich bemerkbar gemacht. Sie hatte es nicht über sich gebracht, etwas zu schreiben, hatte sich nicht einmal zu einem Versuch herabgelassen. Sie hatte das dann regelmäßig wiederholt, sich bemerkbar zu machen, indem sie nichts machte.

»Damals wusste ich das nicht. Ich habe es erst begriffen, als ihre Mutter den Vater angezeigt hat.«

Sie zog die Papiere an sich heran.

»Nachher, da wird es so deutlich.«

Sie legte den Ordner vorsichtig mitten in den Schrank zurück, eine Lehrerin sperrte die Erinnerungen an Schüler ein, die sie schon längst verlassen hatten.

»Die Eltern?«

Sie zuckte mit den Schultern.

»Die Mutter? Die habe ich niemals kennengelernt. Den Vater? Der war anfangs einige Male hier, bei Elternabenden und Entwicklungsgesprächen, er sagte nicht sehr viel, wirkte aber … interessiert.«

»Anfangs?«

»Dann ist er ausgeblieben. Das hier ist meine siebte Mittelklasse, und wenn es zu Scheidungen kommt … dann verschwinden sie eben.«

Sven Sundkvist war von der Bank aufgestanden, auf der sonst ein zwölfjähriges Kind saß, er ließ die Tür offen stehen, war schon zwei Klassenzimmer weiter in diesem leeren Gang, als er die Stimme der Lehrerin hörte.

»Es wäre besser, wenn Sie die Wahrheit sagten.«

Er drehte sich um.

»Verzeihung?«

»Sie kommen her und stellen Fragen. Mehr als zwei Jahre später.«

»Ich versuche, ihr Verschwinden aufzuklären.«

Die Tür weit auf, zwei Schritte hinaus, sie sah sich um, ehe sie weitersprach.

»Tot. Das weiß ich. Jannike ist tot.«

Ewert Grens lächelte dem fallenden Schnee zu.

Er stand vor dem Eingang des roten Klinkerhauses in der

Mariebergsgata, nickte zweien der Bewohner zu, die zu einem Arbeitstag irgendwo in Stockholm aufbrachen. Er untersuchte das runde Loch in der Mauer links vom Eingang. *Ich bin in deiner Nähe.* Ungefähr fünf Zentimeter im Durchschnitt, Platz für das Schloss eines eingemauerten Metallbehälters. *In eurer Nähe.* Der erste von vierzehn Hauseingängen in der Umgebung des Fridhemsplans, in denen die Hauptschlüssel aufbewahrt wurden, zu denen die Gesellschaft im Fall von Unglück, Brand oder Krieg Zugang haben musste.

Die Karte des Katastrophenschutzes in seiner Hand, drehte er am Schlosskolben und suchte mit den Fingern in dem dunklen Metallzylinder. Zwei Schlüssel. Genau wie sich das gehörte. Grens zog sie heraus, hielt sie in der Hand, legte sie wieder zurück.

Das nächste Haus war ein schönes älteres Wohnhaus in der Arbetargata, mit einer verzierten Fassade aus einer anderen Zeit. Aber in der Wand, links vom Eingang, ungefähr in der Mitte, klaffte ein leeres rundes Loch.

Ein Loch ohne Schlüsselbehälter.

Er hatte nur zwei Häuser untersuchen müssen. Er hatte das schon gefunden, dessen Existenz er geahnt hatte.

So arbeitest du eben. So überlebst du.

Grens ging näher und ließ seine mit Plastikhandschuhen bekleideten Hände die Mauerreste betasten, die auf der obersten Treppenstufe lagen und zerkrümelten. Dann registrierte er kleine Druckstellen um das aufgebrochene Loch, Beschädigungen, die, davon war er überzeugt, von einer Rohrzange stammten.

Du warst noch vor ganz kurzer Zeit hier.

Er führte zwei Telefongespräche. Das erste mit Nils Krantz, der, wenn er seine Arbeit im Krankenhauskeller beendet hätte, herkommen würde, um weitere Fingerabdrücke zu sichern. Das zweite mit der Bezirkseinsatzzentrale und einer Streife, die das absperren sollte, was nun zu einem weiteren Tatort in einer Mordermittlung geworden war.

Es wurde heller, ein kurzer Wintertag zog herauf, als Grens die nächsten sechs Schlüsseldepots auf seiner Karte suchte, er überprüfte die Eingänge zu normalen Treppenhäusern und ignorierte die misstrauischen Blicke der Hausbewohner. Vier der eingemauerten Metallbehälter waren unversehrt. Der fünfte war leer, aber nicht erst seit kurzer Zeit. Der sechste dagegen war erst kürzlich aufgebrochen worden, große Teile der Fassade lagen auf dem Boden und den Treppenstufen.

Grens dachte an Winde und Druckluftaggregat, die Krantz ihm vorhin in der Krankenhauswerkstatt gezeigt hatte.

Diesen Zylinder hier hatte der Arsch weggesprengt.

Du bist effektiv. Mindestens zwei Stück. In einer Nacht.

Ewert Grens hatte in seinen Jahren als Kriminalkommissar in der Stockholmer Innenstadt sowohl Verrückte gejagt, die die Hauptschlüssel des königlichen Schlosses in ihre Obhut gebracht hatten, als auch Killer, die Türen öffneten und statt Leichen in Kiesgruben abzulegen, sie direkt in den Leichenhallen der Krankenhäuser hinterließen. Die aus unbewachten Depots gestohlenen Schlüssel zu öffentlichen Räumlichkeiten verliehen eine zufällige Macht.

Aber keiner von den früheren hatte einen solchen Überblick gehabt.

Sie hatten nie begriffen, dass so, wie dieses System funktionierte, auch ganz Stockholm funktionierte, ganz Schweden, und dass die, die das begriffen, auch wirkliche Macht besitzen würden und mit zehn wohl angebrachten Sprengladungen hinter zehn verschlossenen Türen an den Knotenpunkten für Strom und Fernmeldewesen im Grunde die ganze Nation zum Kentern bringen könnten.

Dieser hier, auch der begriff das nicht.

Davon war Grens überzeugt.

Dieser hier war wie die anderen, ein kleiner Dieb, der in seiner engeren Umgebung über eine Anzahl von Behältern gestolpert war und der sich damit zufriedengab, mit lokaler Macht in seinem Schlüsselbund zu überleben.

Du hast mitten in den gezeichneten Kreisen der Ermittlung gestanden.

Dich hat sie an den Tagen vor ihrem Verschwinden angerufen.

Er lächelte nicht mehr, er lachte, laut genug, dass zwei Vorübergehende herumfuhren und den Kopf schüttelten. Er bückte sich sogar, machte aus Neuschnee einen dicken Ball und warf ihn hoch in die Luft.

Der Mann, der Liz Pedersens Körper zerschnitten hatte, befand sich unter ihm.

Dort lebte er, fünfzehn, zwanzig Meter tiefer.

Grens lachte wieder, formte einen weiteren Schneeball und warf ihn hoch. Noch einen Anruf bei Krantz, wegen der Fingerabdrücke in einem Treppenhaus, und noch ein Anruf bei der Einsatzzentrale wegen einer Streife zum Tatort. Danach machte er sich auf den Weg nach Kronoberg, er brauchte nicht noch weitere ausgeleerte Metallkästen in Treppenhäusern, er hatte erfahren, was er hatte erfahren wollen.

Wenn sie noch lebte.

Wenn sie noch lebte, dann lebte sie dicht unter den Menschen, die ihr Verschwinden ermittelten, dort unter dem Asphalt in der Umgebung des Polizeigebäudes, seit über zweieinhalb Jahren.

Ich komme zu dir nach unten.

Zu euch.

Ich werde in die Welt eindringen, in der ihr euch sicher wähnt.

Die Stimme der Lehrerin war zwischen nassen Jacken an Holzhaken in dem leeren Gang widergehallt.

Tot. Das weiß ich.

Sven Sundkvist versuchte, das Gefühl der Fragen abzuschütteln, die vergessene Wunden aufrissen. Er ging über den vereisten Schulhof und ins nächste Gebäude, das etwas größer war und in dem ältere Schüler untergebracht waren. Er schaute neugierig bei Unterrichtsstunden mit offener Klassentür vorbei, sah Fünfzehnjährige mit Kugelschreibern in der Hand und Schreibheften auf den Tischen, und ihm kam das alles modern vor, zu seiner Zeit waren Türen immer geschlossen gewesen, Lehrer, die konsequent jeden Einblick verhinderten, damit ihnen ja niemand auf die Finger schaute.

Im Lehrerzimmer bot man ihm starken Kaffee an, der schon zu lange herumstand, aber Sven trank trotzdem, während ein junger Mann in Jeans und Sakko erklärte, er sei zur Zeit ihres Verschwindens Jannike Pedersens Klassenlehrer gewesen und er kenne diese leistungsstarke unsichtbare Schülerin nicht, die frühere Lehrkräfte beschrieben, und habe sie auch nie gesehen.

Ihm war ein anderes Kind begegnet, herausfordernd, schon gleich zu Beginn der siebten Klasse, sexuell ausagierend, sogar was ihn betraf, den so viel Älteren. Er habe sich damals damit begnügt, das als den Versuch einer sehr jungen Frau zu deuten, ihre Sexualität an einem garantiert ungefährlichen Objekt zu testen, ungefähr so, wie singende junge Männer zu begehren, die auf Plakaten in jedem Jungmädchenzimmer hingen, Sexualität auf Distanz, die keine physische Nähe und keine Gegenleistung verlangte.

Sven Sundkvist hörte zu und ließ sich auf dem Sofa aus braunem Leder zurücksinken, das noch immer nach der Zeit roch, als Rauchen im Haus erlaubt gewesen war. Für den Moment war er wieder klein und zu Besuch an einem Ort, den man niemals aufsuchte, einer Welt der Erwachsenen mit Macht, und herbestellt zu werden, ins Lehrerzimmer, bedeutete immer etwas Unangenehmes.

Der Lehrer in Jeans und Sakko bot mehr Kaffee an und setzte sich neben Sven, sichtlich berührt, die mehrere Jahre später gestellten Fragen eines Polizisten bohrten sich tiefer und taten weh. Er sprach lange über eine Schülerin, die seine Zeit verschlungen hatte, als sie dort gewesen war, danach seine Kraft, als sie ständig unentschuldigt fehlte, und dann auf dem Schulhof, auf dem Gang, in einigen Fällen sogar in der Schulbank mehrere Beziehungen zu erwachsenen Männern demonstriert hatte. Sie hatte kurze Röcke und zerschnittene Netzstrümpfe getragen und dadurch um eine Hilfe gebeten, die er nicht geben konnte.

Am Ende war es anders geworden.

Ehe sie verschwunden war.

Der Lehrer erhob sich und überzeugte sich davon, dass sie in dem großen Raum allein waren.

Plötzlich hatte sie angefangen zu riechen.

Sie war schmutzig und ungewaschen erschienen.

Innerhalb weniger Wochen wollte sie nicht mehr anziehend wirken, sondern abstoßend.

Der Schulhof war verlassen, als Sven Sundkvist die Tür schloss und dem Lehrer dankte, der seine Gedanken über ein Mädchen mit ihm geteilt hatte, das er niemals kennengelernt hatte, an das er sich aber deutlicher erinnerte als an alle anderen. Er ging zum Auto und dachte an eine sehr junge Frau, die auf diesem Schulhof umhergelaufen war und sich verzweifelt danach gesehnt hatte, gesehen zu werden, die aber niemand gesehen hatte und die deshalb geflohen war, nach der niemand auch nur gesucht hatte, bis sie eines Morgens zweieinhalb Jahre später plötzlich interessant geworden war, aber nicht um ihrer selbst willen, sondern als Teil einer Mordermittlung. Er räusperte sich, schluckte erst das hinunter, was seine eigene und die Triebkraft der Polizei und der Gesellschaft war, dann den Klumpen, der aus Scham bestand.

Es war immer gleich seltsam, durch das Zuhause eines toten Menschen zu gehen.

Jemand hatte die Weingläser auf dem Küchentisch gespült, hatte das breite Bett gemacht, das mitten im Schlafzimmer zu viel Platz beanspruchte, hatte einen blauen Wintermantel auf einen der zwei Kleiderbügel am Hutregal gehängt, hatte schmutzige Wäsche in den hinter dem Duschvorhang aus steifem Kunststoff stehenden Korb gelegt. Jemand, der am Morgen die Wohnungstür hinter sich zugezogen hatte, ohne zu begreifen, dass es zum letzten Mal geschah.

Ewert Grens hatte niemals mit Liz Pedersen gesprochen, im Leben war sie ihm auch nie begegnet.

Jetzt stand er in ihrer Diele.

Um eine Tochter zu suchen, die hier seit mehreren Jahren nicht mehr geatmet hatte.

Es war eine schöne Wohnung auf dem westlichen Södermalm, ebenso nah bei den viel befahrenen Durchfahrtsstraßen wie den Rasenflächen und Schrebergärten von Tantolunden gelegen. Er war vom Fridhemsplan und den Treppenhäusern losgefahren, die gezeigt hatten, in welcher Nähe sie sich aufhielt, jetzt lächelte er in dem Gefühl, ihr noch näher gekommen zu sein, nur noch Stunden trennten ihn von einem Mann, der seiner Überzeugung nach getötet hatte.

Jetzt bin ich auf dem Weg zu dir, zu ihm, in eure Welt.

Grens tippte auf achtzig Quadratmeter. Aber so viel brauchte er gar nicht. Ihr Zimmer würde reichen, das, in dem sie seit über zwei Jahren nicht mehr wohnte, das aber immer noch das einer Vierzehnjährigen war und das vermutlich seit dem Augenblick, in dem sie es verlassen hatte, nicht mehr angerührt worden war.

Er ging hinein und blieb eine Weile auf dem dicken hellen Teppich stehen. Das Bett mit den großen Kissen und zwei Reihen von Teddybären, der Schreibtisch mit einem Computer, der nicht mehr sonderlich modern war, ein langer schmaler Spiegel mit Goldrahmen über einem Schminktisch, dunkle Vorhänge, die das Fenster einhüllten und den Ausblick auf einen weiß verschneiten Hinterhof verbargen. Sie hatte die umhegte Wirklichkeit eines Mädchenzimmers verlassen, und wenn Grens richtig tippte, dann lebte sie seit langer Zeit den Überlebenskampf eines erwachsenen Menschen in dunklen Tunneln. Ein Raum, der verlassen worden war und auf einen Menschen wartete, den es nicht mehr gab, einen Menschen, der mehr gealtert war als seine Umgebung und der niemals zurückkommen würde, um in dem zu leben, das nur noch Vergangenheit sein konnte.

Du hast keinen Ort, an den du fliehen kannst, nicht einmal hierher.

Er ging zu dem Schminktisch mit dem Spiegel und hob mit den behandschuhten Fingern zuerst eine teilweise von Hautresten bedeckte Nagelfeile hoch, dann eine Bürste, die mehrere von ihren langen Haarsträhnen zerrissen hatte.

Er drehte sich zu dem Schreibtisch um und löste die Tastatur des Computers ab.

Er riss das perfekt gemachte Bett auseinander und fand eine benutzte Unterhose, die zwischen Bettgestell und Tapete eingeklemmt war.

Jedes Fundstück wurde vorsichtig in einer Plastiktüte verstaut.

Wir haben am Körper deiner Mutter Speichel gefunden.

Ewert Grens verließ das, was einmal die ganze Welt eines Mädchens gewesen war, und ging durch ein Zimmer nach dem anderen in einer Wohnung, die so normal wirkte und der doch schon das Leben fehlte.

Ein Kuss.

Er betätigte die Toilettenspülung und ließ Wasser über den Boden der Dusche laufen, um den Geruch zu verdrängen, der bald überhand nehmen würde, wenn der Geruchsverschluss eintrocknete. Er kümmerte sich um die kleine Portion Hackfleisch, die als Abendessen vorgesehen gewesen war und tagsüber hatte auftauen sollen und die jetzt in ihrem eigenen Saft auf dem Küchentisch vergammelte. Er goss die Topfblumen vor sechs verschiedenen Fenstern und wusste, dass sie schon in zwei Tagen anfangen würden zu welken.

Dein Kuss.

Er sah eins der dunklen Fenster von Liz Pedersens Wohnung in seinem Rückspiegel langsam kleiner werden. Der Vormittagsverkehr kroch ruckweise über den Ringväg, und bei der Kreuzung Hornsgata hatte er die Sache satt und fuhr geradeaus weiter, um in Lundagata und Högalidsgata einige verärgerte Radfahrer zu überholen und auf der Busspur auf der Långholmsgata zwei Minuten zu gewinnen.

»Kommissar Grens?«

»Wie geht es ihr?«

Er hatte den höchsten Punkt auf Västerbron erreicht, als die Signale seines Mobiltelefons die Pflegerin auf einem der vielen Gänge des Sophiaheims erreichten.

»Unverändert.«

»Unverändert?«

»Genau wie vor einer Stunde.«

Er wollte schon auflegen, als sie weitersprach, mit angespannter Stimme.

»Kommissar Grens?«

»Ja?«

»Seit Ihrem Besuch hier gestern Abend haben Sie jede Stunde einmal angerufen. Dreizehn Mal in dreizehn Stunden. Obwohl ich versprochen habe, Sie über jede Veränderung sofort zu informieren.«

»Ja?«

»Ich verstehe ja, dass Sie sich Sorgen machen, Herr Grens. Aber Ihre Anrufe … dabei scheint es doch vor allem um Sie selbst zu gehen. Den Zustand Ihrer Frau können Sie nicht beeinflussen.«

Kungsbron lag wie ein weißer ausgestreckter Arm zwischen Kungsholmen und Norrmalm, der weiche Schnee bettete das ein, was sonst eine harte und unpersönliche Verkehrsader war. Er stellte den Wagen vor dem hohen Haus ab, wo im siebten Stock die Staatsanwaltschaft untergebracht war, sah Ågestams viereckigen Großstadtjeep zwei Parkplätze weiter, so einen, mit dem Neureiche sich schmückten.

Der Staatsanwalt war schon im Büro. Das hatte Grens gehofft.

Der Fahrstuhl war auf allen Seiten mit Spiegeln versehen, und Grens schreckte zurück vor dem Menschen, der ihn dort anstarrte. Ein Mann von fast sechzig, zu schwer, zu grau, ein Gesicht, das schon lange nicht mehr geruht hatte. Er war für eine knappe Minute allein auf dem Weg nach oben und brauchte sich nur um sich selbst zu kümmern. Er brachte das nicht über sich. Er hatte keinen Platz dafür, verdrängte es, vertrieb es durch Verwünschungen, wenn es sich doch näherte und er sein Telefon hervorziehen musste, jemanden anrufen, jemanden, der nicht er selbst war. Zuerst wählte er die Nummer von Anni und dem Sophiaheim, hörte die Stimme der Krankenpflegerin von vorhin und legte auf, ehe auch nur das erste Signal ertönt war. Dann versuchte er es bei Hermansson. Sie hatten seit dem Frühstück bei der Musikbox im Café nicht mehr miteinander geredet, er hatte keine Zeit gehabt, oder er hatte ihr ganz einfach nicht vertraut, und irgendwo in seinem Inneren wusste er, dass sie sich um dreiundvierzig Kinder kümmern musste, die es nicht gab, und dass sie das mindestens so gut machte wie alle anderen. So jung, so klug, ein einziges Jahr als Kriminalinspektorin, fünf Jahre überhaupt erst bei der Polizei, mit der

Aufgabe zu wachsen hatte bei ihm sehr viel länger gedauert. Sie meldete sich nicht, und er hinterließ keine Mitteilung, das lag ihm nicht. Aber er rief noch einmal an und war jetzt bereit, redete holprig, als er sie bat, sich zu melden.

»Du siehst müde aus.«

Der junge stellvertretende Oberstaatsanwalt saß hinter einem blanken Schreibtisch in einem Zimmer mit Aussicht auf die Hauptstadt und versuchte, teilnahmsvoll und erwachsen auszusehen.

»Ich habe keine Zeit für blödes Gerede.«

»Sundkvist hat schon angedeutet, dass du … es privat nicht ganz leicht hast.«

Grens verabscheute diesen Anzugträger schon seit ihrer ersten Begegnung und hatte niemals versucht, das zu verbergen.

»Darauf kannst du scheißen.«

»Wie geht …«

»Ich arbeite. Darüber will ich reden, über die Arbeit. Falls du Zeit zum Zuhören hast, meine ich?«

Lars Ågestam seufzte. Er schien jedes Mal vergessen zu können, dass das hier nicht ging, er war ein Mensch, und Menschen reden miteinander, und er versuchte es deshalb immer, bis er, in genau dem Augenblick, in dem er es versuchte, einsah, dass es bei Grens niemals gehen würde.

»Kaffee?«

»Nicht allein mit dir.«

Der Staatsanwalt seufzte noch einmal, zweimal, dann hob er die Hand wie ein Stoppzeichen, um klarzustellen, dass er aufgab.

»Ich höre.«

Ewert Grens schien den Stuhl, den Ågestam ihm hinrückte, nicht zu sehen.

»Ich will nach unten.«

»Nach unten?«

»Ins Tunnelsystem.«

»Wie …«

»Und ich will das durch den Eingang bei Kronoberg machen. Mit einem Einsatzkommando. Heute.«

»Mit einem Einsatzkommando? Es gibt ein Tunnelkommando. Kollegen, die sich damit auskennen.«

»In den Tunneln, in die wir wollen, gibt es weder Schienen noch Gehsteige. Es ist pechschwarz, eng und unerforscht. Ich will ein Einsatzkommando.«

Lars Ågestam lächelte.

»Und wer, Grens, wer glaubst du, wird dir dazu die Genehmigung erteilen?«

»Die Leitung des EK. Und ich mache es heute. Mit achtzig Mann.«

Das Lächeln erinnerte jetzt an eine höhnische Grimasse.

»Die sind nur achtzig. Insgesamt.«

»Das stimmt. Jeder Angestellte, im Dienst oder nicht, ob Überstundensperre oder nicht.«

Der junge Staatsanwalt schüttelte den Kopf, er lachte wieder.

»Du, Grens, diese Genehmigung kann nicht einmal ich dir erteilen. Das ist Sache der Bezirkspolizeileitung.«

Er hatte zweiunddreißig laufende Ermittlungen auf seinem Schreibtisch gehabt. Innerhalb weniger Stunden war eine dreiunddreißigste dazugekommen, wie Abfall weggeworfene Kinder, und eine vierunddreißigste, eine Frau, die bewegungslos auf einer Bahre in einem Kellergewölbe lag.

»Ågestam, zum Teufel, wir jagen gegen die Zeit!«

Er hatte sich schon unter Druck gesetzt gefühlt, noch ehe der einzige Mensch, auf den er sich je verlassen hatte, plötzlich angefangen hatte, ihn zu verlassen, und er hatte ihre Hand gehalten, bis er sie fast zerquetscht hätte.

»Wir wissen, dass der Mann, der diese Frau ermordet hat, sich dort unten befindet.«

Er war ein Mensch, der auch sonst seinen Zorn nicht besonders gut unter Kontrolle halten konnte.

Aber als er nun schrie und gegen die Wände im Zimmer des stellvertretenden Oberstaatsanwalts hämmerte, war das eine Wut, die ihm Angst machte. Die Bilder von Anni, bewusstlos und mit dem Schlauch des Respirators im Mund, und Liz Pedersen mit großen Löchern im Gesicht vermischten sich mit denen aus seiner leeren Scheißwohnung und denen von einsamen Nächten auf dem Sofa im Polizeigebäude, und er merkte, wie ihm schwindlig wurde, wie seine Beine unter ihm nachzugeben drohten und wie eine seltsame Wärme sich einstellte, zu Schweiß wurde und über seinen Rücken strömte.

Er setzte sich auf den Stuhl, den er vorher ignoriert hatte, wartete, bis sich vor seinen Augen nichts mehr drehte und er seine Arme wieder spürte.

»Wir wissen?«

Er schluckte.

»*Ich* weiß.«

Ewert Grens spulte eine lange Indizienkette ab, die auf geradem Weg unter die Erde führte. Fingerabdrücke des einen Mannes waren an einer Frauenleiche und bei den Einbrüchen in sieben verschiedene Häuser gefunden worden, erst an diesem Morgen hier in der Nähe in zwei Treppenhäusern mit leeren Behältern für Hauptschlüssel.

»*Außerdem,* Ågestam, finden sie sich auf den Leitern ins Tunnelsystem überall in der Gegend um den Fridhemsplan. Unter jedem verdammten gusseisernen Gullydeckel mitten im Asphalt.«

Die Angst, die zu Schwindel geworden war, war verflogen.

»Unser Mörder befindet sich also mitten unter uns!«

Er konnte wieder aufstehen.

»In diesem Moment bewegt er sich unter der Wache. Verdammt, Ågestam, unter der Wache!«

Grens lief im Zimmer hin und her, er war überall, sein umfangreicher Körper füllte allen Platz aus, wo keine Möbel standen. Der Staatsanwalt ließ sich schließlich resigniert im Sessel zurücksinken, ließ der Aggressivität freies Spiel, bis sie müde wurde.

»Bist du fertig?«

Der Hauptkommissar lief noch immer hin und her, ohne zu wissen, wohin er gehen sollte, ohne Lust auf einen Dialog.

»Du hast mich um halb drei Uhr nachts angerufen. Um halb sieben warst du im St.-Görans, um eine weitere Tatortuntersuchung zu leiten. Es geht jetzt auf Mittag zu, und du hast eben erst eine Durchsuchung der Wohnung des Opfers durchgeführt. Grens ... wann hast du eigentlich zuletzt geschlafen?«

»Kümmer dich um deinen eigenen Kram.«

»Außerdem, du hast eine private Sorge, die ...«

»Ich habe dir eben erst erklärt, dass du darauf scheißen kannst.«

Lars Ågestam legte die Hände vor sich auf den Schreibtisch, ließ die Ellbogen sinken und stützte sich darauf, als er den Mann ansah, der nicht still stehen konnte.

»Du bist nicht im Gleichgewicht, Ewert, du musst schlafen. Tu das jetzt. Dann werde ich inzwischen feststellen, unter welchen Bedingungen du deine Genehmigung bekommen kannst.«

Sein Nacken schmerzte, von den Schultern und bis hinauf zu dem, was früher einmal sein Haaransatz gewesen war. Wenn er den Kopf vorsichtig von der rechten Sofalehne wegzog, die ein wenig zu hoch war, wenn er über den Rand rollte und dann auf den Boden, wie er das oft machte, dann spürte er es nicht so sehr, dann strahlte es nicht so verdammt übel den Rücken hinunter oder hoch in Stirn und Schädel.

Ewert Grens hatte durchaus nicht vor, sich ins Bett zu legen. Er hatte keine Zeit. Außerdem stammte der Vorschlag ja von Lars Ågestam. Aber als er die Staatsanwaltschaft verlassen hatte und in Kronoberg angekommen war, hatte das Telefon auf dem Schreibtisch geklingelt, und als er sich nicht gemeldet hatte, hatte das Mobiltelefon in der Innentasche seines Jacketts geklingelt, und als er sich auch dort nicht gemeldet hatte, hatte das feste auf seinem Schreibtisch wieder losgelegt, bis er ohne Kraft den Hörer abgenommen und die Stimme der Pflegerin aus dem Sophiaheim erkannt hatte.

»Ihr Zustand hat sich etwas verändert.«

Er hatte es vermieden, etwas zu sagen, sich zu bewegen.

»Zum Besseren.«

Anni hatte seit einem Tag zum ersten Mal selbst geatmet. Der Respirator war ausgeschaltet worden. Die kräftige Dosis Antibiotikum, die ihr injiziert worden war, tat ihre Wirkung und zersetzte die Bakterien, die an ihr fraßen.

Er hatte sich nicht sonderlich gefreut. Nicht so sehr, wie es richtig gewesen wäre. Er hatte nur eine wahnsinnige Müdigkeit verspürt und war zum Sofa gegangen und hatte sich auf den verschlissenen Cordbezug gelegt, war in sich zusammengekrochen und war, den Nacken auf seltsam verzerrte Weise über der Armlehne liegend, eingeschlafen, ohne auch nur einen einzigen Gedanken fassen zu können.

»Du wolltest mich sprechen?«

Deshalb war er aufgewacht. Eine Stimme. Hermansson stand in der Türöffnung.

»Du hast mir eine Mitteilung hinterlassen. Ich hatte nicht gesehen, dass du schläfst. Ich kann …«

»Ich habe nicht geschlafen.«

Er hatte sich auf den Boden gewälzt, jetzt erhob er sich auf die Knie und zog seinen schweren Körper am Sofarand wieder hoch. Hermansson schaute in müde Augen, dachte an ihr Gespräch während der Nacht, er hatte es gewagt, sich zu öffnen.

»Wie geht es ihr?«

»Wem?«

»Anni?«

»Du auch? Das geht dich nichts an.«

Er hatte im Café getanzt. Nicht einmal Dämmerung, als er sie auf die schmale Fläche zwischen einer Musikbox und einem Cafétresen gezwungen hatte, ein weißes Baumwollhemd unter dem braunen Waffenholster aus Leder, das ebenso ausgedient hatte wie das Cordsofa.

»Ich habe angerufen, um auf den neuesten Stand gebracht zu werden. Über die Kinder. Über deine Ermittlung.«

Auch sie spürte die schlaflose Nacht. Sie hatte es am Vormittag versucht, war in ihre Wohnung auf dem westlichen Kungsholm gegangen und hatte gemerkt, wie ihr Körper nach Ruhe schrie, aber ihr Kopf hatte sich geweigert, den Besuch in dem Familienheim in Viksjö zu verlassen, das Abendessen, das mit Krämpfen auf dem Küchenboden geendet war.

»Die sind schon zerstört. Sie agieren und reagieren wie ältere Junkies.«

Sie beschrieb ihre Angst, sich auch nur an einen gedeckten Tisch zu setzen, und einen epileptischen Anfall und wie sehr sie offenbar daran gewöhnt waren zu sehen, wie die anderen die Kontrolle verloren.

»Ich bin müde und wäre froh, wenn du zur Sache kommen könntest.«

»Das ist die Sache.«

Sie war nicht wie Ewert. Sie konnte sich nicht unangefochten stellen. Sie musste das aus sich herausbringen, was im Weg war, um weiterzukommen.

»Es interessiert mich nicht, wie du dich fühlst. Was mich interessiert, ist die Entwicklung der Ermittlung.«

»Und ich will, dass du zuhörst. Ich komme noch dahin, zur Sache.«

Sie konnte ihn nicht leiden. Sie hatte keine Angst vor ihm. Dieses Gefühl während der Nacht, das stellte sich jetzt wieder ein.

Er tat ihr leid.

»Der Junge ist zwölf Jahre alt, und er lag auf dem Boden und biss in ein Handtuch. Und er ... er ist nur einer von vielen.«

Mariana Hermansson berichtete weiter aus der Perspektive, aus der sie berichten musste, ihrer eigenen, nicht der eines älteren, sehr einsamen Mannes.

Es gab noch zweiundvierzig weitere Kinder in schlechter physischer und psychischer Verfassung, die überall in der Umgebung von Stockholm bei Pflegefamilien untergebracht worden waren.

Aber nur bis auf weiteres.

Die Sozialbehörden hatten an diesem Vormittag mitgeteilt, dass sie nicht vorhatten, weiter zu bezahlen, damit die Polizei ihre Ermittlungen beenden könnte. Sie würden die Kosten noch für den Rest der Woche übernehmen und dann sämtliche Kinder nach Hause schicken.

Sie trat näher an ihn heran und versuchte, seinen müden Blick einzufangen.

»Und, Ewert, mit dem Hinweis auf irgendeinen Paragraphen in der Sozialgesetzgebung, den ich schon wieder vergessen habe und bei dem es *um den Umgang mit dem Säugling geht.*«

»Dem Säugling?«

»Nadjas Kind.«

»Spielt das eine Rolle für die Ermittlung?«

»Für mich spielt es eine Rolle!«

Grens gähnte und reckte sich. Er bat Hermansson, einen Moment zu warten, dann ging er hinaus auf den Gang und zum Kaffeeautomaten. Er musste aufwachen. Er trank den ersten Becher sofort, als der voll war, drückte noch einmal und balancierte den nächsten dann zurück in sein Zimmer.

»Ich glaube, wir sind jetzt schon ziemlich dicht davor.«

Hermansson registrierte, dass er ihr keinen Kaffee angeboten hatte, er machte sich keine Sorgen mehr, Anni ging es also besser.

»Dicht davor?«

»Vor einem Durchbruch.«

Sie wartete, bis er sich auf die Schreibtischkante gesetzt hatte, dann gab sie die Informationen wieder, die sie am Vortag von Klövje und der schwedischen Interpol bekommen hatte, über vier andere Busse, die auf Langzeitparkplätzen von vier anderen europäischen Großflughäfen gefunden worden waren.

»Wie dicht?«

Sie erzählte von insgesamt einhundertvierundneunzig Kindern, die in Frankfurt, Rom, Oslo und Kopenhagen ausgesetzt worden waren. Von den zuständigen Ermittlern in diesen Städten und deren mangelnder Bereitschaft zur Zusammenarbeit und ihrem seltsamen Schweigen, was ihre und Klövjes Fragen anging.

»Heute Morgen hat mich das Bundeskriminalamt aus Deutschland angerufen. Ein Kommissar, glaube ich.«

»Sein Name?«

»Bauer.«

»Mir unbekannt.«

»Er wollte mit mir sprechen, mit uns. Aber nicht am Telefon. Es sei zu brisant.«

»Ja?«

»Er fliegt schon heute Abend hierher.«

Drei Stunden auf dem zu kurzen Sofa.

Der Nacken tat noch immer weh, aber Grens fühlte sich seltsam ausgeruht.

Anni atmete selbst. Hermansson hatte genau die Kontrolle über ihre Ermittlung, auf die er gehofft hatte. Und er selbst war sicher, wo der Mann, der Liz Pedersen ermordet hatte, sich aufhielt.

Es wurde an die offene Tür geklopft.

»Du siehst frisch aufgewacht aus.«

Ågestam.

»Gut, Grens.«

»Gut?«

»Dass du meinen Rat befolgt hast.«

Ewert Grens schüttelte gereizt den Kopf.

»Willst du irgendwas?«

»Ich bin gekommen, um dir eine Genehmigung auszuhändigen. Die Genehmigung zum Zugang zu den Tunneln um den Fridhemsplan.«

Lars Ågestam betrat das Zimmer, er hielt ein weißes Papier in der Hand, er legte es auf den Schreibtisch.

»Grens, ich hoffe, du weißt, was du tust.«

Der Hauptkommissar gab keine Antwort. Er ging zum Regal mit den Kassetten und blieb dort stehen, bis der Staatsanwalt das Zimmer verlassen hatte, suchte unter der Musik aus ihren ersten Jahren und grölte dann um die Wette mit dem Monolautsprecher, während er innerhalb weniger Minuten drei kurze Telefongespräche erledigte.

»Du bist jetzt also wach?«

Grens seufzte.

»Das war eine verdammte Hektik. Und ein verdammtes Gefasel.«

»Ich bin zweimal vorbeigekommen und habe an die Tür geklopft.«

»Ich hatte mich hingelegt, um ein wenig zu überlegen. Seit wann ist das verboten?«

Sven Sundkvist lächelte und kam herein. Er wusste, dass Lars Ågestam Ewert zum Schlafen aufgefordert hatte und dass Ewert deshalb niemals zugeben würde, dass er das getan hatte.

Sven setzte sich auf das Sofa, das eben noch ein Bett gewesen war.

»Du hast geschlafen wie ein Kind.«

Die Musik, Siw Malmkvists Stimme wie ein Kissen, gegen das man sich lehnen konnte, sie saßen einander gegenüber und lauschten. Ewert sah so … stark aus, die wenigen Haare, die ihm auf dem Kopf noch geblieben waren, waren zwar vom Schlaf zerzaust, aber er strahlte alles andere als Müdigkeit aus, er, der eben noch zerbrechlich gewirkt hatte, war jetzt nur noch Energie, Sven versuchte, die Ruhe zu empfinden, die ein gelassener Ewert Grens vermitteln müsste, aber er war nervös, sein Chef und Freund, den er so gut kennengelernt hatte, war nicht im Gleichgewicht, die Schwankungen waren zu heftig, der Wechsel zwischen nah und weit weg größer denn je.

»In zwei Stunden gehen wir runter.«

»Wovon redest du da?«

»Wir müssen runter, Sven. Zu dem Leichenschlepper. Zu der Verschwundenen.«

Sven Sundkvist wusste jetzt, was er gespürt hatte. Das, was nicht dagewesen war. Das, was fehlte, um einen Menschen in einer Krise eine richtige Entscheidung treffen zu lassen.

»Ewert?«

»Ja.«

»Das hier ist nicht gut.«

»Falsch, Sven, das ist verdammt gut.«

Die zerzausten grauen Haare, die früher einmal dicht gewesen waren, die jetzt aber eigentlich nur noch einen Kranz um einen kahlen Kopf bildeten, sträubten sich noch mehr, als Grens nun mehrere Male eifrig mit der Hand hindurchfuhr.

»Wir haben in einer Dreiviertelstunde eine taktische Besprechung mit achtzig Polizisten, dem gesamten Einsatzkommando. Neunzig Minuten darauf, um siebzehn Uhr null null, werden wir insgesamt zwanzig Einheiten um den Fridhemsplan im Einsatz haben.«

Er übertönte die Kassette, die jetzt bei einem ziemlich eintönigen Refrain angekommen war.

»Vier Mann pro Wagen. Bei allen Zugängen in einem Bereich zwischen Drottningsholmsväg im Süden, Mariebergsgata im Westen, Fleminggata im Norden und St. Eriksgata im Osten. Zugänge, die direkt ins Tunnelsystem führen.«

Er beugte sich vor und nahm ein Papier vom Schreibtisch, schwenkte es.

»Und die Aufgabe ist einfach.«

Eine Genehmigung, Sven erkannte Formular und Unterschrift, der Bezirkspolizeichef hatte unterzeichnet.

»Wir werden die Bewohner aus dem System holen und sie zur Vernehmung bringen.«

Schon senkte sich vor dem Fenster die erste Dämmerung.

Es war erst mitten am Nachmittag, aber die Dunkelheit verlangte ihren Platz.

Der Januar war kein schöner Monat, Sven hatte das noch nie gefunden.

»Ewert, ich glaube nicht an diesen Einsatz.«

»Deine Rede.«

»Es ist keine gute Idee, so reinzugehen, wie du das vorhast.«

»Ich registriere deinen Standpunkt.«

Er war unzugänglich.

»Mit dem Wissen, Ewert, das *ich* in den vergangenen vierundzwanzig Stunden über die Menschen da unten erworben habe, bin ich davon überzeugt, dass das die falsche Methode wäre. Hörst du mich? Mit bewaffneter Polizei erreichen wir da nichts.«

Sven Sundkvist wusste schon, dass das alles überhaupt keine Rolle spielte.

»Wir brauchen ihre Beobachtungen. Auf diese Weise ... Ewert, das weißt du so gut wie ich ... aus verängstigten Menschen kann man nichts herausholen.«

Aber er musste weiterreden, seine Meinung mitteilen, zumindest um seiner selbst willen.

»Außerdem ... Herrgott, das ganze Einsatzkommando hin oder her, wir bringen achtzig Menschen in Lebensgefahr, wenn wir die unvorbereitet in eine Welt hinunterschicken, die sie überhaupt nicht kennen.«

Ewert Grens lief unruhig im Zimmer hin und her.

»Ich höre, was du sagst, Sven.«

Er hatte es plötzlich eilig und wollte weg.

»Aber wir werden runtergehen.«

Er rannte durch die Dunkelheit, das störende Licht der Stirnlampe zwischen seinen Beinen und der großen fetten Ratte. Er jagte sie, wollte sie sammeln, *nur die großen Ratten,* wenn es ihm so ging wie jetzt, halfen nur die verdammten großen Ratten mit dem halbmeterlangen Schwanz. Leos Kopf schrammte an der Tunneldecke vorbei, er war groß, und der Durchgang war enger und niedriger als sonst. Er war nah, schlug auf das Tier ein, bis es innehielt und sich auf die Hinterbeine stellte, die Zähne bleckte und dieses Zischen ausstieß, das ein ebenso aufdringlicher Wahnsinn war wie sein eigener.

Er hatte keine Angst und war sicher, dass die Ratte das spürte, so etwas spürt man, es war etwas, das es nur zwischen Jäger und Beute gab.

Plötzlich gab die Ratte auf.

Ließ sich nach unten sinken, verstummte, verschwand.

Das machten sie sonst nie.

Er wartete mitten auf der Tunnelkreuzung, einem der Knotenpunkte, an denen das militärische auf das Kloakensystem traf. Er sah der Ratte hinterher, die im Licht der Stirnlampe floh, und er begriff.

Das Tier hatte die viel größere Bedrohung viel schneller erkannt als er.

Weit dort hinten schlug ein Licht gegen die Tunnelwände.

Er stand still.

Es kam näher.

Sein erster Gedanke war, dass es die anderen waren. Vielleicht Miller, vielleicht eine der elf Frauen, die sich manchmal in der Umgebung bewegten und die die Zugänge benutzten, die er seit langem als seine eigenen betrachtet hatte. Er wollte keiner von ihnen begegnen und lief fünfzig Meter zur nächsten Tunnelkreuzung.

Ein Lichtkegel. Noch einer. Und noch einer.

Aus der Richtung, aus der er gekommen war, aus der Richtung, in die er unterwegs war, aus der Richtung zu seiner Linken. Lichtkegel überall. Dann Stimmen. Wütend und vermischt mit Hundegebell. Er hasste das Licht, und er hasste die Geräusche, die durch die Steinmauern noch verstärkt wurden und durch sein Gehirn schnitten.

Sie wollen mir meine Schlüssel wegnehmen.

Sie wollen mir Jannike wegnehmen.

Leo löschte seine Stirnlampe und rannte in den einzigen Gang, in dem er kein Licht sah. Er rannte schnell, viel schneller als alle anderen, hier fand er sich zurecht, in der Dunkelheit.

Ewert Grens stand mitten auf der Kreuzung Arbetargata und Kungsholmsgata und überprüfte die großen Schranken, die im nachmittäglichen Stoßverkehr zwei Straßen der Innenstadt absperrten.

Zwei Minuten zuvor hatte er vier Polizisten gesehen, die einen gusseisernen Gullydeckel aufhoben und einer nach dem anderen im Loch verschwanden. Dunkelblaue Overalls, weiße Krawallhelme, kleine Taschenlampen mit kräftigem Schein, Pistolen vom Modell Sig Sauer P228 in schwarzen Holstern. Neugierige Passanten waren stehen geblieben und gestikulierten, beunruhigte Anwohner strömten hinter dünnen Gardinen zusammen.

Ein Mensch, fünfzehn Meter unter seinen Füßen, hatte gemordet und würde bald vor ihm stehen.

Er machte sich bereit zum Abstieg.

Sven Sundkvist hielt den Schlüssel vom Katastrophenschutz in der Hand und drehte das träge Schloss hin und her, bis der Widerstand langsam nachließ. Er hörte, wie der große Hund irgendwo hinter ihm bellte, sah aus dem Augenwinkel zwei der vier wartenden Polizisten.

Er öffnete die mitten in der Kellerwand des Krankenhauses angebrachte Tür.

Von hier war am Tag zuvor die tote Frau zu einer der im Gang abgestellten Bahren des Krankenhauses geschleift worden.

Er stieg über die Schwelle, atmete die feuchte Luft ein.

Er befand sich im Tunnelsystem.

Dünne Metallstäbe waren in die Betonwand eingeschraubt.

Ewert Grens versuchte eine Sprosse nach der anderen.

Glatt, zu weit auseinander, er war schwer und nicht mehr sonderlich gelenkig, und schon auf halber Strecke packte die

Müdigkeit seine Oberschenkel und Waden, und er spürte, wie das Atmen immer schwerer wurde.

Die Wärme umschlang ihn.

Der Geruch nach feuchten Kleidern und verbranntem Laub ging ihm auf die Nerven.

Die Beine zitterten, als er dort auf dem Tunnelboden stand und versuchte, das zu verbergen, er ließ sich von einem der jungen Einsatzpolizisten die Taschenlampe geben und hoffte, dass der die großen Schweißtropfen auf den roten Wangen des Hauptkommissars nicht sehen würde.

Er wartete, bis sein Atem sich wieder normalisiert hatte.

An neunzehn anderen Stellen in der Umgebung des Fridhemsplans betraten jetzt gleichzeitig Einheiten von jeweils vier Polizisten die Welt unter Stockholm, durch Schächte oder Türen oder die Verbindungsgänge der U-Bahn. Sie suchten einen Mann, und sie würden jeden einzelnen Arsch jagen und einbuchten, der hier in den Tunneln herumlief und sich versteckte.

Grens gab der Einheit ein Zeichen, in der Richtung zu beginnen, die er eine Stunde zuvor auf der Besprechung angegeben hatte. *Ein Schritt nach dem anderen,* sie suchten in einer Dunkelheit, die sie nicht kannten, *ein Schritt nach dem anderen,* in einer Umgebung, die die des Mörders war, sie brauchten sich nicht zu beeilen, sie jagten aus neunzehn unterschiedlichen Richtungen.

Er fing an, sich an das Licht der Taschenlampen zu gewöhnen.

Er konnte ab und zu das Geräusch fliehender Ratten identifizieren.

Ewert Grens war seit über fünfunddreißig Jahren Polizist in Stockholm. Er wusste sehr viel über das System in fünfzehn Meter Tiefe, Ermittlungen berührten die Tunnel oft auf irgendeine Weise. Immer gab es jemanden, der jemanden kannte, oder jemanden, der mehr gehört hatte, als zulässig war, oder jemanden, der sich einfach versteckt hielt. Aber er hatte eigentlich bisher nie eine Gelegenheit gehabt, die Tunnel aufzusuchen. Er hatte sich nie darüber Gedanken gemacht, dass die meisten hier unten keine Kriminellen waren, sie wurden weder von Polizei noch von Behörden gejagt, sie *lebten hier.*

Aber, verdammt, es ging doch nicht, dass Menschen, dass richtige Menschen das taten. Er tastete mit einer Hand die glatte, feuchte Tunnelwand ab. Wir müssten sie für immer nach oben zwingen. Wir müssten jede verdammte Luke und jede Scheißtür zunageln und sie raustreiben, müssten die Sozialbehörden zwingen, sich um sie zu kümmern.

Grens streckte den steifen Hals ein wenig nach vorn, als der Tunnelgang ein wenig enger wurde, ein wenig niedriger. Er ging zwei Meter hinter der Einheit, die weißen Helme wie schwebende Kugeln über den dunklen Körpern. Irgendwo, vermutlich in einem der Gänge nach Westen, bellte ein Hund, noch immer leise, aber bei jedem Schritt lauter.

Grens blieb stehen, lauschte wieder.

Ein Hund, der bellte, war ein Hund, der Witterung genommen hatte.

Sven Sundkvist hatte lange in der Dunkelheit hinter der offenen Tür gestanden. Er hatte seine Augen langsam daran gewöhnen wollen, hatte das elektrische Licht von der Decke des Kellergangs mit dem konzentrierteren der scharfen Taschenlampen vermischen wollen.

Wenigstens hatte er sich das eingeredet.

Er wollte überhaupt keinen weiteren Schritt mehr machen.

Er hatte versucht, fast eine weitere Stunde lang Ewert dort oben im Büro zu erreichen, hatte argumentiert, gebettelt, hatte sogar gedroht, aber als er fertig war, war es ihm ebenso sinnlos vorgekommen wie zu Anfang. Ewert hatte ganz einfach nicht zugehört, nicht gewollt, er hatte beschlossen, die Aktion durchzuführen, egal, wie sehr Sven sie missbilligen mochte.

Er seufzte, dann setzte er sich in Bewegung, seufzte tief, aber nur in Gedanken, die vier Mitglieder der Einheit sollten es nicht hören, seine Aufgabe war es anzuführen, nicht, Verwirrung über gefasste Beschlüsse auszulösen.

Vermutlich lag es auch daran, Gedanken, die Zweifel waren, waren auch Widerstand, dass er nicht ganz konzentriert gewesen war, nicht vorbereitet auf das wütende Bellen, das für einen Moment unmittelbar vor ihm erscholl.

»Sie hat Witterung aufgenommen.«

Noch einmal das Gebell, ebenso kräftig. Der Hundeführer vor ihm machte größere Schritte.

»Sie hört etwas.«

»Was denn?«

»Ich weiß nicht. Etwas, von dem weder du noch ich etwas wissen.«

Leo hatte die verdammten Hunde und die hitziger gewordenen Stimmen gehört. *Sie schwebt in Gefahr.* Rasch und mit gelöschter Stirnlampe lief er durch den einzigen Tunnelgang, der dunkel und still war, vielleicht hörten sie ihn, vielleicht rochen sie ihn, aber wenigstens konnten sie ihn nicht sehen.

Er war außer Atem, als er zwei Minuten darauf die Tür zu ihrem Raum aufriss.

»Wir müssen weg.«

Sie saß in dem roten Ledersessel, kroch in sich zusammen, hatte Angst.

»Jannike, sofort.«

Er rannte zu dem Haufen aus zur Hälfte zerbrochenen Paletten, schleppte die schwere Holzkonstruktion Stück für Stück hinaus, hob dann eine noch immer bewegungslose Jannike hoch, setzte sie auf den Boden und holte den Sessel. Auf dem Boden bei der Feuerstätte stand noch eine halbe Flasche Zündflüssigkeit, er zerschnitt sie mit einem Messer und überschüttete Paletten und Sessel. Er hob sie vom Boden hoch, schrie sie an, sie müsse mithelfen, sie müsse aufstehen, sie müsse weglaufen.

Das Hundegebell war näher gekommen.

Stimmen, die jagten, er konnte jetzt einzelne heraushören.

Er hatte es eilig, aber keine Angst. Er wusste, dass auch alle anderen es gehört hatten, dass sie jetzt genau dasselbe taten, sie schleppten Paletten, Möbel, Gummireifen in die Gänge und leerten ihre Behälter mit Zündflüssigkeit.

Er sah Jannike an, sie war jetzt wieder da, schien verstanden zu haben. Er streichelte mit einer Hand ihre Wange, dann zog er die Tür zu ihrem Raum zu und schloss ab.

Drei Zündhölzer reichten.

Er warf sie auf den Haufen und trat zwei Schritte zurück.

Die Flammen loderten sofort auf, aggressiv, hungrig. Sie fraßen das Holz, und als sie den großen Ledersessel erreichten, wurde der Rauch dunkel und füllte alles zwischen Boden und Decke, dann zog er in die Richtung, aus der Leo gekommen war, der Luftzug in den Tunnels ging immer in dieselbe Richtung.

Er nahm Jannike an der Hand und zeigte in die Dunkelheit, sie liefen los, dorthin, wo es keinen Rauch gab, fort von Licht und Hundegebell und wütenden Stimmen.

Der Hund war vor ihnen zwischen den Schatten, die lange Leine, die am Geschirr befestigt war, war angespannt, obwohl der Hundeführer acht, vielleicht zehn Meter losgelassen hatte.

Der Hund witterte etwas.

»Was denn?«

»Ich weiß nicht. Nur dass es weiter vorn ist.«

Sven Sundkvist hatte sich an das laute Bellen gewöhnt, es

war keine Wut, sondern Eifer, die schwarze Schäferhündin hatte einen Auftrag erhalten und wollte durchführen, was von ihr verlangt worden war. Sven schwitzte, er war das Uniformtragen nicht gewöhnt, und der Stoff erstickte die wenige Luft, die es gab, er klebte und kratzte an der Haut. Sven horchte und lief und dachte, war am Ende aber nur verwirrt und konnte seine eigene Reaktion nicht deuten. Er war Mensch und hatte deshalb vorhin mit einer Schärfe protestiert, die er seinem Chef nur selten zeigte, diese Aktion war eine Fehlentscheidung, es war falsch, bei denen, die kein Vertrauen hatten, Informationen zu suchen, es war falsch, mit so wenig Vorbereitung in einem Milieu aktiv werden zu wollen, in dem sie sich nicht auskannten. Aber er war auch Polizist, ein Polizist, der jagte, und zu jagen gab manchmal einen seltsamen Kick, wie jetzt, durch den Hund, der spürte, was er selbst noch nicht wahrnahm, jemand war dort vor ihnen, jemand, der floh.

Plötzlich blieb der Hund stehen, verdrehte den Kopf und nieste.

»Was passiert denn jetzt?«

Der Hundeführer schüttelte den Kopf.

»Ich weiß nicht.«

Der Schäferhund nieste wieder, es war ein echtes Niesen, wie von einem Menschen mit gereizten Atemwegen.

»Warum …«

»Ich weiß nicht!«

Zwei Sekunden.

Er nahm ihn wahr. Den Geruch.

Dann sah er den Rauch, kräftig, ganz nah.

Ewert Grens hielt das Funkgerät in Kopfhöhe, um nach besserem Empfang zu suchen, drückte den Knopf des Mikrophons härter gegen das Metallgehäuse, obwohl er schon bis ganz unten durchgedrückt war.

Seine Stimme war scharf, angespannt.

»Sven, kommen.«

Wörter, die sich auflösten, wenn der Schall nicht trug.

Tief unter der Erde in einem Tunnel aus Zement spielte die Spezialausrüstung zum Senden auf hoher Frequenz für perfekte Lautwiedergabe kaum eine Rolle.

»Sven, kommen.«

Dieses verdammte Knacken. Sven Sundkvists Stimme war schwach, die Verbindung schlecht.

»Ich bin hier.«

Grens stand bewegungslos da, voller Angst, diesen wenigen Kontakt zu verlieren.

»Wir riechen starken Rauch.«

»Ewert, ich glaube …«

Wieder das Rauschen, als die Verbindung abriss. Ewert Grens fluchte, drückte noch fester auf den Mikrophonknopf, sprach lauter, obwohl er doch wusste, dass hier Elektronik und Schallwellen entschieden.

»Wiederholen!«

»Ewert, ich glaube, ich sehe die Quelle.«

»Wir befinden uns in parallelen Gängen. Das kann unmöglich derselbe Rauch sein.«

»Dann brennt es an mehreren Stellen.«

Jannike spürte, wie sehr sie zitterte.

Sie saß auf dem Tunnelboden und sah zu, wie Leo ein weiteres Feuer entfachte.

Aber die blauen Matratzen, die vor dem kleinen Raum beim Aufgang zur Mariebergsgata lagen, brannten nicht, sie schmolzen, und der Rauch wurde zu einer fliegenden Wand, er stank, es war, wie Ammoniak einzuatmen.

Er holte einen Gummireifen, er verschwand, er holte noch einen.

Die Rauchwand wurde noch dicker, noch dunkler, als sie den Weg versperrte, den sie gekommen waren.

Sie lehnte sich gegen die Betonrampe, die aussah wie ein schmaler Gehsteig am Rand des Ganges, solche gab es ab und zu in den Tunneln, und sie waren sogar bei Hochwasser trocken. Sie hatte Angst. Sie hatte jetzt begriffen, dass sie gejagt wurden, sie hatte Hunde und Stimmen gehört, und sie hatte an mehreren anderen Stellen Feuer gesehen, als sie gerannt waren, viele hatten gleichzeitig Feuer gemacht, für eine Weile gehörten sie zusammen, jetzt kämpften die hier unten gegen die, die sie von oben her bedrohten.

Sie hatte zuerst geglaubt, dass Leo in seinem manischen Zustand phantasierte, dass er Dinge sah und hörte, die es nicht gab. Jetzt begriff sie. Sie mussten weg.

Sie wusste nicht, vor wem sie flohen oder warum, sie fragte auch nicht, noch nicht.

Ewert Grens hielt das stumme Funkgerät in der Hand.

Er sah den Rauch, der vor ihm den Tunnel füllte, und wusste, dass die Lage sich verändert hatte. Der schwarze Rauch bedeutete Bedrohung und Gefahr, in geschlossenen Tunnelsystemen verbrauchte Feuer Sauerstoff sehr schnell, und wenn der Rauch aufstieg, gab es keinen Platz mehr zum Atmen.

Bald würde ihnen kein Ausweg mehr bleiben.

Jannike erhob sich.

Leo war so weit, Matratzen und Gummireifen schmolzen und spuckten Rauch, und er drehte sich zu ihr um, sagte, sie solle die Stirnlampe umschnallen und so schnell rennen, wie sie nur konnte.

Sie folgte seinem Rücken, während sie durch Gänge liefen, die sie noch nie gesehen hatte, die Wände rückten aufeinander zu, die Decke sank zu ihrem Kopf herunter. Als Leo stehen blieb, konnten sie beide nicht mehr aufrecht stehen, und es dauerte, bis sie die Tür in der Wand entdeckt hatten. Er suchte an seinem Schlüsselbund und probierte zwei Schlüssel, der dritte passte. Der Verbindungsgang war der schmalste, den sie je gesehen hatte, sie weigerte sich zuerst hineinzugehen, aber als Leo an die Wand schlug und wütend gestikulierte, tat sie, was er wollte. Sie kroch weiter, während ihre Knie über die unebene Unterlage schrappten, und sie weinte, wenn er sie vorwärts stieß. Es war eng, nur einen halben Meter breit und ungefähr ebenso hoch, und sie legte sich hin und robbte das letzte Stück, ihre Ellbogen bluteten, und ihre Brust stieß gegen den harten Boden, aber das spürte sie nicht mehr.

Die Luke war aus grauem Metall. Sie drückte sich an die Wand, und Leo kam angekrochen und legte sich neben sie, einen Schlüssel in der Hand.

Auf der anderen Seite befand sich ein ganz normaler Raum.

Sie erhob sich und sah sich um. Das Licht der Stirnlampe schweifte über die Wände, über den Boden.

Schultische. Aufeinandergestapelte Stühle. Leere, verstaubte Bücherregale.

Sie hatten das Tunnelsystem verlassen.

Sven Sundkvist drückte zwei der Decken an sich, die sie noch nicht benutzt hatten. Er legte sich auf den Boden und erstickte alles Feuer, das er erreichen konnte, es war eins der kleineren, und sie hatten es schon geschwächt, indem sie brennende Paletten und Pappkartons zur Seite getreten hatten. Die Rauchentwicklung dagegen war intensiv, und das Atmen fiel schon schwer, die Angst trieb ihn an, und kurze Blicke auf die vier Kollegen vom Einsatzkommando verrieten ihm, dass er da nicht der Einzige war.

»Sämtliche Einheiten.«

Das Funkgerät ließ Grens' Stimme stoßweise durch.

»An sämtliche Einheiten. Operation abbrechen.«

Wer Ewert Grens nicht kannte, deutete seinen Tonfall als Wut. Aber Sven hörte es. Das, was ein anderer Ausdruck desselben Gefühls war.

»Sofort aus dem Tunnelsystem zurückziehen. Ich wiederhole. Abbrechen und zurückziehen. Sofort!«

Angst.

Auch bei Ewert.

Er hatte sich hinter das zurückgezogen, was aussah wie eine unterirdische Straßenkreuzung. Tunnel, die einander begegneten und in vier verschiedenen Richtungen verschwanden.

Aus allen vieren griff der Rauch sie an.

Ewert Grens drückte sich so fest wie möglich gegen den Boden. Sein Bein schmerzte, als er es unter sich zwang. Die vier Polizisten befanden sich irgendwo hinter ihm, er sah sie nicht, aber er hörte, wie sie sich über den Tunnelboden zogen.

Sie mussten nach oben.

Zwei Meter zur Seite gab es einen kleinen Gang. Dorthin krochen sie, richteten sich auf, als sie dort angekommen waren, und liefen dann ohne die zeitraubenden Sicherheitsvorkehrungen weiter, über die sie sich bei der Besprechung nur zwei Stunden früher geeinigt hatten.

Sie rannten, bis sie auf eine weitere Wand aus Rauch stießen.

Sie hatten zwei Minuten gewartet, um sicher zu sein, dass ihnen niemand durch den engen Verbindungsgang gefolgt war. Jannike hatte bald begriffen, was Leo schon gewusst hatte, Bänke und Stühle und Regale standen in einem Raum, der zu einer Schule gehörte. Der Staub stob auf, als sie sich bewegten, und beide niesten mehrmals, während sie das zur Seite schoben, was ihnen den Weg zur Tür und hinaus in einen Gang versperrte, der ebenfalls dunkel war, aber doch so viel heller, sie hatten ihre Stirnlampen ausschalten und sich zu der Treppe schleichen können, die sie ein Stück weiter vorn ahnten.

Leo bewegte sich ganz selbstverständlich, er war schon viele Male hier gewesen.

Sie folgte seinem Rücken, und plötzlich hörte sie auf zu zittern, sie war in Sicherheit, sie verließ sich auf ihn, in seiner Nähe würde sie sich immer verstecken können.

Sie liefen durch ein großes leeres Gebäude, gingen langsam zwei Stock höher, von dem, was sie für einen unteren Keller hielt, zu dem, was vermutlich das Untergeschoss war.

Sie merkte, wie Leo ihren Arm nahm und sie vorsichtig zu zwei Fenstern mit Aussicht über einen Schulhof und eine kleinere Nebenstraße zog, er zeigte auf den Rauch, der aus dem Asphalt aufquoll.

Wir rennen wie Ratten durch die Dunkelheit.

Ewert Grens war wütend und verängstigt und schlug durch die Luft auf die Rauchwände ein.

Mit ihren Scheißfeuern halten die einem Mörder den Rücken frei.

Er wusste, dass sie verloren hatten und dass sie in direkter Lebensgefahr schwebten, wenn sie nicht innerhalb weniger Minuten eine Lösung fanden. Er wollte gerade wieder zuschlagen, als der neben ihm stehende Kollege die Hand nach einer Höhlung in der Decke ausstreckte.

Ein Aufgang.

Eine Leiter über ihren Köpfen, angebracht in einem engen runden Zementrohr.

Grens setzte einen Fuß in die beiden Hände, die sich vor ihm miteinander verschränkten, seine Arme erreichten die unterste Stufe, und er hob seinen schweren Körper nach oben, während zwei Mitglieder der Einheit kräftig gegen seine Füße drückten. Er keuchte bei jedem Schritt auf schmalem und glattem Metall in der engen Röhre, seine Brust krampfte sich auf eine Weise zusammen, wie er das noch nie verspürt hatte, er hatte sein Ziel erreicht, fünf, sechs Meter hoch, als das Geräusch ihn erreichte.

Der kurze, komprimierte Knall einer Pistole.

Ein einziger Schuss.

Eine Polizeiwaffe.

Er hielt inne. Er musste zurück. Er musste wieder nach unten.

Grens suchte mit den Füßen nach der nächstuntersten Sprosse und merkte, wie er gegen etwas stieß. Er drehte sich um und sah die Polizisten der Einheit auf dem Weg nach oben, heftig hustend, unter ihm der blauschwarze Rauch, der im Luftzug irgendeinen Ausweg suchte.

Es war zu spät, um umzukehren.

Leo hielt noch immer ihren Arm, er war eifrig und lächelte und strich sich nervös mit der Hand über das Kinn. Sie warteten an einem der großen Fenster der Fridhemsschule, dort, wo das Licht der Straßenlaternen sich am schönsten im Schnee spiegelte. Der Schulhof war leer, und die Wohnhäuser gegenüber ohne Leben.

Plötzlich wurde ein Gullydeckel aus dem Asphalt der Straße hochgedrückt und schwerer Rauch quoll hervor und hüllte große Teile der Umgebung ein.

Ein Mann in Uniform und weißem Helm kroch kraftlos herauf, hinter ihm noch mehr Rauch, der jetzt aufstieg, dann weitere Männer, insgesamt vier, die husteten, sich die Helme vom Kopf rissen und sich auf den Bürgersteig sinken ließen, während Neugierige stehen blieben und das Schwarze sehen wollten, das aus dem Loch im Boden stieg, während die Vorhänge der Fenster darüber sich abermals bewegten und besorgte Augen versuchten zu verstehen.

JETZT

Mittwoch, 9. Januar, 15.50 Uhr, St.-Clara-Kirche

Es wird jetzt kalt in der großen Kirche, der Winter drängt sich auf, mit der Dunkelheit des Nachmittags draußen kriecht auch die Kälte heran.

Es ist erst wenige Minuten her, dass das Mädchen sich umgedreht hat.

Sie konnte nicht hierbleiben.

Derselbe Satz, zweimal.

Sylvi hört, wie sie atmet. Tiefe Atemzüge, immer dichter, immer heftiger.

Die Wörter hängen irgendwo zwischen ihnen.

Es war nicht der Beginn eines Dialogs. Vielleicht nicht einmal ein Versuch zur Kommunikation. Sie hat es wohl eher in die Luft hineingesagt, an niemanden gerichtet, damit es verschwinden sollte.

Sie blieben weiter stumm dort sitzen.

Sie wartet noch immer.

Es gibt keine andere Möglichkeit.

Sie will ihr keine Angst machen, will nur neben ihr sitzen, will zeigen, dass sie nicht gehen wird, egal wie sehr gestarrt und geschwiegen wird, sie weiß, dass es so sein muss, sie war ja selbst einmal eine von ihnen.

Die Hände des Mädchens, noch immer verspannt, die Fingerknöchel noch so weiß, als sei sie bereit zu kämpfen oder zu fliehen oder einfach noch ein wenig mehr zu zerbrechen.

Die Diakonin hebt den Becher mit dem süßen Saft, der vor ihnen auf der Bank steht, die sonst Platz für eine aufgeschlagene Bibel oder ein Gesangbuch bietet. Sie trinkt das, was für das Mädchen bestimmt war. Es ist lauwarm, ein wenig zu stark und schmeckt nicht besonders, aber auf diese Weise kann sie ihr noch ein wenig näher kommen.

»Wer konnte nicht hierbleiben?«

Sylvis Stimme ist leise und freundlich. Sie streckt wieder die Hand nach dem Becher aus, trinkt das Süße, Starke. Als sie fertig ist, sieht sie das Mädchen zum ersten Mal an.

So jung, so zerbrechlich.

Sie kann das Gesicht noch immer nicht sehen, aber sie sieht das, was George aufgewühlt zu beschreiben versucht hat, wie schmutzig die rote Jacke ist, den dünnen Rock, die zwei unterschiedlich langen Hosen, die Schicht aus versteckendem Ruß.

Das und der starke Geruch, sie ist obdachlos, und zwar schon lange. Trotzdem, Sylvi ist sicher, dass sie sie noch nie gesehen hat, es ist ihre Aufgabe, solchen Menschen zu begegnen, aber dieses Mädchen hat sich nie in der Innenstadt von Stockholm herumgetrieben, nicht bei der Kirche, nicht am Sergel und nicht um Drottninggata oder Hauptbahnhof.

Sie kommt aus einem anderen Teil der Stadt.

Vielleicht auch aus einem anderen Teil des Landes.

Passiv und verwirrt. Nicht abwesend, aber auch nicht anwesend. Eine Art Schockzustand. Und sie ist noch keine achtzehn. Die Diakonin sieht ein, dass sie keine Wahl hat, bald wird sie das Jugendamt informieren müssen. Um ein minderjähriges, nicht ansprechbares Mädchen müssen die sich kümmern.

Schritte auf dem Steinboden, die Diakonin ahnt einen der Geistlichen der Kirche ein Stück weiter hinten im Gang, einen jüngeren, gerade erst eingestellten Mann, der Blickkontakt zu ihr sucht, *ich werde dir helfen.* Sylvi schüttelt den Kopf, *danke, aber nicht jetzt,* das bisschen Kontakt, das sie haben, darf nicht gestört werden, noch nicht.

Die Holzbank zittert ein wenig. Das Mädchen atmet jetzt immer schneller. Sie steht kurz vor dem Hyperventilieren, und Sylvi streckt die Hand aus, legt sie leicht auf die magere Schulter der anderen.

Als ob sie sie geschlagen hätte.

Das Mädchen zieht sich zurück, kriecht noch weiter in sich zusammen, hört nicht mit Zittern auf.

Die Diakonin lässt ihre Hand liegen und wiederholt ihre Frage.

»Wer?«

Die Stoffjacke ist kalt, an der Schulter besteht sie eigentlich vor allem aus losen Fäden.

»Wer konnte nicht mehr dort bleiben?«

DAMALS

19 Stunden zuvor

Die Dunkelheit senkte sich immer schwerer vor einem der wenigen offenen Fenster des Polizeipräsidiums. Als Ewert Grens sich hinauslehnte, hörte er aus der Ferne die Glocken der Kungsholms-Kirche, der Wind trug zwei kurze Schläge über einige hundert Meter. Grens tippte auf halb neun.

Das Zimmer stank noch immer nach Rauch.

Sie hatten ihre Overalls ausgezogen, hatten sich aber noch nicht umziehen oder auch nur duschen können. Es saß in der Haut, in den Haaren, im Atem, dieses verdammte Feuer klebte fest, biss sich fest, nicht einmal hier in seinem eigenen Arbeitszimmer konnte er die Idioten aussperren.

»Lass es offen.«

Lars Ågestam saß auf demselben Besuchersofa wie Sven Sundkvist, drückte sich jedoch an den Rand, demonstrativ so weit wie möglich entfernt von dem Gestank.

»Verdammt, ich mach das zu, wenn mir das passt.«

Sie war zu spüren, die Macht, die in der Luft schwebte, die Verwirrung, wenn sie verteilt werden sollte, vielleicht sogar umverteilt, es war sicher so ein Moment, sicher ging es darum.

»Ich weiß ja nicht, ob dir das schon aufgefallen ist, aber ihr stinkt beide, Grens.« Sven Sundkvist rutschte nervös auf dem weichen Sofa hin und her. Er beobachtete Ågestams angespannte Schultern und Grens' abweisenden Rücken und stellte fest, dass das hier der Anfang einer Auseinandersetzung war, die der Hauptkommissar verlieren würde. Es kam nicht oft vor, aber Ewert war von irgendeinem Gleichgewicht weit entfernt, so war das schon, seit die Ermittlung eingeleitet worden war, er war aggressiv auf eine sogar für ihn ungewohnte Weise, und mit Reaktionen, die nicht einmal sein engster Mitarbeiter wiedererkannte. Das, was Kraft und Autorität gewesen waren, hatte sich in dem Augenblick aufgelöst, in dem die erste Information über Annis aktuellen Zustand eingelaufen war, er war bloßgestellt und verängstigt gewesen und hatte Fehlurteile gefällt, die ihm nicht ähnlich sahen.

Der Staatsanwalt saß nicht mehr, er lief wütend zwischen Sofa und Schreibtisch hin und her, seine Stimme krampfhaft ruhig und kontrolliert, während sie auf Grens' Nacken einredete.

»Ich habe dir deine Genehmigung besorgt.«

Draußen wehte der Wind, kalte Luft wurde stoßweise durch das offene Fenster gepresst.

»Ich hatte dir vertraut, deiner Intuition und deinem Gefühl.«

Ewert Grens drehte sich um. Sven kannte sie so gut, die Wut, die sich jetzt in dem zerfurchten Gesicht breitmachte, die Ader, die an der linken Schläfe pulsierte, der Mund, der die Antwort verweigerte, der sich zusammenzog und hässlich wurde.

»Grens, du hast die ganze Einsatztruppe bekommen. Mannschaft, Ausrüstung, Know-how. Du hattest achtzig Polizisten, um einen einzigen Mörder zu fangen.«

Ågestam hielt einen Finger in die Luft und lief weiter hin und her.

»Du hast einen halben Stadtteil in der Stockholmer Innenstadt abgeriegelt.«

Zwei Finger jetzt, er drohte dem älteren Mann damit.

»Du hast …«

Ewert Grens trat einen Schritt vor.

»Du bist hier in meinem Zimmer!«

»... du hattest das ganze System zu deiner Verfügung!«

Drei Finger in der Luft.

»Also, Grens ... wo steckt der Mörder?«

Der große schwere Hauptkommissar und der um vieles kleinere dünnere stellvertretende Oberstaatsanwalt starrten einander an, wenn nicht voller Hass, so zumindest voller Abscheu.

Ewert Grens trat noch einen Schritt weiter vor.

»Unter der Straße.«

Sie konnten einander jetzt nicht mehr viel näher kommen. Ågestam hielt dem Blick des anderen stand und wollte gerade antworten, als Grens weiterredete.

»In der Wirklichkeit.«

Der Mund, der für die in der Luft drohenden Finger, den zum Schlips passenden Anzug und die sorgfältig gekämmten Haare noch immer gemeine Grimassen schnitt.

»Wo du noch nie gewesen bist.«

Leo lag auf dem Boden, zum ersten Mal still, seit er ihre Tür aufgerissen und ihr zugerufen hatte, sie müsse sich beeilen. Jannike fuhr ihm mit der Hand durch die Haare, spürte irgendwo im Bauch Wärme und Vertrauen, nicht oft erlaubte er ihr, seine Stirn zu streicheln, seine Wange.

Sie hatten lange vor dem großen Fenster mit Blick auf den Schulhof der Fridhemsschule und die stummen kleinen Straßen gestarrt, die sich vor ihren Augen mit dickem blauschwarzem Rauch und hustenden weißen, kraftlos aus einem Loch im Boden kriechenden Helmen füllten. Leo war in der ganzen Zeit überaus konzentriert, aber kontrolliert gewesen, er hatte mit einem brennenden Scheit zurückgeschlagen und in der Dunkelheit ihre Hand genommen und sie dazu gezwungen, durch einen halbmeterbreiten Gang zu kriechen – *er hatte sie beschützt* –, und sie hatte, als sie noch dastanden und alles ansahen, nach einer Weile gewagt, die Augen zuzumachen und sich an seine Schulter zu lehnen, bis der Rauch auf der Straße sich verzogen hatte und die Menschen auseinanderliefen. Sie waren geflohen. Sie waren entkommen. Aber er schien sich damit nicht zufriedengeben zu können. Sein manischer Zustand war mit der Jagd und der Erregung nicht fertig geworden. Als sie durch die Schule zu dem unteren Gang und dem Lagerraum gegangen waren, hatte er zusammenhanglos geredet, war zwischen den Wänden hin und her geirrt, hatte gezittert, wie sie das noch nie bei ihm erlebt hatte.

Sie ließ vorsichtig ihre Hand von seiner Wange zu seinem Kinn wandern, die groben Bartstoppeln schrammten ihre Finger auf. Er lag auf dem Boden, sie würde ihn noch eine Weile dort liegen lassen.

Leo war, sowie sie die Tür zum Lagerraum geöffnet hatten, hin und her gelaufen, um Schultische zu holen und sie in allen vier Ecken des Zimmers aufeinanderzustapeln, er hatte Türme aus verstaubten Bücherregalen gebaut und Stühle hin und her geschoben, bis er jede leere Stelle überprüft und gefüllt hatte. Sie hatte versucht, ihn zu beruhigen, noch zweimal hatte sie ihn sogar an sich gedrückt, aber er hatte nicht auf sie geachtet, und sie war nicht stark genug gewesen. Sie hatte schließlich das akzeptiert, was sie die ganze Zeit gewusst hatte, dass es außer der chemischen keine andere Lösung gab. Deshalb hatte sie sich auf eine der Toiletten geschlichen, an der sie vorhin auf dem dunklen Gang vorbeigekommen waren, hatte aus einem Behälter an der Wand zwei Plastikbecher genommen und sie mit Wasser gefüllt. Sie hatte dann aus der Tasche der unteren Hose eine ihrer eigenen Packungen Mogadon genommen, hatte vier Tabletten herausgedrückt, sie in einem Becher zerkrümelt und den Becher geschüttelt, bis das Pulver im Wasser verschwunden gewesen war. Er hatte ihre Abwesenheit nicht bemerkt, hatte aber heiß und verschwitzt und ohne zu überlegen dankbar das, was sie ihm reichte, genommen und getrunken.

Ihre Hand lag noch immer auf seinem Kinn, die Bartstoppeln kratzten ein wenig, als er lächelte und sie ansah.

Es hatte dreißig Minuten gedauert, nachdem er getrunken hatte, bis die Müdigkeit sich eingestellt hatte und bis das Chemische sich in seinem Inneren ausbreitete. Nach und nach hatte er aufgehört herumzulaufen, zuerst war er gegangen, dann war er einige Male stehen geblieben und hatte langsam geatmet, am Ende hatte er sich hingelegt, die Beine weich, die Arme schlaff neben dem Körper. Jetzt ließ sie die Hand an seinem Gesicht liegen, er sollte sie spüren, sich daran gewöhnen. Bald würden sie sich auf den Weg machen müssen, um zu dem Raum zurückzufinden, der seit zwei Jahren ihr Zuhause gewesen war. Eine Stunde, das war alles. Sie hatten eine Stunde, dann würde er zusammensacken und so lange schlafen, wie er wach gewesen war. Zwei, mit etwas Glück vielleicht sogar drei Tage, um dann aufzustehen und wieder normal zu sein, fort von dem Irrsinn im Manischen und mit einigen Monaten bis zum nächsten Mal.

Hauptkommissar Horst Bauer vom Bundeskriminalamt hatte sein Büro in Wiesbaden gegen drei Uhr nachmittags verlassen. Eine kurze Fahrt mit dem Auto nach Frankfurt am Main, dann einen Linienflug der Lufthansa nach Stockholm. Vier Stunden darauf war er, in Begleitung eines uniformierten schwedischen Polizisten, problemlos an der Passkontrolle auf Arlanda vorbeigegangen, um dann in einem zivilen Behördenwagen in die Hauptstadt und nach Kronoberg gebracht zu werden.

Mariana Hermansson tippte ihn auf um die sechzig.

Dichte silberne Haare, ein wenig zu teuer angezogen in einem dunklen Anzug um einen Körper, der Eitelkeit ausstrahlte, schlank und sehnig, wie manche Männer im Alter werden.

»Kaffee?«

Er lächelte.

»Nein, danke.«

»Etwas anderes?«

»Ich habe im Flugzeug ein Plastikbutterbrot bekommen. Das reicht für eine Weile.«

Sie musterte ihn während des Schweigens, das immer entstand, wenn jemand durch ihre offene Bürotür ging und sie sich dann einander gegenübersetzen und sie darauf warten musste, dass das Gegenüber sich mit einer ersten Bemerkung bloßstellte.

Er sagte nichts.

Er bückte sich und öffnete die Aktentasche, die zu seinen Füßen stand.

Der Umschlag war braun und im Format C4. Bauer nahm ein Foto nach dem anderen heraus und legte sie dann vor sich auf den Tisch. Schwarzweiß, grobkörnig, zwei ein wenig verschwommen. Winkel und Umgebung verrieten, dass es sich um vergrößerte Bilder aus Überwachungskameras handelte.

Ein Foto neben dem anderen, bis neun schwarzweiße Gesichter die Tischplatte füllten.

Sechs Männer und drei Frauen.

Deutlich und leicht zu identifizieren, obwohl niemand in die Kamera schaute, sie schienen alle daran vorbeizublicken, auf dem Weg nach oder von irgendwo, die Blicke neben dem Objektiv, das an der Decke saß und sie von oben betrachtete.

Mariana Hermansson beugte sich vor und musterte die neun Gesichter. Sie hatte keine Zweifel. Drei davon hatte sie schon einmal gesehen. Vor weniger als vierundzwanzig Stunden. Sie suchte die Fotos von zwei Männern und einer Frau heraus. Den drei Personen, die Nadja in einem Technikraum auf Arlanda erkannt hatte. Den drei Personen, die zwischen 09.16 Uhr und 09.18 Uhr eingecheckt hatten und die dann auf dem Weg zum Ausgang von Kamera 11, 12 und 13 abgelichtet worden waren. Den drei Personen, die Nadja zufolge perfekt Rumänisch sprachen und die Hermansson zufolge vom Aussehen her an ihre eigenen rumänischen Verwandten erinnerten, obwohl sie in den Passagierlisten unter französischen Namen standen, französische Pässe hatten und von Stockholm und dem Flughafen Arlanda unterwegs nach Paris zum Aéroport Roissy-Charles-de-Gaulle gewesen waren.

»Das sind sie.«

»Sicher?«

»Ganz sicher.«

Hauptkommissar Bauer sah zufrieden aus, als er langsam nickte.

»Ja. Dann.«

Er wusste jetzt, dass seine Reise wichtig gewesen war.

»Das bedeutet, dass wir ein gemeinsames Problem haben.«

Der sehnige, korrekte Mann ließ sich zum ersten Mal in seinem Sessel zurücksinken.

»Was ich Ihnen jetzt erzählen werde, setzt voraus, dass Sie und Ihre Kollegen es unter gar keinen Umständen weitergeben.«

Seine Stimme war ernst.

»Sie haben soeben drei Personen aufgezeigt, die auch für den allerersten Bus aus Bukarest verantwortlich sind. Mit vierundfünfzig Kindern an Bord. Minderjährigen, in identische Overalls gekleidet.«

Bauer sprach Englisch mit deutlichem deutschem Akzent, bisher war er leicht zu verstehen gewesen, aber als er jetzt in Erregung geriet, wurde seine Muttersprache deutlicher.

»Drei Tage später wurden die Kinder eins nach dem anderen vor dem größten Bahnhof in Rom abgesetzt. Dort wurden sie hinterlassen, am frühen Morgen, egal, wie ihr Zustand war, oder wie alt sie waren.«

Er hob sechs Fotos auf, die Hermansson hatte liegen lassen, zeigte grobkörnige Gesichter und erklärte, dass diese sich abwechselnd an den übrigen drei Aktionen beteiligt hatten, Busladungen von Kindern, die in Frankfurt, Oslo und Kopenhagen verschwunden waren. Immer zwei Männer und eine Frau, vermutlich Rumänen, aber mit französischen Namen, französischen Pässen und Reiseziel Paris.

Vermutlich Rumänen.

Hermansson hörte, worauf der deutsche Kommissar eigentlich hinauswollte, dass es etwas in der Beziehung zu einer fremden Macht gab, in dem seine anfänglichen Vorbehalte gründeten, den Inhalt seiner Ermittlungen weiterzugeben.

Deshalb unterbrach sie dieses Gespräch wie zufällig.

Sie besaß nicht die Befugnis, Forderungen nach Schweigen und Diskretion zu bewerten. Ihr Chef und der Voruntersuchungsleiter mussten eine solche Entscheidung fällen und verantworten.

Hermansson ging zur Tür und lauschte in das leere Polizeigebäude hinein. Sie hatte vorhin gehört, wie Ewert in sein Zimmer gegangen war und wie immer fast sofort seine Musik eingeschaltet hatte, sie war sich auch ganz sicher, kürzlich erst gehört zu haben, dass Sven und Ågestam eingetroffen waren, sie wusste, dass sie an diesem Abend eine weitere Besprechung im Fall der Frau im Keller angesetzt hatten.

Sie bat Bauer, seine Bilder mitzunehmen und sie zu begleiten, zusammen gingen sie durch den dunklen Gang zu dem Zimmer mit der verschlossenen Tür und den aggressiven Stimmen.

Leo war fast eingeschlafen, und sie versetzte ihm mehrmals einen leichten Klaps auf die Wange.

Sie musste ihn auf die Füße bringen.

Er musste es schaffen, sie zurückzuführen.

Er musste noch eine Stunde gegen vier Mogadon ankämpfen, danach würde er schlafen dürfen, so lange er wollte.

Jannike stieß ihn, zog an ihm, während sie die Bilder der Hände verdrängte, die vor langer Zeit an ihr gezogen hatten, ihr nackter Körper unter der Dusche und die glatten Finger mit dem Wasser auf ihrer Brust, sie war so klein gewesen, sie hatte ganz still gestanden, ohne Mut, sich zu wehren, sie hatte nicht einmal geweint, hatte nur gewartet und gehofft, dass es diesmal nicht so lange dauern, nicht so hart in ihrem Geschlecht sein würde.

Sie konnten nicht auf dem Weg zurückgehen, auf dem sie gekommen waren.

Noch immer waren die Tunnel vom Rauch erfüllt, sie würden über die Straße gehen müssen, vielleicht zum Thorildsplan, und dort den Abstieg versuchen und aus dieser Richtung zurückkehren, in dieser Gegend wohnte jetzt niemand, deshalb gab es dort kein Feuer, keinen Rauch.

Sie verließen den Lagerraum mit den Schulbänken und Bücherregalen und gingen die Treppe ins Erdgeschoss der Fridhemsschule hinunter. Die Krawallhelme vor dem Fenster waren verschwunden, die Straße nicht mehr abgesperrt. Leo stand auf, er kämpfte, nahm ihre Hand und öffnete die Eingangstür, die nicht mit einer Alarmanlage versehen war.

Sie gingen hinaus auf den asphaltierten Schulhof und in den kältesten Abend seit mehreren Jahren.

Sie half ihm, über den Zaun zwischen dem westlichen Teil des Schulgeländes und dem östlichen des Krankenhauses Stockholms Sjukhem zu klettern, sie schlichen über verschneite Rasenflächen durch die Dunkelheit an dem alten Haus vorbei, sahen drinnen Menschen, die sich bewegten, Adventsleuchter hinter jedem Fenster, in zwei der größeren Zimmer Weihnachtsbäume mit roten und grünen und blauen elektrischen Kerzen. Sie liefen über die Mariebergsgata und gingen so dicht an den ihnen entgegenkommenden Passanten vorbei, dass sie manchmal deren Gespräche hören konnten, aber niemand achtete auf sie, niemand stellte Fragen, und niemand drehte sich um, als sie weitergingen, um sich einen der Zugänge in der Nähe des Thorildsplans zu suchen.

Ewert Grens starrte vor sich hin und formulierte noch einmal das, was der anzugtragende Staatsanwalt hören und verstehen sollte.

»Unter der Straße. Wo solche wie du noch nie gewesen sind.«

Eine Diskussion, die Ewert verlieren würde. Sven Sundkvist war sich da jetzt noch sicherer als zuvor. Lars Ågestam würde nicht weichen, nicht mit der Wimper zucken, sich nicht vor dem inoffiziellen Machthaber der Wache beugen.

»Ein Schuss wurde ausgelöst, als ein Polizist mit Elitetraining auf etwas schoss, das sich als eine angreifende Ratte entpuppte. Eine Streife aus weiteren Elitepolizisten verirrte sich unter dem Fridhemsplan und gelangte durch eine Kellertür nach Kronoberg, zwei Stock tiefer. Ein Mörder konnte in einem geschlossenen System siebzehn Brände legen.«

»Damit hatte ich gerechnet.«

»Du warst verantwortlich für eine Operation, die zum Teufel gegangen ist. Du hast deine Untergebenen und dich selbst in direkte Lebensgefahr gebracht.«

Grens fauchte.

»Jeder *erfahrene Jäger,* Ågestam, weiß, wenn man zwei Iltisse in ein Erdloch jagt, werden aus *anderen* Löchern Kaninchen kommen, aus Löchern, die du nicht einmal gesehen hast, die du nicht kennst, die du deshalb auch nicht bewachst. Das ist ein bewusstes Risiko, das du eingehst. Ich hätte einhundertachtzig Mann gebraucht, um alle Aufgänge und alle Eingänge zu bewachen.«

»Falsch, Grens.«

Ågestam senkte die Stimme, jetzt fauchte auch er.

»Jeder *erfahrene* Jäger weiß, dass es noch effektiver ist, die Kaninchen aus ihren Löchern *auszuräuchern*. Das hast du nicht gewusst. Und deshalb, Grens, deshalb hat diesmal das Kaninchen den Jäger ausgeräuchert.«

Es wurde an die Tür geklopft. Sven sah seinen Chef an, den Staatsanwalt, sie hörten und hörten doch nicht.

»Du kannst ansonsten gern weiter provozieren und dich zu mir vorbeugen, um gefährlich zu wirken. Du kannst alles nach Herzenslust wegdiskutieren. Ich habe dir eine Genehmigung verschafft. Ich habe mich auf dich verlassen. Aber das Ergebnis deiner Operation ist eine Mordermittlung, die kein bisschen weitergekommen ist.«

Wieder wurde geklopft. Keiner rührte sich.

»Du bist nicht in Form, Grens. Du bist emotional nicht stabil genug, um eine polizeiliche Ermittlung zu leiten. Ich werde beantragen, dich unverzüglich von dieser Aufgabe zu entbinden.«

Der Hauptkommissar gab keine Antwort.

»Und du? Ich finde, du solltest einen Schritt zurücktreten. Du stehst zu nah. Das gefällt mir nicht.«

Ågestam drehte sich um, ging zur Tür und machte auf.

Hermansson schaute verstohlen zu dem deutschen Kommissar in dem teuren Anzug hinüber. Sie hörte die wütenden Stimmen aus Ewerts Zimmer und war dankbar dafür, dass ihr Gast kein Schwedisch sprach.

»Ich bitte um Verzeihung. Das Gespr…«

»Das ist nicht nötig. Anstrengende Mitarbeiter sind oft gute Mitarbeiter. Auch da, wo ich herkomme, diskutieren wir manchmal hinter verschlossenen Türen.«

Lars Ågestam öffnete, er war rot im Gesicht, und seine Haare waren zerzaust. Hermansson ging hinein und stellte ihren Gast vor, sie nahm Hass und Aggression wahr, die im Zimmer hin und her jagten, es war kein guter Moment, und sie wünschte, sie hätte gewartet.

Ewert stand mitten im Raum, ebenso rot, Sven saß auf dem Sofa, als Betrachter, wie so oft.

»Hier riecht es nach Rauch. Merkt ihr das?«

Sie musterte einen nach dem anderen, bekam aber keine Antwort. Sie hatte recht, es roch wie nach einem Feuer, und sie sah sich besorgt um, suchte die Glut des Aschenbechers, die einen Ordner auffraß, oder eine Kerzenflamme, die einen Vorhang erfasst hatte, sah aber keinerlei Anzeichen für eine brennende Katastrophe.

»Das sind wir. Ewert und ich. Das erkläre ich später, in aller Ruhe.«

Sven Sundkvist bewegte den Arm durch die Luft, und wieder nahm sie es wahr, jetzt stärker, deutlichen Rauchgeruch. Sie wurde neugierig, stellte aber keine weiteren Fragen, drehte sich stattdessen zu Horst Bauer um und bat um Entschuldigung dafür, dass für einige Augenblicke Schwedisch gesprochen werden würde. Einige kurze Sätze, und sie beschrieb die Gesichter auf neun Bildern von Überwachungskameras und gab Bauers Informationen darüber weiter, dass diese Gesichter in unterschiedlichen Konstellationen in insgesamt fünf europäischen Städten einhundertvierundneunzig Kinder ausgesetzt hatten.

»Das klingt interessant. Aber ich verstehe das Problem nicht.«

Ågestam sah Hermansson an. Sie nickte zu dem deutschen Gast hinüber.

»Das Problem ist, dass die Voraussetzung für eine weitere Zusammenarbeit eine vergessene Ermittlung ist.«

»Vergessen?«

»Ja. Ich betrachte das als Ultimatum. Und ich will, dass du dich dazu äußerst.«

Horst Bauer hatte nichts von allem verstanden.

»Es geht um Schwedens gute Beziehungen zu einer fremden Macht.«

Aber er spürte und wusste, dass sie so weit waren, dass er jetzt weitersprechen sollte.

»Über Deutschlands gute Beziehungen zu einer fremden Macht. Und über Norwegens, Italiens, Dänemarks gute Beziehungen zu einer fremden Macht.«

Dann wiederholte er das, was Hermansson bereits gesagt hatte.

Dass ein weiteres Gespräch an dieser Stelle enden müsse. Dass es deshalb keine Voruntersuchung geben könne.

»Ich verstehe nicht, was Sie hier sagen. Ich habe das nicht einmal gehört.«

Ågestams Wangen waren rot gewesen, als er die Tür geöffnet hatte. Das waren sie noch immer.

»Denn falls ein Verbrechen vorliegt, muss ich ermitteln und Anklage erheben.«

Ewert Grens stand dort, wo er gestanden hatte, als Hermansson hereingekommen war und über den Rauchgeruch gesprochen hatte. Er war dankbar für die Unterbrechung. Er hatte zu wenig gesprochen, und jetzt, wo Anni auf dem Weg fort von ihm war, fehlte ihm eine Kraft, die er sonst nicht wahrnahm. Sie war doch einfach nur da, war immer dagewesen, als Motor in seiner Brust, der lief und lief und es ihm ermöglichte durchzuhalten.

Jetzt sah er den jungen Staatsanwalt an.

Und er lachte über das, was zu korrekt war und dem die Flexibilität fehlte, die das Leben mit sich brachte.

»Ich habe eine Erklärung mitgebracht.«

»Ich muss ermitteln und Anklage erheben.«

Bauer hatte gewusst, dass die erste Reaktion des Staatsanwaltes so aussehen würde.

»Ich habe sogar eine Entschuldigung der Nation vorliegen, die die Verantwortung für die … entstandene Situation trägt. Ich habe auch Garantien für eine sehr schonende Behandlung der Kinder.«

Er hob seine Aktentasche hoch, klopfte darauf.

»Aber das alles hängt von einem totalen Schweigegelübde ab.«

Lars Ågestam sah Bauer an, dann die Aktentasche, dann wieder Bauer.

»Ich kann eine Voruntersuchung, bei der es um mutmaßlichen Menschenhandel geht, nicht einfach einstellen, solange nicht klar ist, dass kein Verbrechen vorliegt.«

Grens lachte noch immer über das Korrekte, *deine Jugend gegen die Erfahrung eines älteren Kommissars,* er genoss es, dass die Spannung zwischen zwei Menschen ihn zufällig nicht mit einbezog.

»Dann danke ich für Ihre Aufmerksamkeit.«

Der deutsche Polizist war nicht sarkastisch, nicht hektisch, er stellte einfach nur fest, als er nun eine Hand ausstreckte und dann auf die Tür zuging.

»Dann habe ich hier nichts mehr zu erledigen.«

Leo bewegte sich immer langsamer.

Sie redete ununterbrochen auf ihn ein, er musste wach bleiben, musste die Kraft haben, sie nach Hause zu führen. Sie hatten den Schulhof der Fridhemsschule verlassen und waren über Rasenflächen um das Krankenhaus herum und über Fußwege voller Patienten und Pflegepersonal auf dem großen Grundstück gegangen, das das St.-Görans-Krankenhaus umgab. Jetzt überquerten sie die Lindhagensgata und die Gegend mit den leeren Büros und der aufgerissenen Asphaltstrecke, die seit Jahren regelmäßig repariert wurde, sie gingen im Schutz der Dunkelheit in ein Wohngebiet bei der Kristineberggata.

Das Gymnasium Thorildsplan war ein gelber Klinkerbau zwischen den Mietshäusern.

Aus jedem Stockwerk leuchtete Licht, in manchen Schulen war das abends so, es gab Kurse und Besprechungen.

Leo blieb an der Tür auf der Ostseite des Gebäudes stehen. Ein normales ASSA-Schloss, er öffnete es mit dem ersten Schlüssel, den er aus dem Schlüsselbund gezogen hatte. Die Treppe nach unten war aus Beton und hatte kleine grüne Stufen, es war warm, roch ein wenig nach Öl und Gas. Jannike schaute sich in der Heizzentrale des Hauses um und hörte nach einer Weile auf zu zittern. Sie hatten sich nicht warm genug anziehen können, ihre roten steifen Finger und die Zehen, die in den dünnen Schuhen erstarrt waren, sie spürte sie jetzt wieder, zuerst den Schmerz, der sich immer einstellte, und dann abwechselnd das, was weich war, und das, was fast Hitze war.

Sie war noch nie in diesem dunklen Raum mit den vielen roten und grünen Lämpchen gewesen. Sie klammerte sich an Leo. Der war kraftlos, bald würde er dem chemischen Konzentrat der Tabletten unterliegen, das seinen Körper nach und nach ausschaltete, aber er zögerte nicht, er kannte den Weg. Er öffnete eine Tür hinter einer Reihe von blinkenden Lichtdioden, sie gingen eine weitere Treppe hinunter, ein Stockwerk, zwei Stockwerke, bis in den Keller.

Die letzte Tür führte direkt ins Tunnelsystem.

Er schnallte die Stirnlampe um und bat Jannike, das ebenfalls zu tun.

Die Betonröhre war hier schmaler als in anderen Teilen des Systems, anderthalb Meter im Durchmesser, und sie watete durch Wasser und Lehm, die nach ihren Waden schnappten. Es stank, und die Füße, die kalt gewesen und sich im Heizungsraum aufgewärmt hatten, waren schon sehr bald durchgeweicht.

Zweihundertfünfzig Meter, dann erreichten sie eine Metalltür in der einen Röhrenwand.

Leo öffnete den Weg zu einem Verbindungsgang, der kürzer war als die anderen, dann noch eine Tür, als sie die Abwässertunnel gegen die militärischen eintauschten.

Sie gingen in die Gegenrichtung, aber genau dieselbe Strecke, die sie eben erst über der Erde zurückgelegt hatten. Das hier war leichter. Es kostete seltsamerweise nicht dieselbe Kraft. Sie waren sicher, sie fanden, es gab keinen Feind, den sie nicht begriffen, keinen Weg, den andere besser kannten als sie selbst.

Jannike hielt wieder Leos Hand.

Es war nicht mehr weit, etwas mehr als sechshundert Meter, und sie kamen schneller voran als vorhin dort oben.

Ewert Grens sah den deutschen Kommissar an, als der zur Tür ging, dann musterte er Ågestam und lächelte, *was zum Teufel machst du wohl jetzt,* überzeugt davon, dass ein erfahrener Ermittler des Bundeskriminalamtes nicht über tausend Kilometer gen Norden gereist war, um einem jungen Staatsanwalt das letzte Wort zu überlassen.

»Wenn Sie nur zugehört hätten!«

Bauer sprach im Gehen und kehrte ihnen dabei den Rücken zu.

»Verzeihung?«

»Wenn Sie bereit gewesen wären zuzuhören, dann hätten Sie das eben verstanden.«

Horst Bauer sprach Deutsch und musterte Ågestam.

»Dass Sie keine Voruntersuchung wegen Menschenhandels haben.«

»Was meinen Sie damit?«

Lars Ågestam antwortete, ebenfalls auf Deutsch, einer Sprache, die weder Grens, Sundkvist noch Hermansson verstanden.

»Ich meine, dass es hier höchstens um den eigenmächtigen Umgang mit Kindern geht.«

Bauer war in der Türöffnung stehen geblieben.

»Das ist ein Delikt, aber doch ein minderes. Und ohne meine Mitwirkung, mein Freund, haben Sie niemanden, den Sie anklagen könnten. Oder, was?«

Ågestam zögerte und musterte den deutschen Gast schweigend.

Ewert Grens lächelte abermals, diesmal breiter. Er war kollegial beeindruckt, das schafften nicht viele, ihn zu beeindrucken, aber dieser Kommissar hatte bereits gewonnen.

»Außerdem wäre Schweigen vielleicht nicht ganz vorschriftsgerecht. Aber zum Besten von dreiundvierzig Kindern.«

Lars Ågestam zögerte noch immer, er suchte das, was irgendwo zwischen Prestige und Nachgiebigkeit lag. Mariana Hermansson wusste das. Sie hatte schon früher in entscheidenden Momenten einer Ermittlung den Staatsanwalt zu Lösungen gelotst und zugleich verhindert, dass er das Gefühl hatte, sein Gesicht zu verlieren.

»Lars?«

»Ja?«

»Ihr solltet vielleicht erst mal in ein anderes Zimmer gehen. Und versuchen, dieses Problem unter vier Augen zu lösen.«

Grens suchte im Regal hinter dem Schreibtisch nach einer Kassette mit Siw-Zusammenstellungen und wiegte sich langsam hin und her, als gleich darauf die Musik den Raum füllte. Sven Sundkvist saß noch immer auf dem Sofa und schloss die Augen, als er in Gedanken Jonas vom Fußballtraining abholte, zu dem er ihm morgens versprochen hatte zu kommen und das schon längst zu Ende war. Mariana Hermansson lief nervös hin und her, das hier war die größte Ermittlung, für die sie bisher allein verantwortlich gewesen war, sie hatte vor, damit weiterzumachen, bis sie die Antwort bekommen hatten, die sie haben wollten.

Zehn Minuten später öffnete Ågestam ohne anzuklopfen die Tür und kam herein, der deutsche Kommissar ging an seiner rechten Seite.

»Was Kommissar Bauer von nun an berichten wird, muss mit strengster Diskretion behandelt werden. Alles wird zwischen diesen vier Wänden hier bleiben.«

Ewert Grens lächelte ein drittes Mal. *Ein erfahrener Kommissar gewinnt immer, wenn er auf einen grünen Staatsanwalt trifft*, drehte die Musik aus und setzte sich in seinen Schreibtischsessel. Er nickte Hermansson und Bauer zu und ließ sich zurücksinken, um sich eine seltsame Geschichte anzuhören, in der er gelandet war, als anderthalb Tage zuvor das Telefon geklingelt hatte.

»Vor etwas über zwei Wochen entdeckte ein Parkwächter am Flughafen Frankfurt am Main einen verlassenen und falsch geparkten Bus.«

Horst Bauer stand mitten im Zimmer und sah alle der Reihe nach an, und alle hatten das Gefühl, gerade ganz besonders angesprochen zu werden.

»Vierzehn Stunden zuvor waren neununddreißig rumänische Kinder, im Alter zwischen fünf und sechzehn Jahren, verwirrt und ohne erwachsene Aufsicht, in einem Wartesaal im Hauptbahnhof mitten in Frankfurt aufgefunden worden.«

Grens war noch immer beeindruckt. Er hatte so viele Möchtegernpolizisten sehen und ihnen zuhören müssen, die das genaue Gegenteil gemacht hatten, sie hatten sich einen Empfänger ausgesucht und den dann angestarrt, bis alle anderen sich überflüssig vorgekommen waren.

»Wir konnten durch die Beobachtungen der Kinder die

Identität von einer von drei Personen feststellen, die mit Hilfe der Überwachungskameras des Flughafens aufgezeigt werden konnten. Ein Mann, rumänischer Staatsbürger, zweiundvierzig Jahre alt. Seitdem arbeiten wir eng mit rumänischer Polizei, rumänischen Behörden, rumänischen Politikern zusammen. Aber erst, als wir erfuhren, was gleichzeitig in Rom und Oslo passiert war, ging uns die gesamte Reichweite des Falles auf. Weitere vierundachtzig Kinder waren verschwunden. Eine Woche darauf wurden achtundzwanzig Kinder in Kopenhagen aufgefunden. Und dann, vor knapp zwei Tagen, dreiundvierzig hier, in der Wartehalle, einige Stockwerke tiefer.«

Mariana Hermansson nickte zerstreut.

Sie sah kleine Menschen vor sich, die vor den Wänden des Gangs gekauert und gezittert hatten, als sie zu ihrem Arbeitsplatz gekommen war. Nadja, die ihre Overallärmel hochkrempelte und fünfzehn ziemlich frische Wunden mit nach oben gebeugten Schnittstellen zeigte. Einen zwölf Jahre alten Jungen auf dem Küchenboden in einem Familienhaus in Viksjö, der in ein in seinen Mund gestopftes Handtuch biss.

»In Bukarest gibt es Hunderte von heimatlosen Straßenkindern. Viel mehr als hier in Stockholm und sehr viel mehr als in meiner Heimatstadt Frankfurt. Das wissen wir. Das ist auch auf internationaler Ebene seit vielen Jahren bekannt und wird kritisiert. Außerdem müssen sich jedes Jahr in anderen Ländern die zuständigen Stellen um an die tausend rumänische Kinder kümmern. Von ihren Eltern verkauft, um Bettler, Diebe, Prostituierte zu werden. Kinder, die nach Rumänien zurückgebracht werden, wenn man sie entdeckt. Aber das hier, fünf Busse mit Minderjährigen, in aller Eile ausgeleert und verlassen, Kinder, die verschwinden sollen, so etwas haben wir noch nie gesehen und auch nie davon gehört.«

Bauer öffnete seine Aktentasche. Er legte die neun Bilder von Überwachungskameras auf großen Flughäfen, die er früher auf Hermanssons Schreibtisch gelegt hatte, auf den Boden.

Acht schwarzweiße und grobkörnige Fotos im Kreis, das neunte in die Mitte.

»Wir wissen auch, dass der rumänische Staat in den letzten Jahren mehrere soziale Projekte gestartet hat, um die Straßenkinder zu erreichen, die man bisher nicht sehen wollte. Das Problem ist, dass die rumänischen Behörden sich genauso verhalten wie die deutschen, genau wie die schwedischen, genau wie die in so vielen anderen europäischen Nachbarländern. Sie überlassen die Verantwortung privaten Beraterfirmen.«

Er fiel auf die Knie, seine teure Anzughose lag auf Grens' schmutzigem Büroboden.

»Dorinel Chiroiu.«

Das Bild in der Mitte, das Gesicht eines Mannes.

»Der zweiundvierzig Jahre alte rumänische Staatsbürger, den ich vorhin schon erwähnt habe.«

Bauer suchte abermals in seiner Aktentasche, jetzt hielt er eine Broschüre im Vierfarbdruck in der Hand, teures Hochglanzpapier.

»Dorinel Chiroiu.« Aber diesmal nicht in Schwarzweiß und nicht auf dem Weg zu einem wartenden Flugzeug.

Anzug und Schlips. Weiße Zähne und sonnengebräunte Haut. Wie er einen professionellen Fotografen anlächelte.

»Ein Bild aus der Präsentation einer privaten Beraterfirma – *Child Global Foundation* –, die in staatlichem Auftrag zweihundert Straßenkinder aus Bukarest rehabilitieren soll.«

Ein Gesicht, das Vertrauen schaffen sollte, wenn heimatlose Kinder zu Profit wurden.

»Der rumänische Staat kaufte solche Dienste von mehreren privaten Firmen, die meisten leisten sicher hervorragende Arbeit und verbessern vermutlich gerade in diesem Moment das Leben einiger Straßenkinder. Aber dieses hier, dieses Gesicht, das in dieser Hochglanzbroschüre lacht und sich *Child Global Foundation* nennt, das war ein Fehlgriff.«

Er legte die Broschüre neben das schwarzweiße Foto.

Wirklichkeit und Lüge.

»Der *Child Global Foundation* sind zehntausend Euro pro Kind bewilligt worden. Also 1940000 Euro für einhundertvierundneunzig Kinder. Das hält der rumänische Staat für einen angemessenen Preis, um sich dieses Problems zu entledigen.«

Bauers Stimme war ein wenig zu hell, wurde aber niemals eintönig. Er sprach, während Grens, Sundkvist, Hermansson und Ågestam still dabeisaßen und zuhörten. Als er zum dritten Mal in der Aktentasche suchte und Rechnungen, Quittungen und Registrierungen auf die verbliebene Bodenfläche legte, atmete nur noch der Wind hinter dem dunklen Fenster.

»Dorinel Chiroiu und seine acht Mitarbeiter haben fünfundzwanzigtausend Euro für fünf heruntergekommene Busse ausgegeben. Zehntausend Euro für zweihundert Overalls in unterschiedlichen Größen. Elftausend Euro für Flugtickets, Diesel, Essen.«

Er trat einen Schritt auf die Wand zu, um Platz für das letzte Dokument zu schaffen.

Ein ganz normaler Tabellenbogen aus einem ganz normalen Buchführungsprogramm aus einem der inzwischen beschlagnahmten Computer der Stiftung *Child Global Foundation.*

So einem einfachen Programm, wo die Einnahmen in der einen Spalte stehen und die Ausgaben auf der anderen, wie normale Firmen es beim Verkauf von Zahnpasta, Stühlen oder Kartoffeln verwenden.

Aber hier ging es um andere Produkte.

Um Kinder.

Kinder, die niemand vermisste.

»Sich in fünf Städten von einhundertvierundneunzig Kindern zu befreien, hat 37 000 Euro gekostet. Zwei Monate Arbeit und ein Gewinn von 1903 000 Euro. An die 200 000 für jeden Beteiligten. Sehr viel mehr, als die meisten Arbeitnehmer in Rumänien in einem ganzen Leben verdienen können.«

Horst Bauer wischte sich mit der Hand Staubflecken von seiner Hose. Er hatte versucht, ruhig und neutral zu sprechen, ein ermittelnder Polizist, der den Inhalt einer laufenden Ermittlung zusammenfasst.

Jetzt brachte er das nicht mehr über sich.

»Und das ist doch herrlich, was? Oder?«

Er machte eine Handbewegung, sein deutscher Akzent wurde stärker.

»Dass die Methoden, wie man von Kindern profitieren kann, die uns scheißegal sind, dort am weitesten perfektioniert wurden, wo das Problem am deutlichsten ist.«

Mariana Hermansson stand wieder in dem Haus des Familienpapas, der einem rumänischen Jungen ein Handtuch in den Mund gedrückt und den Kleinen mit den schwedischen Kindern verglichen hatte, mit denen er jahrelang gearbeitet hatte, Kinder, die sexuellen Übergriffen ausgesetzt gewesen waren, die sich prostituierten, Drogen nahmen, in Tunnels und Parks in Stockholm hausten.

»Abfall.«

»Verzeihung?«

»*Kinder als Abfall.* Nur ein Ausdruck, den ich gestern gehört habe.«

Bauer bückte sich, um seine Unterlagen aufzusammeln.

»Ich bin schon mein Leben lang bei der Polizei. Fast vierzig Jahre. Aber was bleibt einem eigentlich?«

Seine Stimme klang müde.

»Nicht sonderlich viel. Ermittlungen über Tote? Kaum. Ermittlungen über noch mehr Tote? Nein.«

Der Boden wies keine Papiere mehr auf, der helle Linoleumbelag glotzte sie ebenso hässlich und verfärbt an wie zuvor.

»Aber das hier. Kinder, die in Exceltabellen als Kostenpunkte gebucht werden, Ausgaben, die erwogen und bewertet und verkleinert werden müssen. In Rumänien, ein Land, über das wir uns lange lustig gemacht haben. Aber wir haben es auch in Deutschland. Und jetzt haben Sie es in Schweden. Kinder, die wir nicht brauchen, nach denen wir nicht suchen, die sich verstecken, weil es sie nicht gibt.«

Jannike sah Leo an und klammerte sich an seine Hand. Er hatte recht gehabt. Hier wohnte im Moment niemand. Hier gab es keinen Rauch, kein Feuer. Es war leicht zu atmen, leicht zu gehen, sie konnte ihn vorsichtig weiterziehen, wenn die Müdigkeit seinen Körper dazu brachte, sich hinlegen zu wollen.

Sie wusste, dass sie weiter gingen als nötig gewesen wäre, aber es war ein sicherer Weg und der einzige, der vom Thorildsplan zu dem Raum führte, der nur ihnen gehörte und der am Ausgang zur Arbetargata lag. Sie hatte noch immer Angst, merkte aber, dass es in ihrem Bauch weniger wehtat, es würde bald besser werden, sie war nie gern durch das System gelaufen, mit dem Risiko, anderen zu begegnen, sie war hier, um ihnen nicht begegnen zu müssen.

Leo schwitzte, er hob die Füße nicht mehr, seine Schuhe schlurften über den Tunnelboden, und immer wieder flüsterte er, er müsse schlafen, sich einfach hinlegen und für eine Weile die Augen zumachen.

Auf halber Strecke sahen sie die ersten niedergebrannten Feuer, verirrten Rauch aus großen Haufen grauer Asche, die nach Brand rochen. Ein schwaches Licht von oben bedeutete, dass ein Gullydeckel dicht über ihnen noch nicht wieder an Ort und Stelle lag, sie konnten sogar von oben Stimmen hören, die nach Polizei klangen, und Jannike hielt den Atem an, als sie ihre Stirnlampen löschten.

Sie näherten sich dem Raum der elf Frauen. Plötzlich standen drei von ihnen dicht vor ihnen.

Weder Jannike noch Leo hatten gehört oder gesehen, dass sie ohne Taschenlampen aus einem halbmeterhohen Loch in der Wand gekrochen waren, an der Stelle, wo zwei Tunnelgänge aufeinanderstießen.

Sie sahen einander an, wie sie das immer machten. Sie hatten keine Gemeinsamkeit, außer der, dass sie zufällig am selben Ort wohnten. Jannike erkannte alle drei, hatte sie mehrmals durch die Tunnel gehen sehen, und sie beobachtete vor allem das Mädchen mit den vielen Ringen in den Ohren, das ungefähr so alt war wie sie selbst und seit ungefähr einem Monat hier unten war.

Zwei Minuten darauf kamen sie an der Ausbuchtung in der Wand vorbei, die zu Millers Aufenthaltsort geworden war. Jannike zog an Leos Arm und bat ihn zu warten, während sie hineinkroch, um sich davon zu überzeugen, dass Miller unverletzt war. Miller war nicht da. Vorsichtig berührte sie zwei seiner Habseligkeiten, einige Bücher, die sie nicht gelesen hatte, einige Fotos einer Frau, die er auf eine hölzerne Obstkiste gestellt hatte, er hätte jetzt hier sein müssen, sie hoffte, dass er unterwegs war.

Sie waren bald am Ziel, Leo ging vornübergebeugt, und sie hielt ihn fest, als er mehrere Male fast gestürzt wäre.

Bald würde er sich hinlegen und so lange auf dem jetzt ganz leeren Betonboden schlafen können, wie er wollte, auf dem Boden, wo es keine Essstelle, keine Matratzen, keine Decken mehr gab, alles lag jetzt als graue Asche draußen im Gang.

Ewert Grens saß in seinem Schreibtischsessel und sah Bauers Aktentasche an, bis die mit der Dunkelheit des Korridors verschmolz. Es wurde doch noch ein guter Tag. Anni atmete wieder selbst, und der Trottel in den Tunneln hatte zum ersten Mal Besuch bekommen, und ein deutscher Kommissar hatte zuerst den Scheißstaatsanwalt ausgetrickst und dann innerhalb von dreißig Minuten eine von vierunddreißig laufenden Ermittlungen abgeschlossen. Er schaute auf den Wecker, der neben dem Telefon stand. Viertel nach neun. Noch lange bis zur Nacht, er würde an diesem Abend nach Hause fahren, sein Nacken war lange nicht mehr so steif gewesen, und sein Rücken verlangte nach einem richtigen Bett.

»Seid ihr jetzt so weit?«

Sven hatte schweigend gewartet, als Grens und Ågestam unmittelbar vor Bauers Besuch einander angestarrt hatten, bei dem, was niemals etwas anderes sein würde als ein sinnloses Tasten nach der Macht, die keiner loslassen wollte.

»Damit wir anfangen können zu arbeiten. Statt unsere gegenseitigen Wolkenkuckucksheime einzureißen.«

Er spielte an einem Umschlag herum, den er seit fast einer Stunde in der Hand hielt.

Jan Pedersen (JP): Was zum Teufel sagen Sie da? Sie ist … verschwunden?

Vernehmungsleiter Erik Thomsson (VL): Das haben Sie nicht gewusst?

Sven Sundkvist öffnete den weißen Umschlag mit dem Emblem der Polizei und nahm eine zusammengeheftete Kopie des Vernehmungsprotokolls 0201-K84976-04 heraus.

JP: Bisher haben Sie mir nur verdammt viele Fragen gestellt, ohne überhaupt zu verraten, was die ganze Kiste soll. Und jetzt, nach einer halben Stunde, behaupten Sie, dass meine Tochter verschwunden ist?

Insgesamt acht dicht beschriebene Seiten, Vernommener *Pedersen, Jan,* mutmaßliches Vergehen: *vernommen im Zusammenhang mit Anklage wegen sexueller Übergriffe.*

VL: Ich stelle Fragen. Und Sie sollen die beantworten.
JP: Und welchen Teil meines Berichts haben Sie nicht kapiert?

Er blätterte, mehrere Passagen waren markiert, ein roter Kugelschreiber hatte am Rand grobe Striche hinterlassen.

VL: Was ich kapiere, Pedersen, ist ziemlich uninteressant. Dagegen könnte es verdammt interessant sein, wenn Sie endlich zu antworten versuchten.

Sven Sundkvist sah Grens und Ågestam an.

»Wir wissen, dass Liz Pedersen tot ist. Dass ihre Tochter seit zweieinhalb Jahren verschwunden ist. Dass ihr Exmann wegen sexueller Übergriffe verklagt worden ist.«

Kommissar und Staatsanwalt schauten beide zu Boden.

Sie hörten zu.

»Im Moment interessiert der hier mich besonders. Der Vater des Mädchens.«

JP: Ich habe doch schon mindestens fünfmal erklärt, dass diese angeblichen Übergriffe auf Jannike ... und hören Sie jetzt gut zu! ... dass die pure Phantasie sind.

Er wartete auf Fragen.

»Das ist die erste von zwei Vernehmungen, die im Zusammenhang mit Jannikes Verschwinden durchgeführt worden sind.«

Es kamen keine Fragen.

Er las weiter laut vor.

VL: Dann erklären Sie das alles doch nochmal.
JP: Freie Phantasien im Kopf meiner Ex! Hier geht es doch um das Sorgerecht, verdammt nochmal!

Sven Sundkvist überflog noch einige Seiten im Protokoll. Jedes Mal, wenn ihm die Frage wegen sexueller Übergriffe gegen Jannike gestellt wurde, beteuerte er seine Unschuld und wies darauf hin, dass er doch bereits ein Jahr zuvor klargestellt habe, irrtümlicherweise beschuldigt worden zu sein.

JP: Und übrigens, falls Sie nicht vorhaben, mich festzunehmen, und danach sieht das ja eigentlich nicht aus, dann betrachte ich diese Vernehmung jetzt als beendet.
VL: Ich bitte Sie …
JP: Hören Sie, ich habe eben erfahren, dass meine Tochter seit einem Monat verschwunden ist. Ich gehe jetzt.

Ewert Grens und Lars Ågestam hörten zu und waren einer Meinung, dass die Aufgabe, den Exgatten und Vater ausfindig zu machen, von diesem Moment an tatsächlich so wichtig war, wie Sven gesagt hatte.

JP: Und ich werde das tun, was Sie tun sollten.
VL: Bitte, würden Sie …
JP: Sie suchen.

Es wurde langsam spät. Müde Körper gähnten und ruhten in der plötzlichen Stille, bis Ågestam anbot, vom Automaten auf dem Gang drei Tassen Kaffee zu holen.

Sie waren noch nicht fertig.

Sie mussten am zweiten Tag der Ermittlungen den Kontakt

zum Exmann einer Toten und dem Vater einer Verschwundenen in die Wege leiten. Und trotz ihrer Gegensätze mussten sie sich darauf einigen, wie der nächste Einsatz in den Tunneln verlaufen sollte.

Sie wussten schließlich, dass sich Liz Pedersens Mörder dort unten verbarg.

Die Schatten fegten schon härter über den Asphalt der Autobahn, und als verirrter Schnee über die Fahrbahn geweht wurde, glitt der Wagen langsam auf den Straßenrand und die zu nahe stehenden Bäume zu. Sie bremste und verlor für einen Moment die Kontrolle, während die vereiste Unterlage die vier Räder immer näher an die stumme Baumreihe heranlockte.

Mariana Hermansson war müde, an der Grenze zur Erschöpfung.

Sie hatte in der vergangenen Nacht nicht geschlafen und klammerte sich an die letzten Reste von Kraft, und als Polizistin im Dienst hätte sie sich vermutlich gezwungen, aus dem Auto zu steigen und nicht mehr weiterzufahren.

Sie ließ die Kupplung los und glitt, die Hände fest um das Steuerrad geschlossen, noch einmal auf die Fahrbahn und versuchte danach, ihr Zittern zu verbergen, sie wollte Bauer nicht erklären, dass diese Fahrt hier fast zum Teufel gegangen wäre. Sie waren auf dem Weg nach Arlanda und zur letzten Maschine des Abends, und sie starrte vor sich hin, um die roten Lampen des zweihundert Meter vor ihnen fahrenden Autos zu erfassen, unterdrückte ein Gähnen und hielt bei der Shelltankstelle an der Ausfahrt nach Sollentuna.

»Kaffee?«

»Nicht um diese Zeit, dann kann ich nicht schlafen. Aber vielen Dank.«

Sie bezahlte eine große Tasse schwarzen Tankstellenkaffee, er hatte Ähnlichkeit mit dem, den Grens sich immer aus dem Automaten auf dem Gang der Wache holte, an den Abenden, an denen er nicht nach Hause ging, und plötzlich ging ihr auf, was los war, ihr Herz raste, und ihre Brust kannte keine Ruhe mehr, sie würde noch zwei Stunden durchhalten.

»Ich habe die Kinder gesehen, nachdem wir sie in Frankfurt gefunden hatten.«

Horst Bauer hatte geschwiegen, seit sie die Stockholmer Innenstadt verlassen hatten, entweder weil ihre Fahrfähigkeit ihm Sorgen gemacht hatte oder weil er in Gedanken in die Schlussphase einer groß angelegten Ermittlung versunken gewesen war. Jetzt drehte er sich zu ihr hin, und sie drosselte das Tempo, um sich darauf konzentrieren zu können, das Auto auf der Straße zu halten und zugleich zuzuhören.

»Neununddreißig verängstigte und verlassene Kinder, deren Sprache ich nicht verstehen konnte. Die in Oslo habe ich nicht gesehen, die in Rom auch nicht. Aber eine Woche darauf die in Kopenhagen. Achtundzwanzig Kinder, ich habe dort mehrere von ihnen vernommen.«

Sie wurden von einer langen Karawane aus gereizten Fahrern überholt, die entweder ein wenig zu lange hupten oder schräg vor ihr die Fahrspur wechselten, um klarzustellen, dass sie im Weg gewesen war. An einem anderen Tag hätte sie diese Typen nur zu gern an den Straßenrand gewinkt, aber sie war zu müde und zu neugierig auf den deutschen Kommissar, der aus irgendeinem Grund mehr erzählte, als er vorgehabt hatte.

»Erst wenn man dann vor ihnen steht, begreift man das richtig. Obwohl ich schon bei mehreren Ermittlungen mit Straßenkindern in Deutschland zu tun hatte. Wir sind ziemlich gut darin, den Dreck der anderen zu riechen und uns von unserem eigenen nicht stören zu lassen.«

Sie hielt in einer der beiden für Polizei reservierten Parknischen vor dem Auslandsterminal. Obwohl sie langsam gefahren war, blieb ihnen noch eine Dreiviertelstunde bis zum Einchecken, und deshalb blieben sie im Auto sitzen.

»Meine Aufgabe war es in mehr als vierzig Jahren, um jeden Preis einen Schuldigen zu finden und dafür zu sorgen, dass dieser Schuldige in einer Zelle landete. Bis jetzt. Das ist das erste Mal in meinem Leben, dass ich ein Vergehen feststelle, den Täter identifiziere und ihn nicht festnehmen darf.«

Hermansson spürte seinen als Frustration verkleideten Zorn.

»Denn ich bin in diesem Moment kein Polizist.«

Sie saßen nebeneinander auf den Vordersitzen und sahen die Menschen mit Reisetaschen und Tickets, die erwartungsvoll zu den späten Flügen dieses Tages liefen oder soeben gelandet waren und müde nach jemandem suchten, der sich nach ihnen gesehnt hatte.

»Ich bin Bürokrat, Diplomat, Koordinator.«

Ein seltsamer Ort, die vielen Leute, die unterwegs waren, die immer wieder wegmussten, um dazuzugehören.

»Ich bin eine Art Putzmann, der auf Europatournee geht und Kollegen bittet, aus Rücksicht auf politische Beziehungen zu schweigen.«

Bauers Gesicht, das in Ewerts Zimmer so entschlossen ausgesehen hatte, war hier im Auto fast resigniert, ein Mensch, der versuchte, die Zeit zu verstehen, die nicht mehr die seine war. Er hatte noch immer den Sicherheitsgurt angelegt, und er wollte gerade weiterreden, als ihr Telefon klingelte. Sie streckte die Hand nach dem Handschuhfach aus, bat um Entschuldigung und nannte ihren Namen.

Sie fuhr schneller, als es richtig gewesen wäre. Glätte und Dunkelheit und Müdigkeit, sie war noch immer keine besonders gute Fahrerin und fuhr um einiges über der Geschwindigkeitsbegrenzung. Sie verließ auf der Höhe von Rotebro die E 4 und folgte über knapp zehn Kilometern der Landesstraße 267 in Richtung Stäket und E 18. Das war der kürzeste Weg nach Viksjö und zu dem Familienhaus, das sie einen Tag früher besucht hatte. Ihre Brust tat weh, es war derselbe Schmerz wie früher, als sie jünger und ängstlich gewesen war, ein drückend unangenehmes Gefühl dicht beim Herzen.

Mariana Hermansson stellte den Wagen vor dem verschneiten Zaun ab.

Sie sah sie sofort.

Einige Meter weiter, im Licht der Autoscheinwerfer, auf dem ansonsten dunklen Hofplatz.

Nadja saß zusammengekrümmt auf einer einsamen Schaukel, die in einem Eisengestell befestigt war. Langsam hin und her über große weiße Schneeflächen. Ein Fuß auf dem Boden, wenn es rückwärts ging, ein leichter Druck, und der Schwung hielt für eine Weile vor.

Sie schaukelte und sang.

Mariana erkannte die Melodie. Ein rumänisches Kinderlied, das ihr Vater vor langer Zeit in dem hohen Haus in Malmö gesungen hatte.

»Sie sitzt schon seit über einer Stunde dort.«

Es war kalt, fast kälter hier, einige Dutzend Kilometer von der Stadt entfernt, es waren achtzehn Grad unter null gewesen, als Hermansson Kronoberg und Kungsholmen verlassen hatte, und sie tippte jetzt, dass die Temperatur um weitere zwei Grad gesunken war. Der Familienhauspapa hielt eine Decke in der Hand, näherte sich vorsichtig und legte sie über Nadjas Beine. Er erklärte fast flüsternd, dass er nun schon seit einer Stunde versuchte, sie mit ins Haus zu holen, und dass er ihr eine Weile zuvor zum ersten Mal nahe genug gekommen war, um eine Jacke über ihren dünnen Pullover legen zu können, dass sie ihn dann angesehen hatte, ohne offenbar zu begreifen, wer er war. Ein Psychiater sei schon unterwegs, aber er sei doch erleichtert und dankbar, Hermansson bei sich zu haben, die die Sprache verstand und beim Essen am Vorabend sogar eine Art Unterhaltung mit Nadja zustandegebracht hatte.

»Es ist kalt.«

Zwei vorsichtige Schritte, eine Hand über ihre Wange. Das schien Nadja nicht zu bemerken. Den Fuß auf den Boden, wenn sie auf dem Weg nach hinten war, sie schaukelte, summte.

»Es ist kalt, Nadja. Du musst mit mir ins Haus kommen.«

Ihre Augen, die waren nicht zu erreichen, sie war nicht da.

»Wir müssen hineingehen. Ins Haus. Zu den anderen.«

»Ich muss nur schnell fertig schaukeln.«

Der Blick des Mädchens richtete sich auf etwas tief in ihr selbst. Mariana Hermansson stand vor einem anderen Menschen als dem, den sie am Vortag verlassen hatte, einem Menschen, der sich an einem anderen Ort befand.

Sie fasste nach Nadjas Handgelenk, suchte nach ihrem Puls, bis Nadja den Arm zurückzog und sich abwandte. Hermansson ging zum Wagen zurück, holte eine Taschenlampe, schaltete sie ein, richtete sie ohne Vorwarnung auf Nadjas Augen und stellte fest, dass die Lichtempfindlichkeit intakt war, ihre Pupillen reagierten, wie sich das gehörte, als sie sich zusammenzogen, offenbar stand sie nicht unter Drogen. Hermansson hielt sicherheitshalber etwas, das aussah wie eine größere Visitenkarte, neben Nadjas Gesicht und verglich ihre Pupillen mit denen, die auf dem länglichen Pappstück abgebildet waren. Sie waren nicht kleiner als normal, sie standen nicht unter dem Einfluss irgendwelcher zentralstimulierender Mittel. Sie waren nicht größer als normal, sie standen nicht unter dem Einfluss von Opiaten oder Benzodiazepan.

»Nadja?«

Der Blick, tief drinnen.

»Nadja, wir müssen jetzt ins Haus gehen.«

Die Finger um die Schaukelketten verflochten, sie stieß sich ab. Tempo, hin und her.

»Ich muss nur schnell fertig schaukeln.«

Hermansson wandte sich an den Mann, der einige Meter weiter in der Dunkelheit wartete, seine Stimme war leise.

»Das ist nicht gut. Das ist nicht gut. Das ist …«

Die Schaukel wurde angehalten, und das scharfe Geräusch von kaltem Eisen an hartem Kunststoff verstummte. Nadja verließ ihren Sitzplatz. Sie summte wieder, hüpfte wie ein kleines Mädchen, ging in einem mit Schnee gefüllten Sandkasten in die Hocke. Ein Ball, noch ein Ball. Sie rollte sie, hielt sie an den Mund, leckte daran.

»Sie ist unterwegs in eine Psychose.«

Der Familienhauspapa schaute in den Schnee.

»Wenn wir sie zwingen … dann zerbricht sie.«

Der Himmel war anders hier, eine halbe Fahrstunde von der Stadt entfernt. Die Sterne drängten sich miteinander, während sie im künstlichen Licht, das die Großstadt ausmachte, sonst nichts sehen konnte.

»Sie hatte heute Nachmittag Besuch. Eine Frau vom Jugendamt und ein Dolmetscher. Ich hatte keine Ahnung. Wenn sie mich wenigstens vorgewarnt hätten … dann hätte ich sie vielleicht vorbereiten können.«

Nadjas Wangen waren rot, und sie schob Schnee zu unterschiedlich hohen Haufen zusammen.

»Sie saßen am Küchentisch. Da hat sie es wohl nicht begriffen. Das habe ich ihr angesehen. Als die Frau vom Jugendamt sprach, als der Dolmetscher übersetzte, sie hat es wohl nicht verstanden. Obwohl die ganz deutlich waren, als sie gesagt haben, dass … dass sie ihr das Kind wegnehmen würden.«

Er schaute auf, schaute zu Nadja hinüber.

»Weil sie drogensüchtig ist. Weil sie selbst noch ein Kind ist. Weil sie deshalb als Mutter ungeeignet ist. Die Frau vom Jugendamt hat ihr erklärt, dass nach dem schwedischen Gesetz die Gesellschaft verpflichtet ist, sich um die Kinder zu kümmern, denen es schlecht geht.«

Er holte tief Luft, große Wolken, als er ausatmete.

»Sie hat nichts gesagt. Nicht einmal, als sie dann den Kleinen geholt haben. Sie hat drei Stunden lang stumm hinter geschlossener Tür in ihrem Zimmer gesessen. Bis sie dann nach draußen gegangen ist, hierher, und angefangen hat zu schaukeln.«

Hermansson stand auf dem verschneiten Rasen.

Sie sah wieder zum Himmel hoch, suchte etwas.

Sie ging auf Nadja zu und nahm eine Hand, die einen Schneeball rollte, begegnete Augen, die nicht da waren. Sie erklärte, es sei kalt, sie müssten ins Haus gehen, und dann hörte sie eine fünfzehn Jahre alte Mutter sagen, das wolle sie nicht, noch nicht, sie müsse erst fertig spielen.

Noch zwei Stunden bis Mitternacht.

JP: Freie Phantasien im Kopf meiner Ex! Hier geht es doch um das Sorgerecht, verdammt nochmal!

Ewert Grens lag auf dem braunen Besuchersofa und blätterte in dem Vernehmungsprotokoll, aus dem Sven vorhin vorgelesen hatte.

JP: Hören Sie, ich habe eben erfahren, dass meine Tochter seit einem Monat verschwunden ist. Ich gehe jetzt.

Svens dicke Striche am Rand, roter Kugelschreiber, er war sorgfältig gewesen.

JP: Und ich werde das tun, was Sie tun sollten. Sie suchen.

Der ehemalige Ehemann der ermordeten Liz Pedersen. Der Vater der verschwundenen Jannike Pedersen. Grens streckte die Hand nach der Kaffeetasse auf dem Boden aus. An diesem Abend würde er nach Hause gehen. In die stumme Wohnung, in der niemand wohnte, er würde in der großen Küche sitzen und auf den Sveaväg hinausschauen, bis er müde würde und das Bett, das ihr gemeinsames gewesen war, nicht mehr zu einem Loch wurde, in das er bewusstlos fiel. Es gab Nächte, in denen er das Gefühl hatte, dass dort jemand hinter ihm lag, Annis Arm auf seiner Schulter, ihre langsamen Atemzüge, wenn sie schlief. Er legte den Kopf schräg, als sein steifer Nacken plötzlich zuschlug und der Inhalt der Tasse über seine Brust lief, er fluchte, als die Flüssigkeit seine Haut verbrannte. Er hatte noch immer einen Schrank im Umkleideraum weiter hinten auf dem Gang, er ging hin, duschte, presste das braune, nasse Hemd in eine Plastiktüte und zog eine hellrote Trainingsjacke an, die er seit Jahren nicht mehr benutzt hatte. Sie roch ungewaschen und nach Sporthalle, aber sie war trocken, und niemand von denen, die sich um diese Zeit noch auf der Wache aufhielten, würde sich Gedanken darüber machen, dass blanke schwarze Schuhe und eine graue Hose nicht zu einer unmodernen Trainingsjacke aus glänzendem Noppenstoff passten.

Pedersen.

Die fleckige Protokollkopie war auf dem Boden gelandet, er hob sie auf, die Personenkennziffer stand in einem Kasten ganz weit links. Er schaltete den Computer ein, und Symbole, die er nicht verstand, breiteten sich auf dem Bildschirm aus. Er öffnete eins der wenigen Menüs, das er regelmäßig benutzte, eine Datei, die Personenanfrage genannt wurde und ein Verzeichnis aller in Schweden gemeldeten Personen enthielt.

Jan.

Es dauerte zwei Sekunden. Ein einsamer Name blinkte mitten auf dem großen Bildschirm. Er führte den Mauspfeil hin, drückte leicht, wartete auf das nächste Bild.

Ewert Grens las.

Ein einziges Wort.

Verstorben.

Sven Sundkvist lief die Steintreppe hoch, die die Klara Västra Kyrkogata vom St.-Clara-Friedhof trennte. Nicht viel Licht auf dieser Seite der Kirche, aber doch genug, um ihm die drei jungen Menschen zu zeigen, die auf harten und kalten Treppenstufen schliefen, weit aufgerissene Münder und aufdringliches Schnarchen, er hätte auf sie treten können und sie hätten es nicht gemerkt.

»Hallo?«

Er tippte den Nächstliegenden mit dem Fuß an.

»Du kannst hier nicht liegen. Nicht jetzt. Hörst du mich? Sonst erfrierst du.«

Jung, Junkie, obdachlos. Der Mann kam zu sich, murmelte etwas, ohne Sven anzusehen, und drehte sich dann um.

»Ich glaube, du hast das nicht ganz verstanden. Du musst aufwachen!«

Sven Sundkvist füllte die eine Hand mit lockerem Schnee und ließ das Kalte in das schlafende Gesicht fallen, das sofort zusammenzuckte.

»Scher dich zum Teufel!«

Er war aufgewacht, hatte eine Grimasse geschnitten und wollte sich schon wieder umdrehen, als Sven seine Dienstmarke hervorzog und sie vor die wütenden Augen hielt.

»Ich schlage vor, du weckst deine schlafenden Kollegen und

gehst zur Stadtmission in der Högbergsgata. Die werden euch aufnehmen.«

»Darf man in diesem Scheißbullenland jetzt schon nicht mehr knacken, wo man will?«

»Geht jetzt. Wenn du nicht auf der Wache schlafen willst. Ich lasse jedenfalls nicht zu, dass ihr hier erfriert.«

Sven Sundkvist wartete, bis alle drei langsam außer Sichtweite verschwunden waren, und ging dann weiter die Steintreppe zum St.-Clara-Friedhof hoch. Der Küster, der George hieß und der eigentlich schon Feierabend hatte, hatte am Telefon versprochen, noch eine Weile hierzubleiben.

»Dahin?«

Sven ging auf das Gebäude zu, das »kleine Kirche« genannt wurde, zu dem Zimmer, in dem Sylvi, die Diakonin, ihm am Vortag ihre Ordner voller Minderjähriger gezeigt hatte, um die niemand sich kümmerte.

»Wenn du mitkommst. Dann zeige ich dir, wo sie um diese Zeit meistens arbeitet.«

George überquerte den Friedhof, Sven ging hinter ihm her über den schmalen Weg zur Klara Östra Kyrkogata, dann weiter durch die Klarabergsgata zum Sergels torg und die Treppe hoch, die in der Malmskillnadsgata endete. In der Dunkelheit standen beim Eingang eines Bürohauses drei Frauen, Sven erkannte die, die mager und klein und um die fünfzig war, die mit den brennenden Augen.

»Ich verlasse dich jetzt hier.«

George nickte und verschwand in einer Hauptstadt, die sich auf die Januarnacht vorbereitete. Sven blieb eine Weile stehen, er wollte das Gespräch zwischen der Diakonin, die dort war, um zu hören, und zwei jungen Frauen, die zitterten, weil dünne Nylonstrümpfe auf die kräftige Kälte trafen, nicht stören. Kurze Blicke, sie verstummten, wussten, wie ein zivilgekleideter Bulle aussieht, sie spuckten aus vor dem Mann, der Kunden verscheuchte und das Warten auf das letzte halbe Gramm Heroin an diesem Tag verlängerte.

»Du störst mich bei der Arbeit.«

Die Diakonin hatte die beiden Frauen umarmt, und sie rief etwas hinter ihnen her, das Sven nicht verstehen konnte, als sie zu einem Volvo gingen, der ein Stück weiter vorn gehalten und das Fenster heruntergekurbelt hatte. Dann kam sie mit energischen Schritten auf ihn zu.

»Ich kann verstehen, dass dich das ärgert.«

»Du warst gestern bei mir. Du wolltest Hilfe. Die hast du bekommen.«

Es war kalt, aber das Rote an ihrem Hals war kein Winter, es kam von innen. Sven spürte ihren Zorn.

»Ich habe dir nicht das ganze Bild vermittelt.«

»Wie ... wie funktioniert eine Organisation, die etwas so ... Teuflisches tun kann?«

»Jede polizeiliche Ermittlung hat unterschiedliche Phasen. Es wäre nicht korrekt gewesen, dir gestern alle Informationen zu geben.«

»Das hier sind richtige Menschen. Sie verstecken sich. Sie sind scheu, ausgestoßen. Und ihr schikaniert sie, ihr jagt sie mit der Polizei von halb Stockholm!«

Sven Sundkvist schämte sich, eine Operation vertreten zu müssen, die er selbst so heftig in Frage gestellt hatte.

»Du hast recht!«

»Mit Drohungen. Mit Schüssen!«

»Wenn das eine Rolle spielt ... ich hätte diesen Entschluss nicht gefasst.«

»Sie suchen nur Wärme. Schutz vor dem Winter und der Kälte. Ihr jagt sie weg. Tiefer hinein! Weiter weg!«

»Ich brauche deine Hilfe.«

»Diese Menschen ... die gewinnst du mit Vertrauen, mit Respekt. Nicht durch Jagd.«

Eine Frau, Sven tippte auf ungefähr zwanzig, näherte sich. Lange, zu einem Knoten hochgesteckte Haare, kurzer Rock, hohe Lederstiefel mit abgelaufenen Hacken, eine schwarze Schultertasche. Sie ging auf der anderen Straßenseite über den Bürgersteig und lachte verkrampft, als ein Mercedes mit vier jungen Männern anhielt. Ein Blick auf Sylvi und ein einziges Wort mit heller Stimme, *Regnummer*, dann stieg sie hinten ein und zog die Tür hinter sich zu.

»Das macht sie immer so. Wenn es viele sind. Einmal ist es ihr übel ergangen, da ist sie an fünf Typen geraten, die auf Prügeln standen.«

Sven schrieb die Autonummer auf die Rückseite eines seiner beiden Notizblocks.

»Ich habe selbst hier gestanden. Das wissen sie. Sie wissen, dass ich das verstehe. Die dort ... sie ist siebzehn.«

»Minderjährig.«

»Nur eine von vielen. Ich habe in dieser Woche schon mit zwanzig von ihrer Sorte gesprochen. Kleinen Mädchen. Bei den Jüngsten ist es am schwersten. Die hören nicht zu. Die brauchen ihr Horse, und ihnen ist es egal, wie sie das kriegen.«

Der schwarze Mercedes war längst verschwunden. Er fragte sich, wo er wohl hingefahren war.

»Ich brauche wieder deine Hilfe.«

»Nach diesem Nachmittag? Das ist eine Beleidigung.«

Sven Sundkvist konnte sie verstehen. Er hätte genauso reagiert. Er bat noch einmal um Entschuldigung und erklärte, bei der Aktion sei es darum gegangen, den Mord an einer Frau aufzuklären, und das sei nur möglich, wenn sie den Richtigen erwischten, den Mann, der sich vermutlich dort unten aufhielt, unter der Straße.

»Nein.«

»Wenn ich ...«

»Vertrauen. Es geht um Vertrauen. Und das spüre ich nicht.«

Sie setzte sich in Bewegung. Durch die Malmskillnadsgata nach Norden. Sven blieb zuerst stehen, dann ging er hinterher, er hatte keine Wahl. Zwei zerlumpte, heftig übergewichtige Frauen tauchten aus dem Nirgendwo auf und nahmen sie zwischen sich. Die dünne, kleine Diakonin umarmte beide, fuhr mit der Hand über ihre runden Wangen. Sie sprachen mit schrillen Stimmen, die zwischen den Betonhäusern widerhallten, sie suchten Trost, und sie gab Trost, sie bat die beiden, am nächsten Tag zurückzukommen, sie würden sich gemeinsam an das Büro für Obdachlose wenden. Weitere Umarmungen, der schmächtige Körper eingeklemmt zwischen dem, was zu viel war.

»Du hast recht. Das war ein Fehler von uns. Aber jetzt spielt das doch keine Rolle, oder?«

Sven trat vor sie, als sie wieder allein waren.

»Wir haben noch immer eine Frau, die ermordet worden ist.«

Wenn er das Opfer zum Menschen machte.

»Erstochen, besinnungslos, siebenundvierzig Mal.«

Wenn er die Diakonin dazu brächte, eine Frau zu sehen, die eben noch gelebt hatte.

»Ihr Gesicht von Ratten zerfressen. Ihr Mörder ist frei in den Tunneln unter dem Fridhemsplan.«

Sie war schon losgegangen, ihr magerer Rücken in dem zu großen Mantel, jetzt fuhr sie herum.

»Ratten?«

»Ratten. Sie hatten Teile von ihrem Gesicht weggerissen.«

Sylvi stand still da. Sie tat das, worauf er gehofft hatte. Sie sah einen Menschen.

»Eine Frau?«

»Ja.«

»Wer?«

Einen Menschen, der lebte.

»Einundvierzig Jahre. Alleinstehende Mutter. Hat als Sachbearbeiterin bei der Versicherung in Tyresö gearbeitet.«

Sylvi hörte zu. Er würde der Frau einen Namen geben. Es würde noch schwerer werden, nicht über sie zu sprechen.

»Pedersen. Sie hieß Liz Pedersen.«

Sven musterte das Gesicht der Diakonin. Sie hatte reagiert, sie war zusammengezuckt. Sie versuchte, das zu verbergen, aber Sven war sich sicher, dass sie diesen Namen kannte.

»In den Tunneln, hast du gesagt?«

»Ja.«

Sie stand stumm da, der Wind bewachte das Gespräch, es war kalt. Zwei Wagen fuhren langsam vorbei, blank, neu, auf der Suche nach Menschen, die gekauft werden könnten. Sie seufzte, schien aufzugeben.

»Ich habe selbst da unten gewohnt. Dreizehn Jahre sind seitdem vergangen. Seit damals habe ich keine Spritze mehr angerührt. Ich bin heute verheiratet, aber ich kann meinem Mann noch immer nicht die Liebe geben, die ich ihm gern geben würde. Das geht nicht. Du verstehst … der Körper erinnert sich. Er erinnert sich an das hier. Daran, nirgendwo zu wohnen. Sich zu verkaufen. Zu fixen, um auszuhalten.«

Sylvi zog den Mantel fest um sich zusammen und zog eine selbst gestrickte Mütze gerade, die graue Haare verbarg.

»Ich tue, was du willst. Ich gehe am Fridhemsplan nach unten. Ich werde versuchen, Kontakt zu einer Person aufzunehmen, die sich dort aufhält.«

Sven Sundkvist hätte sie umarmen mögen.

»Du kannst nicht allein nach unten gehen.«

»Allein.«

»Wir wissen, dass dort ein Mörder unterwegs ist.«

»Allein. Nur so. Ihr macht Angst und verletzt. Ihr seid nichts wert, nicht in ihren Augen, nicht in meinen. Wenn jemand da unten vermutet, dass ich die Polizei bei mir habe … dann kann ich nie wieder dorthin gehen.«

Sie reichte ihm bis zur Brust. Er hätte sie mit einem Arm aufheben können.

»Ich kann das nicht zulassen.«

»Ich bin da unten viel geschützter.«

Trotzdem, ihre Augen, sie strahlten Stärke aus.

»Es ist zu gefährlich.«

»Viel geschützter als du hier oben bist.«

Es roch nach Staub. Das tat es hier immer. Staub und Erinnerungen.

Ewert Grens stand mitten im großen Archiv der Wache und hielt einen Ordner in der Hand. Er würde bald nach Hause gehen, in dieser Nacht würde er die Wohnung besiegen, er bestimmte über die Einsamkeit. Er hatte eine halbe Stunde gebraucht, um an einem der Arbeitsplätze im Archiv festzustellen, dass die Polizei nach Jan Pedersens Tod auf alle Arten ermittelt hatte, auf die in einem Todesfall ermittelt werden konnte und sollte. Ein Wohnungsbrand sechs Monate zuvor. Ein Mann war umgekommen in dem, was eine brennende Zigarette auf einer der beiden Decken des Bettes angerichtet hatte. Er öffnete den Ordner, der neben ihm auf dem Tisch lag, schrieb einen Leihschein aus, er würde ihn mit nach Hause nehmen, es gab immer mehr, das, was beim zweiten, dritten, vierten Lesen deutlicher wurde.

Er schaute sich um. Es war ein Raum, den er nicht mochte. Alles verdammte Elend aufbewahrt in Pappordnern in Metallregalen. Aufgestellt in Reihen Jahr für Jahr. Ermittlungen über Menschen, die zerbrochen waren und niemals wieder heil werden konnten. Er machte immer einen Umweg, um herauszukommen, es gab ein Regal, dem er ausweichen wollte. Ein Schrank direkt bei der Tür zum Kellergang, eine dicke Mappe mit einer siebenundzwanzig Jahre zuvor abgeschlossenen Ermittlung, eine Polizistin namens Anni Grens, ein Streifenwagen, der über ihren Kopf gefahren war. Es stand dort nichts über einen Rollstuhl und ein Pflegeheim, nichts darüber, wie zwei Sekunden für immer das verändert hatten, was ein gemeinsames Leben gewesen war. Und genau das fand er schrecklich, dass abgeschlossene Ermittlungen nicht verrieten, was man tun sollte, um weiterzumachen, danach.

Grens verließ das Archiv durch die Hintertür, wie immer, und ging über den stummen Gang zum Auto, das in der Garage stand. Er setzte sich hinter das Lenkrand und hatte, die Zündschlüssel in der Hand, für zwei Sekunden die Augen geschlossen, als sein Telefon klingelte. Hermansson auf dem Weg aus Viksjö in die Stadt. Er hörte, wie sie sich Mühe gab, um nicht müde zu klingen, hörte sich ihre Beschreibung eines der rumänischen Kinder an, das eben noch draußen auf einer Schaukel gesessen hatte, kurz davor, in eine eigene Welt zu gehen. Das Müde wurde zu Empörung, und nach einer Weile fiel er ihr ins Wort, befahl ihr, nach Hause zu fahren, er wolle sie erst wieder sehen und hören, wenn sie beweisen könnte, dass sie ihrem Körper wenigstens zwei Stunden Ruhe gegönnt hätte.

Er fuhr aus der Garage auf die St. Eriksgata und die Fleminggata, schaute hoch zur Staatsanwaltschaft im siebten Stock, als er auf dem Weg zur City über Kungsbron fuhr. In dem Zimmer, das er für Ågestams hielt, brannte Licht, der Arsch arbeitete noch so spät, das geschah ihm recht. Er näherte sich der Vasagata, als er das Auto erkannte, das auf der rechten Seite stand. Den viereckigen Großstadtjeep. Er fuhr vorbei, hielt plötzlich an, setzte zurück.

Es war der kälteste Abend seit Jahren, aber das merkte er nicht.

Er sang laut, als er zu dem Auto ging und das Eis von der Windschutzscheibe kratzte, um hineinschauen zu können.

Es war das richtige Fahrzeug.

Er sang weiter, als er sich auf genau den Punkt stellte, wo die Front des Wagens endete, er zog mit dem Fuß einen Strich in den Schnee und ging weiter zur Kreuzung. Er drehte und wiederholte diese Bewegung, sang nicht mehr, zählte jeden Schritt laut.

Er lachte das Auto an, dann ging er in den noch geöffneten 7-Eleven-Laden auf der anderen Straßenseite. Der Verkäufer war jung und picklig und mit seinem Handy beschäftigt, bis Grens das Warten satt hatte und erklärte, er wollte ein Maßband kaufen. Der junge Mann lächelte und zeigte auf Kühltresen und Süßigkeitenregal.

»So was verkaufen wir nicht.«

»Dann will ich eins leihen.«

»Hören Sie, ich habe vielleicht in irgendeinem Karton ein Maßband. Aber das verleihe ich nicht.«

Ewert Grens war dabei, seine gute Laune zu verlieren. Er legte seinen Dienstausweis auf den Tresen.

»Eine dienstliche Angelegenheit.«

Neuschnee wie weißer Zucker auf dem Boden, als er sich auf den Strich legte, den er vorher auf dem Bürgersteig gezogen hatte. Von der Front des Wagens aus rollte er das Maßband vollständig aus und zog dann einen weiteren Strich.

Seine Hose war von den Knien abwärts total durchweicht, als er sich fünf Striche später erhob.

Es waren genau neun Meter und zweiundneunzig Zentimeter vom Auto bis zur Querstraße.

»Acht Zentimeter.«

Er sprach laut mit sich und dem Mann, der stehen geblieben war, um dem Irren zuzusehen, der auf dem Bürgersteig herumkroch.

»Was sagen Sie dazu? Da fehlen acht Zentimeter. So was sollte ein Staatsanwalt doch wissen?«

Der Mann schüttelte den Kopf, als er weiterging. Grens ging zu seinem eigenen Auto weiter, öffnete die Vordertür und wühlte in dem vielen Schrott, der sein Handschuhfach verstopfte.

Es lag ganz weit hinten. Er hatte es noch nie benutzt. Er blies die Staubschicht weg und blätterte.

In jedem Block gab es fünfzig Stück. Er riss das oberste ab und setzte die Lesebrille auf, füllte lächelnd einen Kasten nach dem anderen aus. Dann legte er das, was er nie wieder benutzen würde, zurück, ging zum Großstadtjeep, kratzte den letzten Schnee von der Windschutzscheibe und klemmte das Strafmandat unter den einen Scheibenwischer.

Grens sang wieder, als er zurückging und den Wagen anließ, einige Kilometer nur noch, dann würde er zu Hause sein.

Ein seltsames Gefühl.

Ewert Grens war ausgeruht aufgewacht. Zu Hause, in der großen leeren Wohnung. Keine Stunden mit den schweren Schritten des Nachbarn über ihm, kein Schrei gegen das sinnlose Hupen einsamer Autos auf dem Sveaväg, keine nächtlichen Butterbrote und übel riechenden Milchkartons, keine ruhelosen Wanderungen auf dem eisigen Balkon mit der kalten dunklen Nacht als Dach, keine samtweichen Frauenstimmen im duftlosen Nachtradio mit übermütigem Jazz. Er hatte eine ganze Nacht geschlafen. Er zog sich an, schloss die Wohnungstür ab und ging die Treppe hinunter, während er das verdrängte, was er für Erleichterung hielt, das aber unangenehm war und ihm fast wie Weinen vorkam.

Sie würden sich bei den Bänken auf dem nördlichen Teil des Fridhemsschulhofs treffen. Grens sah auf die Uhr, die hoch oben an der Schule angebracht war und ihn bewachte. Fünf nach acht. Sven kam zu spät, das passierte ihm nur selten.

Er setzte sich und wartete. Die große Stadt schlief lange,

das Rauschen am Fridhemsplan klang noch zaghaft, einzelne Busse, die ohne Fahrgäste im Leerraum zwischen den letzten nächtlichen Restaurantbesuchern und den ersten Warenhauskunden des Tages fuhren. Grens lächelte plötzlich. Zusammen mit Anni hatte er oft das Gegenteil gemacht, sie hatte an den Wochenenden den Wecker gestellt und ihn gezwungen, mit ihr in der Dämmerung durch das menschenleere Stockholm zu spazieren, die Hauptstadt hatte eine Zeit lang dann nur ihnen gehört. Er zog sein Telefon hervor und spielte mit dem Gedanken, im Sophiaheim anzurufen, entschied sich dann aber dagegen. Anni brauchte viel Schlaf, Ruhe, sie würden später Zeit genug haben, um miteinander zu sprechen.

»Ein bisschen spät. War schwer, Jonas zu erklären, warum ich ihn gestern nicht vom Training abholen konnte und heute auch gleich wieder wegmusste.«

»Sag, dass Grens an allem schuld ist.«

»Das mache ich immer.«

Sven Sundkvist wischte Schnee von der Bank und setzte sich seinem Chef gegenüber.

»Zehn nach acht. Wir haben immer noch zwanzig Minuten.«

Ewert Grens öffnete seine Aktentasche und zog den Ordner hervor, den er am Vorabend aus dem Archiv geholt hatte. Er hatte in seinem eigenen Bett am Fenster zum Sveaväg die Ermittlung studiert, die sechs Monate zuvor angestellt worden war, nachdem ein Feuer Jan Pedersens Wohnung verwüstet hatte.

»Was hast du da gesagt?«

»Dass er tot ist.«

Grens blätterte in einer der Beilagen, die technisches Voruntersuchungsprotokoll hieß und schwarzweiße Bilder der Wohnung auf dem westlichen Södermalm zeigte, die seit der Scheidung Jan Pedersens Behausung gewesen war.

Foto 10. Auf dem Boden in der Wohnung wurden die Überreste eines menschlichen Körpers gefunden.

Ein Bild fast ganz schwarz. Ruß, Asche. Es war schwer zu sehen, wo der Boden aufhörte und die Wand begann. Sven folgte mit dem Finger einer ovalen Figur, die mit weißem Stift ungefähr in die Mitte gezeichnet war, Umrisse, die mit dem Leben nicht viele Gemeinsamkeiten hatten.

Foto 17. Unter und neben dem menschlichen Körper waren Beschläge und Stahlfedern zu sehen, vermutlich von einem Bett.

Ein Körper, der hundertprozentig durch Zahnarztunterlagen identifiziert werden konnte, dann ein brennendes Bett, das Feuer griff auf den Teppichboden über, die Flammen löschten den Atem aus.

»Und du bist sicher, dass es stimmt?«

»Ich hab den Kram mehrmals gelesen. Er ist von nun an für die Ermittlungen im Mordfall Liz Pedersen absolut uninteressant.«

Sven steckte den technischen Bericht in eine Plastikhülle und gab den Ordner zurück.

»Vor zweieinhalb Jahren ist die Tochter verschwunden. Vor sechs Monaten ist der Vater gestorben. Vor zwei Tagen wurde die Mutter ermordet aufgefunden.«

Er schüttelte den Kopf.

»Eine ganze Familie, Ewert. Ausgelöscht.«

Sie war pünktlich.

Um Punkt halb neun sahen sie, wie die Diakonin die andere Seite des Schulhofs betrat. Ihr dünner Körper schwebte über den Asphalt, sie war leicht, ihr Gang energisch. Der Mann neben ihr bewegte sich um einiges schwerfälliger, watschelte, ein großer Körper, der fast vornüber gefallen wäre, als er plötzlich mitten auf dem Schulhof stehen blieb. Seine Arme fuchtelten durch die Luft, hektische Gesten für die kleine Frau. Sie ging allein weiter.

»Unser Gespräch.«

»Ja?«

»Das ging nur um dich.«

Sven Sundkvist zeigte auf die Bank hinter ihr.

»Mein Chef. Ewert Grens.«

Sie drehte sich nicht um.

»Hat er die Aktion in den Tunnels angeordnet?«

»Ja.«

»Dann will ich, dass er geht.«

Der weiße Pastorinnenkragen war unter ihrem Mantel an ihrem Hals zu sehen. Eine Art Ausweis, Vertrauen auf Distanz. Sven nahm an, dass das, was zufällig sichtbar wurde, durchdacht war, sie hatte ihn in der Dunkelheit der Tunnels wie einen Schild getragen.

Der hoch gewachsene Mann mit dem langen grauen Bart und der Mütze, die aussah wie die eines Kindes, stand noch immer mitten auf dem Schulhof, den Blick noch immer auf die Bänke gerichtet. Die Diakonin nickte zu ihm hinüber.

»Sonst ist dieses Treffen hier gleich zu Ende.«

Grens stand auf, die Aktentasche in der Hand, er sah Sven an.

»Ich gehe.«

Der Mann mit dem Bart und der Kindermütze starrte ihn an, schob den Kopf vor, er blieb so stehen, bis der Kriminalkommissar hinter dem großen Gebäude verschwunden war. Die Diakonin nickte noch einmal, und der Körper, der watschelte und zu fallen drohte, näherte sich.

»Sven Sundkvist. Und das hier ist Miller.«

Sylvi nahm die Hand des Mannes und hielt sie, bis sie beide sich auf die Bank gesetzt hatten, die Grens eben verlassen hatte. Ein Obdachloser. Sven sah die Hände an, verschmutzt und mit deutlichen Spuren von Rattenbissen, sah das Gesicht und die Rußschicht.

»Du hast fünfzehn Minuten. Ich tu das ihretwegen.«

Seine Stimme war deutlich, er stand nicht unter Drogen oder Alkohol. Ein Akzent, der aus Westschweden stammen konnte. Sven Sundkvist beugte sich vor, die Arme auf die Knie gestützt, er wollte nahe kommen, die Distanz kappen.

»Wohnst du da unten?«

Der Mann, der Miller hieß, seufzte laut und starrte ihn ebenso wütend an wie vorhin, als er auf Ewerts Abgang gewartet hatte. Sylvi legte ihm die Hand auf die Schulter.

»Wenn er mit ja antwortet, kannst du ihn wegen unbefugten Eindringens festnehmen. Oder was? Und das ist ja wohl nicht der Sinn der Sache.«

Sven Sundkvist wandte sich Miller zu.

»Du kannst ganz ruhig sein. Unbefugtes Eindringen ist ein Vergehen, das wir heute nicht mal mehr ermitteln.«

Der Morgenverkehr war lauter und hektischer geworden, es gab mehr Busse, die Autos bremsten immer häufiger. Es würde ein kalter, aber schöner Wintertag werden, die Sonne durchdrang schon den leichten Dunst.

»Du hast gestern über Liz Pedersen gesprochen.«

Sylvi sah Sven an.

»Du hast gesagt, dass sie tot sei. Da wusste ich, dass ich keine Wahl hatte. Ich musste mitmachen, musste Kontakt zu Miller aufnehmen. Und ich habe gemerkt, dass du meine Reaktion registriert hast.«

Sie drehte sich zu Miller um, eine magere Hand auf seiner rußigen Wange.

»Mein Problem war die Schweigepflicht. Von der bin ich jetzt entbunden. Ich glaube, ich kann einige von deinen Fragen beantworten. Aber ich bin nicht die, die hier anfangen muss.«

Sie hatte noch immer die Hand an Millers Wange liegen, er suchte nach Worten, zögerte, schüttelte dann den Kopf.

»Ich scheiße auf unbefugtes Eindringen. Ich scheiße darauf, ob du gestern Feuer gelegt hast. Und wenn du ein anderes Verbrechen begangen hast … dann sag mir das nicht. Wir trennen uns in dreizehn und einer halben Minute. Das ist alles.«

Sven Sundkvist schaute demonstrativ zu der großen Uhr hoch, um zu zeigen, dass er diese Abmachung respektierte. Miller fuhr sich unruhig mit der Hand über die Mütze, atmete lauter, schneller.

»Kinder … die sollten nicht da unten sein.«

Die vielen Falten an seinem Hals, die müden Wangen, die von einer rötlichen Färbung überzogenen Wangen, er war außer sich.

»Und das ist sie. Ein Kind.«

Sven wollte noch näher kommen, blieb aber sitzen und versuchte, so ruhig auszusehen, wie er es aber nicht war.

»Sie da zu sehen, wir sprechen manchmal miteinander, ich habe das Gefühl, dass sie … Vertrauen zu mir hat.«

Er verstand noch immer nicht, was der Mann da eigentlich erzählte, aber er fürchtete, ihm Angst zu machen, ihn zu provozieren.

»Da unten gibt es nicht sehr viele, denen man vertraut. Also musste ich wohl … über zwei Jahre, verdammt, da musste ich doch.«

Miller verstummte, atmete schwer, sprach weiter.

»Ich musste das irgendwem sagen.«

Grens streckte die Hand nach der Glaskanne aus, sie war fast leer, er schenkte sich eine zweite Tasse ein. Er hatte auf die

Aufforderung der Diakonin hin den Hof der Fridhemsschule verlassen, um in dem alten Café mit den roten Plüschmöbeln in der St. Eriksgata zu warten, er ging manchmal dorthin, auf einen Kaffee, eine Zeitung, um Menschen anzusehen. *Nicht oft wird man von einem ohnehin schon an den Rand gedrängten Menschen an den Rand gedrängt.* Er lachte über die Zurückweisung von eben, dass der Penner Bedingungen gestellt hatte. *Aber auch Trottel dürfen sagen, was sie wollen, wenn das eine Mordermittlung voranbringen kann.* Er trank den schwarzen Kaffee und biss in die Zimtschnecke, die von der Größe her für eine ganze Mahlzeit gereicht hätte. *Und gerade dieser Trottel kam von dem Ort, an dem der Mörder sich vermutlich immer noch versteckt.* Er stellte die leere Tasse zur Seite. Er hatte sofort daran gedacht, als Sven angerufen und die Begegnung dieses Morgens angekündigt hatte. Rendezvous mit einem Mörder. Der Bärtige, der ihn von der Schulhofmitte her angestarrt hatte, hätte durchaus der Gesuchte sein können. Aber Ewert Grens war sich sicher. Der Penner, der in der Luft herumgefuchtelt hatte, war kein Mörder, vierunddreißig Jahre bei der Polizei hatten ihn gelehrt, wie die aussahen, wie die sich verhielten. Er kaute auf der Riesenschnecke herum und beobachtete drei Teenager, die am Tisch hinter seinem hysterisch lachten, dann sah er sich die an, die ein wenig älter waren und zu laut auf dem Sofa am Nachbartisch redeten, so sahen Cafés derzeit eben aus, Kids, die an Möchtegernkaffees mit italienischen Namen und voller gequirlter warmer Milch schnupperten. Sein Telefon piepste in seiner Jackentasche, aber das merkte er nicht, das Geräusch vermischte sich mit dem der Gäste, die einander Meldungen schickten und die mehr Zeit damit verbrachten, auf die Tasten ihrer Mobiltelefone zu drücken, als miteinander. Noch ein Piepsen, und er musste einsehen, dass das von seinem eigenen Telefon stammte. Er suchte gereizt auf Tasten, die zu klein waren, und hätte fast eins von diesen

Cafékindern um Hilfe gebeten, aber dann konnte er die einlaufende Nachricht doch noch öffnen.

Er las, stand dann sofort auf, wickelte das, was von der Zimtschnecke noch übrig war, in eine Serviette und lief zur Wache.

Sven Sundkvist schaute ein zweites Mal auf die große weiße Uhr an der Fridhemsschule. Noch neun Minuten Gesprächszeit waren übrig.

»Ich war das. Gezwungen. Es mussten doch auch noch andere erfahren.«

Miller versuchte, sich zu erheben, aber die Hand der Diakonin, die leicht auf seiner Schulter lag, hinderte ihn daran.

»Das war auch richtig so.«

Sylvi sah zuerst Miller und dann Sven lange an.

»Vor drei Wochen. Heiliger Abend am Fridhemsplan. Wir sind einmal pro Woche da mit Kaffee und belegten Broten, und wenn es kalt ist, gehen wir häufiger hin. Die Obdachlosen wissen, wann wir kommen und wo sie uns finden. Einige nehmen den Kaffee und verschwinden ohne ein Wort, anderen scheint die Gesellschaft wichtiger zu sein als die Nahrung.«

Ein festerer Griff um seine Schulter.

»Miller hier ... ich serviere dir jetzt seit sieben Jahren ab und zu Kaffee. Aber diesmal, da wolltest du nicht gehen, wolltest nicht aufhören zu reden.«

»Sie ist jetzt seit über zwei Jahren da unten.«

»Du hast sie nicht verraten.«

»Ich finde das nicht richtig. Dass Kinder unter der Erde wohnen.«

Sylvi rückte ihren weißen Pastorinnenkragen zurecht, wieder der Schild, sie musste über das sprechen, worüber sie nicht sprechen wollte.

»Miller hat von einem Mädchen erzählt, das von niemandem

gesucht wird. Und sie ist so jung, du hast ja meinen Ordner gesehen, ich musste reagieren, und ich habe eine offizielle Meldung bei den Sozialbehörden eingereicht. Als nach vier Tagen niemand auch nur den Eingang bestätigt hatte, habe ich mich selbst auf die Suche gemacht.«

»Ich heiße Sylvi. Ich bin Diakonin an der St.-Clara-Kirche.«

»Ja?«

»Ich habe eine Frage nach Ihrer Tochter.«

»Ich hatte den Vornamen des Mädchens und wusste, dass er ziemlich ungewöhnlich war. Ich bat einen unserer Pastoren, im Melderegister nachzusehen. Im Bezirk Stockholm gibt es vierzehn Mädchen mit diesem Namen und dem richtigen Alter.«

»Sie haben eine Tochter namens Jannike. Stimmt das?«

»Warum wollen Sie das wissen?«

»Ich hatte mir von allen, bei denen das möglich war, die Telefonnummer besorgt. Das waren elf.«

»Wissen Sie, wo sie sich gerade aufhält?«

»Sie fragen nach Dingen, die Sie nichts angehen.«

»Liz Pedersen war die achte, die ich angerufen habe.«

»Denn wenn Sie das nicht wissen, dann weiß ich es vielleicht.«

Ewert Grens schwitzte trotz der Kälte.

Er hatte mit dem Telefon in der Hand eine plüschrote Caféstube verlassen und war um einiges schneller durch den Kronobergspark gegangen als sonst, sein Herz hämmerte wütend gegen seinen Brustkorb, als er die Tür zur Bergsgata öffnete und über Gänge und Treppen drei Stockwerke höher lief.

Der Korb neben dem Faxgerät enthielt ein einziges Dokument.

Die Farbe des Textes war unregelmäßig, die obersten Zeilen waren schwer zu lesen, er fuhr mit dem Zeigefinger daran entlang.

DNA auf Glas, Bürste und Unterwäsche zeigt eine nahe Verwandtschaft mit DNA von 660513 Liz Pedersen.

Darauf hatte er gewartet.

Er hatte am Vortag in Liz Pedersens leerer Wohnung Unterhose, Zahnputzglas und Haarbürste in kleine Plastiktüten gesteckt und sie im Eiltempo zum Staatlichen Kriminaltechnischen Labor in Linköping bringen lassen.

Das vorläufige Analyseergebnis bestätigte, dass diese Gegenstände vermutlich der Tochter der Ermordeten gehört hatten.

Und damit hatten sie auch Jannike Pedersens DNA ermittelt.

Grens ging mit dem Fax in der Hand durch den langen Gang. Es war schwer, in dem harten Licht der Leuchtröhren unter der Decke zu lesen, und er blieb bei der Teeküche stehen, schaltete die Lampe am Herd ein und legte das Fax zwischen zwei Kochplatten. Er ließ den Finger ein Stück weiter nach unten wandern, zur Zusammenfassung der nächsten Analyse.

DNA aus Speichel an dem Körper der Toten ist identisch mit DNA auf Glas, Bürste und Unterwäsche.

Er hatte recht gehabt.

Sie waren sich begegnet.

Sie hatte ihre Mama geküsst.

Sven Sundkvist sah sich auf dem leeren Schulhof um, seine Füße froren in dem tiefen Schnee. Der Penner, riesiggroß mit der Kindermütze und dem grauen Bart, und die Diakonin, schmächtig mit Pastorinnenkragen und verbrauchtem Gesicht, warteten auf der Bank ihm gegenüber.

Sie hatten die Ermittler soeben zu einer toten Frau und einer verschwundenen Tochter geführt.

»Ist sie da unten?«

Sven begegnete Millers Blick.

»Ist sie noch immer da unten?«

Die verschmutzte Hand kratzte an der verschmutzten Stirn. Miller drehte sich zur Schuluhr um.

»Jetzt sind fünfzehn Minuten vergangen.«

Der Verkehr übertönte jetzt den Wind. Es war das einzige Geräusch, das es hier gab.

»Aber du scheinst in Ordnung zu sein. Du hast die Klappe gehalten. Du hast dich nicht eingemischt.«

Miller lächelte zum ersten Mal, jedenfalls sah es so aus.

»Wir können noch ein bisschen bleiben.«

Sven Sundkvist wartete.

Er wusste, dass sie reden würden. Sie hatten sich entschieden. Sie vertrauten ihm.

Er würde dafür sorgen, dass es dabei blieb.

»Am Tag nach unserem Telefongespräch hat Liz Pedersen mich in der St.-Clara-Kirche aufgesucht.«

Die Diakonin erhob sich von der Bank, zog ihren Mantel gerade und setzte sich wieder.

»Sie stand neben mir und schmierte hundertzwanzig Brote mit Käse und Schinken. Es war schwer, Kontakt zu ihr zu bekommen, weißt du, manche schauen einfach weg, schämen sich.«

Er wusste. Er führte seit zehn Jahren Vernehmungen durch. Er wusste alles darüber, die Schuldgefühle, die das Vertrauen töten.

»Sie ging mit uns. Es war Silvester, kalt, ungefähr so wie heute. Aber als wir zum Fridhemsplan kamen, war er nicht da.«

Sylvi legte ihre Hand in Millers.

»Ich hatte sie vorgewarnt, man weiß doch nie, aber als wir gehen wollten, als wir zusammenpackten, stand er da.«

»Hallo.«

»Hallo.«

»Ich heiße Liz Pedersen. Ich bin Jannikes Mutter.«

»Sie redeten eine Weile miteinander, wir anderen warteten, packten weiter zusammen.«

»Ich würde gern mit Ihnen gehen.«

»Nein.«

»Nach unten. Zu ihr.«

»Miller nahm seinen Kaffee und seine Butterbrote und ging. Sie ging hinterher. Sie weinte, ich glaube, sie schlug auf ihn ein.«

»Das geht nicht.«

»Ich bin ihre Mutter!«

»Das ist zu gefährlich!«

Miller presste Sylvis Hand, er war nervös. Sven kannte diese Situation, das Gespräch konnte jetzt jederzeit abgebrochen werden.

»Sie hat etwas geschrieben.«

Miller rutschte ruhelos hin und her, sein großer Körper wollte weg von dort.

»Sie zitterte dabei, ihre Hände, sie weinte, ich mag Menschen nicht, die weinen.«

Er erhob sich.

»Es dauerte zwei Minuten. Sie faltete das zusammen, was sie geschrieben hatte, und gab es mir.«

Er schüttelte den Kopf.

»Ich hätte dir niemals etwas sagen dürfen, Sylvi. Ich hätte niemals mit Jannikes Mutter sprechen dürfen. Ich hätte niemals diesen verdammten Brief entgegennehmen dürfen.«

Seine Schritte waren zögerlich, aber er ging, den Körper weit nach vorn gebeugt, über den Schulhof. Sven blieb sitzen, mehr zu verlangen, ihm zu folgen, er wusste, dass das sinnlos wäre.

Plötzlich blieb Miller stehen.

Er stand ganz still da, während der Wind an seiner Kleidung riss.

Dann drehte er sich um und kam zurück.

»Es gibt noch andere da unten.«

Er sah sie beide nicht an, als er jetzt weitersprach.

»Ein Raum ... mit elf Frauen in unterschiedlichem Alter.«

Es war dieses Schuldgefühl, das Gefühl, etwas Unrechtes zu tun, einen Verrat zu begehen.

»Mehrere davon ... Kinder ... in Jannikes Alter.«

JETZT

Mittwoch, 9. Januar, 18.05 Uhr, St.-Clara-Kirche

Er steht auf seinem Platz hinter der letzten Bankreihe in der Kirche. Es war wieder eine Weile still. Die große Kirche ruht, wie sie das immer tut, wenn die letzten Besucher in den langsam heraufgezogenen Abend hinausgeeilt sind.

Er arbeitet schon sein ganzes Erwachsenenleben hier. Aber niemals ist ihm ein Tag so lang vorgekommen.

George seufzt, lässt seine Blicke in der Kirche nach vorn wandern, die rote Jacke, die verfilzten Haare, die mageren Schultern.

Sie sitzt seit dem Morgen da.

In weniger als zwei Stunden muss er schließen, muss den Süd- und den Nordeingang der Kirche abschließen.

Sie kann nicht mehr sehr viel länger hier sitzen bleiben.

Er hat gesehen, wie sie während der letzten Stunde einige Male fast anwesend war, sie hat sich gereckt, hat sich eilig umgeschaut. Als er auf dem Weg zum Altar, wo er die Altardecke geradeziehen wollte, an ihr vorbeiging, hat er ihre Augen gesucht, und sie schienen zu leben.

Sylvi hatte ein Loch in ihre Leere gestochen.

Sie war langsam näher gerückt, hatte ganz bewusst aus dem Becher des Mädchens getrunken.

Diese verdammte Einsamkeit war von einem Menschen zur

Seite geschoben worden, der respektierte, der aber Forderungen stellte, die Einsamkeit war zusammengepresst und unter dem Druck zerbrochen, wie das geschieht, wenn zwei Körper einander nahekommen.

Er hört Schritte hinter sich, die Kantorin, die in die Kirche zurückkehrt. Eine junge, gerade erst eingestellte Frau, die einige Stunden nicht da war, die um diese Zeit aber immer die Treppe zur Empore hochläuft, um eine Weile die Choräle des nächsten Tages zu üben.

Er sieht es wieder.

Kleine Zeichen der Veränderung.

George denkt an den Vormittag, daran, wie das Mädchen sich zu Beginn des Gottesdienstes vornübergebeugt und mit den Händen auf den Ohren ihre Welt abgesperrt hat.

Jetzt, jetzt setzt sie sich gerade, sie dreht den Kopf ein wenig zur Seite. Sie scheint zuzuhören.

Sie lauscht dem Klang der Orgel in einer leeren Kirche.

DAMALS

Neun Stunden früher

Sowohl Zeigefinger wie Mittelfinger an Millers rechter Hand waren verstümmelt. Er sah es nicht mehr und dachte auch nicht mehr daran, er hatte irgendwann vor langer Zeit zwei Fingerspitzen verloren, das war alles, er wusste nicht einmal mehr, wie es passiert war.

Er ließ den Ordner auf seinem Knie liegen und fuhr mit den beiden Fingern am Rand aller Fotos entlang, während er versuchte, sich vorzustellen, wie hübsch angezogene Mädchen, die angestrengt vor blauem Hintergrund in eine Kamera lächelten, aussahen, wenn Wochen oder Monate oder Jahre ihre Gesichter zum Altern gezwungen hatten.

»Diese hier … sind die alle verschwunden?«

»Ja. Das hier ist das Fahndungsregister für ganz Schweden. Einige verschwinden vielleicht nur für einige Tage, andere für viel längere Zeit. Außerdem werden etliche junge Menschen in Kopenhagen, Helsinki oder Oslo vermisst, es kommt oft vor, dass die, die in einer Großstadt verschwunden sind, dann in einer anderen wieder auftauchen.«

»Ich finde es nicht richtig, dass da unten Kinder sind.«

Sie saßen noch immer auf den kalten Bänken, die in zwei Reihen auf dem nördlichen Schulhof der Fridhemsschule standen. Sven Sundkvist hatte fünfzehn Minuten bekommen. Als Miller mitten auf dem Schulhof kehrtgemacht und mit fliehendem Blick etwas über einen Raum mit elf Frauen geflüstert hatte, hatte Sylvi ihn überredet, noch fünfzehn Minuten zu bleiben. Sven hatte Hermansson angerufen, und die hatte ihre Ermittlung über die verlassenen rumänischen Kinder unterbrochen und aus dem Vermisstenregister sämtliche jungen Frauen zwischen dreizehn und zwanzig herausgesucht, die im Laufe des Jahres als vermisst gemeldet worden waren. Dann war sie mit den beiden Ordnern von der Wache zur Fridhemsschule gefahren. Sie hatte verstanden, wie Hermansson immer verstand, sie hatte Miller nicht angestarrt, hatte ihm keine Angst gemacht, hatte Sven einfach nur die Ordner ausgehändigt und war ohne zu fragen wieder gegangen.

Miller war zum dritten Mal bereit gewesen, noch eine Viertelstunde zu bleiben.

»So sehen sie doch nicht aus. Nicht mehr. Das ist schwer … man verändert sich so schnell, wenn man da draußen ist. Die hier … das sind doch Schulmädchen, verdammt nochmal. Sauber. Gekämmt. Und die Augen. Ihre Augen werden nie wieder so blicken.«

»Da unten sind noch viele, die hier fehlen.«

Sven fror, obwohl die Sonne seit zwei Minuten über sie hinflutete, das starke, blendende Licht machte den Wintertag schöner, konnte die kräftige Kälte aber nicht verdrängen.

»Es gibt eine Dunkelziffer. Das ist uns bekannt. Junge Menschen, die aus allerlei Gründen erst nach Wochen, manchmal nach Monaten vermisst gemeldet werden.«

Miller hatte lange bei dem Foto eines Mädchens mit blonden Haaren und einem Lächeln, das einer anderen zu gehören schien, verharrt. Ein privates Bild, ein Strand, ein regenschwerer Himmel. Dann dasselbe Gesicht vor einer anderen Kamera, ein Cafétisch an einem Platz, jetzt lachte sie, weiße, ein wenig schrägstehende Zähne.

»Erkennst du sie?«

Sven nickte zu den Bildern hinüber. Er bekam keine Antwort.

»Bitte?«

Miller knallte den Ordner zu, sein Gesicht war rot, er sprang auf und bat Sylvi, mit ihm zur Seite zu gehen. Seine Arme in der Luft vor ihrem Gesicht, wie beim ersten Mal, bis er zurückkehrte.

»Ich habe gesagt, dass ich dir Kinder zeigen werde.«

»Ja?«

»Ich habe gesagt, dass ich dir Kinder zeigen werde, weil ich die nicht da unten haben will. Aber diese hier … sie ist dreiundzwanzig und wohnt genau unter deinen Füßen. Sie hat das Recht, dort zu sein. Sie tut verdammt nochmal, was sie will. Die verpfeif ich nicht, und die anderen Erwachsenen auch nicht.«

Sven nickte. Er würde nicht versuchen, Miller zu überreden. Er wusste, dass er sonst mehr verlieren als gewinnen könnte, Druck, Zwang konnten einen scheuen Menschen dazu bringen, alles abzubrechen und für immer zu verschwinden. Er begnügte sich mit einer Notiz unter dem Foto der jungen Frau, als Miller nicht hinsah, er würde darauf zurückkommen und die Diakonin fragen, wenn sie allein wären, wo sie sich doch vor allem mit den obdachlosen Frauen der Innenstadt befasste.

»Wie viele sind das?«

Sven Sundkvist wollte ihn dazu bringen, wieder in dem Ordner zu blättern.

»Was zum Teufel meinst du damit?«

»Nur Neugier. Hier, beim Fridhemsplan, wie viele seid ihr hier?«

Miller gab keine Antwort.

»Insgesamt. Männer, Frauen, Kinder?«

»Die Leute kommen und gehen, und alle machen, was sie wollen.«

»Und so geschätzt?«

Er schaute auf die A4-Seiten mit den Fotografien, die logen.

Er war nicht sicher, wie viel er über Menschen sagen wollte, die zeitweise seine Freunde und seine Geborgenheit gewesen waren.

»Vielleicht dreißig, vielleicht vierzig, vielleicht fünfzig. Die, die wissen, wo man Schutz findet.«

»Solche wie du?«

»Solche wie ich, die länger da unten sind, die kennen sich im *ganzen* System aus … wir sind nicht viele.«

Er nahm den nächsten Ordner. Er öffnete ihn und suchte sorgfältig, ebenso langsam wie vorhin. Er ließ die Finger an den Fotos entlangwandern, räusperte sich, führte leise Selbstgespräche. Er verharrte lange bei dem dritten Gesicht.

»Diese hier.«

Ein Kind, vielleicht eine junge Frau. Zierlich, blass, sie lächelte auf keinem der vier Bilder, die die Anzeige einrahmten. Sie war konturlos, wäre schwer zu sehen gewesen, wenn da nicht ihre Ohren gewesen wären. Silberringe vom Ohrläppchen die ganze Ohrmuschel hoch. Dünne Ringe, dicht an dicht, fünfzig, vielleicht hundert Stück.

»Sie sieht jetzt anders aus. Aber die Ringe in den Ohren … sie ist eine von ihnen, in einem Raum mit elf Frauen.«

»Du bist sicher?«

»Ich bin ihr in letzter Zeit mehrmals in den Tunneln begegnet. Ich habe sogar mit ihr gesprochen. Das machen sie, sie sprechen mit mir.«

»Elf Frauen?«

»Ich war bei ihnen. Mehrere Mädchen, höchstens fünfzehn. Ein ziemlich großer Raum im Tunnel, nahe bei meinem. Sie haben Blumenvasen und Pappkartons als Tische. Sie wohnen da. Vielleicht sind es noch mehr. Aber ich habe nie mehr als elf gesehen.«

Sven Sundkvist las die Beschreibung über ihr Verschwinden, die Auskünfte über das Mädchen, ihre Geschichte.

»Wie spricht sie?«

»Wie meinst du das?«

»Akzent?«

»Nicht Stockholm. Aus Südschweden. Lund, Ystad, vielleicht Malmö.«

Sven wollte lächeln, lachen, ließ sich aber nichts anmerken. Der Anzeige zufolge war sie vierzehn. Seit sechs Wochen verschwunden. Aus Helsingborg, derselben Gegend also, nur einige Dutzend Kilometer weiter.

Miller sagte die Wahrheit.

Dieses Mädchen existierte.

Vermutlich existierten deshalb auch noch zehn andere Frauen im selben Raum.

Ewert Grens hatte sich auf einen der harten Holzstühle in der Teeküche gesetzt. Das Fax vom Staatlichen Kriminaltechnischen Labor lag noch immer zwischen den beiden Herdplatten.

Jannike Pedersen hatte ihre Mutter geküsst.

Er ging zurück zu seinem Büro und der Voruntersuchung, die mitten auf seinem Schreibtisch lag. Er suchte sich den Obduktionsbericht heraus und las noch einmal über siebenundvierzig Messerstiche, von denen zwölf tödlich gewesen waren, von dem Ausmaß an Gewalt, die bei drei der abschließenden Verletzungen so gewaltig gewesen war, dass das Messer im Bauch Organe, Gedärm, Haut durchbohrt hatte, um am Rücken wieder zum Vorschein zu kommen.

Sie mussten sich beeilen.

Er wusste, dass er störte, aber er griff trotzdem zum Telefon.

»Nicht jetzt.«

»Ich muss es wissen.«

»Warte.«

Er hörte, wie Sven um Entschuldigung bat, hörte zwei Stimmen, deren Antworten im Wind zerfielen.

»Ich bin gleich so weit, Ewert.«

»Was weißt du?«

»Das erfährst du in einer Stunde.«

»Ich will wissen, was du jetzt schon hast.«

Er begriff, dass Sven für einen Moment das Telefon sinken ließ, er hörte das Rauschen des Windes.

»Da unten sind noch andere Minderjährige.«

»Wie sicher bist du?«

»Ich glaube ihm. Er hat eine identifiziert. Und er spricht von einem Raum mit elf Frauen. Mindestens vier davon sind Kinder.«

Ewert Grens hatte keine Musik im Zimmer laufen, trotzdem machte er unter der Deckenlampe einige Tanzschritte.

Sie wussten, dass sich in den Tunnels um den Fridhemsplan an die fünfzig Menschen aufhielten. Sie wussten, dass mehrere davon minderjährig waren. Sie wussten, dass der an dem Leichnam gefundene Speichel einer Tochter gehörte, die seit über zwei Jahren verschwunden war.

Seine Aktion unter der Erde war also berechtigt gewesen.

Also würde er wieder nach unten gehen.

Miller hatte auf eine Vierzehnjährige gezeigt, die sechs Wochen zuvor von ihren Eltern in Helsingborg als vermisst gemeldet worden war. Seine Beschreibung hatte genau zugetroffen. Er hatte die Wahrheit gesagt.

Sven Sundkvist ärgerte sich noch immer über Ewerts schlecht geplanten Anruf, als er einen Plastikumschlag hervorzog, der ganz hinten im Ordner gesteckt hatte. Es handelte sich um einen weiteren Auszug aus dem Vermisstenregister. Er war zwei Jahre älter als die anderen, eine Anzeige, um die er Hermansson ganz besonders gebeten hatte.

Er hoffte, dass Miller weiterhin die Wahrheit sagen würde.

»Und diese hier?«

Miller sah die beiden Bilder an, die Sven ihm auf die Knie gelegt hatte.

»Hast du die auch gesehen?«

Ein anderes Mädchen auf einem anderen Schulfoto. Das Gesicht, das die Zeit am meisten hatte verändern können. Er fuhr wieder mit den Fingern am Foto entlang, er wollte auch ihre Wange berühren, er wollte mit diesem Mädchen sprechen, wollte sie bitten, nach Hause zurückzugehen. Er hatte es nicht getan. Als die Tage vergangen waren, als sie angefangen hatte, zu ihm zu kommen, um eine Frage zu stellen oder zu reden oder einfach eine Zigarette zu teilen, da war es zu spät gewesen.

»Das ist sie.«

Er hatte es Sylvi erzählt. Drei Wochen darauf hatte die Mutter ihn gebeten, einen Brief weiterzugeben. Jetzt saß er auf einer Bank und wünschte sich, auch weiter den Mund gehalten zu haben.

»Jannike.«

Er schloss die Hand um das Foto.

»Sie … so hat sie ausgesehen, als sie ganz neu da unten war. Sie war sauber, die Haut, die Kleider. Eine Woche hat gereicht. Als ich sie beim nächsten Mal gesehen habe, da war sie schmutzig und rußig, die Haare verfilzt, und sie war so abgestumpft wie alle, die Tabletten nehmen.«

Sven Sundkvist war jetzt restlos überzeugt. Der Mann vor ihm sprach die Wahrheit.

»Ich habe vorhin eine Frage gestellt. Jetzt stelle ich sie noch einmal.«

Er sah Miller an.

»Ist sie noch da?«

Die Sonne hatte ein kurzes Gastspiel abgehalten, jetzt war sie schon wieder anderswo. Die Bänke versteckten sich im

Schatten, es wurde noch kälter. Miller wiegte sich leicht hin und her, dann nickte er.

»Ja.«

»Da unten?«

»Ich habe sie erst vor zwei Stunden gesehen. Sie kam mir nervös vor, hat nicht wie sonst mit mir geredet.«

Er hatte ihnen Jannike Pedersen gezeigt. Er hatte eine Minderjährige aus Helsingborg identifiziert. Er behauptete, dass noch weitere zehn Frauen, von denen drei minderjährig waren, in einem Zimmer mit Pappkartons als Tischen und mit Blumenvasen hausten. Sven Sundkvist sah den Rücken, der vornübergebeugt davonwackelte, und die schmächtige Frau, er folgte ihnen mit Blicken, bis sie das Ende das Schulhofs und die Mauer zur St. Göransgata erreicht hatten. Er sah ein, dass einige Meter unter ihnen schwedische Straßenkinder atmeten.

Ewert Grens band sich den Schal fester um den Hals und streifte noch ein Paar Handschuhe über die dünnen aus Stoff. Er fror nicht oft, aber der Wind war stärker geworden, und die offenen Flächen um Kungsbron stachelten die Minusgrade zum Angriff auf. Er war langsam gegangen, tausend Meter zwischen Kronoberg und dem Haus, in dem im siebten Stock die Staatsanwaltschaft untergebracht war, und er lächelte, als er an den vor dem Eingang auf der Straße geparkten Autos vorbeiging, dachte an einen verstaubten Block mit Strafmandaten, den er am Vorabend zum ersten Mal aus seinem Handschuhfach herausgeholt hatte.

Sie saßen schon da. Ågestam hinter dem Schreibtisch, Sven und Hermansson an einem kleinen Besprechungstisch in der einen Zimmerecke. Es war ein schönes Büro mit antiken Möbeln und Aussicht über große Teile der Stockholmer Innenstadt, aber Grens war trotz mehrerer gemeinsamer Ermittlungen nur einige wenige Male dort gewesen, er kam nicht her, wenn sich das vermeiden ließ.

»Bist du heute mit dem Auto in die Stadt gekommen, Ågestam?«

Alle tranken Tee aus einer großen Thermoskanne mitten auf dem Besprechungstisch. Grens füllte sich eine Tasse und sah dabei den Staatsanwalt an.

»Ich bin zu Fuß gekommen, ich weiß nicht, ich finde, es wird immer schwerer, einen Parkplatz zu finden.«

Lars Ågestam zog es vor zu schweigen und trank seinen Tee, Sven Sundkvist und Mariana Hermansson begriffen nicht, wovon Grens da redete, sie registrierten aber beide, wie zufrieden er aussah und wie schwer es ihm fiel, sein Lachen zu unterdrücken.

»Die Voruntersuchung über mutmaßlichen Menschenhandel.«

Ågestam erhob sich.

»Die habe ich soeben eingestellt.«

Er ging durch den Raum, einen dünnen Ordner in der Hand, dreiundvierzig Kinder als Abfall.

»Ich habe keine Wahl. Wir haben keine Wahl. Ihr wart ja gestern dabei. Ihr habt Horst Bauer gehört.«

Er hatte sich schon am Vortag entschieden, während des Gesprächs auf Deutsch, unter vier Augen außerhalb von Grens' Zimmer, dass das hier eins der Verbrechen sein sollte, von denen alle wussten und die niemals bewiesen wurden.

Er legte den Ordner auf den Tisch neben die Thermoskanne, aber Hermansson bat ihn zu warten.

»Ich saß gestern Abend auf einer Holzbank vor einem Einfamilienhaus in Viksjö. Schreckliche Kälte und ein halber Meter Schnee über dem ganzen Rasen. Ich war da, um mit einem Mädchen zu sprechen, das uns geholfen hat, drei Täter zu identifizieren. Ich habe sie angefleht, mit mir ins Haus zu gehen. Sie wollte nicht. Sie fror und zitterte, aber sie wollte nur schnell fertig schaukeln. Das hat sie gesagt. *Ich will nur schnell fertig schaukeln.*«

Hermansson beschrieb die Regression einer Fünfzehnjährigen, den epileptischen Anfall eines Zwölfjährigen, Angst bei richtigen Menschen, die zwei Tage zuvor in blaugelben Overalls vor der Wache auf Kronoberg gestanden und gefragt hatten, ob sie hier in Schottland seien.

»Ich habe keine Wahl. Das weißt du, Hermansson. Du hast am längsten mit Bauer gesprochen.«

Ågestam zeigte auf den blauen Ordner.

»Ich hätte die Voruntersuchung in *Kindesentführung* umformulieren können. Aber nicht einmal damit könnten wir beweisen, dass die Beschuldigten sich in Rumänien verstecken. Wenn sie je für eventuelle Vergehen zur Rechenschaft gezogen werden, dann dort.«

Hermansson schluckte, sah Ewert an, Sven, dann Ågestam.

»Hältst du das für eine gute Lösung?«

»Nein.«

Der Staatsanwalt machte eine resignierte Handbewegung.

»Das ist eine verdammt schlechte Lösung. Niemand hier in diesem Zimmer sieht das anders.«

Er drehte sich zu Grens um.

»Oder, Ewert, was sagst du?«

»Dass siebenhundertfünfzig Eier für acht Zentimeter ganz schön viel sind. Fast hundert pro Zentimeter.«

Wieder schluckte Hermansson.

»Ich komme hier nicht mehr mit.«

»Ich finde, dass wir keine Wahl haben. Manchmal hat man keine Wahl, Hermansson.«

Lars Ågestam ging zum Schreibtisch, er holte einen weiteren Ordner, legte ihn auf die Voruntersuchung, die nicht mehr existierte.

»Der Mord an Liz Pedersen. Machst du das, Ewert? Und übrigens, du, der ist schon abgeschrieben. Der Strafzettel. Staatsanwälte können so was.«

Er setzte sich und goss sich neuen Tee an, vielleicht lächelte er, das war schwer zu entscheiden.

»Was ist hier eigentlich los?«

Hermansson sah Grens an, der sich vorbeugte und den obersten Ordner an sich heranzog, er blätterte eine Weile darin, ohne aufzuschauen.

»Der Mörder hält sich unter dem Fridhemsplan auf. Da bin ich mir ganz sicher.«

Siebenundvierzig Messerstiche.

»Das bedeutet, dass wir zwischen dreißig und vierzig Verdächtige haben. Einige sind psychisch krank, andere drogensüchtig, noch andere wollen einfach nichts mit der Gesellschaft zu tun haben. Die meisten sind alles gleichzeitig.«

Zwölf davon waren an sich tödlich.

»Wir haben bisher drei identifiziert. Die verschwundene Tochter der Ermordeten. Eine Vierzehnjährige, die aus Helsingborg verschwunden ist. Und einen Obdachlosen, der seit sieben Jahren immer wieder dort unten wohnt. Aber ihre Fingerabdrücke entsprechen nicht denen der Person, die den Leichnam durch das Tunnelsystem und in das Krankenhausgewölbe geschleift hat.«

… die Gewalt, die bei drei der abschließenden Verletzungen so gewaltig gewesen war, dass das Messer im Bauch Organe, Gedärm, Haut durchbohrt hatte, um am Rücken wieder zum Vorschein zu kommen.

»Ich will wissen, wer das ist. Ich will wieder nach unten.«

Er hatte gewacht und gegen den Schlaf gekämpft, der überall gewesen war, eine schwere Decke, die betäubte und einen Körper umschlang, der sich bewegen wollte, der das aber nicht wagte. Er lag auf einem Betonboden und jedes Glied, jeder Muskel schmerzte. Er hob Nacken und Kopf und sah sich um. Ihr gemeinsames Heim war leer. Keine Matratzen, keine Decken, kein roter Ledersessel. Er erinnerte sich an das Feuer, an Flammen, die Schutz bedeutet hatten.

Leo hob den Rücken und schob vorsichtig seinen Oberkörper nach oben, bis er auf Händen und Knien lag. Er hätte noch nicht zu sich kommen dürfen. Seine Schläfrigkeit war chemisch, er wusste, dass Jannike ihm irgendwann am Abend mehrere Dosen Mogadon oder Stesolid eingeflößt haben musste, um seinen manischen Zustand zu beenden, es gab nicht viele andere Methoden.

Die Beine gaben unter ihm nach, und beim ersten Versuch sackte er in sich zusammen. Die Hände gegen die Wand, beim zweiten Mal konnte er stehen bleiben. Es war schwer zu entscheiden, wo der Körper anfing und endete, aber irgendwo in der Mitte pochte ein verängstigtes Herz.

Sie war nicht da.

Er hatte sich daran gewöhnt, dass Jannike in der Nähe war. Sie hatte sich vor langer Zeit geweigert, wieder nach oben zu gehen, und er hatte gelernt, sich über ihre Gesellschaft zu freuen. Wenn sie fort war, presste die Einsamkeit ihm die Kehle zusammen.

Er war unruhig. Sie verschwand sonst nicht, das taten sie nie, sich gegenseitig allein lassen.

Er hatte gesehen, dass der Schlüsselbund nicht vollständig war, als er ihn aus der Tasche gezogen hatte. Zwei Schlüssel fehlten. Ein Teleschlüssel, ein normaler ASSA.

Sie war nach oben gegangen.

Ich hätte niemals den Leichnam wegbringen dürfen.

Er versuchte, vorwärts zu gehen, aber die Beine gaben wieder unter ihm nach, er hatte das Gefühl, in seinem eigenen Gehirn zu versinken. Er lag auf dem Boden und wartete, zählte bis hundert, versuchte, zählte bis tausend, versuchte, zählte bis zweitausend.

Er konnte gehen. Er zitterte nur irgendwo bei den Waden. Er öffnete die Tür und ging hinaus in den Tunnel, drehte sich um und richtete die Stirnlampe auf etwas, das ein Feuer gewesen war und das jetzt nur noch schwacher Rauch aus grauer Asche war, er versetzte einer Ratte, die zu dicht an ihn herankam, einen Tritt.

Jannike war anders gewesen, seit die Frau nach unten gekommen war.

Sie hatte Angst gehabt, und das hatte ihm Angst gemacht.

Die Beine zitterten nicht mehr, er konnte sich jetzt wieder darauf verlassen, bewegte sich schneller. Der Lichtkegel war nach knapp hundert Metern zum ersten Mal zu sehen. Er verschwand hinter der Kreuzung, dann kam er zurück, stärker. Ein einsames Licht. Jemand von denen, die hier unten wohnten. Der Lichtkegel wuchs, und er hörte Schritte, das Scharren von Füßen, die den Boden nicht ganz verließen, wenn sie vorwärts bewegt wurden. Jemand war durch den Eingang bei der Kreuzung Arbetargata und St. Göransgata gekommen. Jemand war oben gewesen.

Er hoffte, dass sie es war.

»Du?«

Miller. Er war enttäuscht.

»Leo. Ich dachte, du schläfst.«

Miller fiel das Stillstehen schwer.

»Du warst oben.«

»Ja.«

»Mitten am Tag?«

»Das hat sich so ergeben.«

Miller ging weiter. Leo rief hinter ihm her.

»Hast du sie gesehen?«

»Wen?«

»Jannike. Sie ist verschwunden.«

Miller ging weiter. Er wollte nicht reden, konnte nicht noch mehr Fragen ertragen. Er kam gerade von oben, die lange Begegnung mit einem Polizisten auf den harten Bänken der Fridhemsschule, er hatte in Ordnern geblättert, hatte auf Bilder von zwei minderjährigen Mädchen gezeigt. Er hatte ihre einzige gemeinsame Regel gebrochen, er hatte gesungen, und in seiner Schande wandte er sich ab.

»Nein. Ich habe sie nicht gesehen.«

Aber er bereute es nicht. Kinder dürften nicht hier unten sein.

»Gar nicht?«

»Heute Morgen. Da habe ich sie gesehen. Als du geschlafen hast. Sie kam mir nervös vor. Sie war auf dem Weg, und ich kam nicht an sie heran.«

»Auf dem Weg nach oben?«

»Ich weiß nicht, vielleicht. Wir haben nicht miteinander gesprochen. Das wollte sie nicht.«

Leo wartete, bis der Tunnelgang eine scharfe Kurve machte und Millers Rücken von der Dunkelheit eingehüllt wurde. Er war benommen, aber seine Beine trugen ihn noch, es war nicht mehr weit bis zum Aufgang zur Mariebergsgata.

Zwei Tage zuvor hatte er den Leichnam hier entlanggeschleift. Er hatte mit Jannike gesprochen, hatte ihr erklärt, dass die Frau hier nicht bleiben konnte. Er hatte sie auf eine Pritsche gelegt, auf Decken, unter Decken, sie sollte es weich haben.

Das hätte er nicht tun dürfen.

Es war mitten am Tag, aber die Sonne, die eben noch hoch am Himmel gestanden hatte, senkte sich jetzt über den großen offenen Flughafen Arlanda.

Ein kleinerer Bus, der für neun Personen Platz bot, wartete einsam auf der Betonfläche. Die Fenster waren beschlagen, und es war schwer hinauszusehen. Nadja und die beiden zwölfjährigen Jungen saßen in sich zusammengekrochen und mit geschlossenen Augen da, sie schliefen nicht, wollten aber nicht teilnehmen, und wenn sie sich in sich einschlossen, gab es das nicht, was sie umgab. Der Papa aus dem Familienhaus war auf den ersten zehn Kilometern unruhig gewesen, Kinder, die zerbrechen, können heftig werden, er hatte aber bald begriffen, dass die entgegengesetzte Gefahr bestand, Kontaktlosigkeit bis tief ins Innerste.

Sie hatten andere Kleider. Sie waren sauberer. Aber sie waren noch immer verdammt verlassen.

Vierzehn Fahrzeuge hatten vierzig Minuten zuvor Familienhäuser und Pflegeheime in Uppland und Södermanland verlassen, Streifenwagen und Streifenbusse, die jetzt einer nach dem anderen ankamen und hielten, noch mehr beschlagene Fenster, noch mehr Kinder, die die Augen zukniffen und sich nach den Tunnels sehnten, in denen sie sich auskannten, und nach den Straßen, auf denen sie gelernt hatten, sich Drogen zu verschaffen.

Das einzige Leben, das sie kannten. Das einzige Leben, das Geborgenheit brachte.

Mariana Hermansson fror, der Wind war scharf, dort, wo sie stand, zwei Meter von einem weißblauen Flugzeugrumpf entfernt, an dem zwei mobile Treppen den Zugang ermöglichten. Die rumänische Fluggesellschaft Tarom hatte den vorderen Teil des Flugzeugs mit regulären Reisenden gefüllt und wartete auf dreiundvierzig Kinder, vier Polizisten und vier Sozialarbeiterinnen, die durch den hinteren Eingang einsteigen wollten.

Sie verließ Grens und Sundkvist und ging zu dem Bus und dem Fenster, durch das sie nicht hineinschauen konnte. Sie klopfte an das Fenster, der Familienhauspapa öffnete die Seitentür, und sie kletterte in Wärme und Schweigen. Zwei Sekunden zu Augen auf dem Rücksitz, die wegglitten und nicht sehen wollten. Hermansson dachte an den Vorabend, ein Mädchen in Regression, aber ein Mädchen, das nicht unter Drogen stand. Diese Augen hier waren von Drogen beeinflusst.

»Als beim psychiatrischen Notdienst mitgeteilt worden war, dass sie ausgewiesen werden würde, hat sie ein Glas Haldol und ein Glas Nozinan bekommen. Das hält die Psychose in Schach. Bis sie nach Bukarest kommt.«

Der Familienhauspapa schluckte die Wut, die Verzweiflung war und die Hermansson schon kannte, hinunter.

»Drei Tage darauf machen wir also genau dasselbe. Wir setzen sie aus. Die Kinder, die Probleme, die Kosten. Weg, egal, wohin, wenn es nur anderswo ist.«

Die hintere Tür des startbereiten Flugzeugs war offen. Vierzehn Wagen und Busse luden Kinder aus, die sich langsam bewegten und die neue bunte Rucksäcke in den Händen hielten. Hermansson ging ganz vorne, noch immer bei Nadja, Kontaktversuche. Als das Mädchen vor der Treppe stehen blieb, streichelte Hermansson ihre Wange, umarmte den dünnen Körper.

Es war, wie einen Baum zu umarmen.

»Sie haben Cristian geholt.«

Sie sah sie nicht, aber endlich sprach sie, flüsterte. Hermansson zog sie wieder an sich.

»Aber das macht nichts. Ich kann ein neues kriegen.«

Die Fünfzehnjährige ließ eine Hand auf ihren Bauch wandern, krümmte sie, bewegte sie vorsichtig auf und ab.

Hermansson gab keine Antwort.

Das konnte sie nicht.

In ihr gab es nur das, was sie erkannte, irgendwo mitten in der Brust, das manchmal nagte und schnitt und das zu den Abenden gehörte, an denen sie nicht begriff, was sie in Stockholm machte, in einer Mietwohnung sechshundert Kilometer von Familie und Freunden entfernt. Auch jetzt hatte sie dieses Gefühl, das keine Worte hatte, als Nadja sich mit der Hand auf dem Bauch umdrehte und die Treppe hochging.

Ewert Grens wartete, bis alle an Bord gegangen waren.

»Du musst mitfliegen.«

»Jetzt?«

»Ich will, dass du dabei bist, wenn sie landen. Danach ist deine Ermittlung abgeschlossen.«

»Ich habe kein Gepäck, Ewert.«

»Du kommst mit dem Gegenflugzeug zurück. Kauf dir ein Buch.«

Grens und Sundkvist blieben stehen, als die Maschine einige Minuten später über grauen Beton rollte, sie starrten das an, was alle einstimmig für eine schlechte Lösung hielten.

»Straßenkinder aus Bukarest.«

Grens wandte sich an seinen Kollegen.

»Aber die anderen sind noch da.«

»Die anderen?«

»Jannike Pedersen. Das Mädchen aus Helsingborg. Noch drei, die der Penner in diesem Raum unter der Alströmergata gesehen hat. Und die, die als unermittelte und archivierte Meldungen in den Ordnern der Diakonin auftauchen.«

Er zeigte mit der Hand auf ein imaginäres Stockholm.

»Es gibt sie auch hier. Straßenkinder.«

Er schlug auf das Eisengeländer der Flugzeugtreppe.

»Ich will wieder nach unten. Und die Kinder müssen nach

oben. Liz Pedersens Mörder muss nach oben. *Jeder verdammte Arsch da unten muss nach oben.*«

Sven Sundkvist hatte zugehört, jetzt fiel er ihm ins Wort, seine Stimme überschlug sich, das passierte manchmal, wenn er sich aufregte.

»Dazu kriegst du keine Genehmigung, Ewert.«

»Ich geh nach unten, wenn ich das will.«

Sven kannte diese Miene. Er wusste, dass es Grens ernst war.

»Ich hoffe, du befiehlst mir nicht wieder mitzumachen.«

»Du weißt, dass ich das kann.«

»Ewert, ich bitte dich, das nicht zu tun.«

Sven Sundkvist hatte noch nie einen Befehl verweigert. Diesmal, wenn Ewert Grens darauf bestand, wenn er seine Mitwirkung verlangte, würde es das erste Mal sein.

Der Wind wurde stärker, die Kälte auch.

Ein letzter Blick auf das Flugzeug, das sich in einen Himmel hob, der in einigen Stunden dunkel werden würde.

Sie gingen über den Weg, der zu Arlandas Hauptterminal führte, zwischen Menschen, die Koffer mit Rädern hatten, und die Räder waren zu klein und kreischten, wenn sie über den harten Boden rollten.

Sie waren schon an der Ankunftshalle vorbei, als Grens' Telefon zu klingeln anfing, mit langen Signalen, die nicht aufgeben wollten, und er hatte schon den Fahrstuhl zur Tiefgarage erreicht, als er sich meldete. Dann schrie er, *ich habe getötet,* und er rannte los, *ich habe getötet,* er hörte nicht einmal auf, als er den Wagen anließ und losfuhr, Sven hörte es deutlich, es prallte von den Wänden ab und war das Schrecklichste, das er jemals gehört hatte.

Er wusste, dass etwas nicht stimmte.

Das Gefühl war stark und wollte nicht verschwinden. Das, was in seinen Kopf eingedrungen war, sowie Ewert zu schreien begonnen hatte.

Dieses verdammte Geräusch. Er hatte so etwas noch nie gehört, hatte nicht gewusst, dass ein Geräusch so hart werden konnte.

Sven Sundkvist klopfte an die Tür zu Ewert Grens' Zimmer. Er machte das an diesem Vormittag nun schon jede Viertelstunde. Er hatte in allen Gängen der Wache gesucht, in Pausenzimmern und Besprechungsräumen, in Trainingshallen und auf den Toiletten. Er hatte regelmäßig Grens' ausgeschaltetes Mobiltelefon angerufen und es in der Wohnung im Sveaväg versucht.

Ewert hatte in der Tiefgarage in Arlanda die Wände angeschrien, dann hatte er den Wagen genommen und war verschwunden.

Sven hatte sich mit wachsendem Unbehagen in ein Taxi gesetzt und vierzig Kilometer lang versucht, seine Blicke auf die entgegenkommenden Autos und den Rückspiegel des Fahrers und die Zeitung, die auf dem Sitz lag, zu konzentrieren, aber das war ihm nicht gelungen. Er war an Ewerts Launen gewöhnt und hatte gelernt, damit zu leben. Aber das hier hatte nichts mit der Mordermittlung unter dem Fridhemsplan oder der Boeing 737-300 zu tun, die soeben mit Kindern gestartet war, die niemand haben wollte.

Etwas war zum Teufel gegangen.

Systematisch fing er an, ein weiteres Mal durch Kronoberg zu gehen, er fragte Kollegen, die ihm dabei begegneten, ob sie seinen Chef gesehen hätten, er vergewisserte sich in der Garage, dass das Auto noch dort stand, er rief in der Telefonzentrale an und ließ sich zu einem Gang nach dem anderen, zu einem Stockwerk nach dem anderen durchstellen, und er versuchte, seine Besorgnis zu verdrängen, ohne dass ihm das gelang.

Er setzte sich müde und leer auf eine Bank im Wartesaal der Passstelle, als es niemanden mehr gab, den er hätte fragen können, und er hatte gerade beschlossen aufzugeben, als eine Kollegin ihm auf die Schulter klopfte und sagte, sie sei Grens zwei Stunden zuvor in einem Gang im Souterrain begegnet, dem Gang, der lang und dunkel war und an dem großen Archiv vorbeiführte.

Die Tür zum Archiv stand offen.

Sven Sundkvist betrat den ersten schmalen Gang mit identischen Metallschränken auf beiden Seiten. Die Ermittlungsunterlagen aus dem zentralen Stockholm wurden hier chronologisch sortiert. Er öffnete die kleine Tür zu dem mittleren Raum, weitere Reihen aus Schränken. Ganz hinten lag der dritte und größte Raum, in dem die ältesten Unterlagen aufbewahrt wurden, vom Alter gezeichnete maschinengeschriebene Texte mit Jahr, Monat und Tag am Rand jeden Regalfachs.

Dort war jemand.

Jemand hatte sich bewegt, er hörte Atemzüge, Licht fiel aus einer der beiden kleinen Leseecken in der Nähe des Ausgangs.

Er saß auf einem schlichten Holzstuhl vor einer Tischplatte aus Kiefernholz.

»Ewert?«

Der große, ein wenig schiefe Rücken war Sven zugekehrt.

»Du?«

Sven Sundkvist ging die letzten Schritte weiter und trat neben ihn.

»Ewert? Ich bin's. Sven.«

Auf der Tischplatte stand ein brauner offener Pappkarton.

Eine siebenundzwanzig Jahre zuvor datierte Ermittlung. Eine Voruntersuchung über Gewalt gegen Beamte. Eine junge Polizistin war schwer verletzt worden und würde das Pflegeheim nie mehr verlassen können.

Sven Sundkvist las die oberste Seite und stieß an mehreren Stellen auf den Namen dieser Frau.

Anni Grens.

Waren sie verheiratet?

Sven kannte seinen Chef nun schon sein halbes Erwachsenenleben lang.

Ein Mensch, der aggressiv oder gereizt oder hektisch oder konzentriert oder müde oder wütend oder alles auf einmal war.

Aber niemals so wie jetzt.

Eine Frau, der Sven niemals begegnet war.

Nicht einmal, als Sven eine Hand auf die Sakkoschulter legte, reagierte er.

Obwohl Ewert einer von denen war, die man eigentlich nicht anfasste, die Berührungen verabscheuten und das auch zeigten.

Die einzige Frau, die Ewert jemals gehabt und die er nicht loszulassen gewagt hatte und die deshalb dasselbe geworden war wie seine Einsamkeit.

Sven Sundkvist beugte sich vor und musterte ihn verstohlen.

Die halb geschlossenen Augen, den angespannten Körper, den Hals mit den roten Flecken und die Hände, die zitterten, als sie nach dem braunen Pappkarton griffen und ihn auf seine Knie stellten.

»Sie ist tot. Ich habe sie getötet.«

Mariana Hermansson flog nicht gern.

Als das Flugzeug geschüttelt wurde und mächtige Winde sie dazu zwangen, sich anzuschnallen, beschloss sie, sich niemals mehr diesem Gefühl auszusetzen, dass jemand anderes ihre Möglichkeit, noch weiter zu leben, unter Kontrolle hatte. Sie sah sich um. Niemand schien mit Angst zu reagieren. Die flackernden Blicke der Kinder waren am Ende zu Schlaf oder zumindest Ruhe geworden, die uniformierten Kollegen und die Leute vom Jugendamt plauderten und lasen die Hochglanzmagazine, die in den Taschen an den Stuhlrücken gesteckt hatten, die Flugbegleiterinnen hatten gleich zu Anfang den Vorhang zum vorderen Kabinenteil zugezogen und sich danach nicht mehr sehen lassen. Vor dem kleinen Fenster war es Nachmittag geworden, ein Himmel darüber und eine Wolkendecke darunter verwischten alle Konturen, aber sie wusste, dass die Ostsee schon lange hinter ihnen lag, sie nahm an, dass sie sich irgendwo über der Mitte Deutschlands befanden. Sie sah zu Nadja hinüber, die bewegungslos neben ihr saß, sie schlief jetzt, und Hermansson dachte an die beiden vergangenen Tage, an das seltsame Gefühl, als sie einen Menschen mit zerschnittenen Unterarmen vernommen hatte, vom Aussehen her eine jüngere Schwester, daran, wie unterschiedlich Leben geformt werden konnten. Das Flugzeug wurde wieder geschüttelt, und während sie sich vorbeugte, um die schlafende Nadja anzuschnallen, streifte sie den dünnen Baumwollpullover, sie hatte noch nicht daran gedacht, aber in dem Moment, in dem ihre Hand Nadjas Bauch berührte, wurde deutlich, wie der sich vorwölbte, dass dieser Körper, der fünfzehn Jahre alt war, noch vor dem Sommer ein weiteres Kind gebären würde.

Das, was noch keine Trauer war. Das, was noch keine Einsamkeit war. Das, was es nicht gab, so lange er es über sich brachte weiterzugehen, weiterzugehen, weiterzugehen.

Ihr blutender Kopf auf meinem Knie.

Er hatte sie getötet, schon damals, vor langer Zeit, er hatte das Lenkrad gehalten und den Weg in ein Leben ohne Gedanken geöffnet, Tage in einem Rollstuhl vor einem Fenster mit Blick aufs Wasser.

Es gibt sie nicht mehr.

Ewert Grens zitterte noch ebenso wie nach der kurzen Todesnachricht sechs Stunden zuvor in einem Parkhaus am Flughafen.

Er stand mitten im Tunnel.

Eine Stirnlampe und eine Rauchmaske in der Hand.

Er hatte mit der Arbeit weitergemacht, er wusste nicht, was er sonst hätte machen sollen, er würde es machen, bis ihm keine andere Wahl mehr blieb und bis das, was in seinem Körper schmerzte und was Sehnsucht war, ihn zum Innehalten zwingen würde.

Er war durch eine graue Metalltür in der Wand von Kronobergs Garage getreten, während Einheiten aus vier Polizisten gusseiserne Gullydeckel hochhoben und sich über neunzehn Eingänge Schritt für Schritt dem Fridhemsplan näherten. Er stand etwa hundert Meter weiter an der Stelle, wo mehrere Tunnels sich zu etwas begegneten, was aussah wie ein großer Saal, er nickte kurz einem Vertreter des Katastrophenschutzes zu, als zehn im Tunnelsystem angebrachte Windmaschinen in Gang gesetzt wurden, diesmal sollte kein verdammtes Feuer sie aufhalten können. Das Rauschen der gewaltigen Apparate wetteiferte mit dem des Funkgerätes in seiner Hand, er drehte es lauter, damit wartende Kollegen und einbestellte Sozialarbeiter keine Probleme mehr damit hätten, dem Funkverkehr zu folgen.

Dann wandte Ewert Grens sich ab und schaute in einen der Tunnel.

Gleich würde er seinen Mörder finden.

»Und was zum Teufel soll das nun wieder?«

Das kam aus der Dunkelheit, wo einer der Gänge enger wurde. Eine Stimme, die er kannte.

»Du. Ich habe die Genehmigung.«

Lars Ågestam war auf dem Weg nach Hause gewesen, als der frühe Abend von Ewert Grens und einer neuen Operation in der Welt unter Stockholm geflüstert hatte. Er war in Schuhen aus dünnem schwarzem Leder, die er bei der Arbeit trug, aus dem Büro auf Kungsbron über verschneite Bürgersteige zu einem zufällig gewählten Mobilisierungsplatz bei der Garage von Kronoberg gelaufen.

»Das hier? Das ist doch verdammt nochmal *meine* Genehmigung, Grens.«

Er starrte das Papier in der ausgestreckten Hand des Kriminalkommissars an.

»Da sieht man's.«

»Die du von mir für den *vorigen* Einsatz bekommen hast.«

»Ich kann nicht sehen, dass hier irgendein Verfallsdatum angegeben wäre. Denn der Staatsanwalt, der die Genehmigung erteilt hat, hat sich nicht dementsprechend ausgedrückt.«

Das Funkgerät knackte, als zwei Stimmen von Tunnelgängen in mehreren hundert Metern Entfernung Bericht erstatteten. Ågestam wartete, bis nur noch das Rauschen der Windmaschinen zu hören war.

»Ich breche diese Operation ab.«

»Tu das. Wenn du meine Leute in Lebensgefahr bringen willst. Du weißt so gut wie ich, dass wir Stück für Stück gesichert haben. Man kann das nicht abbrechen, ohne sich einem Menschen preiszugeben, der schon mindestens einmal zum Töten bereit gewesen ist.«

»Ewert, ich weiß, was passiert ist.«

»Ich werde diese Tunnel hier säubern.«

»Ich weiß, dass deine Urteilsfähigkeit im Moment versagt.«

»Aus dem Weg!«

Es hatte neunzig Minuten gedauert.

Er war wieder an der Mobilisierungsstelle, an die hundert Meter von der Tür in Kronobergs Garage entfernt, dort, wo mehrere Tunnel aufeinanderstießen und einen größeren Raum bildeten.

Der Tunnel unter der Alströmergata ist gesichert. Wir gehen rein.

Er war bereit, hatte seit einer Weile ruhig geatmet, die Operation war abgeschlossen.

Wir haben das Feuer gelöscht. Den Rauch vertrieben.

Es war schnell gegangen. Die Obdachlosen hatten sich wie beim ersten Mal verhalten, fünfzehn Brandherde, aber mit Rauchmasken für jede Streife und Evakuierungsventilatoren, die den Rauch denen entgegentrieben, die die Feuer gelegt hatten, waren die Brände zu deren eigener Hölle geworden.

Wir stehen unter der Kreuzung Fleminggata und Fridhemsgata. Wir haben keinen Schlüssel für die Tür zum Verbindungsgang. Wir werden sie aufbrechen.

Als die unterirdischen Bewohner eingesehen hatten, dass sie nicht fliehen konnten, waren mehrere von ihnen mit Brettern, Messern und Steinen bewaffnet zum Angriff übergegangen.

Polizist verletzt. Bitten um Verstärkung. Vermutlich Gehirnerschütterung nach Sturz.

Grens hatte zwei Minuten zuvor plötzlich seinen Posten an der Basisstation verlassen.

Wir haben einen Raum gefunden, der offenbar bewohnt wird.

Eine Streife im Tunnel unter der Alströmergata hatte alle Sozialarbeiter im Einsatz zusammengerufen, und Ewert Grens hatte sich angeschlossen.

Ein größerer Raum, ursprünglich wohl ein Militärlager, bewohnt von elf Menschen.

Elf Frauen, von denen vier minderjährig waren.

Er stand in der Türöffnung und sah etwas, das wie ein Zuhause aussah, umgedrehte Kisten als Tische, rote Decken mit Blumenvasen, mehrere Stühle, ein Sofa, Lampen, die an einen in der Decke gelegten Kontakt angeschlossen waren. Schweigend hatte eine nach der anderen den Raum verlassen, Ewert erinnerte sich an schmutzige Gesichter, vor allem an das Mädchen mit den Hunderten von Silberringen am Ohrenrand, das von dem Bild im Vermisstenregister.

Wir hören weiter vorne Geräusche. Möglicherweise sind zwei von ihnen entkommen.

Danach hatten sie die Unterwelt weiter entleert, hatten noch zwölf Obdachlose festgenommen, Männer in unterschiedlichem Alter, gefunden an unterschiedlichen Stellen im Tunnelsystem, und sie zusammen mit den elf Frauen zu einem auf dem Fridhemsplan aufgestellten Wohnwagen geführt. Dort waren sie vernommen worden, verdreckt und erfroren an dem kühlen Januarabend, so, wie Grens das gewollt hatte. *Verdammt, so darf kein Mensch leben, von Ratten gebissen und in der Dunkelheit.* Er hatte die für diese Aktion gemieteten Mitarbeiter privater Wachdienste an allen Eingängen um den Fridhemsplan aufgestellt. *Wenn wir sie auf die Straße zwingen, müssen die Behörden sich um sie kümmern.* Die, die entkommen waren, die, die die Polizei nicht erwischt hatte, sollten niemals nach unten zurückkehren können.

Ewert Grens stand allein in der Dunkelheit des Tunnels.

Er steckte seine Rauchmaske ein, die zusätzlichen Taschenlampen, das schweigende Funkgerät. Es war eine angenehme Aktion gewesen. Das würde er auch später denken und darauf würde er bestehen, wenn sie in Massenmedien und auf internen Lagebesprechungen beschrieben werden würde. Zwölf Männer, sieben Frauen und vier minderjährige Mädchen waren aufgegriffen und den zuständigen Stellen übergeben worden. Denen, die behaupteten, dass die beiden älteren obdachlosen Männer, die eine Woche nach der Säuberungsaktion erfroren in den Bahntunneln beim Stadsgårdkaj gefunden worden waren, nackt und entkleidet, wie so oft, wenn der Tod mit Kälte eintrifft, einer davon dieser Miller, denen, die behaupteten, dass der Tod dieser Männer eine Folge der verschlossenen Tunnel gewesen sei, zu einer Zeit, wenn die Menschen verzweifelt nach Wärme suchten, denen würde er nicht zustimmen, jeden Winter erfroren schließlich Obdachlose. Grens ging langsam, seine Schritte abwechselnd schwer und kaum merklich, wenn das steife Bein schmerzte und sein Hinken verstärkte. Er näherte sich der Tür zur Garage der Wache, es waren einige hektische Stunden gewesen, er hatte Hunger und Durst und freute sich darauf, an dem Warenautomaten in der Nähe seines Zimmers vorbeizukommen, um dann die Jagd auf den eigentlich Gesuchten fortzusetzen.

Sie hatten soeben dreiundzwanzig Bewohner der Gegend unter dem Fridhemsplan festgenommen und befragt.

Er war überzeugt davon, dass der Mörder sich nicht unter ihnen befand.

JETZT

Mittwoch, 9. Januar, 19.45 Uhr, St.-Clara-Kirche

Ewert Grens geht durch die Garage der Citypolizei und spürt, wie er mit jedem Schritt leerer wird. Dieser intensive Einsatz unter der Erde hat sie weggehalten, diese verdammten Gedanken, die sein Gehirn zerfetzen, solange er arbeitet, solange er sich weigert, etwas anderes zu sehen, als wie sie dort am Fenster sitzt und auf das Wasser tief unten hinunterschaut, so lange lebt sie.

An diesem Abend wird er nicht nach Hause gehen.

Er nähert sich dem Fahrstuhl, der zu eng ist und zu langsam, aber doch der einfachste Weg zum Korridor der Ermittlungsabteilung. Zwei Kollegen vor ihm, ein Mann und eine Frau, die er nicht kennt, solche, die jung sind, die noch lange hier arbeiten werden, er fragt sich, ob ihnen überhaupt klar ist, dass vierzig Jahre in Uniform nicht einen Dreck bedeuten.

Es ist schwer, das Telefon aus der Jackentasche zu ziehen, wo er den linken Arm an die Fahrstuhlwand presste und den rechten gegen die Rücken der Kollegen, er flucht über diese Dimensionen, die nur für Kinder zu reichen scheinen.

»Ewert, ich bin's.«

Sven spricht rasch und laut, das ist sonst nicht seine Art.

»Ich bin angerufen worden. Von Sylvi, der Diakonin.«

Sven Sundkvist ruft aus dem Auto an, er hat soeben sein Haus in Gustavsberg verlassen und fährt jetzt viel zu schnell wieder nach Stockholm. Einige Minuten zuvor hat die Diakonin ein Mädchen beschrieben, das auf einer Bank ganz vorn in der St.-Clara-Kirche sitzt. Sie sitzt dort seit dem frühen Morgen, schon den ganzen Tag, ohne kommunizieren zu wollen, sie ist verwirrt und nicht ansprechbar, sie riecht und sieht aus wie eine Obdachlose. Das ist nicht ungewöhnlich, Menschen, die Schutz und Trost suchen, öffnen oft die Tür der Kirche, die zwischen Hauptbahnhof und Sergels torg liegt, ein stiller Raum in der Hetze der Großstadt. Aber die Diakonin hat über das Foto der über zwei Jahre alten Anzeige gesprochen, das sie in Svens Ordner gesehen hat, und über das Bild, das Liz Pedersen in ihrem Portemonnaie aufbewahrte, und von Millers Beschreibung, wie das Mädchen heute aussieht.

Größe, Gewicht, Augenfarbe. Das alles stimmt.

Das Mädchen in der verdreckten roten Stoffjacke mit den zwei Hosen unter einem Rock kann durchaus die Jannike Pedersen sein, die sie suchen.

Grens schlägt auf den Knopf, der die Notbremse des Fahrstuhls anzeigt. Die beiden Kollegen sehen ihn genervt an, aber er scheißt auf ihre fragenden Gesichter und die glotzenden Augen. Er drückt noch einmal, jetzt auf das Kellergeschoss, und geht hinaus, ohne einen Blick, ohne ein Wort.

Dieses Gefühl von Anwesenheit, Eifer, Kraft.

In fünfzehn Minuten wird alles vorüber sein.

Sie schaut noch immer nach vorn, zum Altar, aber sie weiß, dass die Kirche leer ist. Das ist sie schon seit einer Weile. Nicht einmal der Mann und die Frau, die hier arbeiten und die versucht haben, sie zum Essen anzuleiten und mit ihr zu sprechen, sind noch zu sehen, sie hört sie nicht, es ist so still. Sie glaubt, dass sie seit Stunden hier ist, sicher ist jetzt Abend, hinter den großen bunten Fenstern scheint es dunkel zu sein. Sie greift nach dem Butterbrotteller, der da auf der Bank steht, trinkt aus dem Becher mit dem roten Saft.

Jetzt weiß sie es. Sie hat das Richtige getan.

Sie steht auf. Sie wird zurückgehen.

Ewert Grens wartet auf der Treppe zur Klara Västra Kyrkogata, als Sven Sundkvist aus dem Auto springt. Sie sprechen nicht miteinander, als sie über den dunklen Friedhof laufen, das ist nicht nötig, jetzt geht ja alles zu Ende. Es ist kalt, und die wenigen Menschen, die bei den Gräbern stehen und die Flucht aus dieser Nacht verkaufen, frieren trotz Mänteln und doppelten Handschuhen, sie sehen die Bullen, die sich nur wenige Meter von ihnen entfernt bewegen, aber sie bringen es nicht über sich, sich zu verstecken, wissen, dass bei diesem Scheißwetter niemand kleine Dealer mit Horse jagt. Die Tür zur kleinen Kirche steht offen, die beiden Polizisten begrüßen den Küster, der auf einem Stuhl vor dem Fenster sitzt, und sehen Sylvi an, die hinter ihrem Schreibtisch sitzt, ihr dünner Körper steckt irgendwo in der dicken Jacke und dem langen Schal.

»Die Heizkörper. Die funktionieren nicht.«

Grens zählt die Kerzen, achtzehn Stück brennen in dem kleinen Raum, das ist die einzige Wärme, die es hier gibt.

»Sie haben angerufen.«

Die Diakonin geht zu dem Teller mit drei weißen, ein wenig dickeren Kerzen, sie reibt sich darüber die Hände.

»Ich bin nicht sicher. Aber sie könnte es sein.«

Sie sieht den Küster an, dann schaut sie durch das Fenster in die Dunkelheit, die die große Kirche umgibt.

»George ist ihr schon heute früh begegnet. Ich war tagsüber siebenmal da. Ich habe versucht, mit ihr zu reden. Aber das ging nicht.«

Sie lässt die Hände sinken, die sind jetzt dicht bei den Flammen, die mageren Finger sind rot.

»Sie ist müde. Sie stinkt. Sie wohnt schon lange auf der Straße. Aber ich kenne sie nicht. Sie war noch nie hier. Und doch, nach den Fotos, die ich gesehen habe, und nach Millers Beschreibung, da hat sie Ähnlichkeit mit diesem Mädchen.«

Jannike steht von der harten Holzbank auf. Ihr tut alles weh, Beine, Rücken, sie hat sich seit dem Morgen nicht bewegt. Sie geht durch die schmale Bankreihe zum Mittelgang und zur Tür, die der Nordausgang genannt wird und sich auf der einen Längsseite der Kirche befindet. Sie spürt wieder die Hände, an ihrem Körper, die berühren sie, und sie bleibt stehen, sie kann ihnen nicht entkommen, sie hat wieder Angst und will sich schon auf den Steinboden der Kirche legen, als ihr aufgeht, dass das nicht nötig ist.

Sie können sie nicht erreichen, nicht mehr.

Sie öffnet die Tür, es ist kalt, und sie friert ein wenig.

Grens und Sundkvist folgen der Diakonin und dem Küster durch die schwere Tür des Haupteingangs. Der große Kirchenraum wartet mit Stille und kleinen Kerzen, die die Besucher für fünf Kronen kaufen und in Kerzenhalter aus Metall stecken, schwache Flammen, die unsicher im zufälligen Wind flackern.

Kein Mensch, niemand, jede Bankreihe ist leer.

»Sie hat seit dem Morgen hier gesessen.«

Sylvis Arm zeigt weit in eine verlassene Kirche hinein.

»In der zweiten Reihe, fast in der Mitte.«

Ewert Grens hält Ausschau nach der Bank weiter vorn.

»Wann haben Sie sie zuletzt gesehen?«

»Als ich zuletzt hier war. Vor vielleicht einer halben Stunde. Unmittelbar, ehe ich angerufen habe.«

Sie suchen jede Bankreihe in dem gewaltigen Raum ab.

Sie verteilen sich auf die Ausgänge, sie wandern durch die Kirche und begegnen doch nur dem Wind.

Sie kriechen am Altar entlang, schließen die Kanzel auf, heben Stühle auf der Empore hoch.

Sie ist nicht mehr da.

Jannike geht über die große Rasenfläche, sie friert, sie denkt daran, dass es so war, als sie klein war und mit Mama und Papa zum Grab der Oma gegangen ist, die Kälte, immer war es kalt auf dem Friedhof. Sie sieht ein Stück weiter die Dealer und hört, wie sie nach ihr rufen, aber sie sagt nichts, sie dreht sich nicht um. Sie geht die Treppe hinab, die auf die Klara Västra Kyrkogata führt, und die Hände auf ihren Brüsten, ihrem Hinterteil, zwischen ihren Oberschenkeln sind wieder da, Hände, die stark sind, gegen die sie sich nicht wehren kann, Mamas Hände. Sie zittert, sie hat Angst, aber nicht wie früher, sie weiß, dass sie es wagen wird weiterzugehen.

Der Gullydeckel befindet sich mitten auf der Straße, nahe der Einfahrt zu der großen Tiefgarage.

Ihre rote Jacke hat vorn eine große Tasche, und die lange Metallstange, die sie aus Leos Rucksack entliehen hat, passt genau hinein. Sie drückt die Stange in den Spalt zwischen Gullydeckel und Asphalt, der scharfe Haken findet Halt, und sie hebt den schweren Deckel hoch, wie er es sie gelehrt hat, mit einem einzigen kräftigen Ruck.

Mama hatte ihr geschrieben. Mama wusste, dass sie dort unten war.

Und schon damals hat Jannike es gewusst.

Sie wartete an der Stelle, die Mama vorgeschlagen hatte. Es war schwer, sie anzusehen, sie wollte sich lieber die Weihnachtsleuchter in den Fenstern der Wohnhäuser ansehen, die waren so schön, das Licht leuchtete so hell durch die Dunkelheit. Nach einer Weile gingen sie zusammen durch den Eingang an der Ecke Arbetargata und Mariebergsgata. Zweieinhalb Jahre, aber Mamas Stimme hatte sich nicht verändert, ihre Art zu atmen hatte sich nicht verändert, ihre Hände waren genauso, als sie sie ausstreckte, um Jannike zu begrüßen.

Sicher geriet Jannike deshalb in Panik.

Sicher stach sie deshalb mit dem kurzen dünnen Messer zu, bis sie nicht mehr konnte.

Sie weinte nicht, nachher war sie froh darüber, sie sah sie nur an, und als Leo sie später in den Tunnel schleppte, lief sie plötzlich hin, spuckte sie an, spuckte mehrere Male.

Sie lacht, es ist lange her, und langsam klettert sie hinunter in den Röhrengang, die schmalen Metallsprossen der Leiter sind glatt, und sie klammert sich an das an, was an der Wand befestigt ist, sie weiß, wenn sie unten angekommen ist, kann sie den ganzen Weg zum Fridhemsplan gehen, nach Hause, zu Leo, und vielleicht, vielleicht wird sie später auch noch herausfinden, wo Papa wohnt, vielleicht wird sie ihn aufsuchen.

Die Autoren

Alles Unwahrscheinliche in dieser Geschichte ist wahr.
Alles Wahrscheinliche ist erfunden.

Es stimmt, dass eine Vierzehnjährige lange Zeit mit einem älteren Mann in den Tunneln unter dem Fridhemsplan gewohnt hat.

Es stimmt, dass elf Frauen unterschiedlichen Alters zusammen in den Tunneln unter dem Fridhemsplan gewohnt haben.

Es stimmt, dass dreiundvierzig rumänische Kinder, bekleidet mit blaugelben Overalls, mitten in Stockholm ausgesetzt wurden und glaubten, sie seien in Schottland.

Es stimmt ebenfalls, dass die Menge junger Frauen, die vor der Wirklichkeit fliehen, wächst. Es stimmt, dass die Gesellschaft die Verantwortung für junge Menschen mit Problemen auf Privatfirmen abwälzt, die an diesem Ablasshandel gut verdienen. Es stimmt, dass mehr schwedische Mädchen und Frauen denn je ihren Körper verkaufen, um zu überleben.

Aber darüber wollen die Behörden nicht sprechen.

Offiziell gibt es keine schwedischen Straßenkinder. Offiziell ist die Prostitution gesunken, seit das Gesetz gegen den Kauf sexueller Dienste in Kraft getreten ist. Offiziell …

»Der Familienhauspapa blieb noch eine Weile in der Türöffnung zu Nadjas Behelfszimmer stehen und sprach über die schwedischen Straßenkinder, die es laut Sozialamt nicht gab, *Herrgott,* seine Wangen hatten sich gerötet, *diese Kinder sind doch außer sich vor Angst, die verstecken sich*, unbewusst war er lauter geworden, *verdammt, die rufen ja nicht beim Amt an und verraten ihre Existenz.*«

Die Offiziellen wissen es nicht und wollen es nicht wissen. Denn in dem Moment, in dem die Offiziellen das Problem zugeben, werden neue Mittel erforderlich, um es zu lösen. Heute stehen Kirche und Freiwillige für den Großteil der anfallenden Arbeit auf Straßen, in Parks, in Treppenhäusern. Und Freiwillige brauchen nicht zu schweigen. Die Freiwilligen begnügen sich mit Helfen.

Das hier ist allerdings ein Roman. Das heißt, diese ganze Wahrheit liegt zugrunde. Aber außerdem haben wir natürlich auch Dinge erfunden, da es in Romanen erlaubt und nötig ist, ein Schicksal zu verändern, vor allem in einem Text über Hilflosigkeit. Unsere Beschreibung des Mädchens unter der Straße ist deshalb die Beschreibung mehrerer Mädchen, die uns in unterschiedlichen Phasen von Lebensflucht begegnet sind. Das gilt auch für die Beschreibung des einen Mädchens, das zusammen mit zehn anderen unter der Erde lebte. Die Umstände, die die dreiundvierzig mit Overalls bekleideten rumänischen Kinder nach Stockholm führten, sind erfunden, sie könnten aber auch wahr sein, wenn die Kinder aus anderen, ebenso widerlichen Gründen ausgesetzt worden wären. Die Informationen, die ein Autor im Vertrauen erhält, dürfen unserer Ansicht nach nur so verwendet werden, als Beispiel, mit verändertem Gesicht.

Auch andere Dinge haben wir verändert. Wir haben zum Beispiel das Tunnelsystem unserer Geschichte angepasst, wie das in ausgedachten Geschichten manchmal eben sein muss. Bei den militärischen Teilen des Tunnelsystems haben wir es für unsere Pflicht gehalten, die Wirklichkeit zu verändern, da es uns vor allem darum ging, Menschenleben zu beschreiben, und nicht die Sicherheit des Landes zu gefährden.

Schließlich – Stockholms Straßen spielen in dieser Geschichte eine sehr große Rolle. Aber auch die Schreibweise kann stark variieren. Eine Straße zum Beispiel wie die Sankt Eriksgata wird von Einwohnern und Behörden manchmal S:t Eriksgata und manchmal St. Eriksgata und manchmal … geschrieben, wir haben uns jedenfalls an die Schreibweise gehalten, die wir auf den Straßenschildern an den Hauswänden gefunden haben, in der Wirklichkeit, in der der Roman spielt.

Ganz zuletzt – die Bezeichnung PRINCIPAUTE DE MONACO hat keinen Akzent, weil dieser Name auf monegassischen Nummernschildern eben ohne Akzent geschrieben wird.

Unser großer Dank geht an

Diakonassistent Tomas Hellström, Diakon Hans Hernberg-Bratt und Feldmotivatorin Marie Svensson für ihre einzigartigen Kenntnisse der Gesellschaft, die wir nicht sehen können und nicht sehen dürfen und die es trotzdem gibt. Eure Kraft, dass ihr es schafft, das bewundern wir.

Janne, die all diese Jahre unter der Straße gelebt und die uns die Tür zu dieser Welt geöffnet hat, zu der wir keine Schlüssel hatten.

Den fünf Mädchen und jungen Frauen, denen wir versprochen haben, ihre Namen nicht zu nennen, und die deshalb in dieser Geschichte allesamt Jannike heißen, wir hoffen, dass ihr nach Hause kommen konntet.

Kriminalinspektor Jan Stålhamre und Kriminalkommissarin Inga-Lill Fransson für Auskünfte über polizeiliche Arbeit, Lasse Lagergren für medizinisches Wissen, Lasse Rosengren für erweiterte Tunnelkenntnisse.

Fia Roslund für deine Arbeit während des gesamten Schreibprozesses.

Vanja Svensson, Niclas Reimar, Ewa Eiman und Daniel Mattisson für besonders kluge Ansichten.

Niclas Salomonsson, Emma Tibblin und Nina Eidem von der Salomonsson Agency für Kompetenz, Wärme und Kraft hier und hinter Grenzen.

Eric Thonfors für einen weiteren Umschlag, der zu uns und dem Inhalt des Buches passt, und Astrid Sivander und Lise-Lotte Olaisen für alle Mühen bei der Korrektur.

Mattias Boström, Cherie Fusser, Lasse Jexell, Madeleine Lawass, Anna Carin Sigling, Anna Hirvi Sigurdsson, Ann-Marie Skarp, Karin Wahlén und Lottis Wahlöö von Piratförlaget, weil euch die schwere Aufgabe gelingt, professionell und zugleich menschlich zu sein.

Besonderer Dank geht an Sofia Brattelius Thunfors, unsere Verlegerin.

Roslund und Hellström

Die Bestie

Thriller

Aus dem Schwedischen von Gabriele Haefs

Band 16566

»Schon lange hat der Kaffee aus dem Kaffeeautomaten im Polizeirevier nicht mehr so bitter geschmeckt …«

Stockholm City

Nach dem Mord an seiner Tochter nimmt ein Vater das Gesetz selbst in die Hand – und bezahlt dafür einen furchtbaren Preis. Der neue schwedische Bestseller. Packend und provozierend.

Ein psychopathischer Kindermörder, der aus dem Gefängnis flieht. Und wieder mordet. Ein Vater, der den Mörder seiner Tochter aufspürt und erschießt. Eine Stadt, die Beifall klatscht für diese Tat. Ein Richter, der den Vater von jeglicher Schuld freispricht. Ein Freibrief für viele andere, die jetzt selbst richten. Die Saat aus Hass und Gewalt geht auf …

Fischer Taschenbuch Verlag

fi 16566 / 1

Roslund und Hellström

Blasse Engel

Thriller

Aus dem Schwedischen von Gabriele Haefs

Band 16567

Nach »Die Bestie« ein neuer brisanter und spannender Thriller der schwedischen Bestsellerautoren Roslund und Hellström

Ein Geiseldrama in der Leichenhalle des Stockholmer Krankenhauses Süd endet tödlich. Einer der Toten ist Bengt Nordwall, ein angesehener Polizist. Warum wollte die junge Geiselnehmerin ausgerechnet mit ihm verhandeln? Woher kannte sie ihn? Und warum hasste sie ihn so sehr?

Fischer Taschenbuch Verlag

fi 16567 / 1

Roslund und Hellström

Todesfalle

Thriller

Aus dem Schwedischen von Gabriele Haefs

Band 17642

John Meyer Frey ist Orchestermusiker und spielt auf der Fähre Helsinki-Stockholm. Eines Abends schlägt er einen betrunkenen Finnen zusammen, der eine Frau belästigt hat. Eigentlich nichts Ungewöhnliches auf diesen Fähren, doch als Kommissar Ewert Grens die Verletzungen des Mannes sieht, ermittelt er wie in einem Mordfall. John wird verhaftet, seine wahre Identität kommt ans Tageslicht: Er hat lange im Todestrakt in einem Gefängnis in Ohio gesessen. Er soll ein Mädchen vergewaltigt und getötet haben. John hat die Tat immer bestritten. Mit Hilfe zweier Mittelsmänner gelang dem Verurteilten seinerzeit die Flucht. Jahrelang lebte John unerkannt in Schweden, bis Ewert Grens ein unheilvolles Szenario in Gang setzt ...

Fischer Taschenbuch Verlag

fi 17642 / 2